中国社会科学论坛（2013·文学）
中国社会科学院文学研究所建所60周年
日本大东文化大学创立90周年

东西方交汇中的中日文学与思想
共同纪念国际学术研讨会论文集

陆建德　赵京华　编

中国社会科学院文学研究所学术专辑

社会科学文献出版社
SOCIAL SCIENCES ACADEMIC PRESS (CHINA)

缘　起

自 2011 年，中国社会科学院实施中国哲学社会科学创新工程之始，文学研究所在逐步将各研究领域纳入创新工程机制的过程中，也在逐步完善科研队伍的创新结构并激发学术创新点，五年来的研究工作自是一番风生水起。

文学研究所在实施创新工程的方案中，根据各学科特点，对学科片进行了整合，组建了三大创新团队，分别是"中国文学：经典传承与多元选择"的古代文学与近代文学研究团队，"中国文学的现代转型与中国经验研究"的现代文学、台港澳文学与民间文学研究团队，以及"当代文学理论与批评"的文学理论与当代文学研究团队。三大团队的有机组合，打破了传统研究室的界限，也突破了完全个人化的传统研究模式。以创新项目为核心组建团队，创新首席的作用更加突出，团队共同调研，以及多次的小组讨论和工作坊以不同形式的交流研讨，都使得专题化的研究能够非常有力且有深度地推进下去。

在这样的科研背景下，各个创新团队陆续推出自己的研究成果，如古代文学学科片以经典传承与多元性进程为视角，融入了民族、地域与文化的差异性研究，探讨了中国文学史的发展规律；转型期文学史研究、民间视角与经验研究、文学经验与价值研究、域外与本土深度互动四个主题构成了中国现代文学与民间文学、比较文学的研究区域，并融入了社会史和思想史的研究理路，重新检视了 20 世纪中国文学的发展脉络；当代文学创作与文学理论的研究从来都是热点，因为与我们当下的社会文化息息相关而充满了时代的张力，研究者对这些时代主题的探讨并没有浮在表层而是进行了深度开掘和理论思辨，体现了当代文学理论研究者的素养与学识。

文学理论研究在创新视野的观照下，把研究触角延伸到海外汉学领域以及与东亚国家的多边交流活动中。文学研究所于成立六十周年之际，与日本大东文化大学共同举办了"东西方文化交流时代的中日文学、语言、教育、历史与思想"国际学术研讨会，该次会议从学术角度对近代以来的东西方文化交汇时代的中日两国文学、语言、教育、历史和思想等方面的问题与关系展开深入探讨，并将这些成果汇集成册，不啻为双方留下一份很好的共同纪念。伴随国际学术交流的日益频繁，中国古典文学研究逐渐受到海外汉学家的广泛关注，文学研究所古代学科的同人有意识地对这些国外汉学研究成果进行译介和讨论，并于2013年12月举行了第一次"海外汉学名著评论"论坛，与会学者在翻译和评论过程中都有很丰富的收获，现在也将这次论坛的论文以及各位学者历年积累的海外论著评论、学术史研究、学术动态介绍和学者访谈等成果汇为一辑，作为海外中国古典文学研究的一次集中展示，这不仅有抛砖引玉之意，而且希望将这样的交流能够拓展并深入下去。

五年来，文学研究所的创新成果是有目共睹的，很多阶段性成果都以论文的形式发表在学术刊物上。为了能够集中展现文学研究所在创新工程中的成就，我们将近几年来各团队的优秀成果汇集成册，辑成目前的"中国社会科学院文学研究所学术专辑"丛书，以之作为五年来研究工作的一份总结和纪念。

目 录

致辞	/陆建德	/001
致辞	/太田政男	/004
致辞	/市川護	/006
培育"美好事物"		
——山下嬢子文学部长致辞	/山下嬢子 著 朱幸纯 译	/008
东方文化以及西方文化、日本和中国		
——以中国传统美学术语的探讨方法为例	/门胁广文	/001
什么是中国美学？	/高建平	/023
清初江南文人的交流状况		
——以张潮作品的编撰为线索	/小塚由博 著 顾 春 译	/032
石刻中的刻派及先于书法之刻法的可能性		
——关于北朝墓志中所见特定刻法	/泽田雅弘 著 齐 珮 译	/046
归来与命子		
——陶渊明的仕隐之谜	/范子烨	/062
"宝粟钿金虫"		
——由此追溯中日韩共有的一项古代工艺	/扬之水	/083
王树枏写给入疆日本人的诗	/董炳月	/093
东方诗魂的共鸣		
——丰子恺与竹久梦二的漫画缘	/李兆忠	105

全球化进程中的日本学校
　　——教育、学习、劳动市场　　　/ 上野正道 著　周　翔 译 / 119
京剧与日本戏剧界的交流
　　——以梅兰芳的事迹为线索　　　/ 池田晃 著　周　翔 译 / 140
自然语言的时（tense）与态（aspect）之类型考察
　　——英、俄、日三语的比较研究　/ 猪股谦二 著　张秀阁 译 / 147
夏目漱石和《旗帜晚报》
　　——脱亚入欧和"自我本位"　　　/ 藤尾健刚 著　齐　珮 译 / 167
从解读鲁迅出发的反思革命政治　　　　　　　　　　/ 程　凯 / 179
袁枚诗学的核心观念与批评实践　　　　　　　　　　/ 蒋　寅 / 193
《聊斋志异》"少孤"现象研究　　　　　　　　　　/ 杨子彦 / 210
从界格线和册命金文看西周金文书写水准　/ 角田健一 著　张秀阁 译 / 223
台湾光复初期公共领域的建立与文学的位置：1945~1949 / 黎湘萍 / 241
鲁迅与日本的中国研究
　　——以橘朴为中心　　　　　　　　　　　　　　/ 赵京华 / 267
前近代中国诗说的历史发展及其构造　　/ 门胁广文 著　马俊锋 译 / 293
美的范畴与"书法"　　　　　　　　　/ 河内利治 著　朱幸纯 译 / 320
编后记　　　　　　　　　　　　　　　　　　　　　/ 赵京华 / 349

致　辞

陆建德*

尊敬的太田校长，女士们，先生们：

今年6月初，大东文化大学代表团赴北京与我的同事们在文学研究所共同举办"社会科学论坛"，大家切磋学问，砥砺思想，其乐融融，一致感到收获超过了预期。今天，文学研究所代表团来日本回访，继续我们的学术对话。我由衷希望这种卓有成效的交流能够不断进行下去。

来到东京，我不禁想起一位已经逝世110周年的杰出人物——晚清著名学者、教育家吴汝纶（1840~1903）。这位桐城派的后期代表曾为《天演论》《原富》作序，可见他也热心西学。1902年，吴汝纶被管学大臣张百熙荐为京师大学堂（北京大学前身）总教习，但是学校尚未从战乱中恢复过来，他没有赴任。也许，他对如何管理新式大学毫无成算。那年阴历五月，吴汝纶来到日本考察教育，为期三个多月（这时二叶亭四迷正在中国访问）。他在长崎、神户、大阪、京都和东京等地走访各类学校，广结朋友，与他们手谈、唱和。他在9月回国后，立即将部分日记、日本友人的书信和访日期间的报刊报道、专论汇编成册出版，书名《东游丛录》。这是晚清新政初期一份非常有意义的历史文件，其中很多内容还能启发当今的读者。可惜的是吴汝纶回国后不久病逝（1903年2月），他的教育思

---

* 中国社会科学院文学研究所所长

想无法付诸实践。但是《东游丛录》在晚清的教育改革过程中起到了作用，它对《癸卯学制》有所影响。

在这次学制考察过程中，吴汝纶希望全方位地了解日本自明治维新以来在教育方面的经验与成就。他记载大、中小学和各种专门学校办学的细节，不惮其烦。这位学问家也是细致的实干家。对他而言，了解日本也意味着认识自我。

重读《东游丛录》（以及《吴汝纶全集》中的日记卷），经常会感到，通过异国人士的眼光来认识自己，原来如此必要。清末民初的中国知识分子，习惯于中西二元的比较，往往不得要领。现在这一倾向可能依然存在。世界是多元丰富的，所谓的中西两极是过于简单化的想象。取亚洲周边国家的角度看中国，也会有不期而至的收获。

日本对吴汝纶的访问十分重视，一些报刊也报道了他此行目的。东京一家报纸恳切希望他多多关注学制背后的"无形人心"。也就是说，制度要行之有效，离不开文化和风俗习惯的支撑。文章作者表示，中国必须先巩固中央主权，才能真正取得学术进步。国家威权不立，"国民统一之思想"缺失，个人的知识并不能使国家富强。"意贵邦虽守尧舜孔孟之道义，国家之观念，殆若甚薄；贵邦之人民虽智巧，皆出于个人之为，而以国家为务之智识，则若甚少者，此贵邦之所最短也。"这是非常敏锐而又充满善意的批评，同时也凸显了一盘散沙的晚清中国人的盲点。当时的清廷中央萎弱，权力非常分散，留日学生省界意识浓重，出版刊物喜欢以省份命名。激进派只想着民族观念指导下的改朝换代，国家整体观念淡薄。辛亥革命后新学依然支离破碎，究其原因，乃"以国家为务之智识"未能普及。幸运的是从1919年的五四运动到国运飘摇的30年代，国家观念终于开始在中国人心中确立。

尤其可贵的是贵族院议员伊泽修二与吴汝纶谈及爱国心如何培养的问题。他建议，国民要有爱国心，首先必须统一语言。语言不统一，交流不便，团体难以结成："察贵国今日之时势，统一语言，尤其亟亟者。"吴汝纶担心学堂科目已多，增加一门，时间太紧。想不到伊泽修二说："宁弃他科而增国语。前世纪之人犹不知国语之重要，知其为重者，犹今世纪之新发明，为其足以助团体之凝结，增长爱国心也。"爱国心始于语言和发音统一，这也是习惯于各省方言壁垒的晚清知识分子未曾想到的。至于吴汝纶自己，他立即开始借助日本经验设计汉语注音体系。

东京大学教授高桥作卫在给吴汝纶的长信上提出的一系列具体建议也让我感佩。他甚至认为，最好禁止学生阅读豪侠小说。教育的目的不在培养豪杰，而在培养常识之士；豪杰任侠之谈，破坏世道人心，受其毒害者"好为异行，疏豪自喜，甚至抗上以为刚，蔑长以为强，眼无官宪，反理庇恶"。当代的中国教育工作者可能没有意识到"燕雀安知鸿鹄之志哉"所表达的人生态度也会变成现代化进程中的障碍。

与此相关联的是吴汝纶辛丑年（1901）日记里一则有趣的记载。中国留日学生喜欢读政治法律，一位在北京的日本将领笑着说："贵国人喜学宰相之学，满国皆李傅相也。"吴汝纶记道："其言切多讽，记以示儿。"蔡元培先生在1916年年底出任北京大学校长的时候，该校最受欢迎的学科还是政法。

一个多世纪以来，日本和中国都发生了巨大的变化。我们面临的挑战完全不同于以往，但是吴汝纶那种谦逊好学、热心交流的精神永远不会过时。不忘历史，取日本的视角看中国，取中国的视角看日本，善于换位思维，总是会促使双方反思自我，多一分自知之明。

最后，请允许我代表文学所同人衷心感谢大东文化大学为这次会议所做的周到细致的准备。预祝会议圆满成功！谢谢大家！

2013 年 11 月 6 日

致　辞

太田政男[*]

首先，我对各位光临纪念大东文化大学建校90周年学术论坛表示衷心的感谢！

大东文化大学在90年前，根据当时的帝国会议的决议，在东京的九段地区成立了大东文化学院。第二次世界大战以后学院升级成为大学，至今已发展为拥有8个系、19个专业、7个研究生院和法学研究生院的综合性文科大学。

大东文化大学的建校使命是"振兴汉学"，研究以儒教为中心的中国古典文化。建校理念是"融合东西文化"。根据建校以来的教育方针，我们在以研究中国为轴心的同时，也将我校建成了面向整个亚洲、欧洲以及美国的具有全球规模的国际性学术研究和教育特色的大学。

目前日本的大学，包括我们大学在内，都以建立具有世界级水平的大学为目标，追求在世界上保持其存在的价值。整个世界的全球化正在迅速发展，每个国家都在摸索与其他国家发展新的交流和建立差异不大的国家模式以及各个民族和不同文化之间的共生共存的形式。大学的使命是创造学术、文化，通过对下一代的教育为人类的福利与和平做出贡献。

今年，我们虽然迎来了大东文化大学的90周年校庆，但我们希望在迈

---

[*] 大东文化大学校长

向100周年之际将我们的大学发展为具有世界级水准的大学。

今天的学术论坛,就是在贯注了这样的精神中举行的。

这个论坛以一个主题两个内容,展开以文学系为中心和以国际关系系为中心的两个研讨会。

文学系举行的研讨会以"关于东西交流期间中日两国的文学、语言、艺术、教育、历史、思想"为主题。这是我们与中国社会科学院文学研究所共同举行的。中国社会科学院文学研究所与我们大学在2011年12月缔结了学术交流协定。此外,今年6月在中国举行了同一主题的学术论坛。

另外一个研讨会是由国际关系系为中心所举行的。其研讨课题是"崛起的中国势力与亚洲的新秩序"。

两个研讨会都是在立足于本大学的研究特色上召开的,同时也是适合时宜的。

在这两个研讨会上,我们迎来了国内外各领域里已积累了显著的研究成果的著名专家和学者。参加文学系研讨会的有中国社会科学院文学研究所所长陆建德教授,以及副所长高建平教授等十位先生。对此,我再次表示由衷的感谢!另外,在国际关系系的研讨会上,我们迎来了有上海复旦大学的沈丁立教授,北京外国语大学的邵建国教授,挪威科学工科大学的保罗·米德福特副教授,越南社会科学院中国研究所所长杜进森教授以及观察者研究基金会的Rajeswari. Pillai. Rajagopalan高级研究员。对于前来参加研讨会的所有专家、学者,我表示至诚的感谢!

我愿这次学术研讨会能取得预定的成果,并预祝学术论坛取得圆满成功!

2013年11月6日

致　辞

市川護[*]

在大东文化大学创建 90 周年之际,我衷心地欢迎各位前来我大学参加这次"纪念 90 周年学术论坛"。

大东文化大学在"振兴汉学,达成东西文化融合"的建学精神下成立于 1923 年,今年 9 月 20 日我们迎来了 90 周年校庆。在我们的建校精神中包含了"加深对世界各国文化的理解,以及理解其他国家并达成世界之和平"的愿望。

放眼当今的世界,我们还很难说各国之间已做到了能互相理解和和平共处。就亚洲而言,我们的肩上还压着沉重的领海问题等等,要真正地走上和平之路还是有一定的难度的。

尽管我们面临着这些艰难的问题,但在追求和平的道路上,最能帮助解决这些问题的不是政治,而是文化。我想只有理解彼此之间的文化,才能萌生相互尊重的感情。

从这个意义上来说,我认为今明两天的学术论坛是相当有意义的。这个学术论坛的成果不能只归于我们自己,我衷心希望今后能在更多的方面来有效地利用这个成果。

---

[*] 学校法人大东文化学园理事长

各位这次对日本的访问虽然短暂，但我希望并祝愿大家能够度过这有意义的时光。对远道而来参加大东文化大学创立 90 周年学术论坛的各位，我再次表示真诚的感谢！

谢谢大家！

2013 年 10 月 23 日

培育"美好事物"
——山下嬢子文学部长致辞

山下嬢子 著*　朱幸纯 译**

今天，纪念大东文化大学创立90周年、中国社会科学院文学研究所创立60周年的国际学术研讨会在大东文化大学开幕了。能邀请到中国社会科学院文学研究所的所长陆建德先生、副所长高建平先生及其他先生来共同庆祝这一重要纪念日，我感到无比开心。

此前，日方代表于今年6月上旬访问了贵地北京，并共同举行了研讨会。当时我们大东文化大学的代表受到了社科院先生们的热情款待。非常感谢你们！这一次，我们也抱着让社科院的客人们欣赏日本的美丽金秋的愿望而做了筹备。也许还有不周之处，但希望各位在日本度过愉快的时光。衷心欢迎诸位！

毋庸赘言，中日之间的交流已有千年以上的历史。遣隋使、遣唐使很早以前就将优秀的文化、文物从中国带回了日本。汉字及佛教的传播，从飞鸟、奈良时代直到现代，都是日本文化与历史的根基，这其中也不能忘记建立唐招提寺的高僧鉴真的存在。鉴真五次东渡都被阻，第六次终于成功。他克服了风浪、谗言和官禁等困难，历尽艰辛以致双目失明的事迹非

---

*　大东文化大学文学部长
**　四川大学博士后

常有名。他与21名弟子一同来到日本，除了努力弘扬佛法以外，还因精通医术被广为人知。松尾芭蕉曾咏诵道："新叶滴翠，摘来拂拭尊师泪。"前有小引："于船中遇难七十余次。其间，因海风侵袭双目，终成盲圣。"在这种热情的支撑下，来自贵地中国的文化、文物传到了日本。这些对我们日本人来说是无可替代的遗产。

此后，历经中世和近世，到了现代，所有日本人都十分喜爱熊猫这一可爱的礼物。作为中方亲切、友好的印证，我们在感激的同时一定会好好珍惜。随着时代的变迁，两国的交流更加密切，让我们在共同学习、相互帮助中构筑两国的友好历史。

在我们大东文化大学，来自中国的留学生，包括研究生在内共有419名。此外，包括短期研修在内，我们每年都会提供很多留学、研究的机会。年轻人的这种交流自不必说，文学者之间的交流也比以前更加深入。

在这里我想介绍一下去年3月去世、享年92岁的歌人、书法家安永蕗子。蕗子的"蕗"是植物蜂斗菜的花茎的"蕗"。她生于熊本且终生居住在熊本，一直对自然抱有敬畏之心，留下了很多优秀的诗歌，晚年还担任了皇宫新年和歌会的评选人。她还是汉学非常好的国语教师，秋天去阿苏旅行，根据司马迁的《史记》创作了如下和歌：

①夕照山野，徒步徜徉于天官图谱中。

（日落时分，走在阿苏秋天的山野中，被其壮观深深吸引，沉浸在此处就是司马迁所著宏大的宇宙之书——天官图谱的想象思绪中。）

蕗子曾说过："早在7世纪中国隋朝的史书（《隋书·倭国传》）中，就出现了'阿苏山'的名字。这或许是国际交流的开端吧。"她于昭和六十年（1985）晚秋亲自访问了中国，昭和六十三年（1988）又前往西域旅行，分别创作了如下短歌：

②来到十亿民众之国，脚穿无声靴的冬季之旅。

（这个冬天去中国旅行，我也买了人们穿的黑布鞋。穿上后发觉全无声响，再次让我感到有趣。虽然这个国家生活着十多亿人口，但这份静谧是什么呢，是怀念人们的安详生活吧。）

③呼唤"西安"，犹如隐约响起阴郁的四声悲泣之音。

（听到"西安"这种窃窃私语般细微的声响时，深切感受到中国的四声中经常传达的"悲泣"这一情感,就像是准备好的一般。感情丰富之人的心动与语言相连的纤细漂浮而来。)

另外,在去西域的旅途中作了如下和歌:

④ 人已无飞天之悦,空中千里飞赴敦煌。

(如果有翅膀的话,能够体味自己在空中飞翔这一至高无上的开心、愉悦,但作为人类的我没有翅膀。然而现在我乘着飞机,在空中飞向千里之遥的西域敦煌。我正体验着这种开心、愉悦。)

一般认为,贵地中国的"美好事物",在和歌(现代短歌)这种日本自古而来的文艺形式中得到吟诵。我们会非常珍惜这种文学、文艺之源。衷心希望不仅学问方面,在所有领域,我们都能相互尊重彼此的"美好事物",培育更美好的事物。

今天的研讨会,将有以陶渊明、鲁迅为代表的文学、京剧与日本戏剧的比较、亚洲的教育、语言与西方文学的关系等丰富多彩的研究题目。衷心希望这将成为一次共同学习、成果丰富的研讨会!

东方文化以及西方文化、日本和中国
——以中国传统美学术语的探讨方法为例

门胁广文[*]

一 前言

本论将举例论述、整理中国传统美学术语的探讨方法所存在的问题、东西方文化以及日中文化的关系和在这关系上目前存在的问题。

就目前的情况来说，在近代以前的中国似乎不存在相当于今天所说的"美学"这门学科。但在中国的各个时代都非常盛行对"美"的论述，对于这些现象，我们不应该置之不理。中国美学，特别是传统美学这门学科，在日本并不是众所周知，对其研究也不够，所以，我们必须从"中国传统美学"到底是一门什么样的学科这一问题开始说起。但是，笔者认为，在探讨这个问题之前，应对现在日本学者所研究的中国古代传统美学，它究竟是一个什么性质的学术活动，作一比较明确的解释。

（1）日本文化的三层结构

如果用比较简洁的图示来整理现代日本文化，即如图 1 所示有三层结构。

---

[*] 大东文化大学教授

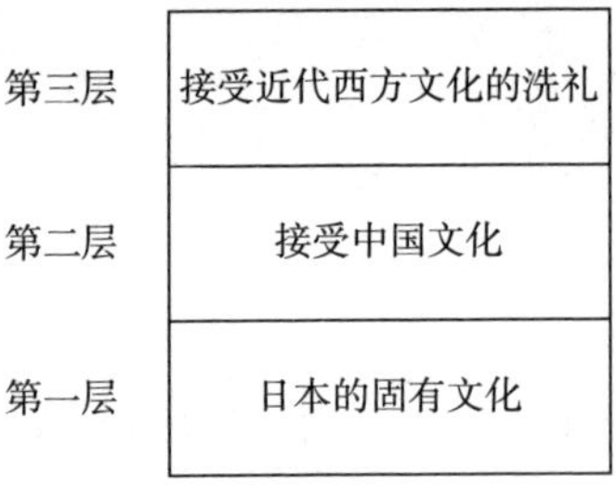

第三层	接受近代西方文化的洗礼
第二层	接受中国文化
第一层	日本的固有文化

图 1

不用赘言，最底层即第一层的文化便是日本本国固有的文化。这种文化是在大量的中国文化进入日本的6世纪到7世纪之前形成的。众所周知，在这以后，当时中国的，也就是以唐宋为主的大量的文化传入我国。以后虽有过一些迂回曲折，但中国文化对日本文化具有绝对性的影响这一点是不可否认的。

在江户中期、公元18世纪前后，西方的近代文化开始传入我国，但那时传入的西方近代文化并没有将日本改变多少，使日本发生巨大变化的应该说还是在明治维新（19世纪后期）以后，当时的日本第一次接受了西方文化的洗礼。

（2）近代以后和之前的东方文化

在受到西方文化洗礼之后的日本文化和以前完全不同，明显地成了另一种文化。对此，本节将分两部分来论述。

明治维新至今已将近150年，一般来说，我们是生活在如图1所示的混同着这三种文化的社会之中。但在我们的生活中，这三种文化并不是平等地存在，准确地说，在我们今天的社会中存在着的是含有中日双方文化的传统文化，即"东方文化"和新来的"西方文化"的一种对峙形式的文化。而今天的日本则受西方文化的绝对影响，一般的日本人民对欧美文化比对中国文化更有亲近感，对中国的一些工艺品和文化遗产似乎比欧美文化更有异国情调感觉。在我们日常生活中所说的话也是如此，有很多都是近代西方语言的概念。比如"大东文化大学"，在这一校名中除了"大东"这个单词以外，"文化"和"大学"这两个词，虽然在中国古典作品中就存在，但现在使用的意思则完全是英语"university"的翻译。同样，"经济""文学""小说"等单词，其实也都是"economy""literature""novel"的英语翻译。由于它们都是汉字，又是很普通很常用的词汇，所以很能给人以本来就是汉语单词的错觉，当然其表达的意思也是西方语言的意思，不是汉字的本意。

让我们再回到现在要讨论的"美学"这个问题上。这个单词也不是中国原有的，也是英语的"aesthetics"的翻译。类似这样的情况举不胜举，我们的思考基准的许多单词都受到了很深的西方文化影响，不仅如此，就连我们的思维方式都深受其影响。与其说"逻辑性的思维（logical）"和"辩证法的思维（dialectic）"是近代西洋的思维特征的话，不如说这些词语本身就是西洋的近代。①

同样，中国的情况也不例外。上述的"经济""文学""小说""美学"以及"社会（society）""科学（science）"等单词在今天的中国社会中都已是极其普通的常用汉语了。

但是，在诸如此类的西方近代语言和思维方法大量进入东方文化圈之前，在传统美学学科里是有其独自的语言和思维方法的。例如，中国传统美学用语的"气韵""神韵""性灵""意象""意境""风骨""格调"等等，对母语是汉语的人们来说一般都能理解这些词所表达的意思；对受中国文化影响很深的明治以前的日本人来说，也无须花费太大的力气来分析探讨。可是对浸泡在西洋文化里的今天的日本人来说要理解这些语言就不是很容易的事了。如果是我们这些65岁左右的人还能通过前后的语境理解其一二，但到我们子女这一代，特别是我们现在教的这些大学生们恐怕就不太能理解了。对于思维方法，在某种意义上可以说是和近代西方完全相反的，但在以前的东方却是存在的。在此，我们仿效成复旺先生②的说法，称以下几种思考方法为"经验性的思维""意象性的思维""直感性的思维""暧昧性的思维"。③ 这样的思维方法虽然毫无疑问地是以中国为中心，但在包括日本在内的东方还是非常普通的。

东方和西方的思维方式的关系只是相对的，不是一方称"普通""普遍"而另一方称"个别""特殊"。在可以用"美学"这个词来总结的学

---

① 当然，在中国和日本也不是从来就没有过这种思维。如果没有这种思维方式，恐怕什么样的文化都产生不了。但是，在西方近代以前也不是以"辩证法思维"和"逻辑性思维"为中心的。这是由对构造主义的批评家们指出的。特别是米歇尔·福柯，可以说他做的工作是这方面的代表。另外，构造主义是想以"两项对立"的"方法"为基础，分析和阐述社会的各种现象。这与其说是一种思想体系，更应该说是脱离思想体系的一种"方法"。

② 见中国人民大学出版社的《中国美学范畴辞典》中成复旺先生的〈引论〉。

③ 成复旺先生是用"经验思维""意象思维""直觉思维""模糊思维"来表现的。

科中，成复旺先生的阐述是非常简洁明了的。

> 中西美学之间，既不是特殊与一般的关系，也不是两极对立的关系，而只是特殊与特殊的关系。作为美学领域里的两个特殊，它们既非全同，亦非全异；而无论同异，都没有整齐的对应性。它们之间可以相互参照、相互比较，却不能简单比附。①

笔者认为这个主张非常妥当，具体内容将在第三章中详细论述。
(3) 当代日本学者的位置

本节将总结上述的内容并就目前我们日本学者在这门学科里是处在一个什么位置，在这个位置上我们研究探讨中国传统美学的用语又是一个什么性质的学术活动的概要作一论述。

近几年，西方的近代思维方式有点停滞不前，有人说西方人开始憧憬东方人的思维方式。比如法国的弗朗索瓦·于连②，他就注意到中国传统文化中普遍存在的"无味"的价值，写了一本《平淡礼赞——中国和欧洲的哲学对话》。③ 此书在日本是这样介绍的："以中国的诗文、绘画为线索，通过取出在中国思想文化意识根底中存在的'平淡'所具有的积极的意识形态和西欧的理性以及存在的对峙，论述了中国文化的超越性。"④ 弗朗索瓦·于连在这本书中的第一章《表征的变化》中阐述道：

---

① 成复旺先生是用"经验思维""意象思维""直觉思维""模糊思维"来表现的。日语翻译见大东文化大学中国美学研究会译（成复旺主编，中国人民大学出版社）《〈中国美学范畴辞典〉译注》第一册。
② 弗朗索瓦·于连（Francois Jullien）。
③ 《平淡礼赞——中国和欧洲的哲学对话》（『L'eloge de la fadeur』）。日语翻译见平凡社、ISBN：4-582-71904-X、1997年9月/兴膳宏+小关武史译。
④ 参照机械可读目录数据库（MAchine Readable Catalog）http://www.amazon.co.jp/%E7%84%A1%E5%91%B3%E7%A4%BC%E8%AE%83%E2%80%95%E4%B8%AD%E5%9B%BD%E3%81%A8%E3%83%A8%E3%83%BC%E3%83%AD%E3%83%83%E3%83%91%E3%81%AE%E5%93%B2%E5%AD%A6%E5%AF%BE%E8%A9%B1-%E3%83%95%E3%83%A9%E3%83%B3%E3%82%BD%E3%83%AF-%E3%82%B8%E3%83%A5%E3%83%AA%E3%82%A2%E3%83%B3-%E3%83%95%E3%83%A9%E3%83%B3%E3%82%BD%E3%83%AF-AF-%E3%82%B8%E3%83%A5%E3%83%AA%E3%82%A2%E3%83%B3/dp/458271904X/ref=la_B004LQZ9SM_1_3?ie=UTF8&qid=1368757004&sr=1-3 2013/05/17。

在我们西方人①中，当在此之前被认为是相反的理论变成明显的事实时，当从我们的眼中看见的平淡所有价值的表面特征发生变化时，我们会突然感到中国文化比以前更亲近。当我们在超越了由于受到意识形态毒害的机械性的想法和文化的思维方式时；当我们开始意识到"平淡"所具有的有利因素的可能性②会出现时，我们（西方人）③也许能进入中国的内部深处，不是那种很引人注目的亮点部分，而是最单纯的本质性的部分。

　　在超越了"由于受到意识形态毒害的机械性的想法和文化的思维方式"时，开始意识到中国传统文化中普遍存在的"平淡"所"具有的有利因素的可能性会出现"时，西方人才能"跨进中国的内部深处"。弗朗索瓦·于连虽没这么明确地说，但我们可以很容易地从这话的背后领会到西方人对中国传统文化的憧憬。

　　就表1来看，D对A是憧憬的关系。笔者不十分清楚"与西欧的理性和存在的对峙来论述中国文化的超越性"到什么程度，但至少可以知道存在着这种倾向。

表1

	近代以前	近代以后
东方	A	B
西方	C	D

　　那么，我们这些现代日本学者研究中国传统美学究竟是怎么一回事，又有什么意义呢？

　　今天的日本，一方面是生活在明治以后的在政府所制定的方针下实行的接受西方近代的思维方式洗礼的社会之中，另一方面在我们的深处包含着深受中国传统文化的影响的日本传统文化。并且这影响非同一般，说得更确切的应该是中国文化渗透到其深部，深到以至于我们感觉不到这里有

---

① 门胁补注。
② 原译者加点。
③ 门胁补注。

中国的影响存在。而却又是在否定这样的日本文化中开始了我们的明治时代。明治时代以迅猛的速度接受了西方文化，就以我们大东文化大学为例，在90年前的1923年，出于对当时接受西方文化潮流的反省，根据国会决议才成立了这个大学。

但是，在第二次世界大战以后，否定日本文化、接受西方文化的倾向越来越强，到今天，"日本式"的东西甚至已让我们日本人自己都感到有某种"异国情调（exoticism）"了。也许有人会批评说，不可能有这样的蠢事。那么，请想一想"和服"这个词，就不难理解我以上所说的了。这本来应该是我们日常生活穿着的"和服"，现在却成了让人有"异国情调"感觉的服装了。那么，我们日本人到底是站在哪里？对于我们日本人来说，"这里"又指的是什么地方？当然，"这里"不可能是西方。虽然我们连西方的骨髓都接受了，但我们不是西方本身，这也是相当明确的。那么，我们是在中国文化圈中？

表2

	近代以前	近代以后
中国	A	B
日本	E	F
西方	C	D

可以肯定地说，当然也不是。那么就是说，今天的日本人是站立在既不是西方也不是东方的一个模糊的位置上。不，应该说是既在西方又在东方的中间位置上。换句话说，是在一个具有东西方两个意义的位置上。将我们现在站立的位置和我们的研究对象——近代以前的中国传统美学作一整理，便如表2所示。"A"是研究对象，近代以前的中国传统美学，"F"相当于我们现在站立的位置。从"A"往下的箭头是指6、7世纪以后中国对日本的影响；从"D"到"F"的箭头是指明治时代以后受的西洋文化的影响。

同样，从"D"到"B"的箭头是表示近代以后中国接受的西方影响；而"F"到"A"的箭头则是表示现在我们正在研究的中国传统文化。在这里我们还要提醒一句的是，我们实际生活是在东方文化圈的位置。我们

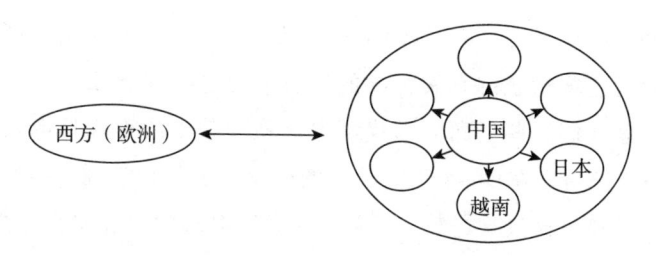

图 2 "古代汉语"文化圈

的日本文化是在东方和西方的对峙中的东方文化圈中，但只不过是以中国的"中心"来说的"周缘"的位置，而且在大国的中国看来是一个"袖珍"国家。其实也未必，反而可以说我们是站在一个相对能把握中国传统文化的位置上。

（4）中国传统美学的术语

以上，我们对研究中国传统美学以及其用语和有关问题做了比较详细的叙述。那么，"中国美学"究竟是一门什么样的学科呢？我们先从这里开始论述，然后论述在这学科中使用的"术语（technical term）"的探讨方法。

我们在这里说的"术语"是指"在中国美学中的'概念（concept）'和'范畴（category）'"。所谓"范畴"就是"反映事物的本质属性和普遍联系的基本概念"。因此，"范畴"高于"概念"。一个"范畴"往往包含着一个具有内在联系的"概念"系统。总之，"范畴"是包含着许多"概念"的概念。简单地说就是"概念"的"概念"。而表达这些"范畴"和"概念"的术语则是"意境""兴象""气韵""妙悟"等术语。就如日语中的"わび（wabi）""さび（sabi）""いき（yiki）""しぶみ（sibumi）""やぼ（yabo）"等词语。

二 作为一门学术的中国传统美学

在日本，中国传统美学这门学术，并不是一个大众化的学术，研究活动也不是很活跃。所以，以下我们论述有关中国美学是一个什么样的学问的问题。

（1）关于中国美学这门学科

最近几年，在中国的学术界，对于近代以前的文学、书法、绘画、音乐和其相关的思想、哲学，不再分领域研究而是把文学艺术综合起来作为"美学"这一新的学科来研究。可以推测,这是对分领域的研究并不能正确地把握近代以前的这些领域的真实情况的反省。把这些领域综合起来作为"美学"学科,就我们这些以西方近代学术体系为基础的现代日本人的常识来看,或许有点离奇。在日本,"美学"的概念一般是指绘画、雕刻等和"美术"有关的学科,这只要查看一下有"美学"名称的学院和系的课程①就很

---

① 见 2008 年庆应义塾大学文学部哲学系美学美术史专业的介绍文(http://www.flet.keio.ac.jp/dep/arts.html)。本专业的研究领域是以美学、西方艺术史、东亚和日本艺术史和音乐学为中心。美学主要是在艺术上关于制作、作品、理解等问题做理论上研究的一门学问。美术史是将在西方、东方、日本的各个时代的绘画、雕刻、工艺、建筑等以实证的观点及在理论上进行研究。音乐学是研究以西方音乐为中心的音乐史上的各个问题。以上各个领域都和艺术有很深的关系,但本专业只限于在学术上的研究、教育,不与制作、演奏直接发生关系。/再看最近几年的教学内容:在美学关系方面,就美学的基础问题,我们不仅开设了系统性、能概观历史的美学概论和特别讲座,同时还讲授和研究近现代的建筑理论、摄影以及当今在各类艺术媒体中存在的问题和艺术学的方法理论。关于西方美术史,有意大利文艺复兴时期的艺术史、近代和当代美术史概论,还有中世纪意大利绘画、雕刻史课。对于东方、日本美术史,有以雕刻史为主的从飞鸟时代至平安时代的美术史概论,以绘画史为主的镰仓时代以后的美术史概论和日本中世纪、近代早期绘画史、陶瓷器史课。除此之外还有关于印度、西藏、中国的美术史等课。在西方音乐史方面,有从中世纪至 20 世纪的音乐史概论、日本传统音乐论、近代日本音乐等课。在艺术管理理论这堂课,以追求实用性研究为主,有处理各个流派在表演艺术制作经营方面目前存在的问题的艺术制作课、探索当今的艺术和社会之间的关系的艺术经营管理课。艺术研究基础、美学美术史学研究讨论、原著讲读(英、德、法、日、意)课以少数学生为班,以研究讨论的形式学习为专门研究打基础的研究基本方法和概念。2013 年度的介绍文虽然作了以下修改,但其对象是"美术"这一点没有改变。
森鸥外(森林太郎)在三田山上开始讲授"审美学"是明治二十五年(1892)10 月。这个"审美学"为 aesthetics,毫无疑问这就是现在被译成"美学"的学术用语。因此,在庆应义塾大学和美学发生关系已有一个世纪的历史了。这是我国美学美术教育的先驱,但是,我们不仅为我们古老的历史骄傲,更应树立一个以崭新的构思培育新一代的目标。
本专业以艺术为学习对象,但不学习具体地作画、作曲。我们将通过学习艺术理论、历史、艺术经营管理来正确地理解艺术本质,以培养能对参与艺术和社会活动做贡献的人才为目标。为此,我们的必修课开设了美学,东洋、西洋美术史,西洋音乐史等理论、历史方面的科目,还有艺术经营管理等运作、经营方面的科目。另外还有内容丰富的选择科目,以便学生能广泛地、正确地掌握更多知识。/为了能让学生在大学学到的知识对将来有用,首先要让学生有牢固的基础知识和思考能力是最好的方法。为此,本专业还开设了古文和外语文献的阅读科目,因为熟读文献能打好学术基础。另外,本专业在 2 年级时还举行去奈良、京都等地的参观旅行。体验直接接触艺术作品接受其感动是从事艺术活动的基本。/在 2 年级打好基础后的 3 年级将参加专题研究讨论形式的"美学美术史研究会"。4 年级时在所属的研究会中一边接受老师的指导,一边撰写毕业论文。毕业以后的方向有就业于和艺术相关的公司,也有就业于各行各业的一般工种的。(转下页注)

清楚了。

（2）作为"东方学"中一门学术的"中国美学"

在中国，把上述的各学术进行综合性的研究被称为"美学"，恐怕不会产生异议吧。如果像这一类的美学学科不存在于西方，而只存在于传统的中国的话，那么我们也许只能说"中国美学"这个词是比较特殊的。但其实也不尽然，如果以西方为基准，当然可以说它是特殊，而以西方为基准这本身就应该反省。如以现在的东方学为基准的话，那么，中国美学这门学科则应该理解为东方学中的一门学科。中国美学和西洋美学是相对而言的，不存在"一般"对"特殊"的关系。话又说回来，尽管将文学、书法、绘画、音乐等综合在一起以美学的概念来研究，这对我们来说有点不可思议，但从中国文化传统的角度来看，不是没有根据的理论，反而可以说是符合实际情况的。否则，我们将无法理解近代以前的中国人对"美"的认识。为什么这样说呢？因为在近代以前的中国对于这些不同领域里的

（接上页注①）如果想发挥自己的专业知识和已有的博物馆职员资格，那么毕业生们会选择进大学院继续深造。http://www.flet.keio.ac.jp/dep/arts.html 2013/05/17。

另外，将2008年度实践女子大学文学部美学美术史系的教育课程附之如下，以供参考。

必修科目：日本美术史入门a、日本近代美术史入门、中国美术史入门a、佛教美术史入门a、西方美术史入门a、西方近代美术史入门a、美学入门a、日本文娱史入门a、毕业论文研究、毕业论文。

选择必修科目：日本美术史入门b、中国美术史入门b、佛教美术史入门b、西方美术史入门b、西方近代美术史入门b、美学入门b、日本文娱史入门b、日本美术史专题课程a、日本美术史专题课程b、日本近代美术史专题课程a、中国美术史专题课程a、中国美术史专题课程b、佛教美术史专题课程a、佛教美术史专题课程b、西方美术史专题课程a、西方美术史专题课程b、西方近代美术史专题课程a、西方近代美术史专题课程b、民俗文娱专题课程a、民俗文娱专题课程b。选择科目：日本古代中世纪美术a、日本古代中世纪美术b、日本近世美术c、日本近世美术d、日本近代美术c、日本近代美术d、中国绘画c、中国绘画d、佛教美术c、佛教美术d、亚洲美术a、亚洲美术b、亚洲美术c、亚洲美术d、西方古代美术a、西方古代美术b、西方中世纪美术a、西方中世纪美术b、西方近世美术c、西方近世美术d、民俗文娱研究d、文娱文化史a、文娱文化史b、民俗学研究a、美学研究c、美学研究d、媒体艺术论a、媒体艺术论b、艺术学a、艺术学b、影视艺术论a、影视艺术论b、身体文化论a、身体文化论b、演剧学a、演剧学b、思想史研究a、思想史研究b、文献研究a1、文献研究a2、文献研究b1、文献研究b2、文献研究c1、文献研究c2、文献研究d1、文献研究d2、文献研究e1、文献研究e2、文献研究f1、文献研究f2。

问题，都是用同样的言辞进行论说的。我们可以"味"这个词为例来看距今 1700 年前文人陆机（公元 261~303）的用法。现将他写的文学论《文赋》引用如下：

> 或清虚以婉约，每除烦而去滥，阙大羹之遗味，同朱弦之清氾。虽一唱而三叹，固既雅而不艳。

这是说太质朴、简洁的文学作品，就像没有调料的肉汁，没有什么审美价值。在这里，陆机用"五味"即"甘""辣""酸""咸""苦"中的"味"来评价文章的优劣。

如同以上的例子在书法、绘画中也有所见。书法批评论的《古今书评》、绘画理论的《画山水序》和论述音乐的《声无哀乐论》都有类似的文字。

> 殷钧书，如高丽使人。抗浪甚有意气，滋韵终乏精味。（《古今书评》①，袁昂）②

> 圣人含道映物，贤者澄怀味象。至于山水，质有而趣灵……余眷恋庐衡，契阔荆巫，不知老之将至……于是画象布色，横兹云岭。

---

① 《古今书评》是作者奉命品评历代书家之作。该书对王右军、王子敬、羊欣等 25 名自秦汉至齐梁的"皆善能书"的著名书家逐一加以点评。首先，各家每以短语概括，文字极其简洁，惜墨如金，如"韦诞书如龙威虎振，剑拔弩张""蔡邕书骨气洞达，爽爽有神""邯郸淳书应规入矩，方圆乃成"等，皆十分精辟。其次，作者以形象化的笔法描述抽象的书体效果，将富有哲理的点评与生动的比喻融为一体，如云："庾肩吾书如新亭伦父，一往似扬州人共语，语便态出""羊欣书似婢为夫人，不堪位置，而举止羞涩，终不似真""陶隐居书如吴兴小儿，容形虽未成长，而骨体甚峭快"。另外，作者特别推崇张芝、钟繇、王羲之、王献之四家之作，尊位"四贤共类，洪芳不灭"评价极高。传梁武帝亦有《书评》之作，与此书颇为相似，笔者以为可能是后人据此附益或伪托而成。而袁氏此书则钩玄提要，富有开创性意义，实为我国书学史上较早期书法品评专著之一。

② 袁昂，南朝梁（461~540），字千里，陈郡阳夏（今河南太康）人。昂本名千里，齐武帝改今名，字千里。仕齐至吴兴太守。归梁位司空。谥穆正。颇善画。卒年八十。著《古今书评》《〈南史〉本传》《历代名画记》《法书要录》等。

(《画山水序》①，宗炳)②

夫屈用每殊，而情之处变，犹滋味异美，而口辄识之也。五味万殊，而大同于美；曲变虽众，亦大同域和。美有甘，和有乐；然随曲之情，尽于和域；应美之口，绝于甘境。安得哀乐于其间哉。然人情不同，自师所解，则发其所怀。(《声无哀乐论》③，嵇康)④

在这里，请恕我不对上述文章作详细评述。

三 关于术语的探讨方法

如上所述，近代以前的中国，在论述文学、书法、绘画、音乐各个领域用同样的言辞是很普通的现象。但过去往往是各个领域各自研究，其研究成果也几乎互不交流。这种现象不用说是由于受西方近代学术体系的分学科研究的影响。

(1) "中国美学"学科的综合性

但是，近三四十年来，在中国开始用"美学"这个哲学概念将文学艺术综合起来研究，对照西方研究方法的概念可以说是跨学科的研究。目前

---

① 《画山水序》，东晋宗炳撰山水画论著。虽篇幅不长，但在中国绘画理论史上占有重要地位。作为中国山水画论的开端，《画山水序》对后来的画论产生了重要影响，并具有普遍的美学意义。

② 宗炳（375～443），字少文，南阳涅阳（今河南镇平）人，居江陵（今属湖北），东晋末年至南朝宋画家。宗炳出身士族，屡拒当局征召。他长于书画、弹琴，深于佛学，曾入庐山白莲社，作《明佛论》。其性好山水，长期在外漫游，老病才回江陵，图绘所见景物而自称"卧游"。《历代名画记》称其有《嵇中散白画》《孔子弟子像》《狮子击象图》《颍川先贤图》《周礼图》等传世。

③ 嵇康的《声无哀乐论》不仅讨论了音乐有无哀乐，音乐能否移风易俗，还涉及音乐美学上的一系列重大问题。即对音乐的本体与本质问题，音乐鉴赏中的声、情关系问题，音乐的功能问题等提出了"声无哀乐"的观点。即音乐是客观存在的音响，哀乐是人们的精神被触动后产生的感情，两者并无因果关系。用嵇康的话说就是"心之与声，明为二物"。

④ 嵇康（224～263，一说223～262），字叔夜，汉族，三国时期魏国谯郡铚县（今安徽省宿州市西）。著名思想家、音乐家、文学家。正始末年与阮籍等竹林名士共倡玄学新风，主张"越名教而任自然""审贵贱而通物情"，为"竹林七贤"的精神领袖。曾娶曹操曾孙女，官曹魏中散大夫，世称嵇中散。后因得罪钟会，为其构陷，而被司马昭处死。

这种研究方法在中国已经成为常识，并出了很多优秀成果。以下列举的三册书籍就是其代表：

首先是叶朗论述了中国美学思想变迁历史的《中国美学史大纲》①（1985），其次是李泽厚的《华夏美学》②（1989），以及张皓的将各个概念判定为"范畴"，并讨论了传统文化和它们的关系的《中国美学范畴和传统文化》③（1996）。近年来在中国将文学、书法、绘画、音乐等进行综合性讨论已成为基本，从近代以前中国文化的实际情况来看，这是理所当然的。但是，要探究这些术语的使用意思却不是一件容易的事情。我们接着讨论这个问题。

（2）术语的探讨难度

我们已经说过要探讨上述这些术语的意思不是那么容易，那么其理由呢？一是研究主体；二是研究对象。

①研究主体存在的问题

首先是由于我们一直在分得很细的西方哲学的概念下研究所产生的问题。比如笔者作为一个研究中国文学批评史或文学理论史的专家，但对其他学科则完全是外行。书学、书法理论家对文学理论也未必专业，在绘画理论、音乐理论、思想和哲学界也有同样的情况。在我们的老师、老师的老师这一辈有位叫青木正儿④的学者，他对"文学""哲学""书法""绘画""音乐"所有的学问都不是外行。⑤但是，到我们老师这一代已没有青

---

① 上海人民出版社。
② 中外文化出版公司。兴膳宏等译《中国的传统美学》（1995），平凡社。
③ 湖北教育出版社。
④ 明治二十年（1887）至昭和三十九年（1964）。
⑤ 《青木正儿全集10卷》春秋社，《支那文学思想史》岩波书店，《支那文学艺术考》弘文堂，《支那近世戏曲史》弘文堂，《中华文人画谈》弘文堂，《江南春》东洋文库ISBN 978-4-582-80217-7，《北京风俗图谱》东洋文库，《中华名物考》春秋社（以后东洋文库ISBN 4582804799），《琴棋书画》春秋社（以后东洋文库ISBN 4582805205），《中国饮酒诗选》筑摩丛书（以后东洋文库），《华国风味》岩波文库ISBN 4000071831（以后宽版），《酒中趣》筑摩书房ISBN 978-4-480-01289-0（以后筑摩丛书），《酒之肴——抱樽酒话》岩波文库（以上的抄版），《中华茶书》春秋社（以后柴田书店），《李白》集英社ISBN 4081561087；译注：《新译 楚辞》春秋社（以后筑摩书房〈世界文学大系〉），《元人杂剧》弘文堂，《芥子园画传》筑摩书房，《随园食单》（袁枚著）岩波文库。

木正儿这样的学者了，在专业上可以说都不能够跨越很大范围的学科。那么，是不是只有青木正儿这样的学者才能研究含有多样性的中国传统美学呢？笔者不这样认为。青木正儿他们这一代的学者，是直接地、用现在的流行说法就是原汁原味地理解中国的"美"的，话说得也许不恰当，它是有缺点的，因为正是这个"直接"，所以就不能对其对象有相对的思考。

青木正儿指出了自江户时代以来用训读的方法阅读中国古典文章的缺点，认为应该直接使用汉语。在论述前述的"意境""兴象""气韵""妙悟"等中国传统文化、传统美学的术语时不作充分的解说，直接用汉语，那么对于只能用训读方法来理解中国传统文化的人来说这就是难上加难了。

我们这一代的学者，在正式开始做"中国"这门学问之前，受到了构造主义的洗礼。在日本 20 世纪 60 年代后半期到 70 年代前半期是马克思主义、存在主义的潮流开始转换到构造主义的时期。正是在那个时期，索绪尔①、福柯②、克劳德·李维史陀③、巴特④、拉冈⑤等思想家的书籍纷纷被译成日语。

对于构造主义，与其从政治意识形态上来看还不如说是对文化能进行相对性研究的一种方法。因此，受到结构主义洗礼的我们这一代则能更自觉地认识到我们上一代未必能认识到的研究方法。如果说我们这一代比上一代有什么优点的话，那么可以说有两点，第一就是我们认识到对中国的传统文化以及其语言的意思，不是能直接理解得了的；第二则是我们能自觉地用构造主义的方法来进行研究。

②研究对象存在的问题

以下论述有关研究对象所存在的问题。

---

① 弗迪南·德·索绪尔（Ferdinand de Saussure），1857 年 11 月 26 日至 1913 年 2 月 22 日，瑞士语言学家，被称为现代语言学之父。
② 米歇尔·福柯（Michel Foucault），1926 年 10 月 15 日至 1984 年 6 月 25 日，法国哲学家。
③ 克劳德·李维史陀（Claude Gustave Lévi-Strauss），1908 年 11 月 28 日至 2009 年 11 月 1 日，法国人类学家、思想家。
④ 罗兰·巴特（Roland Barthes），1915 年 11 月 12 日至 1980 年 3 月 25 日，法国文学批评家。
⑤ 雅各-马利-艾弥尔·拉冈（Jacques-Marie-émile Lacan），1901 年 4 月 13 日至 1981 年 9 月 9 日，法国精神病学家、哲学家、精神分析大师。

某个术语在文学、哲学、书法、绘画、音乐等学科中运用时，因为各个学科本身有差异，当然，表达的内容和意思也会相应不同。但由于它们在表面上用的是同一文字，所以要指出它们的"共同部分"和"差异部分"并不是很容易的。在当时的中国学术界对这些差异都有一定的默契。但现在，尤其是因为我们不是中国人，既不可能达到也不可能理解这个"默契"。加之大部分的术语又都是表现人的美的感性，所以对那些术语表达的意思只能是一个模糊的概念性的感觉，大致上的认识。但如果一旦要用语言来阐述，那就非常困难了，更确切地说，可以说是绝望性的，几乎没有可能实现。

那么，我们应该用什么方法或者是依照什么程序来探讨这些术语所表达的意思呢？其实也没有什么特殊的方法，只是根据以下提示的方法一步步地、实实在在地去做，除此之外别无他法。关键是如前所述，这些术语体现的内容不是哲学和思想方面的逻辑性的，而多是极富感觉性的，所以在探讨时必须格外仔细地去研究推敲。

(3) 探讨近代以前中国美学术语的两个方法

对近代以前中国美学术语的探讨一般有两个方法：一是"显微镜"式的，二是俯瞰式的。"显微镜"式的就是说在中国美学的范围内对那些术语逐字逐句地按其文章前后意思进行比较探讨。因是限定在中国美学的原著之内研究，可以说是"内在方法"。九鬼周造①对"粹"的分析②用的也

---

① 九鬼周造（1888年2月15日至1941年5月6日），日本哲学家，生于东京，京都帝国大学文学部哲学系教授。
② 《"粹"的构造》，岩波书店，1979（昭和五十四年）年9月17日。"时尚绅士"可以说是指现在的"冷峻酷哥"。但这种带有市民风俗的话在以前是不可能被提到日本哲学中来的。因为日本一般都以《善的研究》（西田几多郎）为代表的面对"人生应该如何生活"这类提问的哲学为正统。但本书有趣的地方是"（粹的表现）是薄衣缠身"，类似这样语句能毫无顾忌地出现，真是无与伦比。"粹"的特点是对异性的"媚态"，江户人的"骨气"，没有执著心的"放弃"。干净利索的接二连三的分析方法也如同书名一样时尚潇洒。(宫川匡司)《今年最佳读物指南2000》Copyright© Metarogu. all rights reserved., 表达日本民族特有的美的意识的词语"粹"到底是什么。"因为命运使'媚态''放弃'了（它的本质），而自由自在地有'骨气'地生活，这就是'粹'。"——九鬼把"粹"的现象从其构造和表现的方面明快地解析后作了这样的结论。加上了有重新评价趋势的标题作和《关于风流的研究》《情绪的系谱》两册一起收入。（根据《BOOK》数据库）

只是这个方法。关于其具体情况将在下文阐述。而俯瞰式的探讨方法则是将中国文化现象、哲学思想作全面的比较之后,再通过和西方美学的比较来探讨中国美学及其术语的特征。因为比较的对象在中国美学的外部,所以可以称为"外在方法"。

①"显微镜"式的方法

将"显微镜"式的方法可以再一分为二,用"共性"和"差异性"以及"历时性"和"共时性"的比较方法进行探讨。以下将对这些方法作具体的论述。

i "共性"和"差异性"的探讨

一般来说在寻找某样东西的特征时,只能将和它有"共性"的东西进行比较。根本没有关系的两者是不能也没有比较余地的。只有存在共性的两者通过比较才能认识它的价值。这已是不用赘言的明理,当然也是探讨中国美学术语的必不可缺的方法之一。比如在我们探讨"文"这个术语时,必须将和"文"字有"共性"的"辞""章""彩""华""藻"等词进行比较后才可知这些词的共性和差异性。但同时我们还必须注意的是要与表达和"文"字相反的意思,看上去和"文"字似乎没有共性的"理""情""气""志""质"等词作比较。

这些术语的比较方法有许多,但最普通的一般是"词组"和"对联"。比如"文理",它是一个多义词。既有"文章的逻辑性""纹理"的意思,又有"表现部分和内容部分"的意思。因此,我们不能对某个词简单地断定它表达的就是这个意思。在探讨"文理"这个术语时,要经过以下所说的分析过程。"文理"这个词,是由"文"和"理"构成的词组,既然是"构成"的词组,那么"文"和"理"之间必定有其"共性"存在,而它是一种什么样的"共性"则只能根据上下前后文的关系来判断。另外,如果"文"和"理"分开在两个句子中出现,那么我们可以推测它是"对应词"或者是"反义词"。如是对应词,不用说一定有共性存在,但如是反义词也应该会有某些共性存在。我们常常会有一种错觉,认为反义词是没有共性的,其实如真是一点共性都没有的话,也就不能称之为反义词了。因此,在探讨某个术语时也必须对其反义词进行探讨。

ii "历时性"和"共时性"的探讨

在探讨"历时性"和"共时性"时,为了认识其共性和差异性,我们先有必要把"横轴性的探讨"加在"共时性探讨"上,把"立轴性的探讨"加在"历时性探讨"上。比如"悟"这个术语,南宋末期的严羽①的《沧浪诗话》②把它看得非常重要。所以在探讨"悟"这个术语时,

---

① 严羽,南宋的文人。邵武(福建省)人。字仪卿,号沧浪逋客。其著《沧浪诗话》是宋代诗话中唯一的系统性的诗论著作。以禅喻诗,对盛唐诗歌尤为尊重。对明清的诗歌评论以及日本的诗坛影响颇大。生卒年未详。(《大辞泉》)http://dic.yahoo.co.jp/dsearch/0/0na/05691600/2013/05/18 8∶18

② 《沧浪诗话》是中国南宋时代的诗论著作,对后世特别是明清时代的诗学产生了巨大的影响。尽管对他的论点有赞成和反对的意见,但到底是不可忽视的一部著作。与之前的主要是作品或作者的轶事的同类书比,这部从正面剖析诗歌原理的诗话的出现,说得夸张一点也许说是具有革命性的意义。关于从生卒年到生平,我们知道得很少,以其出生地的地方志为主要资料。他是福建邵武人,字仪卿,一字丹邱。号沧浪逋客。和同乡诗人结社作诗,但一生无官无品。其著作除了本书以外还有收入了一百多篇的诗集《沧浪吟卷》。/"夫诗有别材,非关书也。"没有比这句话更能使旧时的文人得益了。同时也是对受诗圣杜甫的"读书破万卷,下笔如有神"即通过读书积累了教养后才能到达到诗歌表现的绝妙境地支配的中国古典诗歌世界是一个史无前例的宣言。特别是"书"字和"学"误传之后,针对这两句话展开了激烈的论争。严羽的真意是批评当时盛行的过度的教养主义诗派是很明确的。在上面的句子之后,严羽又说了"诗有别趣,非关理也。然非多读书、多穷理",一起理解这两句,就知道多读和精读不过是产生杰作的必要条件而已。古人不废弃读书是对的,但认为只有读书才能出诗人是不可行的。严羽在下了"诗歌的源泉是人的感情,它是诗歌表现的对象"的定义之后,又将读者从作品受到的无限的感动命名为"兴趣","言有尽而意无穷"阐述了诗歌的理想状态。但由于严羽太强调"兴趣"的灵妙,结果在他的诗学上加上了过分的神秘主义的色彩。/本书的另一特征是大量地引入了严羽的禅趣,"大抵,禅道惟在妙悟,诗道亦在妙悟"。我们可以认为这"兴趣"和"妙悟"就是严羽诗学的关键词。/严羽还对唐代诗歌重新估价,"汉、魏、晋与盛唐之诗,则第一义也。大历以还之诗,则小乘禅也,已落第二义矣;晚唐之诗,则声闻辟支果也。学汉、魏、晋与盛唐诗者,临济下也。学大历以还之诗者,曹洞下也"。将唐代诗歌分为初唐、盛唐、中唐、晚唐四个时期,并以盛唐为其中最高峰,走到了直至14世纪明代以后才有此区分的时代之前。/本书由《诗辨》(诗歌原理)、《诗体》(诗歌的形式以及诗体论)、《诗法》(技法论)、《诗评》(作品以及诗人论)、《考证》(作品考证)5篇组成,是旧中国诗学中少见的系统性的理论书。遗憾的是作者严羽,除了自己的诗学理论以外并没有更突出的功绩。但他强调的盛唐至上的学说,到明清时代已成为一般常识,重视"兴趣""妙悟"的观点到了清代也发展为权威性的诗歌理论"神韵说"。(荒井健)《集英社世界文学大事典》2(1997)

首先要探讨对和严羽差不多同时代的陆游①、杨万里②、范成大③、姜夔④等的文句作一个"共时性探讨",不仅如此,还要知道它是怎么变迁的,所以还要从南朝的谢灵运⑤开始,到梁代的陶弘景⑥,唐代的皎然⑦、

---

① 陆游(1125~1210),南宋文人。山阴(浙江省)人。字务观,号放翁。和北宋的苏东坡并称为南宋最著名的诗人。他是激情的爱国诗人,也对日常生活作了细腻的歌颂。有一万多首诗歌流传至今。著作有《剑南诗稿》《放翁词》《渭南文集》等。(《大辞泉》)http://dic.yahoo.co.jp/detail? p =% E9% 99% B8% E6% B8% B8&stype = 0&dtype = 0 2013/05/18 8:18

② 杨万里(1127~1206),南宋诗人。吉永(江西省)人。字廷秀,号诚斋。与陆游、范成大等并称("南宋四大家")。掺和着俗语的歌颂自然的写景诗,和日本俳句的情调相通,在江户时代后期拥有很多读者。http://dic.yahoo.co.jp/detail? p =% E6% A5% 8A% E4% B8% 87% E9% 87% 8C&stype = 0&dtype = 0 2013/05/18 8:20

③ 范成大(1126~1193),南宋诗人。吴郡(江苏省)人。字致能,号石湖居士。晚年的《四时田园杂兴》60首在江户时代广泛流传,南宋四大家之一,著作有游记《吴船录》等。(《大辞泉》)http://dic.yahoo.co.jp/detail? p =% E8% 8C% 83% E6% 88% 90% E5% A4% A7&stype = 0&dtype = 0 2013/05/18 8:22

④ 姜夔(1155~1221),南宋文人。字尧章,号白石道人。江西鄱阳人。对诗文、书画、音乐等文学艺术无不精通。一生无官,但和范成大、杨万里等高官都有深交。尤其是他的歌辞艺术和词非常出名,"清空"的独特风格可说是南宋词作的一个顶峰。著作有《白石道人诗集》《白石道人歌曲》(词集,因一部分存有乐谱而闻名),此外书法论著有《续书谱》《桨帖平》等。(村上哲见)(《世界大百科事典》第2版)http://kotobank.jp/word/% E5% A7% 9C% E5% A4% 94 2013/05/18 8:36

⑤ 谢灵运(385~433),南朝宋国诗人。陈郡阳夏(河南省)人。六朝的名门望族,祖父谢玄因是将东晋从北方民族的侵入中救出的英雄而著名。谢灵运继承了父亲和祖父的爵位被封为康乐公,世称谢康乐。虽是南朝无与伦比的才子,但因傲慢的性格,在仕途上多有不得志中。在被贬到浙江永嘉当太守时,发现自然美可以治愈受伤的心灵以得到安慰,便写下了许多以山水为主题的诗篇。(《世界大百科事典》第2版)http://kotobank.jp/word/% E8% AC% 9D% E9% 9C% 8A% E9% 81% 8B 2013/05/18 8:49

⑥ 陶弘景(456~536),上清派道教的集大成者,本草学者。字通明。出生在南朝的一般贵族家中。以"一事不知,以为深耻"的态度研究古籍经典和医学、药学,以博学著称。在29岁时因一场大病加深对道教的信仰,拜孙游岳为师,成为上清派道教经典的正统继承人。492年(永明十年)37岁时,放弃仕途归山隐居至江苏省句容县的句曲山(茅山),号华阳隐居,为确立上清教派做出了努力。直到500年(永元二年)为止,历访各地名山收集上清经典的真本,一边编撰《真诰》《登真隐诀》两本教义著作,一边完成了以《本草经集注》为代表的其他医学书,完成了一个有科学理论根据的新的道教教义。(《世界大百科事典》第2版)http://kotobank.jp/word/% E9% 99% B6% E5% BC% 98% E6% 99% AF 2013/05/18 8:52

⑦ 皎然,唐代湖州杼山的僧侣。生卒年不详。长城(浙江省镇江市)人。晋代文人谢安的第十代孙。入灵隐寺守直之门,钻研律、禅等佛道而以诗僧、文人闻名。著作有《儒释交游传》《内典类聚》《号呶子》,其文集10卷冠有相国于顿的序,奉德宗之命藏于秘阁。与代表当时文人墨客的颜真卿、韦应物、吴季德、皇甫曾都有深交。(藤善真澄)(《世界大百科事典》第2版)http://kotobank.jp/word/% E7% 9A% 8E% E7% 84% B6 2013/05/18 8:54

颜真卿①、司空图②，北宋的苏轼③、陈师道④、韩驹⑤等依次追溯进行"历时性探讨"。

其实这也不仅限于对美学术语的探讨方法而言，对探讨所有语言的概念都可以这样说。总之，在探究某个时代某个特定说法的意思时必须在横轴（空间轴）和立轴（时间轴）的交叉处进行探讨。

---

① 颜真卿（709～785），唐代忠臣，书法家。字清臣。世称颜平原、颜鲁公。北齐学者颜之推世孙。开元二十二年（734）进士，历任醴泉尉、长安尉、监察御史、殿中侍御史、东都采访判官、武部员外郎，后于753年转任平原（山东省陵县）太守。后年发生安史之乱，河北、山东各地军队纷纷加入安禄山军队，只有颜真卿联络从兄常山（河北省正定）太守颜杲卿起兵，为唐朝争了光。（《世界大百科事典》第2版）http://kotobank.jp/word/%E9%A1%94%E7%9C%9F%E5%8D%BF 2013/05/18 8∶57

② 司空图（837～908），晚唐诗人，诗歌理论家。河中虞乡（山西省）人。咸通十年（869）进士。字表圣。为避免唐代末期的战乱回乡隐居，唐朝灭亡后绝食而死。其著作《诗品》用四言诗述咏了从"雄浑"到"流动"24种美的范畴。在现存为数不多的唐代诗歌理论书中，它虽没有严格的理论体系，但无疑对南宋的严羽、清代的王士禛等后世的诗歌理论以及画论、书法理论都有很大影响。传有诗文集《司空表圣文集》10卷。（《世界大百科事典》第2版）http://kotobank.jp/word/%E5%8F%B8%E7%A9%BA%E5%9B%B3 2013/05/18 9∶00

③ 苏轼（1036～1110），宋代士大夫（文人官吏）。号东坡居士。其宽博的人品和舒展的诗文广泛受到人们的喜爱。与其父苏洵、弟苏辙被称为"三苏"。在现在的四川省峨眉山一个小地主家出生的苏轼，通过和普通老百姓一样接受的私塾教育打下了学问的基础，22岁进士及第进入宦途。到45岁左右主要在各地任知事，但时当反对新法党王安石的施政，而陷入被视为旧法党首领的困境。（《世界大百科事典》第2版）http://kotobank.jp/word/%E8%98%87%E8%BB%BE 2013/05/18 9∶03

④ 陈师道（1053～1101），北宋诗人。字无己，号后山居士。彭城（江苏省）人。苏轼的弟子，以黄庭坚为鼻祖的"江西诗派"之一，但其诗风未必和黄一致。就和唐代的抒情诗接近而成为南宋诗的先驱，而后致力于学习杜甫，但只在技巧方面。黄庭坚评他的诗风为"闭门觅句陈无己"。传有南宋任渊的《后山诗注》12卷，论诗著作《后山诗话》。

⑤ 韩驹（？～1135），字子苍，号牟阳，学者称他陵阳先生，陵阳仙井（今四川仁寿）人。北宋末南宋初江西诗派诗人。尝在许州从苏辙学。徽宗政和初，因献颂得官，召试舍人院，赐进士出身，任秘书省正字。当时正值禁止"元祐党人"之学，不久即因学苏辙而被贬官监华州（今陕西华县）蒲城县市易务。后知洪州分宁（今江西修水）县，又召为著作郎。宣和五年（1123）被任命为秘书少监，次年升中书舍人兼修国史。高宗绍兴元年（1131），知江州（今江西九江）。绍兴五年（1135），在抚州去世。著有《陵阳先生诗》4卷，有宣统庚戌（1910）姚埭沈氏《江西诗派韩饶二集》本。（"中文百科在线"）http://www.zwbk.org/MyLemmaShow.aspx?zh=zh-tw&lid=60310 2013/05/18 9∶09

九鬼周造在《"粹"的构造》①中分析了日本"粹"字的构造。这个"粹"字是表达日本独特的美的感觉的，九鬼周造将它和四个对立的概念即"生气（意气）"和"土气（野暮）"、"涩（涩味）"和"甘（甘味）"、"雅致（上品）"和"俗气（下品）"、"素净（地味）"和"华美（派手）"分析以后论述了"粹"是表达什么意思的语言。将这些论述图形化以后就如图3的长方图形所示。也可以说是"粹"字的"共时性探讨"。

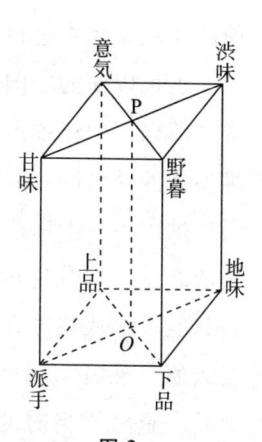

九鬼周造的研究只到这里，如再深一步则还要对当时的时代变化进行分析。上述的长方图形是经过什么变化形成的，应该追溯时代进行分析，即将各个时代的"共时性探讨"的结果（长方体结构）按时代顺序明示其变化状况。

② 从俯瞰的视点进行探讨时的三项注意事项

以下论述关于"从俯瞰的角度进行探讨的方法"。"从俯瞰的角度进行探讨的方法"即将某个术语通过和整个中国文化及西方美学的比较进行探讨。这种方法一般来说比较常见，也有许多人在使用，因此对于这个方法我们不在这里详述。但是，运用这样的方法进行探讨时，往往容易犯一些错误。下面，将阐述对这些错误必须采取的三个注意点。请允许我在这里告诉大家，这是根据成复旺先生的主张，加上笔者的见解所展开的论述。

ⅰ 必须在近代以前的文化整体中进行探讨
ⅱ 对于中国的美学术语不能用现代西方术语来探讨
ⅲ 不能轻易地将中国美学和西方美学进行比较

以下，我们将在成复旺②先生的主张上加上若干见解对以上三点进行详述：

ⅰ 必须在近代以前的文化整体中进行探讨

我们首先要注意的是，第一，近代以前的中国美学术语必须在近代以

---

① 原书由岩波书店于1930年（昭和五年）11月20日发行。1979年（昭和五十四年）9月17日由同书店以文库版再次发行。
② 见同注2。

前的文化整体中进行探讨。

近代以前的中国思维方式偏重于心里体验，是不太有逻辑性的模糊思维。所以，探讨中国美学术语，只有和中国文化这个非逻辑性的模糊的思维整体的关系联系起来才能把握。把某个术语单独地提出来，再从那个术语里抽出另一个术语，这样的方法，只能认识其表面意思。本来，一个术语的意思，只有在和其他术语相联系后才能显示它的实质的话，那么，我们只能采取从整体着眼的方法去把握它的实质。比如李贽的"童心"、公安派的"性灵"、石涛的"一画"等术语的研究往往容易流于肤浅，就因为是在脱离了当时的文化整体下进行研究而造成的。具体地说，李贽的"童心"这个术语，不考虑时代背景或其他因素至多也就理解为"孩童的心灵"，但是这样的理解只不过是领会了浮在表面上的意思，无视和明代文化、思想潮流的关系，是不能把握李贽这个激进思想家所说的"童心"术语的实质的。

ii 对于中国的美学术语不能用现代西方术语来探讨

第二，对于中国的美学术语不能用现代西方术语来探讨。

通常我们会很容易将近代以前的词语替换成西方现代用语。比如"意象"这个很重要的术语，它一般解释为：

> "意"即审美者的心意，"象"即形象、物象。前者无形，后者有形。"意象"即心意与物象的统一，无形与有形的统一；即意中之象，或含意之象。①

我们常常容易将"意象"理解为"印象""形象"（image），其实，我们应该相当谨慎地处理这些术语，如果按照一般的概念来解释，是不能正确地把握"意象"的真正含义的。"意象"既是"主体"又是"客体"，包含了主客体两方面的"某种""某些"，在根本上不同于现在我们所用的"印象""形象"这类词语。

---

① 成复旺主编《中国美学范畴辞典》，中国人民大学出版社。日语译文见《中国人民大学出版社〈中国美学范畴辞典〉译注》第一册 1-031 "意象"。

思维是以时代的语言为基础的。而这一语言的某一部分虽然常常会脱离其语言体系，但总的说来还是继承其语言体系的。因此，所有文化性的成果，必须在其时代的语言体系进而在其文化秩序中探讨。当然毫无疑问，表达近代以前中国美学的"概念"和"范畴"的术语也不例外。

iii 不能轻易地将中国美学和西方美学进行比较

第三，不能轻易地将中国美学和西方美学作比较。近代以前的中国有丰富的"美学思想"和独特的"美学理论"，却没有"美学"这个学科。也就是说，作为一个学科的"中国美学"是在西方美学的启发下产生的说法是不错的。由于这种历史状况，在我们的头脑中有意识无意识地形成了这样两种观念，即一是西方美学是"一般"的，中国美学是"特殊"的；二是中国美学的研究目的是将"一般"的西方美学来明确中国美学的"特殊性"。

无疑，按我们现在的常识，已知道上述的观念是错误的，但在二三十年之前我们却未必能意识到这一点。

四 结论——超越"二元对立"的思维

以上，我们对近代以前的中国美学在表达"概念"和"范畴"时使用的术语的探讨方法作了较为详细的论述。而我们在这里说的所谓"概念"和"范畴"之语其实也是近代西方概念的翻译。但如果不用这些词语呢？那么，我们对"非西方"的中国，而且是"非近代"的"美学"（因为这"美学"也是近代西方用语）是无法论述探讨的。并且，就是我们现在使用的研究方法，无论是语言学方面的还是构造主义方面的，毫无疑义都产生于当代西方，它们不是感性的，是非常理性的。也就是说，我们是用极其理性的近代西方的方法在阐明感性的中国传统美学的术语。

李泽厚在《华夏美学》中是这样论述这个问题的。

总起来，可以看出，从礼乐传统和孔门仁学开始，包括道、屈、禅，以儒学为主的华夏哲学，美学和文艺，以及伦理政治等等，都建立在一种心理主义上，即以所谓"汝安乎？……汝安，则为之"作为政教伦常和意识形态的根本基础。

　　这心理主义已不是某种经验科学的对象，而是情感为本体的哲学命题，从伦理根源到人生境界，都在将这种感性心理作为本体来历史地建立。从而，这本体不是神灵，不是上帝，不是道德，不是理知，而是情理相融的人性心理。所以，它既超越，又内在；既是感性的，又超感性。这也就是审美的形而上学。

　　正是在这心理主义的基础上，形成了华夏哲学——美学的各种范畴。如果前面说汉字具有模糊多义和不确定性，那么，这些涵盖面极大的范畴，便更如此。第二章讲"气"的范畴时，便即指出这一点，其他所有范畴都有这个问题。如何严格地科学地分析它们，解释它们，应是目前中国美学和文艺批评史的重要任务，但这是一项相当艰难的工作。①

　　这项工作确实既艰巨又"矛盾"，而且还有一些"不合情理"。所以，不仔细注意的话，我们现代人是连这些"矛盾"和"不合情理"都不会注意到的。我们知道这些弊病，但目前我们也只能用这个方法来探讨研究"非西方"的"非近代"，如果不这样做的话，我们连什么是"非西方"的"非近代"这个概念都不能认识。除此之外，要阐明极富感性而又是以模糊思维为基础，表达中国美学概念和范畴的术语的含义时，只能采取近代西方的方法来进行彻底的理论性的探讨。我们首先要用近代西方的逻辑性思维方法来分析那些术语，然后把还是不能正确把握的成分提出来和西方美学的范畴及概念对照比较后再进行探讨研究。笔者认为：我们只有通过这样的方法，才能超越二元对立的思考，让东方树立起自己的思维方式。

　　以上是笔者对近代以前中国美学这门学科中关于术语的探讨方法的论述。请各位批评指正，并以此结束本文。

---

① 日语译文见兴膳宏等人译《中国的传统美学》（1995）平凡社。

什么是中国美学？

高建平*

在古代，中国没有一门叫作"美学"的学科。"美学"这个词，是19世纪末到20世纪初才在中国确立的。

1873年，德国来华传教士花之安（Ernst Faber）著《大德国学校论略》，开始用"美学"两个字翻译aesthetics。大致同一时间，这个学科也传到了日本。1872年，一位名为西周的日本启蒙思想家写了御前演说稿《美妙学说》。此后，中江兆民翻译法国情感主义美学家欧仁·维隆（Eugene Véron）的《美学》（L'Esthétique, 1878）一书，使用了"美学"这两个汉字。中国文学和美学研究界接受并普遍采用这个词，应该是20世纪初年王国维在从日本留学回国后所写的文章开始的。此后，北京大学开始设立"美学"这个课程，标志着这门学科在中国的确立。"美学"这个词，日语发音为bigaku，汉语拼音（发音）为meixue，用的都是"美学"这两个汉字。

"美学"的这一从欧洲引进的史实，并不等于说，在此之前，中国美学没有一个自身的历史。一部西方美学史应该从苏格拉底或柏拉图，而不是从鲍姆加登（Baumgarden）讲起；同样，一部中国美学史，也应该从孔子、老子而不是从20世纪初讲起。那么，在20世纪初，中国美学界引进

---

* 社科院文学所副所长

的，仅仅是一个"美学"的名称，还是一个新的学科？"美学"这个名称来到中国，"美学"这个学科在中国的建立，对于中国的相关方面的研究，带来了什么变化？是否由于从学科起源上讲，"美学"来自西方，就可以否定中国特有的"美学"问题的研究？我感到，要回答这个问题，就要从"什么是中国美学"谈起。

一　"美学在中国"的不同形式

对于中国美学的最初理解是美学在中国（Aesthetics in China），更为确切地说，是西方美学在中国（Western Aesthetics in China）。

现代中国的最早一批美学研究者，以留学日本和欧美的学者为主。在20世纪，中国出现了众多的著名的美学家，他们做了许多翻译和译述的工作，对于现代中国美学的建立起了重要作用。在这方面，我们可以举出很多重要的人名。

朱光潜先生是一位西方美学在中国的典型代表。他翻译了从柏拉图、维柯、黑格尔直到克罗齐的许多西方美学的经典著作。他在20世纪30年代出版了《文艺心理学》和《诗论》这两部著作。在前一部著作中，朱光潜将克罗齐的直觉说、布洛的距离说、立普斯等人的移情说，以及叔本华、尼采和弗洛伊德等一些当时在西方流行的学说结合在一起，用来解说文艺现象，并在书中举了大量中国文学艺术作品的例子。他的著作显示出巨大的对于中国文学艺术作品的解释力量，在当时产生了广泛的影响。在他的后一部著作《诗论》中，则运用一些西方的诗学理论来解释中国诗歌。

宗白华与朱光潜不完全一样。宗白华是康德的《判断力批判》的中译者，但是，他在美学研究中，却努力寻找中国美学与西方美学的不同点。例如，他坚持认为，西方绘画源于建筑，渗透着科学意味，而中国绘画源于书法，是一种类似音乐与舞蹈的节奏艺术（《美学散步》第114~118页）；西方绘画是团块造型，而中国绘画是以线造型（《美学散步》第41页）；西方美学具有一种主客二分的空间与时间意识，而中国美学具有一种天人合一的空间与时间意识。当然，这种不同点的寻求，仍是依据西方美学的框架来进行的，具有运用西方的美学概念来整理和总结某一个非西方美学的特点。

蔡仪在日本留学期间受当时的左翼思潮影响，接受了马克思主义，回国以后，他就致力于建立马克思主义的美学体系。他的美学具有两个方面的特点：一是努力在美学研究中贯彻唯物主义的认识论，强调美是客观的；二是建立一种"美是典型"的思想。对于蔡仪来说，"典型"这个词来源于法国古典主义美学以及恩格斯的一些书信，但是，从这里面我们可以看到某种对黑格尔式美是"理念的感性的显现"观点进行唯物主义改造的特点。

在一些并非在西方受教育的学者中，我们同样可以看到西方美学的深厚影响。这方面的一位突出的代表是李泽厚。李泽厚的美学理论，产生于20世纪50年代的美学大讨论。这种理论最早可以看出俄国思想家普列汉诺夫的影响，后来经过他的一系列的改造和发展，成为一种运用马克思的社会生活观念和实践观念改造康德认识论体系的美学理论。这一理论在50~60年代建立并产生影响，在80年代的中国被许多美学研究者所接受。

在这一系列理论的发展过程中，有一个问题并没有被中国学者意识到，这就是，研究者是在提出一种美学理论呢，还是提出一种中国美学理论。实际上，在当时，这个问题并没有被学者们意识到，在这些学者的心目中，还没有形成一种建立中国美学的强烈意识，对于他们来说，"西方美学在中国"与"中国美学"是同义词。

二 传统美学的整理和发展

在中国的美学界，一直存在着两种倾向：一种倾向认为，美学本来就是外来的，没有必要发展一种独特的、被称作中国美学的理论。正像没有中国数学、中国物理学一样，不应有一种中国美学。在许多关于什么是美学的介绍性文章中，人们都在重复着一个美学怎样在西方建立，又怎样传到中国的历史。但是，在西方美学在中国传播的同时，也存在着另外一种倾向。这种倾向认为，中华民族有着深厚的文学艺术传统和独特的审美传统，应该对这些传统进行研究，从而形成一种对于中国文化具有独特解释力的中国美学。

　　对于中国美学的研究，20世纪前期，特别是王国维和前面说到的宗白华就做出了尝试。这两位学者都致力于运用西方美学的基本框架，对中国美学进行研究，并在这个理论框架所提供的可能性之中寻找中国美学的独特之处。尽管从思想谱系上看，这两个人都应属于"西方美学在中国"，但他们对中国文学艺术的独特特征的研究，对于中国艺术与中国哲学的关系的研究，使他们成为超越"西方美学在中国"的框架的重要的先驱。80年代的后期，出现了一种中国美学史的研究的热潮，其中比较重要的有李泽厚的《华夏美学》、叶朗的《中国美学史大纲》、刘纲纪等人的《中国美学史》、聂振斌先生对于近代的一些重要美学家的专题研究，等等。这种历史研究，对于建立中国美学，具有重要推动作用。

　　然而，在20世纪90年代，在一些中国的文学与艺术理论研究者之中出现了一种极端的观点。这些研究者认为，在20世纪，在西方影响下进行的中国文学艺术理论建设，基本上是失败的。中国文学艺术具有与西方完全不同的、独有的特征，与此相对应，中国文学艺术批评也具有自身的范畴体系。运用西方的文学艺术批评概念来研究中国的文学艺术，其结果只能造成对中国文学艺术的扭曲，形成文学艺术中的失语症。这些人认为，最根本的办法，还是回到古代去，从中国古代的文学艺术理论中汲取营养，直接发展出一种适合中国文学艺术的理论来。在持这种理论的人中，一部分运用西方后殖民理论为自己辩护，另一部分则坚持一种古老的中华中心论，是两种思想线索20世纪末在中国的一种奇怪的合流。

　　这种思想在文学理论研究中，表现得最为明显。实际上，这些文学理论研究者们所从事的也是美学问题的研究，但是，在中国，他们属于与严格的美学研究群体稍有不同的一些文学理论和比较文学群体。当然，在这些群体中，研究者们对于传统的态度也有着很大的区别，围绕着怎样建立现代中国美学，研究者们有着许多不同的意见。

　　与此相反，在美学界中，绝大多数学者都持有一种相对温和的立场。他们努力整理一些传统的中国美学概念，例如"气""韵""骨"等等，并将之与一些西方美学概念并置在一起，形成一种中国传统概念与西方美学概念并置而混合的状态。这种并置状态实际上并不能构成理论的体系，而只是一些美学的教学体系而已。这些学者们并不寻求体系的完整性。他们所关注的只是以一个可接受的篇幅，为接受一定课程教育的学生提供一个适用的、可以提供相关学科的基本知识的教材。这种类型的教材，当然有着一定的实用价值，但是，从另外一个方面看，这种教材所造成的体系的错觉，却对于中国美学的建立，实际上起着阻碍作用。

三　一般与特殊观念批判和在对话中形成的不同美学间的张力关系

在这一系列的争论中，怎样才能建立中国美学，什么是中国美学，这本身已经成了一个问题。在这里，我想进行一个概念上的澄清。在回答什么是中国美学时，我们面临这样一个预设，既存在着一种普遍性的学问，叫做"美学"，它回答关于美学的一般性问题；也存在着一系列的，以国家、地区、民族、文化来命名的美学，如印度美学、日本美学、东南亚美学、拉丁美洲美学、东欧美学，也包括中国美学，它们回答各区域所独有的美学问题。这种预设是存在问题的。在美学上，我们不能断定，在某些国家中产生的美学，是一般性的美学，而在另一些国家中产生的美学，是特殊性的美学。其实，即使在一些传统的所谓美学大国，即德国、英国、法国、意大利等国之间，我们也无法确定某个国家的美学是一般性的美学，而另一些国家的美学是特殊性的美学。

从另一个方面看，美学与数学的一个重要区别在于学科与文化与社会生活之间的关系。一定的文化可能会有利于像数学这样的学科发展，因此，一些数学定理最早由一些民族发现，后来传到其他的民族。文化与社会因素，只是数学发展的前提条件。在数学的发展过程中，不同民族一方面相互影响、相互学习；另一方面，不同民族所发现的原理可以相互通用。美学则不同，美学存在于社会和文化之中，有什么样的社会和文化，就有什么样的美学。这时，社会与文化状况不仅仅是美学原理产生的前提条件，后者正是前者的反映。产生于不同民族和文化的美学之间，只存在着一种相互交流、相互影响、相互启发的关系，而绝不能相互通用。

从这个意义上讲，一个民族或文化的美学，并不是一种普遍美学的一个分支，不是某种普遍的美学原理在这个民族的实际运用。一个民族和文化在自己的发展过程中，形成了自己的审美观念和艺术传统，这个民族和文化的美学，应该植根于这种审美观念和艺术传统，成为这种民族和文化审美观念的理论表现。

更进一步讲，那种一般的美学，实际上是不存在的。在逻辑学中，一般并不作为一个实体而存在，它只是从特殊中抽象出来的，这是一个古老的唯名论与唯实论的争论。对此，我持一个唯名论的立场，认为名称只是名称而已。我们面前的桌子，只是一张桌子。一般的桌子并不存在，它只是桌子的共名而已。在美学中，一般的美学则更是一个可疑的概念。任何一种美学理论，都与产生这种理论的民族、社会、文化和时代条件，与这种理论与其他理论所处的对话关系，有着密切的联系，都是一种具体的美学，而不是抽象的一般的美学。这种美学所发现的真理，都是具体的，在一定范围内有着适用性的真理，而不是一种普遍的真理。

但是，美学的这种性质，绝不等于美学可以封闭地发展，这是我们今天特别要强调的。不同民族和文化间的美学对话，对于美学的发展，是极其重要的。在不同美学的交界处，常常特别活跃。在20世纪的中国，曾经出现过美学的发展时期，也出现过美学的停滞时期。只要我们仔细研究，就会发现，美学的发展，总是与美学界的对外交往联系在一起。发展美学对话，美学研究就发展，而停止对话，美学的发展就停滞。

四　发展国际的美学对话

在不同的美学之间，存在一种对话的关系。这种对话的关系，是一种具体的，相互影响、相互启发、相互促进的关系。20世纪，西方美学，特别是一些美学大国的美学，对中国产生了巨大的影响。这些影响，对于发展中国美学，起了巨大的作用。我们应该感谢这些思想的引入，而不是对这些影响持排斥的态度。那种幻想中国美学可以退回到传统中国文学艺术理论，从中直接发展出一种现代中国美学的思路，是错误的。

我想从三个方面来叙述20世纪中国与国外美学对话的发展：

第一，美学对话从接受西方经典到与当代国外美学的直接对话。中国美学的发展是从翻译西方经典开始的。康德、席勒、黑格尔、叔本华、尼采、克罗齐、立普斯和布洛这些名字，早已为中国美学界所熟悉。在80年代，在李泽厚和滕守尧先生的主持下，翻译了苏珊·朗格、鲁道夫·阿恩海姆等人的著作。但是，中国美学家直接加入到国际美学界，与国际美学界对话的局面，则是到了90年代才出现。

第二，从将西方理论运用于中国实例，到努力发掘中国自身的理论资源。从20世纪前期开始，在中国美学界流行的做法是，运用西方的美学理论来解释中国的文学、艺术现象。这在今天看来是一个有争议的做法。一方面，我们应该承认，这些学者的这些做法，是有着巨大成就的。我们应该承认他们的功绩，只有这么做，现代中国美学才能建立起来。从传统的中国文学艺术理论，在没有外来影响的情况下直接建立一种现代中国美学，是不可能的。中国美学必须经历这样一段借助外来影响，使中国美学现代化的道路。但是，怎样对待外来影响，这有着一个从不成熟到逐渐成熟的过程。中国传统的文学艺术理论和审美理论中，有着丰富的美学理论资源。中国人的审美习惯，也有着一些独特的特点。我们在运用西方理论时，常常发现，这些理论，并不完全切合中国的艺术和审美的实际。我们过去的理论，采用的是一种将西方理论概念与传统中国理论并置和混合的做法。随着研究的进一步发展，在与国外美学的对话中，立足于中国人审美与艺术的实际，建立独特的中国美学理论的要求，会被提出来。

第三，从只注重西方美学，到与其他非西方美学的对话。20世纪的中国美学，是从西方影响开始的。在一开始，日本成为西方美学向中国开放的重要窗口，但很快中国美学家就转向了对欧洲美学，特别是德国美学的注意。从20年代，特别是30年代以后，马克思主义在中国取得越来越大的影响。80年代以后，随着中国改革和开放政策的发展、美学翻译热潮的兴起，更多的20世纪西方美学著作为中国人所了解和阅读。然而，我们对于中国以外的其他非西方美学，例如印度、东欧、拉丁美洲和非洲的美学就了解很少。这不能不说是我们研究中的一个缺陷。从这个意义上讲，这次会议对于我们来说，是一个改变这个状况的重要契机。

五 建立中国美学的思路

让我们重新回到"什么是中国美学?"这个问题上来。我们无法回避这样一个问题:在新世纪建立一个什么样的"中国美学"?是"西方美学在中国",还是真正意义上的"中国美学"?

在这方面,我认为,中国美学研究的成熟,与中国语法学研究的成熟有相似之处。古代中国没有语法著作,最早的中国语法学是运用西方的语法理论研究汉语写成的。在 20 世纪,中国学者努力做两方面的工作,一是追踪西方语言学理论的发展,二是研究中国语言材料。他们发现,根据西方的语言材料研究出来的语法理论,并不能很好地解释汉语中的一些语言现象。于是,他们开始努力依据汉语实际来创立汉语语法理论。在这种努力中,他们离不开国外的语言学理论,但同时,这种理论不能取代他们自己的理论创造。更进一步说,他们的理论创造会进一步丰富这种现代语言学理论。

中国美学的研究也是如此。中国美学研究要更多地介绍当代国外美学的研究,要更多地研究中国美学传统,包括中国古代的文学艺术理论传统和中国现代美学传统。但是,中国美学有着一个更为重要的任务,这就是研究当代中国审美与艺术的实际,让美学理论在这种对实际的研究之中成长起来。这种实际,就是各个门类的艺术。过去,中国美学研究有着一种浓厚的概念化的倾向。这种纯粹从概念到概念的研究,是没有生命力的。同时,这种从概念到概念的研究,由于脱离了中国文学艺术的实际,也不是真正意义上的中国美学。只有来自中国文学艺术的实际,能够为这种中国人日常生活中大量存在着的活动提供解释和指导的理论,才是真正的中国美学。

从这个意义上说,中国美学找到了自己的真正根基。它与国外的美学的关系,是一种对话的关系。维持和发展这种关系,是非常重要的。这也是我们这次会议的目的。在这方面,我们还将继续努力做下去,为促进中国美学的繁荣和发展做出努力。同时,我们也将努力开展一个关注中国文学艺术实际的活动,希望更多的文学家、艺术家参加到我们中来。

在我们摆脱了前面所述的一般与特殊的思路以后,我们应以另一种思路来代替它。不存在着一种共同的美学,但存在着一种共同的美学发展。这种发展是建立在一种来自世界各民族、各文化的美学的对话的基础之上的。我们发展各民族和各文化的美学,发展民族和文化间的美学对话,就是为这种共同的发展做出各自的贡献。我们生活在同一片蓝天之下,我们可以通过对话来达到相互理解,我们可以通过一种差异形成的张力来激发我们的创造力。

清初江南文人的交流状况

——以张潮作品的编撰为线索

小塚由博 著[*]　顾　春 译[**]

序

在民国之前的旧中国，形成并支撑起文、史、哲、艺术等各文化领域的，无疑是所谓的"文人"，而明清社会更甚。由于出版文化的发展，文人作品被大量编辑、出版，留予后人无数，这也是此时代的特征之一。调查这一庞大的文献系统虽苦尤乐，仿佛挖掘一座发现的宝库。无论如何，为了解这一时代的文人世界，对无数作品群加以详细考证的必要性毋庸置疑。

但本稿的主旨并不在此，而是要通过对这一时代的文人研究，帮助理解日本的文人文化，这具有十分重要的意义，因为江户时代的文人十分崇尚包括明清时期中国近代文人的作品风格、生活方式。

笔者对给予日本文学巨大影响、随笔《板桥杂记》的作者余怀（1616～1696，字澹心）进行了大量研究，发现其创作与明末清初江南文人的交游有千丝万缕的联系。于是，在近年的研究中扩大了调查范围，对该时

---

[*] 大东文化大学副教授
[**] 北京工业大学外语学院讲师

代江南文人的各种活动展开了细致的调查,特别是以清初文人张潮(1650~1709,字山来,号心斋居士,又自号三在道人,安徽歙县人,后移居扬州)的交游关系为中心,对清初的江南文人社会进行了集中研究。① 张潮将余怀等许多江南文人的作品收录进自己的丛书之中并留存于世,在清初的出版界具有举足轻重的地位。本稿聚焦清初江南文人这一时期的交游状况,并集中对张潮的交游关系及出版情况加以考察分析。②

一 明末清初江南文人的活动

明末至清初,江南各式文人积极参与文学创作活动且不待说,伴随出版事业的飞速发展,众多作品得以陆续发行。③ 这些作品不仅限于诗词文章,还有随笔、杂记、小说、戏曲等等,形式多样,尤其是它们不拘泥于某一作家的个人作品集,许多作者的诗、词总集、随笔、小说也编辑成丛书,许多作品同时得到多个文人的点评。这不仅说明了一个作品历经多位文人之手的事实,同时也展示出当时高度发达的文人圈对于作品创作广泛参与的时代背景。其中很多作品的编撰过程被详细记录在作品的序文、凡例,或者各个文人的诗文、随笔、尺牍(书简)之中。通过详细分析这些

---

① 如《张潮〈幽梦影〉的评述者》(《大东文化大学纪要(人文科学)》50号,2012年3月)、《张潮〈幽梦影〉评语研究初探》(大东文化大学《汉学会志》51号,2012年3月)、《张潮的交游关系——以〈尺牍友声集〉与〈尺牍友声偶存〉为线索》(大东文化大学《汉学会志》52号,2013年3月)、《余怀与张潮——以作者与编者的关系为中心》(《大东文化大学纪要》)(人文科学51号,2013年3月)、《张潮与江南文人的交流——以书简为线索》(《中国古典小说研究》18号,2014年3月)、《张潮编撰的严书——以编辑状况为中心》(大东文化大学《汉学会志》53号,2014年3月)等。

② 关于张潮的先行研究除拙稿外另有很多,仅举主要内容如下:
合山究训译《幽梦影》(《中国古典新书》明德出版社,1977年)
司马哲编《幽梦影全书》(中国长安出版社,2009年)
高旃璐《张潮与〈幽梦影〉》(万卷楼图书股份有限公司,2004年)
宋景爱《张潮交游考》(《中国古典籍与文化》61期,2007年)
刘和文《张潮研究》(安徽大学出版社,2011年)

③ 请参见大木康《明末江南的出版文化》(研文出版,2004年)、井上进《明清学术变迁史》(平凡社,2011年)等。

种类繁复的史料，不仅可以推测出一部作品的创作过程，同样可以详细推查其编辑的整个过程，还能从中窥查到当时文人的交游关系，进而成为了解明清文人世界的重要线索。当然，这种传统的研究方法，类似的先行研究也做过很多，但明清相关的史料浩瀚如烟，尤其是书简等文献资料作为文人之间的往来书信，记录了只有当事人才了解的事件始末，存在许多尚未挖掘的领域。为此，进行包括其周边资料在内的调查研究势必需要花费大量的时间和精力，但笔者认为通过对各种资料的详细分析，文人世界的全貌将逐一得以展现。

二　张潮的作品及交游关系

清初文人张潮以编撰收录时下流行的短篇文章、小品文丛书《虞初新志》《檀几丛书》《昭代丛书》而闻名于世。他个人的作品警句集《幽梦影》、文集《心斋聊复集初集》等亦获得了众多友人的批语。由此判断众多文人介入了这些作品的创作过程。[①]

张潮的交游异常广泛。考察他的友人、故知的出身便不难发现，他的交游从其祖籍安徽歙县、寓所所在地扬州，以南京、苏州一带的江南地区为中心，北至辽阳、南到广东、西及四川。涉及从诗词文章、书画文学、艺术等领域的著名文人到清朝皇族、官僚、军人、明朝遗民、僧侣等各界人士，交际甚为广泛。其中代表性人物有：

诗人、文章家——王士禛（渔洋）、朱彝尊（竹垞）、高士奇（澹人）、毛际可（会侯）、毛奇龄（大可）、卓尔堪（子任）、万斯同（石园）……

戏曲家、小说家——孔尚任（东塘）、顾彩（天石）、吴绮（薗次）、褚人获（稼轩）、张道深（竹坡）……

学者——阎若璩（百诗）、梅文鼎（定九）……

书画家——朱耷（八大山人）、朱若极（石涛）、恽格（寿平）、王概（芥子园）、王蓍（宓草）、王臬（司直）、查士标（梅壑）、程邃（穆倩）、

---

① 详见拙稿《张潮〈幽梦影〉的评述者》。

吴山涛（岱观）、闵麟嗣（宾连）、江注（允冰）……

王族——爱新觉罗岳乐、岳端（红兰主人）、博尔都（问亭）……

政治家、役人——张英（乐圃）、宋荦（牧仲）、韩菼（元少）、曹贞吉（珂雪）、靳治荆（熊封）、丘元武（柯村）……

明朝遗民——尤侗（悔庵）、杜浚（茶邨）、冒襄（巢民）、余怀（曼翁）、黄周星（九烟）、龚贤（半千）、纪映钟（伯紫）、施闰章（愚山）、曹溶（秋岳）……

丛书的编者——聂先（乐读《百名家词钞》）、邓汉仪（孝威《诗观》）、王晫（丹麓《檀几丛书》共编）

如此广泛的交游不仅是张潮，也是同时代文人的共通之处，只是张潮的情况尤为特殊，存留的资料不在少数，且留下了相当数目的来往书简，这一点后文将会具体论述。下面通过张潮各部作品逐一考察他与文人间的交游情况。

a.《幽梦影》与其评述者

《幽梦影》作为张潮的代表作，记录了其关于读书、音乐、风月花鸟、趣味、人生、才子佳人、学问、文学等各个领域的警句（格言）约217条。仅凭这部作品便足以了解当时文人的知识及趣味，这是一部极富意义的作品，特别值得一提的是这部作品收录了来自众多友人的批语。这些友人，人数近120名，评论超过564条。如，主要的评述者张竹坡（83处）、江之兰（49处）、陆次云（21处）……冒襄（4处）、余怀（4处）、孔尚任（3处）等都是当时的名流。评语文化进入近世之后，特别在明清时代，从文学作品、诗词、文章到小说、戏曲中获得了多样化的发展。文人们的评语并非作品单纯的附属添加物，其本身也是表现形式多样的文学作品。它的内容并非都源于对文本的赞赏，其中不乏嘲弄、批评，有时也存在互相作评的文学应酬，如同现在的网络论坛、Twitter留言。下面试举一例典型。

［本文］

为月忧云、为书忧蠹、为花忧风雨、为才子佳人忧命薄、真是菩萨心肠。

［评语］

①澹心曰：洵如君言、亦安有乐时耶。

②孙松坪曰：所谓君子有终身之忧□耶。

③黄交三曰：为才子佳人忧命薄一语、真令人泪湿青衫。

④张竹坡曰：第四忧、恐命薄□消受不起。

⑤江含征曰：我读此书时、不免为蟹忧雾。

⑥竹坡又曰：江子此言、直是为自己忧蟹耳。

⑦尤悔庵曰：杞人忧天、嫠妇忧国、无乃类是。

（No. 5①）

如上对张潮原文作评的有6位（评语④与⑥为同一人）7处。其中，除⑥外都是就张潮的警句发表了个人的感想、见解，⑥是针对⑤的评语。下面再举一些评述者之间往来的评论。

［本文］

上元须酌豪友、端午须酌丽友、七夕须酌韵友、中秋须酌淡友、重九须酌逸友。

［评语］

①菊山曰：我于诸友中、当何所属耶。

②王武徵曰：君当在豪与韵之间耳。

……

（No. 8）

②是对评述者①提问的回答。另有一例：

［本文］

予尝欲建一无遮大会、一祭历代才子、一祭历代佳人、俟遇有真正高僧、即当为之。

---

① 《幽梦影》的序列号根据前述合山究译注本

[评语]

②释中洲曰：我是真高僧、请即为之、何如。不然、则此二种沉魂滞魄、何日而得解脱耶。④释远峰曰：中洲和尚、不得夺我施主。

(No. 197)

此例与之前的引例相同，僧侣与施主的对答之处诙谐有趣（释中洲、释远峰都是张潮的朋友、临济宗的僧侣）。这些例子有不少是评述者之间互相作评的内容，评语不仅是对著者（张潮）作品的评论，同样常见评述者之间的言语交流。换句话说，文人们通过《幽梦影》进行交流，评语也成为作品趣味性的一个极为重要的要素。那么这些评语到底是如何生成的呢？是文人间交流传阅、互赠书籍时一点点累积而成，还是以书信的形式展开？① 无论如何，张潮广泛的交游圈无疑成为作评的背景支撑。

b. 张潮编撰的丛书与小品作家

《虞初新志》、《檀几丛书》以及《昭代丛书》是倾注张潮数年心血编撰而成的小品丛书，其基本数据如下②：

① 《虞初新志》

1683 年自序、1700 年总跋、约 80 名、151 个作品、全 20 卷。

② 《檀几丛书》

1695 年上梓初、二集，新安张氏霞举堂刊本。

初、二集各 50 卷（各 50 篇作品）、余集上下 2 卷（58 个作品）。作者 112 名，与王晫共编，张潮自序，王晫、吴肃公序。

③ 《昭代丛书》

甲～癸集＋别集（全 11 集）。甲、乙、丙集张潮编著（丙与其弟张渐共编）。有尤侗的序文（甲集）。据各集自序，1696～1703 年间依次编撰版印。甲集（1696）、乙集（1700）、丙集（1703）。各 50 卷（1 卷 1 篇作品，共 50 篇）

---

① 详见前述合山氏译注本解说 41～42 页及高氏著作 166～167 页。
② 本稿使用了《虞初新志》（古本小说集成，上海古籍出版社影印，上下卷）、《檀几丛书》（上海古籍出版社影印）、《昭代丛书》（上海古籍出版社影印）版本。

这三部丛书中收录的几乎都是张潮同时代文人作品，且大多都为其友人之作。

但张潮编撰这类丛书的目的何在？笔者想就其动机进行简单陈述①。譬如，在《昭代丛书》（甲集）自序中提到了昭代（清代）各种著作被创作出来，其中也有无数小品作品。小品在众多的文学作品中虽是琐屑的零星小文，却包含许多"精言妙义"、许多令人感动的作品。张潮本来就对这些小品怀有浓烈的兴趣，每每阅读都从中体味到无限乐趣②，加上想要保存同时代文人小品的强烈愿望，出集绝非单纯为了盈利。如《虞初新志》凡例中提到：

> 是集祇期表彰轶事、传布奇文、非欲借径沽名、居奇射利。已经入选者、尽多素不相知。将来授梓者、何必尽皆旧识。自当任剞劂之费、不望惠梨枣之资。免致浮沉、早邮珠玉。

此时期，整理同一时期作家作品编著成册的情况并不少见，只是张潮更广泛地收集了这些作品，并未向著者收取任何出版之外的费用。另外，在《昭代丛书》（丙集）的选例中有记载云：

> 穷愁著书、乃其人一生精神学问所存、原欲流传于世、然未及梓行。势必终归淹没。故仆前后诸选、于友人未刻钞本、尤所萦怀。

从中不难看出张潮想替由于种种原因不能将作品出版于世的文人们编书的意图。另外，在编撰丛书时，张潮最下苦心的还在于：①作品的收集；②作品的选定；③编辑经费的筹集。张潮通过各种手段搜集作品刊登

---

① 详见前述拙稿《张潮编撰的严书——以编辑状况为中心》。
② 如有"一代之与、必有一代之著作、而于治定功成之后、尤必有新奇瑰丽□出乎其间。于以鼓吹休隆、辉煌典籍。盖非徒为文字之观、实国家荣华之气所韫漏而成□也。其篇幅繁多□固无难孤行于世。若夫零星小品、虽卷之不盈一握而精言妙义、九足动人。吾侪性之所近。往往欲萃荟。其所最嗜□以自怡悦。譬之、集千狐之腋以为裘、合吾侯之鲭而作馔。宁不衣之适体而餐之果腹乎哉"。

在丛书里，当然有些是直接向著者索要的，而值得关注的是其中很多是拜托朋友帮忙搜集的。如《虞初新志》凡例中有如下记载：

> 生平幸逢秘本、不惮假抄。偶尔得遇异书、辄为求购。第愧搜罗未广、尤惭采辑无多。凡有新篇、速祈惠教。并望乞怜而与、无妨举尔所知。

张潮频繁向他人索要作品在其编撰三种丛书的凡例、序文中常有提涉。如《檀几丛书》（余集）的选例中有相关描述，从中不难看出他不厌其烦地搜寻作品的情况。

> 此书之后、尚有檀几丛书余集之辑、缘良朋投。辄有短篇、字不盈千、楮仅踰尺。然粒珠寸锦皆可宝贵。自当别梓以奏余音。

另一方面，张潮的友人也热情地回应了他的要求。譬如在《昭代丛书》（乙集）的"凡例"中有记载云，"良朋枉顾、辄赠新编。是只从所见者稍为编次。并不敢征之四方。遗漏之议所不免矣"。在乙集编撰之时，或许张潮的作品存量几近枯竭，要靠友人搜集。

另外，在《檀几丛书》（二集）的选例中，特别对提供作品的人物有所介绍：

> 海阳胡子静夫自白门邮到小品甚富、集中多所采用。厥功甚伟、奚可或忘。

除此之外，他还通过友人得到了不同类型的作品。

但是，在得知出版需求之后，张潮的友人纷纷寄送作品，"矧夫邮筒投赠之来、日接于庭、琳琅璀璨之篇、日盈于几"。[①] 为此，才不得不进

---

① 《昭代丛书》乙集·张渐序文"矧夫邮筒投赠之来、日接于庭、琳琅璀璨之篇、日盈于几"。

行遴选。如以诗著称的王士禛（渔洋山人）为张潮提供作品无数，而张潮亦因作品数量（《檀几丛书》《昭代丛书》一集50篇作品）、编辑方案受限，为作品的选定煞费苦心。《檀几丛书》（二集）的选例便说明他根据编辑状况择定作品的良苦用心。而王士禛的6篇作品分别被收录进《虞初新志》二种、《檀几丛书》（二集）三种、《昭代丛书》（乙集）六种。

> 新城王阮亭先生邮种种小品、美不胜收。因篇目已定、不获全登为憾、嗣当采入昭代丛书乙集以成巨观。

至此，张潮得以陆续刊载出版了友人的作品。但在丛书的编辑上却出现了问题。后文将会涉及，有时张潮未能收到预定稿件而不得不修改计划替换成其他文章。在丛书出版之前自然会进行校对，有时张潮也会委托孔尚任等文人着手进行。

丛书虽最终得以顺利编撰和出版，但在出版经费、作品募集上又要煞费苦心。张潮之父是清朝高官，本身也是经商之家，但他并未踏入仕途，只是一介布衣，多年后又以政治原因被人告发下狱。为此，伴随作品的募集、出版所需的各种费用他不得不求助他方。如《昭代丛书》（乙集）的选例中记载：

> 种种拙选、只为扬芳、匪图射利、但纸张刷印、殊费朱提。若人人如取如捐则在在伤廉伤惠爱人以德告我。同侪倘果癖疮痂、何妨略偿工价［每书百叶、实银五分］。或同志醵金合印、或捐资转觅坊间、庶好书不难逢而奇文易于共赏也。

虽然编辑工作对于张潮而言困难重重，又因官司而落寞疲惫，但刻书编撰工作却成为他活下去的动力。在完成《昭代丛书》（丙集）后，他曾计划下一集的编辑出版，但遗憾的是未能如愿。

三　张潮书简中所见的编辑状况

a.《尺牍友声》与《尺牍友声偶存》

在《尺牍友声》（友人写给张潮的书简，初集、二集、新集各五卷，约309人、1000余封）、《尺牍友声偶存》（张潮寄送友人的书简，全十一卷，约170人、455封）中陆续详细介绍了张潮作品的制作、编辑状况①。书简中也涉及文人的各种活动及见解，如知识的交流、会面、宴会之约、各种礼尚往来、创作请托等。在张潮的书简中常见有关作品制作、搜集、校订、编辑等内容。特别是给《幽梦影》作序、作评的托请，以及三种丛书作品的执笔、采集的拜托，以及校阅、赞助的招募，有时记录得相当翔实。另外由于作品原稿常连同书信一并寄出，也可从中侧面了解当时的邮政状况。通过详细的调查、考证，对于张潮作品创作、编辑状况以至于其交游关系的解读将助益匪浅。可是，当时的文人书简通过什么途径得以送达的呢？虽然自古就有传送公文的驿亭制度，但并未面向民间书信。民间的近代邮政制度得到确立在清朝中后期，之前并不常见，仅而委托值得信赖的人、家丁、朋友、来往商人、僧侣的现象更为常见。张潮更多通过其侄、凭借其广泛的交游网络、朋友圈来传送书信。当时送信耗费时日，时常还有送丢的情形。如果身边没有合适的送信人则可能花费数月才能送达。也就是说，书简的传递与人物的交游关系甚为紧密。张潮为了丛书的编撰更是频繁地进行稿件创作的请托和书简的递送。下面我们来考察其四次寄送书简的情况。

b.《幽梦影》的相关书简

首先是《幽梦影》的相关书简。张潮为获得《幽梦影》的评语经常给友人送递书简。譬如，托诸北京的友人僧侣释广莲（根洁上人）送递时随信附上了自己的《幽梦影》，并在信中说，"今寄来幽梦影四册、幸检。人倘诸公有肯赐评语者、不妨代索佳评也"（《尺牍友声偶存卷5》《复根洁上人》）。以此托诸各方文人为《幽梦影》作评。这样，释广莲在北京期间

---

① 详见前述《张潮与江南文人的交流——以书简为线索》。

便成为他和北京周边文人互换书简的媒介①，而张潮自己也为北京与江南文人间转递书物。

《幽梦影》在各地文人中流传，而读过这部作品的文人也主动给张潮寄送批语。如戏曲家顾彩（字天石）寄送书简如下：

> 昨过扰谢谢。归读幽梦影一则一叫绝。今于无批语处、借添数段以附。不朽原本缴上、以便补刻、如以为太多、或移数语于他良友名下可。

从这段记述中可对《幽梦影》批语添加补刻的情况有所了解。即《幽梦影》的批语未必都是按照作评顺序添附的，也不排除被调整替除、编辑的可能性。对此本稿不做过多涉及，今后将另行文讨论。

c. 与丛书编撰相关的书简①——与作品授受相关的来往书信（表示谢忱的书简等）

下面我们来看看收到友人作品后张潮的信函。首先是前文提及的《虞初新志》中的相关书简。

> 虞初拙选借光王翠翘传。兹先以八卷成书。听坊人发兑、想明春吴门亦可购矣。嗣有二集之役、鸿篇幸早邮。（《尺牍友声偶存》卷三"寄余澹心徵君"，张潮→余怀）

这是张潮对友人余怀（字澹心）为自己寄付稿件的谢忱，他进一步提出了索求作品的请求。之后余怀再次投稿《寄畅园闻歌记》《板桥杂记》并被收入《虞初新志》。

下面再举王士禛一例。如前所述，王士禛的作品已被张潮录入三部丛书之中，但在编辑阶段，针对不同作品进行了版面排序。如，

---

① 详见《明清文人与佛教——以张潮与僧侣间的交游关系为中心》（《莲花寺佛教研究所纪要》第七号·2014年3月）。

琅函三锡兼五种奇书、贫儿骤获珍珠船、感戢匪可言喻。亟欲借光、因时乙集已定编目、裁去数种以便增入。盖欲使诸同人早睹琅环、非特阿私所好也。(《尺牍友声偶存》卷七"寄复王阮亭先生"，张潮→王士禛)

这个例子可以帮助解读在《昭代丛书》中刊载作品的一些状况。《昭代丛书》乙集收录了《国朝谥法考》《琉球入太学始末》《迎驾纪恩录》《广州游览小志》《陇蜀余闻》《东西二汗水辩》与王士禛的作品六种，至于文中的《五种奇书》不知具体所指。

d. 与丛书编撰相关的书简②——江之兰的自荐

请看小品作家江之兰（字含征）写给张潮的书简：

弟观集中亲流尽载、而独乏岐黄一种。夫医为九流之首而不载、是犹珍错具陈、而独缺江瑶柱也。弟著医津一筏、自谓无剿袭之陋而能阐发经旨、殊不负药笼功名。…此书亦医门之小品也。虽曰小品、而精微法则扩而充之无所不备。心齐解人，自能辨此，又达。

(《尺牍友声》壬集，江之兰→张潮)

这里江之兰向张潮推荐了其自著《医津一筏》，希望将它刊载在丛书（《昭代丛书》）里。之后在多次互通书信后，《医津一筏》得以录入《昭代丛书》乙集中。类似作者自己要求刊登其作品的也不在少数。

e. 与丛书编撰相关的书简③——高士奇的作品

最后举清初以文章而闻名的高士奇（字澹人，号江村澹翁）为例。高士奇的作品多数被张潮所收录，但收录却历经波折。有关的几封书简有所记录。首先，张潮听说高士奇创作小品后，便给其同乡文人陆次云（字云士）去信，委托领取并寄给他。

舍侄孙启曾家报来、屡云、高江村先生有小品数种。属先生见寄、迄今未能拜领。拙选昭代丛书乙集久已足额。因高先生之说、不得不虚梨以待。(《尺牍友声偶存》卷七"与陆云士"，张潮→陆次云)

如前提及《昭代丛书》计划出版50卷，达到此数目后便予以出版。此时已临近出版，而期待归入的高士奇作品却迟迟未能收到。对此，陆次云给张潮有书云：

> 弟今秋往晤江邨、即为先生道意。淡翁欣然作书托邮数种。归□之皆新刻。弟又作书寄之、索其扈从所纪诸编。方合昭代丛书之意。回札答云、此数种久不刷印、印就即当再致、弟候其续来并寄。且弟亦尚欲一至维扬。故尔迟迟。不意俗务久羁、竟尔未果。元亭造访期在明春……（《尺牍友声集》新集卷一，陆次云→张潮）

在同一封书简中提到陆次云寄来三种作品，但实际上由于未能赶上出版时间，最后在《昭代丛书》中仅收录了高士奇《江村草堂记》一部作品。为此，张潮去信给王晫予以说明：

> 因高澹人先生有小品数种、属陆云老寄弟。云老遨游未归、迄今尚未邮到。不得不虚位以待之。内借光贤乔梓石友赞、连文释义二种。（《尺牍友声集》卷七"与王丹麓"，张潮→王晫）

《石友赞》为王晫、《连文释义》为其子王言（字慎旃）之作。两部作品都被收录于《昭代丛书》乙集之中。即张潮用友人的文章填补了作品的不足。

但是未能及时收录的高士奇作品（《松亭行纪》《扈从西巡日录》《塞北小钞》）被编入《昭代丛书》丙集之中。

以上仅为出版的一例，通过书简可以考证张潮丛书刊载的详细过程。

结　语

如前文所述，张潮因其交游关系而诞生的作品不计其数，通过他们的往来书信便可窥之一二。笔者曾提及，那个时代大部分作品都会被修改，而通过考察周边资料则能核实编撰的实际状况。这虽是一种传统的研究方法，但由于庞大的文献数量，如何从未加整理的明清史料中获取线索尚存大量未解决的问题。文人作家作品精神世界的背后必然需要物资的现实支持，对此本稿虽未过多论述，但它确实是深刻理解文学作品不可或缺的要素之一。笔者今后将继续依据严谨的史料研究，以期解开更多文人活动的实态。

石刻中的刻派及先于书法之刻法的可能性
——关于北朝墓志中所见特定刻法

泽田雅弘 著[*] 齐 珮 译[**]

一 引言

在本文中"刻法"一词用于作为表现某种独特的书法（或笔法）雕刻刀法。而"特定刻法"一词已经超越了个别性的书法特色之含义，并不从属于原本笔迹的笔法或个别的风趣（在结构上大多还是具有一定程度的从属性），而是作为表现某种特定书法的雕刻刀法而使用的，即不拘泥于原迹而自足地表现特定书法的雕刻刀法。

笔者自北朝一个墓志中混有多种刻法这一现象受到启发，随后通过对北朝墓志刻法的一系列相关研究[①]，阐明了以下四点内容。

---

[*] 日本大东文化大学教授
[**] 上海海洋大学副教授
[①] 请参照以下拙稿。另，本文中出现的相关拙稿均冠以略称，具体情况如下，后文将不再一一注明。
拙稿1999：北魏墓誌の鐫刻について，大東書道研究第7号（大東文化大学書道研究所），1999
拙稿2000：劉阿素・劉華仁張安姫墓誌とその類似書風の墓誌－北魏墓誌の筆者と刻者に関する試論－，国際書学研究/2000，萱原書房，2000
拙稿2007a：北朝墓誌の刻について－元毓墓誌と元昉墓誌－，群馬大学教育学部紀要人文・社会科学編第56卷，2007（转下页注）

1. 在北朝墓志中，同一墓志混有两种以上刻法的现象很常见。如不考虑刻法的差异和混在程度，我们完全可以说这种现象几乎是普遍的。而且，仅仅以"入葬时间紧迫"（华人德、王靖宪①）或者"中途更换雕刻技术拙劣的刻工"（曾毅②）等理由是说明不了这一问题的。多种刻法混在已成为某种必然，对此笔者只能认为这里肯定潜藏着一个更为结构性的问题。

2. 还有另外一种现象，在同日、同域葬（包括合葬）的亲族墓志中出现相同刻法，即甲志混有刻法 A 和刻法 B、乙志也混有刻法 A 和刻法 B 的现象。甲志刻法 A 和乙志刻法 A 的关系是同一刻工，或者是同一刻法，乙

（接上页注①）拙稿2007b：北朝墓誌の書者と刻者について－元嬰墓誌と元詳墓誌－，大東書道研究第 14 号（大東文化大学書道研究所），2007

拙稿2008：北朝墓誌の刻について－元顥墓誌と元頊墓誌－，大東書道研究第 15 号（大東文化大学書道研究所），2008

拙稿2009：隋代墓誌の刻について－張盈墓誌と夫人蕭氏墓誌－，大東書道研究第 16 号（大東文化大学書道研究所），2009

拙稿2010：東魏墓誌の刻について－李挺墓誌・劉幼妃墓誌・元季聡墓誌－，大東書道研究第 17 号（大東文化大学書道研究所），2010

拙稿2011a：北魏楊鈞墓誌の書法と刻法－特徴ある刻法［001］を中心に－」（大東書道研究第 18 号（大東文化大学書道研究所），2011

拙稿2011b：北魏墓誌の刻と工房－李愛華墓誌と元子直墓誌について－，書学書道史論叢/2011，萱原書房，2011

拙稿2013：北朝墓誌にみる刻法の伝播－特定刻法［002］について，大東書道研究第 20 号（大東文化大学書道研究所），2013

拙稿2014a：北朝墓誌にみる刻法の伝播－特定刻法［003］について，大東書道研究第 21 号（大東文化大学書道研究所），2014

拙稿2014b：碑における刻法の混在－寧贙碑・孟法師碑の場合－，書学文化第 15 号（淑徳大学書学文化センター），2014

① 华人德《谈墓志》（《书谱》1983－5,《中国书法全集 13》再录）、王靖宪《碑刻书法中的刀笔及其他——读碑杂录之一》（《中日书法史论研讨会论文集》1994）。据笔者曾经关于《中国金石集萃》第 7 函（文物出版社，1992）所收录的 100 志中从殁年到埋葬的时间间隔的调查结果，殁、葬都记有明确时间的有 15 件，从殁年到埋葬平均时间间隔为 4~8 个月（除 30 个月的特例外，平均为 3 个月），不包括葬期迫切的特殊事例（可参见拙稿1999）。

② 曾毅公《石刻考工录》自序（1987）

志的情况也与此相同。像这样同一刻法出现在不同墓志中的现象，笔者认为起因于刻工集群的形成。

3. 在北魏时期的洛阳，正光元年（公元520年）前后大约历经15年左右的时间，上述的特定刻法形成了一定规模。

4. 既然跨越时空传播的特定刻法已经形成，由此可见，传承、祖述某种特定刻法的集群（即形成某种刻派和雕刻传统的刻工集团）也开始渐渐显出大致的雏形。

通常在书法史学中，对于石刻的研究，我们会从碑文上雕刻的字迹去寻找其笔势、意趣等书法要素来构成书法史。除一部分如北魏龙门造像记等被视为特别强调某种刻法意味的石刻之外，这一史观的前提在于石刻忠实地反映了原笔迹（书丹笔迹或者摹勒上石形成笔迹）。但是从石刻中读出的这些书法要素，是否能完全取自于书法的原迹，或者有无可能完全是雕刻刀法使然，再如这些要素是否由笔、刀结合而成的第三种表现，实际上迄今为止我们还无法做出精确的判断和区分。

而且，与书法同样，镌刻界当然也存在传承或传播某种刻法的现象。但是，一直以来像这种刻法的具体情况我们完全不得而知。这是因为，一部分书法史研究者对镌刻十分关心，主张必须注意到刀与笔二者的结构性关系[1]，但是大多数人所关注的，究其根本仍是书法而不是镌刻本身。因此，根本谈不上所谓的"刻法"，独立于笔迹之外而自足存在的"刻法"这一观念最终未能形成。

笔者最初着眼于北朝墓志中混有多种刻法这一现象时，对此进行了如下思考：

（A）后世通行的镌刻观，即正确传达原迹的特性，这才是镌刻的意义

---

[1] 沙孟海《中国美术全集·清代书法》序论（《中国书法》1990-2《赵之谦的成就与彷徨》节选）中提出："旧时论书，都未注意到刀刻问题，对2000年来的碑版流传，大家认为'黑老虎'（即拓本，泽田注）所展示的一丝一毫尽是当年书法家的原来体貌，从而深信不疑。"此外，《书法史上的若干问题》（《沙孟海论书丛稿》）中论及高昌国墓博的具体事例。另外，启功《从河南碑刻谈古代石刻书法艺术》（《启功从考》）中说"特别值得提出：在看碑刻的书法时，常常容易先看它是什么时代、什么字体和哪一书家所写，却忽略了刻石的工匠。其实，无论什么书家所写的碑志，既经刊刻，立刻渗进了刻者所起的那一部分作用（拓本，又有拓者的一部分作用）。这些石刻匠师，虽然大多数没有留下姓名，却是我们永远不能忽略的。"

和价值。但是这种观念至少在北朝的墓志刻工中并不普遍。

（B）基于此，刻工在反复雕刻的过程中形成了自身独特的刻法，也就是说，刻法成为该刻工潜在的刻法。此后这种潜在的刻法有时甚至比原迹更加突出自身的特色。

但是，现在笔者对（B）这一思考做了部分修正。如前文第 2 点所述，同日、同域葬的亲族墓志间，虽然是同一刻法，但未必出自同一刻工之手。如第 3 点所述，在某一时期的洛阳特定刻法已具有一定规模，甚至如第 4 点所述，超越时空流传的特定刻法已经被考证出若干种来。基于此，我们不得不承认能够传承、祖述特定刻法的刻派或雕刻传统已然出现。换言之，刻工潜在地掌握的刻法未必是由特定的笔法形成的。不仅如此，一旦形成了某种特定的刻法后，刻工在祖述、传承的过程中，并未与特定的笔法之间发生某种联动机制，而是作为特定的刻法被多数刻工所掌握，从而形成了一种稳定的技法并固定下来。

至此，我们更应关注的问题是，传承下来的特定刻法的自足性。无论笔迹还是石刻，通常我们认为书法史的核心是书法的发展历史。在这一通行的观念下，表现特定书法的刻法常常被置于从属地位，因此，我们往往会认为刻法是追随书法的。可是，正像本文所要阐明的那样，如果我们留意一下自足地表现书法的特定刻法的传播情况，我们就会理解"刻法从属于书法"这一观念并不成立。

不仅如此，我们甚至无法否定获得了自足性的特定刻法有可能在雕刻的某一环节加入了自身的创意和设计，由此产生出更具逼真感的表现方法。当然也不排除书法诱发刻工创造新的表现方法的可能性。同理，自足的刻法本身也有可能自发地产生表现逼真笔法的新刻法。但是更需注意的是这种具有自足性的刻法，其本身自发的产生过程。既然如此，我们就不能不考虑刻法引导书法发展的一面。

如上所述，刻法尤其是表现特定书法的刻法，即不从属于原笔迹的个性特点，而是自足地表现特定书法的特定刻法。明确这一刻法，尤其是确定这一特定刻法的实际存在状况，这在书法史上具有极其重要的意义。本文试图致力于具体地揭示跨越时空流传下来的特定刻法的实际存在状态，进而据此揭示出上述关于刻法先于书法的可能性问题。

二　混杂于墓志中的其他刻法

西晋 徐美人墓志　　北魏 元绪墓志　北魏 元飏妻王氏墓志　北魏 元液墓志　　北魏 穆绍墓志

东魏 元湛墓志　　北齐 明湛墓志　　隋 张盈墓志　　隋 张轲墓志　　唐 夫人月相墓志

图 I　混杂于墓志中的书风（刻法）

在一个墓志中混杂有多种书法（实际为刻法）的状态，如图Ⅰ所示共有10组。10组左右两侧的书法风格是从一个墓志中不同的两处抽出连续6个字，然后进行比较对照。另外，多种书法风格混杂的状态因墓志不同而不同，但一般而言，其书法风格的分布状态正如图Ⅱ元颢墓志以及元珦墓志（包含后述的刻法［001］［002］）所示，并不是简单的混杂状态，更极端的例子是毫无秩序可言（可参见拙稿，1999）。形成这种复杂的混杂状态的原因并不在于中途更换书写者等书写过程的因素，而是多种刻法混杂在一起的结果。

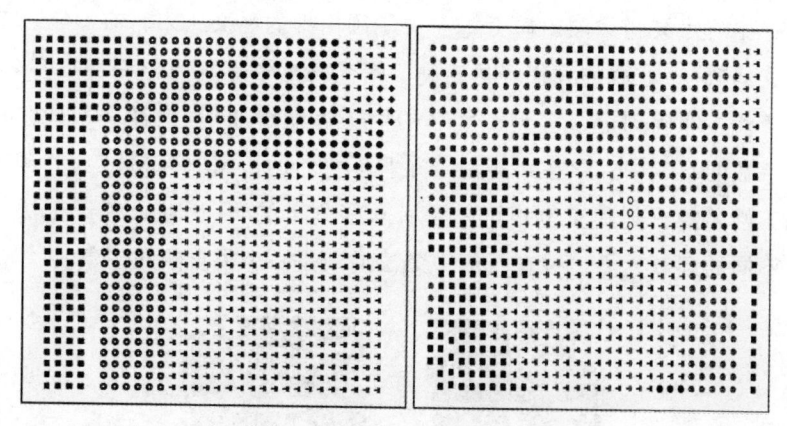

左　北魏　元颢墓志，右　北魏　元珦墓志
图Ⅱ　墓志中书风（刻法）的分布

假如一个刻工掌握了同时使用多种刻法的技能，那么如图Ⅱ分布所示，这并不能说明在一个墓志中为何使用多种刻法的理由。当然，刻刀的种类、石料的材质等确实对此存在影响，但是如图Ⅰ所示，10组各不相同的书法风格远远超越了刻刀种类和石料材质等影响因素能够影响的范围，刻工所设想使用的书法本身完全不同。也就是说，在一个墓志中混杂多种书法风格显然是呈现出特定的书法风格的刻法各不相同而导致的，这完全是刻工的问题。

而且，像这种刻法混杂的现象不仅限于墓志，也存在于碑刻中。在地上树立起来的石碑上的字迹通常是在立碑当初刻上去的，由于风吹日晒或者拓印等原因而逐渐发生变化，因此很难检测出刻法与刻法间的差异。尽管如此，多种刻法混杂这一现象还是有例为证的。图Ⅲ的左图就是宁赞碑中多种刻法中的两种对照图，一方是奠定了碑刻基调风格的书法，而另一方是效法前代的铭石书，两种书法各自出处完全不同，其差异甚至涉及结构问题。另外，右图孟法师碑中混杂的刻法恐怕也不止于图示中的两种。（可参照拙稿，2014b）

一般而言，刻法混杂的现象是在北朝墓志中被明确印证的。不过如图Ⅰ所示，上至西晋下至隋唐同样可见这一现象。而且，虽然隋以前的石刻中鲜有记入刻工姓名的例子，但是后汉时期的封隆山碑刻有"石师□□造仲张世绛伯王季"，由此可以想象刻工人数不止一名。还有三国吴的禅国山碑，据清代吴骞《国山碑考》中关于国山碑的释文，末行有6字"刻工殷政、何赦"，北魏的大代华岳庙碑、隋代的七帝寺碑等也刻有很多名字。到了唐代，明确刻记众多刻工姓名的例子逐渐增加[①]。这样一来，在具有一定字数的石刻中，存在众多刻工并非不自然的事情（笔者认为只刻记一名刻工姓名的石刻其实也很可能是有众多刻工的）。因此，关于刻法之间存在不同的问题，毋宁说在石刻中刻法混杂是一个很自然的现象。

隋宁赞碑　　　唐孟法师碑

图Ⅲ　石碑上混杂的书风（刻法）

表Ⅰ列举的从北魏的李媛华墓志直到北齐的窦泰墓志共13志，笔者将

[①] 例如，叶昌炽《语石》刻字五则的第二则中说"唐宋以下石刻、勒碑刻字、往往列名不一人"。列举具体例子。

具体阐述关于这 13 个墓志的特定刻法及其实际情况。表中的 001、002、003、00X 是笔者暂时命名的刻法名称，"○"表示在该墓志中确认存在的一种刻法。

三 刻法 [001]

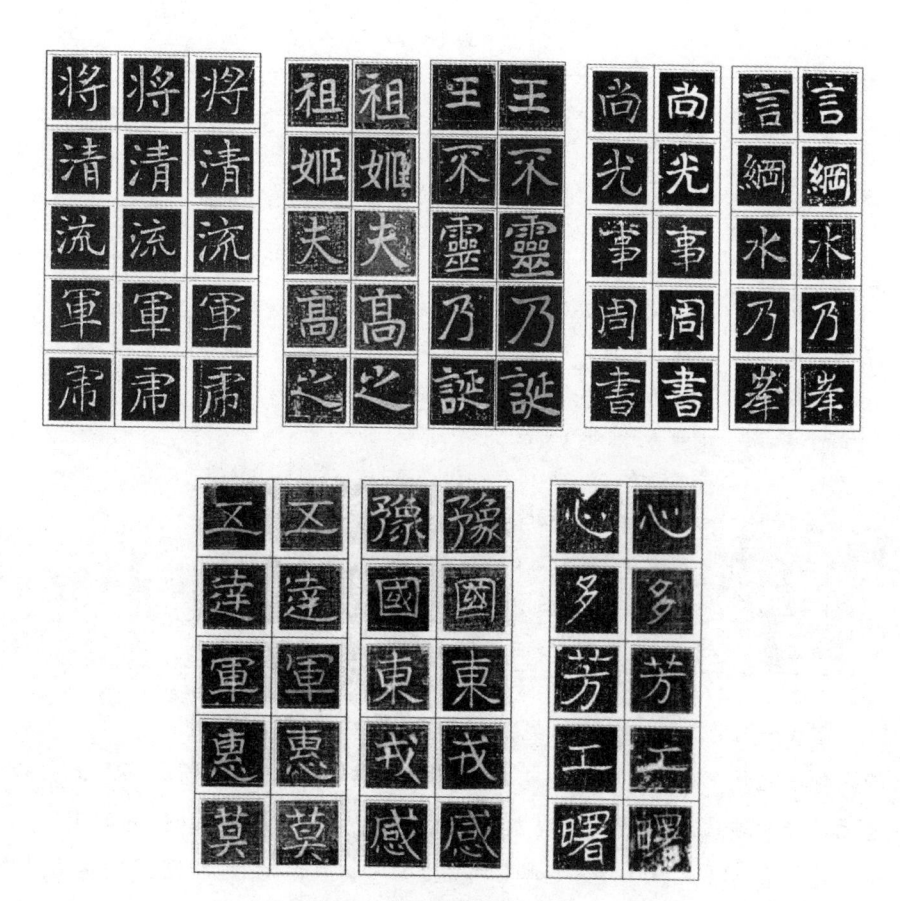

图Ⅳ 流传的刻法 [001]

如表Ⅰ的 [001] 栏所示，刻法 [001] 混杂在从北魏杨钧墓志直到东魏刘幼妃墓志的 5 个墓志中。图Ⅳ-1 是杨钧墓志中混杂的 3 种刻法的对照图，其中左侧是刻法 [001] 呈现出来的书法风格，其风格旨趣与其他两者完全不同。图Ⅳ-2 将右侧二列元颢墓志和元项墓志中混杂的刻法 [001]，与左侧二列后文将要提到的刻法 [002] 并置对照，用以比较

[001]所呈现出的书法风格。元颢、元项两墓志的笔者可以视为同一人,或者同属一个流派,呈现出酷似的笔法(可参见拙稿,2008)。元颢、元项乃是同日下葬的兄弟,两者的陵墓区域范围相邻,这两个墓志的情况正如上述第2点事例之一种,风格迥异的两种刻法,即[001]和[002]在两志中互有呈现。

表 I

志 名	葬 年	出土地	001	002	003	00X
李媛华墓志	北魏 正光五年(524)	河南洛阳			○	
元子直墓志	北魏 正光五年(524)	河南洛阳			○	
杨钧墓志	北魏 建义元年(528)	陕西华阴	○			
元颢墓志	北魏 太昌元年(532)	河南洛阳	○	○		
元项墓志	北魏 太昌元年(532)	河南洛阳	○	○		
元延明墓志	北魏 太昌元年(532)	河南洛阳		○		
元徽墓志	北魏 太昌元年(532)	河南洛阳			○	
元钴远墓志	北魏 永熙二年(533)	河南洛阳		○		
李挺墓志	东魏 兴和三年(541)	河南安阳	○	○		
刘幼妃墓志	东魏 兴和三年(541)	河南安阳	○	○		○
元季聪墓志	东魏 兴和三年(541)	河南安阳		○		
萧正表墓志	东魏 武定八年(550)	河北磁县		○		○
窦泰墓志	北齐 天保六年(555)	河南安阳		○		

图Ⅳ-3是图Ⅳ-1中所见的杨钧墓志中的[001]和图Ⅳ-2中所见的元颢、元项墓志中的[001]的对照图,各字的左侧是杨钧墓志,右侧是元颢、元项墓志(把刻工视为同一人)。杨钧墓志的[001]的刻工和元颢、元项墓志的[001]的刻工不是同一个人,但两名刻工的刀法如图Ⅳ-3所示显然同属一类。

图Ⅳ-4是李挺(左)以及与李挺同葬的刘幼妃(中)和元季聪(右)三志的书法风格对照图。如这组对照图所示,除元季聪墓志外,李挺墓志和刘幼妃墓志的书法风格相同,这两志的笔者是同一人或属同一书法流派,因此呈现出酷似的风格(可参照拙稿2010)。两志中各自都混有刻法[001]。图Ⅳ-5是前文所见的杨钧墓志中的[001]和李挺、刘幼妃墓志中的［001］的对照图。各字的左侧是杨钧墓志，右侧是李挺、刘幼妃墓志。如图Ⅳ-5所示，由于［001］介于其间，所以杨钧墓志的图Ⅳ-1的左侧、中央的书法风格完全不显影，杨钧墓志的风格旨趣与李挺、刘幼妃两志同属一类。这源于三志的［001］刻法同属一类。

杨钧、元颢、元顼、李挺、刘幼妃各志中混杂的刻法［001］的共性可以总结如下。起笔的角度舒缓，横画收笔呈瘤状，撇画（左撇）的头部呈开笔锋状。而且，转折画肩部稍显下沉且略粗，有故意突出运笔之势的嫌疑。这一特殊的［001］刻法所呈现的书法风格是，笔画结构略粗、线条缺乏沉着的支撑力，静谧之趣不足。（可参照图Ⅳ-6）

五志中混杂的刻法［001］其笔迹超越了各自书法风格的个性而呈现出共通性。而且，［001］如表所示，从北魏的建义元年（528）到东魏的兴和三年（541），在这期间横跨陕西华阴、河南洛阳而广泛传播。在这个意义上，可以说［001］是跨越时空、广泛传播的特定刻法。

四 刻法［002］

在元颢墓志和元顼墓志中，图Ⅳ-2与［001］形成对照的刻法［002］也混在其中。也就是说，图Ⅳ-2的左侧两列和右侧两列之间风格上的显著差异，正是［001］和［002］各自所呈现出的书法风格上的差异。顺便补充说明一下，元颢、元顼各志中［001］［002］的分布范围如图Ⅱ所示。

刻法［002］如图Ⅳ-4所示也混杂在李挺墓志、元季聪墓志中。即图Ⅴ-1所示，左侧列为李挺墓志中的［002］，右侧列为元季聪墓志中的［002］。在图Ⅳ-4中呈现出显著差异的李挺、元季聪两墓志的书法风格，由于［002］的加入，在图Ⅴ-1为之一变呈现出相同的风格。图Ⅴ-2左侧列为刘幼妃墓志中的［00X］，中央列为刘幼妃墓志中的［002］（上方只有13字得到确认），右侧列为元季聪墓志的［002］（关于［00X］在后文中详述）。元季聪、刘幼妃两志的［002］对照可见，在技术的纯熟度上判然有别，刻工显然不是同一人，但两者所呈现出的书法却属同类，这可视之为两者同是祖述［002］刻法的刻工所刻。

［002］不仅与［001］一起混杂在元颢、元顼、李挺、刘幼妃的墓志中，在北魏的元延明墓志、元钻远墓志，东魏的萧正表墓志，北齐的窦泰墓志中，［002］也与其他刻法混杂于其中。图Ⅳ-3 是混杂在元延明墓志中的三种刻法对照图，左侧是由［002］刻法刻出的字迹。［002］刻法虽然并不像［001］那样特异，但是可以确定的是它与李挺、刘幼妃、元季聪三人墓志中的［002］的特色具有共通性。

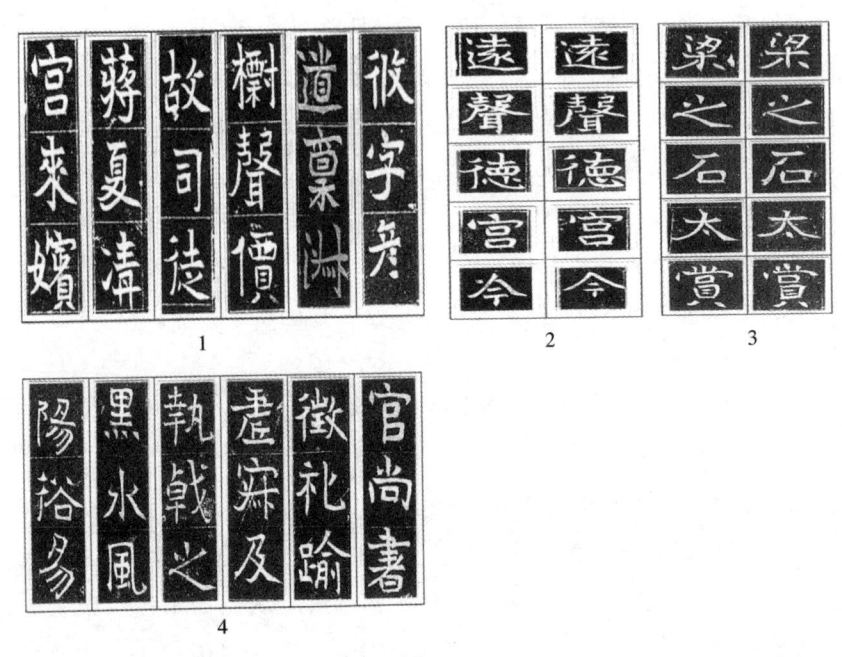

图 V

　　图 V-4 是混杂在萧正表墓志中的［002］与［00X］两种刻法的对照图。各字的左侧是［002］，右侧是［00X］。而且，如图 V-6 所示，元钻远墓志中混有包括［002］在内的两种刻法。其中［002］为各字的左侧。与图 V-7 对照来看，窦泰墓志中也混有包含［002］在内的三种刻法，其各字的左侧是［002］。

　　元钻远墓志、窦泰墓志中刻法与刻法间的风格差异不像萧正表墓志那么显著，但是作为［002］的共通性，如果我们注意到它起笔的角度以及是否在起笔时带出小刺或者小角的话，我们当即就会明白［002］是区别于其他刻法的。

图Ⅴ-8是元颢、元顼、元延明、元钻远、李挺、元季聪、萧正表、窦泰各墓志中混杂的［002］的对照图。（刘幼妃墓志因为［002］的字数极少，未列其中）除却因笔者不同而产生的字体差异之外，这些［002］所呈现出的风格可以说是存在共性的。如前文所述，［002］的特色是起笔的角度险峻，附带又细又尖的小角，运笔过程中的线条细瘦，其目的是在于强调起笔的尖锐性。结果，［002］所表现的书法风格圆润不足，过于纤细，稍嫌神经质。如表Ⅰ所示，可以确定的是，［002］的传播从北魏太昌元年（532）至北齐天保六年（555）跨越了河南洛阳、河南安阳、河北磁县。因此，可以认为［002］是跨越时空传播[①]的特定刻法之一种。

另外，图Ⅴ-5是刘幼妃墓志中的［00X］与萧正表墓志中混杂的［00X］的对照图。关于［00X］，笔者尚未进行深入的探索，具体情况尚不明确，但两志的［00X］也极其相似。因为［00X］没有像［002］起笔角度那么险峻并带有尖角，所以没有［002］特有的纤细、神经质的雕刻风格。虽然如此，但如果起笔角度再险峻一些并顺势带出小刺的话，也不会没有与［002］相通之处。所以，［00X］有可能出自祖述［002］这一门派但技艺还尚未成熟者之手。

五　刻法　［003］

同日下葬且陵墓区域范围邻近的李媛华和其子（并非亲生子）元子直的墓志中，刻工虽然是同一人（可参见拙稿2011b），但如图Ⅵ-1、图Ⅵ-3所示，两墓志分别存在多种雕刻风格。

图Ⅵ-1中列举了李媛华墓志中的6种不同风格，其中完成度最高且作为类型固定下来的最熟练的刻法是左端的［003］。与［003］的类型差距较大且不太成熟的刻法是从图Ⅵ-1的右侧数起第三个［A］。［003］和［A］的对照图是图Ⅵ-2。同样，图Ⅵ-4列举了元子直墓志中混杂的9

[①] 由于北魏分裂为东、西两魏，选择东魏的贵族文士在迁移到都城邺城时，很有可能官府管理的百工户或民间工匠也跟着政府机关移居到邺城一带。在这种情况下，如果考虑到邺南的安阳和邺北的磁县之间的距离问题，那么［002］刻法的传播就不能单纯地视为空间意义上的扩大范围。

种刻法中主要的 6 种，其中完成度最高且作为类型固定下来的最熟练刻法是左端的［003］。另外，与［003］差距最大且尚未成熟的刻法是从图Ⅵ–3左侧数起第 3 个［B］。图Ⅵ–4是［003］与［B］的对照图。

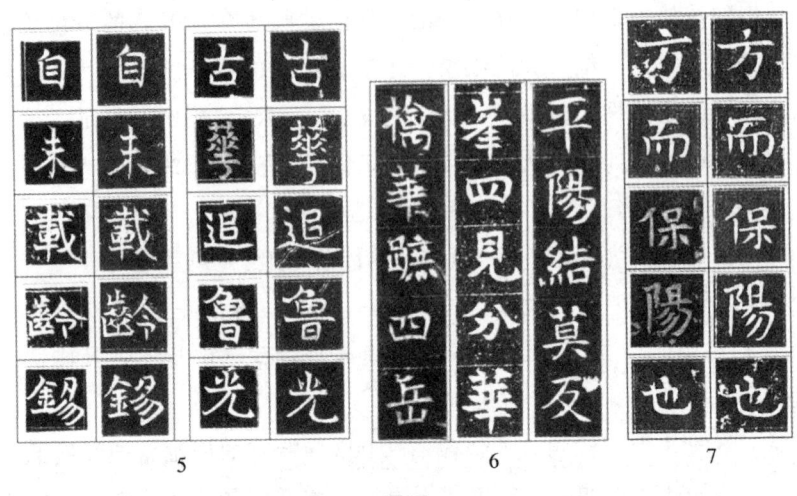

5　　　　　　　　　6　　　　　　　7

图Ⅵ

图Ⅵ–5是李媛华、元子直两志中［003］的对照图，各字左侧是李媛华墓志，右侧是元子直墓志。两者的［003］如图所示十分相似，由此可见，两种［003］应该是祖述同一刻法的刻工（也包括其他刻工在内，详见拙稿 2011b）所使用的特定刻法，呈现出特定的书法风格。

刻法［003］在李媛华、元子直两志的 5 年后雕刻完成的元徽墓志中也得到了确认。元徽墓志如图Ⅵ–6所示混杂有 3 种刻法，其中左侧和中央的是熟练的刻法，右侧还尚未成熟。技艺熟练的左侧［003a］和中央的［003b］笔画有肥瘦之别，但运用刻刀的技术几乎相同。此外，两者在墓志中分布区域的界限不明，所以在这里笔者把它们统一归为［003］处理。如图Ⅵ–7所示，正是［003］与尚未成熟的［A］之间的一组对照。

李媛华与元子直墓志的刻工是同一人（参见拙稿，2011b）。将这两个墓志的书法与元徽墓志对比的话，如图Ⅵ–8所示，李媛华、元子直两墓志好用繁缛的字体且力求结构上的变化，与之相对，元徽墓志在字体和结构上都没有李、元墓志那样的志趣，显然李、元两墓志和元徽墓志的刻工不是同一人。可是，李、元两志的［003］（把两者合为一体）和元徽墓志的［003］（a 和 b 合为一体）相对照的话，正如图Ⅵ–9所示，李、元两志和元徽墓志之间书法风格的差异被淡化隐去，突显出志趣完全相同的风格。这当然源于两者的刻法属于祖述相同的一类刻法。

关于图Ⅵ-5和图Ⅵ-9，作为李媛华、元子直、元徽墓志中刻法［003］的共通性呈现出以下几点特征：总体上工笔精致，起笔和收笔的笔画端正完整，线条粗细均匀，转折笔势圆润，左撇（捺）起笔常常呈现出独特的刀法。而且，刻法［003］所呈现出的风格一贯圆润温厚。另外作为补充说明，笔者从李、元两志和元徽墓志中抽出了突出反映这一通性的各字，如图Ⅵ-10所示。

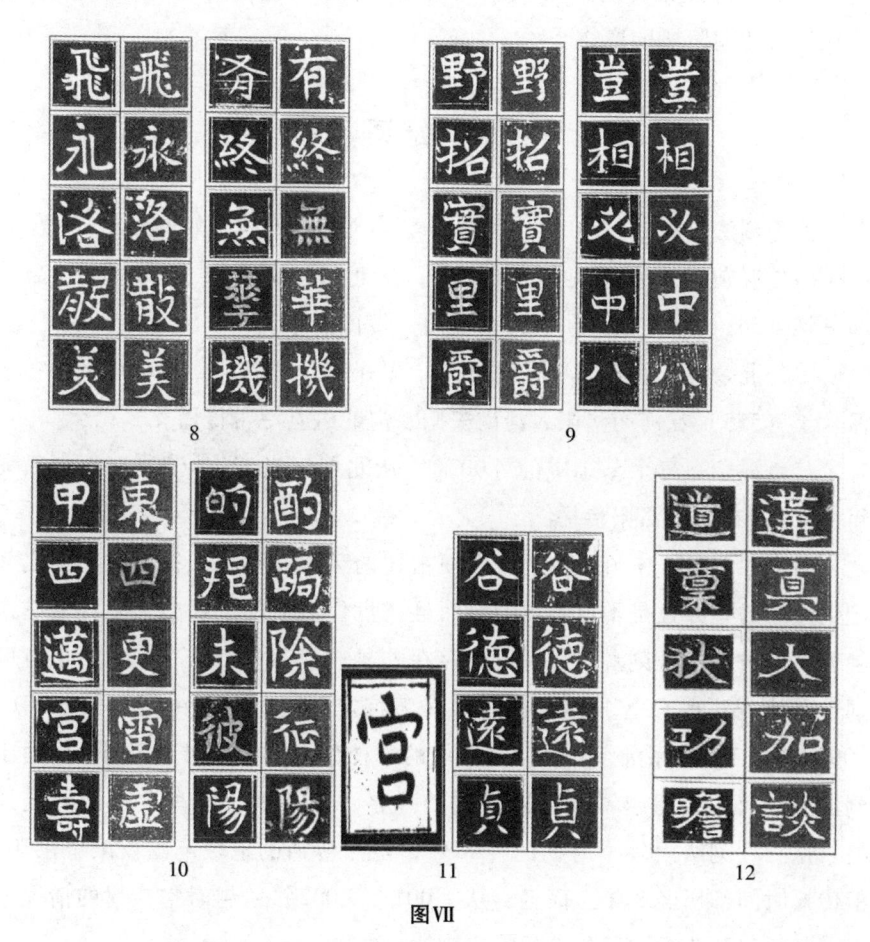

图Ⅶ

此外，李媛华墓志中尚未成熟的刻法［A］和元徽墓志中尚未成熟的刻法［A］相对照，如图Ⅵ-11所示，两［A］呈现出十分相似的风格。

而且，图Ⅵ-1所列举的李媛华墓志中不太成熟的刻法之一［C］，若与图Ⅵ-3所列举的元子直墓志中不太成熟的刻法［C］加以对照，会发现如图Ⅵ-12所示，也呈现出十分相似的风格。

三个墓志中的［003］、两个墓志中的［C］分别呈现出酷似的风格，在此基础上除［A］之外的三个墓志中其他刻法也都具有与［003］共通的要素，由此可见，李媛华、元子直、元徽墓志是由祖述［003］这一典型刻法的一派中熟练刻工和一般刻工分别承担雕刻的。因此，看似与［003］有一定差距的刻法［A］，其实也应该认为它是祖述刻法［003］一派在某一初期阶段的产物。

六　结语

关于刻法［001］［002］［003］，本文所揭示的内容如下：

一是混杂在五个墓志中的［001］，从北魏建义元年（528）至东魏兴和三年（541）在陕西华阴、河南洛阳一带传播。

二是混杂在九个墓志中的［002］，从北魏太昌元年（532）至北齐天保六年（555）在河南洛阳、河南安阳、河北磁县一带传播。

三是混杂在三个墓志中的［003］，从北魏正光五年（524）至太昌元年（532）在河南洛阳传播。

通常在多数人中流行的刻法即便祖述的刻法是同一个，但在刻工之间产生微妙的差异也是不可避免的，而且在世代传承的过程中其差异会越来越大。不过，尽管刻者间、世代间存在差异，但不可否认它们之间也有区别于其他刻法的显著共性，我们称其为特定刻法。本文中列举的［001］［002］［003］均系混杂在众多墓志中的一种刻法，尽管刻工不同，但由于刻法介于其间，超越了原笔迹个别的风格，而呈现出某种共通的特定风格。这三种刻法中较早时期的［003］，虽然传播的地域范围仅限于洛阳，但传播时间却历经8年。而且，从［001］［002］跨越时空传播的情况来看，都可以认为是广泛传播的特定刻法。

正像前文关于［001］［002］［003］的具体情况所述，由于某种特定刻法介于其间，原笔迹的个性风格逐渐隐没，变为志趣相同的风格。这意味着特定刻法［001］［002］［003］是不从属于笔迹的具有自足性的刻法。而且，这些不从属于笔迹的、独立的刻法的传播，启示我们正像书法中传承特定写法而形成流派或传统一样，在镌刻中也存在着传承特定刻法的刻派或镌刻传统。

长期以来一直存在着从石刻中读取笔法从而建构书法史的石刻书法观，而自足地呈现出特定风格的特定刻法，以及祖述这一刻法的刻派或传统的存在，使得我们不得不对这样的书法观做出反省，也必须否定刻法从属于书法这一长期以来始终存在的普遍观念。不仅如此，这一现象当然也说明了获得自足性的特定刻法有可能先于书法而自足地生产逼真的书法表现，也就是说，刻法很有可能引导甚至开拓书法的笔法。

本文是平成25年（2013）学术振兴会科学研究费补助金基础研究（C）"关于中国北朝墓志特定刻法传播的基础研究"（课题编号23520184）的阶段性成果。本文是笔者已发表的数篇拙稿的总结性论述，因此关于各墓志的笔者、刻法等详细内容请参见相关论文。关于拙稿（2000）中所论北魏洛阳形成的一定规模的刻法，因篇幅关系没有附上，亦请参考。

归来与命子
——陶渊明的仕隐之谜

范子烨[*]

"归去来兮,田园将芜胡不归?"一声"归去来",华夏诗史的长空千古传响。但如果要真正理解这深情的呼唤,就必须充分了解陶渊明与晋宋政局的关系。《宋书》卷九十三《陶潜传》:

> 躬耕自资,遂抱羸疾,复为镇军、建威参军,谓亲朋曰:"聊欲弦歌,以为三径之资,可乎?"执事者闻之,以为彭泽令。公田悉令吏种秫稻,妻子固请种粳,乃使二顷五十亩种秫,五十亩种粳。郡遣督邮至,县吏曰应束带见之,潜叹曰:"我岂能为五斗米折腰向乡里小儿。"即日解印绶去职,赋《归去来》。

无论何时何地,辞官归隐对每个知识分子来说都属于重大的人生选择。束带面见上级长官,在晋宋时代是通例,陶渊明为何感到如此难堪?这能构成他辞官归隐的理由吗?我们再读《陶渊明集》卷五《归去来兮辞序》的相关自述:

---

[*] 社科院文学所研究员

> 余家贫，耕植不足以自给。幼稚盈室，瓶无储粟，生生所资，未见其术。亲故多劝余为长吏，脱然有怀，求之靡途。会有四方之事，诸侯以惠爱为德，家叔以余贫苦，遂见用为小邑。于时风波未静，心惮远役，彭泽去家百里，公田之利，足以为酒，故便求之。及少日，眷然有归欤之情。何则？质性自然，非矫励所得。饥冻虽切，违己交病。尝从人事，皆口腹自役。于是怅然慷慨，深愧平生之志。犹望一稔，当敛裳宵逝。寻程氏妹丧于武昌，情在骏奔，自免去职。仲秋至冬，在官八十余日。因事顺心，命篇曰《归去来兮》。乙巳岁十一月也。

这段序文意在表明：（一）做官是为了解决生活的困难，挣点钱花，因为他实在是太穷了。纪伯伦说："最高超的心灵，也逃不出物质的需要。"① 我们姑且这样理解陶渊明。（二）出任彭泽令是自己主动求官的结果，在这一过程中，他托了族叔陶夔的关系向"诸侯"求情。按照现在的干部选拔制度，这种"走后门"的行为属于违法乱纪。所以从表面看，陶渊明此举实在未免俗气，与其不愿束带面见督邮并因而辞官的血性之举相比，简直是判若两人；但令人诧异的是，诗人居然坦诚地公开了自己谋官谋位的行为，所以其中必然另有隐情。（三）之所以请求做彭泽县令，是因为大规模的战争刚刚停止，天下还不太平，自己不愿远离故土，而彭泽县离家乡浔阳比较近。（四）做县令的好处是可以利用公田种粮食酿点酒喝。（五）当官毕竟是违背自己本性的，所以感到不舒服。（六）正好赶上妹妹（嫁给武昌程氏，所以称为"程氏妹"）的丧事，所以就"自免去职"了。（七）"在官八十余日"，"因事顺心"，表明在他担任彭泽令期间没有什么不愉快的事情发生，至于督邮下来巡视的事他根本就没提。我们仔细审视诗人交代的这些情况，可以肯定其所述辞官归隐的种种理由都很难成立。试想：如果上级领导下来检查工作就辞官，如果自己感到行动不自由就辞官，如果有亲人去世需要奔丧就辞官，天下还有官吗？事实上，我们看陶渊明在担任彭泽县令期间的表现，可以发现与其说他是在做官，

---

① 纪伯伦：《沙与沫》，《纪伯伦散文诗全集》，伊宏译，北京燕山出版社，2011，第 92 页。

不如说是在表演，尤其是和太太商量种地的事，没有他本人的广泛宣传，他人如何得知？如何能够进入历史学家的笔下？我们不妨对比一下《晋书》卷四十九《阮籍传》：

> 及文帝辅政，籍尝从容言于帝曰："籍平生曾游东平，乐其风土。"帝大悦，即拜东平相。籍乘驴到郡，坏府舍屏鄣，使内外相望，法令清简，旬日而还。……籍闻步兵厨营人善酿，有贮酒三百斛，乃求为步兵校尉。①

显而易见，陶渊明之求为彭泽令与阮籍之求为东平相非常相似，可能都有政治上的寓意。陶渊明的《命子》诗对我们认识这一点具有特别重要的意义。在研究中国现代著名学者古直（1885～1959）的过程中，我偶然发现了日本著名汉学家斯波六郎（1894～1959）撰写的《古直〈陶靖节诗笺〉补正》一文②。斯波氏素以《文选索引》一书驰誉学林，对他的这篇文章我自然也不敢小觑。尤其是该文所揭示的陶渊明《命子》诗的部分用典情况，对我们了解和理解陶渊明的生平具有特别重要的意义。最近，我两次参加"中国社会科学院文学研究所建所60周年·日本大东文化大学创立90周年共同纪念国际学术研讨会"（北京，2013年6月4日；东京，2013年11月5～9日），在会上都谈到了这个话题，而这也构成了我们解开陶渊明仕隐之谜的一把钥匙。

陶渊明爱子情深，《命子》诗是他在身体衰微之际写给长子陶俨的，与其《诫子文》出于同一背景和心态，故此一文一诗实可比观并读。《宋书·陶潜传》称"与子书以言其志，并为训戒曰"：

> 天地赋命，有往必终，自古贤圣，谁能独免。……虽不同生，当思四海皆弟兄之义。鲍叔、敬仲，分财无猜，归生、伍举，班荆道旧，遂能以败为成，因丧立功，他人尚尔，况共父之人哉。颖川韩元

---

① （唐）房玄龄等撰《晋书》，标点本，中华书局，1974。
② 《汉文学纪要》第三册，昭和二十四年（1949）7月，东京，第1～11页。

长,汉末名士,身处卿佐,八十而终,兄弟同居,至于没齿。济北泛稚春,晋时操行人也,七世同财,家人无怨色。《诗》云:"高山仰止,景行行止。"汝其慎哉!吾复何言。

又称"又为《命子诗》以贻之曰":

悠悠我祖,爰自陶唐。邈为虞宾,历世垂光。御龙勤夏,豕韦翼商。穆穆司徒,厥族以昌。/纷纭战国,漠漠衰周。凤隐于林,幽人在丘。逸虬挠云,奔鲸骇流。天集有汉,眷予愍侯。/于赫愍侯,运当攀龙。抚剑风迈,显兹武功。参誓山河,启土开封。亹亹丞相,允迪前踪。/浑浑长源,蔚蔚洪柯。群川载导,众条载罗。时有默语,运因隆污。在我中晋,业融长沙。/桓桓长沙,伊勋伊德。天子畴我,专征南国。功遂辞归,临宠不忒。孰谓斯心,而可近得。/肃矣我祖,慎终如始。直方二台,惠和千里。于皇仁考,淡焉虚止。寄迹风运,冥兹愠喜。/嗟余寡陋,瞻望弗及。顾惭华鬓,负景只立。三千之罪,无后其急。我诚念哉,呱闻尔泣。/卜云嘉日,占尔良时。名尔曰俨,字尔求思。温恭朝夕,念兹在兹。尚想孔伋,庶其企而。/厉夜生子,遽而求火。凡百有心,奚待于我。既见其生,实欲其可。人亦有言,斯情无假。/日居月诸,渐免于孩。福不虚至,祸亦易来。夙兴夜寐,愿尔斯才。尔之不才,亦已焉哉。①

《诫子文》以凄凉、沉重的话语追溯自己的生平,重点传达诗人的人生感悟,对孩子们加以劝勉,特别告诫他们要团结、和睦,共同克服生活的困难。所谓"共父之人",就是陶渊明的五子,其名见《陶渊明集》卷三《责子》诗自序:"舒俨、宣俟、雍份、端佚、通佟,凡五人。舒、宣、雍、端、通,皆小名。"这句话意味着此五子不是一母所生。东晋大将军陶侃(259~334)是陶渊明的曾祖父。陶侃的后裔多有凶暴之徒。据《晋书·陶侃传》,陶侃三子陶夏、陶斌和陶称"各拥兵数千以相图","既而

---

① 南朝梁沈约撰:《宋书》,标点本,北京:中华书局,1974。

解散,斌先往长沙,悉取国中器仗财物",陶夏将其杀死。陶渊明晚年,其五子之间的关系可能也相当紧张,而这可能是陶渊明辞世前困扰其生活和心境的主要因素,所以才有"虽不同生"那样一番劝诫之言。而《命子》诗则是诗人自述家世与族史的作品,通过对自己祖先光辉历史的缅怀,鼓励孩子们上进。因此,这一文一诗在内容上具有互补性,而教育孩子则是共同的目的。修史者将它们作为信史文献来使用,足见其对研究陶渊明本人的重要性。《命子》诗凡 10 节,在第一节中,渊明先称浔阳陶氏来自陶唐氏(即尧帝),第三节和第五节又分别提到了三位陶氏人物:汉愍侯陶舍(公元前 202 年前后在世),汉丞相陶青(公元前 195 年前后在世)和长沙郡公陶侃。在"启土"一句下,斯波氏引《尚书·武成》:"惟先王,建国启土。"在"亹亹"一句下,斯波氏引《毛诗·大雅·文王》:"亹亹文王。"在"桓桓"一句下,斯波氏引《毛诗·周颂·桓》:"桓桓武王。"在"天子"一句下,斯波氏转引铃木虎雄《陶渊明诗解》所引《尚书·尧典》:"帝曰:畴咨若时登庸。"在"临宠"一句下,斯波氏引《毛诗·曹风·鸤鸠》:"其仪不忒。"又引《毛诗·鲁颂·閟宫》:"享祀不忒。"无论周武王、周文王,还是尧帝,在后世均有圣王之目,陶渊明用这些历史巨人来比拟其先人,其心志之高傲实在令人震撼,比较而言,平生颇为狂傲不逊的谢灵运(385~433)的"述祖心态"则低调许多。《宋书》卷六十七《谢灵运传》载谢氏《山居赋》:

> 览明达之抚运,乘机缄而理默。指岁暮而归休,咏宏徽于刊勒。狭三闾之丧江,矜望诸之去国。选自然之神丽,尽高栖之意得。

谢灵运自注:

> 余祖车骑建大功淮、肥,江左得免横流之祸。后及太傅既薨,远图已辍,于是便求解驾东归,以避君侧之乱。废兴隐显,当是贤达之心,故选神丽之所,以申高栖之志。经始山川,实基于此。

此外,《文选》卷十九谢氏《述祖德诗》:

序曰：太元中，王父龛定淮南，负荷世业，尊主隆人。逮贤相徂谢，君子道消，拂衣蕃岳，考卜东山。事同乐生之时，志期范蠡之举。

达人贵自我，高情属天云。兼抱济物性，而不缨垢氛。段生藩魏国，展季救鲁人。弦高犒晋师，仲连却秦军。临组乍不缀，对珪宁肯分。惠物辞所赏，励志故绝人。苕苕历千载，遥遥播清尘。清尘竟谁嗣，明哲垂经纶。委讲辍道论，改服康世屯。屯难既云康，尊主隆斯民。

中原昔丧乱，丧乱岂解已。崩腾永嘉末，逼迫太元始。河外无反正，江介有蹙圮。万邦咸震慑，横流赖君子。拯溺由道情，龛暴资神理。秦赵欣来苏，燕魏迟文轨。贤相谢世运，远图因事止。高揖七州外，拂衣五湖里。随山疏浚潭，傍岩艺枌梓。遗情舍尘物，贞观丘壑美。

也正好与其《山居赋自注》的以上叙述互相印证。谢氏的这些诗赋不过是彰显其祖父谢玄（343~388）将军功成身退、归隐江湖的美德而已，并没有多少夸饰之辞。而所谓以塚中枯骨骄人，实乃六朝人之通病，高雅如陶渊明者，不仅未能免除此种恶习，而且将其推向极致了。原因究竟何在？我们读《晋书》卷六十六《陶侃传》：

媵妾数十，家僮千余，珍奇宝货富于天府。……梦生八翼，飞而上天，见天门九重，已登其八，惟一门不得入。阍者以杖击之，因坠地，折其左翼。……及都督八州，据上流，握强兵，潜有窥窬之志，每思折翼之祥，自抑而止。

如果说广纳妻妾、搜罗钱财之类的事情算作"生活小节"的话，那么，"潜有窥窬之志"，即暗中有夺取晋朝江山的想法，就是大问题了。这说明浔阳陶氏在门阀政治方面是有野心的，这也正是陶渊明以圣王比拟自己先人的原因。

陶渊明生平的仕宦情况更足以彰显其《命子》诗的高调颂祖的政治背景。袁行霈指出：

> 陶渊明先后出仕共计五次：第一次起为州祭酒，第二次入桓玄军幕，第三次为镇军参军，第四次为建威参军，第五次任彭泽县令。……第五次任彭泽县令，仅八十余日。即赋《归去来兮辞》，永归田里。求为彭泽县令这件事本身就是退出仕途的准备，而这八十余日他已脱离了政治斗争的漩涡。①

在五次为官的仕履生涯中，陶渊明先后三次在军队中担任参军，尤其是担任桓玄的参军，对他的一生产生了重大影响（详见下文所论）。最近，韩国李周铉教授撰文指出，南朝有四位皇帝从参军之职开始创业，"在整个两晋南朝时代，参军起家的事例占总体的21%以上"②。参军是军队中掌握核心军事机密的人物之一，这个角色是相当重要的，宋武帝刘裕早年就是北府军事首脑刘牢之的参军③。所以，即使陶渊明可以说自己因为贫穷而出仕，也不可以说自己因为贫穷而出任参军。而三任参军乃是陶渊明生平的三个重要节点。当然，在东晋末年的混乱政局中，看风使舵的人物所在多有，作为善于捞好处捞便宜捞资本的投机分子，他们具有清醒的理性的聪明的头脑，故能够随着政治势力的此消彼长和此长彼消而虚与委蛇，机捷多变，或与时俱进，或与时俱退，辗转腾挪，游刃有余，如著名的寒族出身的文人傅亮就是一个典型。《宋书》卷四十三《傅亮传》：

> 傅亮字季友，北地灵州人也。……亮博涉经史，尤善文词。初为建威参军，桓谦中军行参军。桓玄篡位，闻其博学有文采，选为秘书郎，欲令整正秘阁，未及拜而玄败。义旗初，丹阳尹孟昶以为建威参军。

---

① 袁行霈：《陶渊明与晋宋之际的政治风云》，《中国社会科学》1990年第2期。
② 李周铉：《有关六朝时代参军的膨胀和分化局面的考察》（未刊稿），南京《晓庄学院学报》、江苏省六朝史学会："六朝研究国际学术研讨会"会议论文，2013年10月18~21日，南京青龙山庄。
③ 《宋书》卷一《武帝纪》。

他成功地实现了由桓玄阵营向刘裕阵营的角色转换，最后成为刘裕的佐命功臣之一。但陶渊明的情况与他不同，就政治选择而言，陶渊明自始至终都属于桓党，而不是刘党。关于陶渊明出仕桓玄一事，袁行霈在《陶渊明年谱汇考》中指出：

> 江陵是荆州治所，桓玄于隆安三年（399）十二月袭杀荆州刺史殷仲堪，隆安四年（400）三月任荆州刺史，至元兴三年（404）桓玄败死，荆州刺史未尝易人。渊明既然于隆安五年（401）七月赴假还江陵任职，则必在桓玄幕中无疑。陶澍等人讳言渊明仕玄，故于其诗义亦曲为之说，实不足据也。①

袁氏的主要依据是《文选》卷二十六陶渊明《辛丑岁七月赴假还江陵夜行途口》诗（以下简称为"《夜行》诗"）。陶渊明的这种仕宦经历是由浔阳陶氏与谯国龙亢（今安徽怀远县西部）桓氏深厚的历史渊源决定的。《晋书·陶侃传》："木屑及竹头悉令举掌之，咸不解所以。后正会，积雪始晴，听事前余雪犹湿，于是以屑布地。及桓温伐蜀，又以侃所贮竹头作丁装船。"陶侃将军竹头木屑的故事是非常著名的，但他细心收集的竹头，却成为桓温伐蜀战船上的竹钉，这说明他们彼此是非常信任且默契于心的，其相与之深非同一般。桓温就是桓玄的父亲。陶侃还曾经派遣自己的儿子陶斌与桓氏子弟共同作战，抗击南侵的北人。《晋书·陶侃传》："遣子斌与南中郎将桓宣西伐樊城，走石勒将郭敬。"桓宣是谯国铚（今安宿县）人，属于谯国龙亢桓氏的别族②。而据《陶渊明集》卷六《晋故征西大将军长史孟府君传》，陶潜的外公孟嘉曾经担任桓温的参军，孟嘉与桓玄的岳父刘耽的关系非常密切，同在桓温幕中共事（刘耽也是桓温的参军），而陶渊明那位在朝中担任太常的族叔陶夔与孟嘉、刘耽的关系也非同一般。陶渊明对这一切直言不讳，正如陈培基所言：

---

① 袁行霈：《陶渊明研究》，北京大学出版社，2009，第288、291页。
② 参见王伊同《五朝门第》附《高门权门世系婚姻表》之十五《谯国龙亢桓氏》及《谯国铚人桓氏》，中华书局，2006。

元兴元年壬寅（402）二月，桓玄终于引兵东下，攻陷京师，自为侍中、丞相、录尚书事，接着又自称太尉，总揽朝政。此行陶潜因其孟氏母去世在家居丧而没能参加。……但是，从他在守丧期间为外祖父孟嘉所写的传记——《晋故征西大将军长史孟府君传》可以明显地看出他对桓玄在京师的显赫一时是极之向往的。……："光禄大夫南阳刘耽，昔与君同在温府，渊明从父太常夔尝问耽：'君若在，当已作公否？'答云：'此本是三司人。'为时所重如此。"刘耽是桓玄的岳丈大人。《晋书》卷六十一有他的传："桓玄，耽女婿也。及玄辅政，以耽为尚书令，加侍中，不拜，改授特进、金紫光禄大夫。寻卒，追赠左光禄大夫、开府。"桓玄给父亲的故吏与自己的丈人刘耽加官晋爵的时间，正是陶潜为外祖父写传之前不久。所谓"本是三司人"者，就是讲：刘耽认为孟嘉如果还活着，也会当桓玄的三公之类的大官。这就十分清楚：正当桓玄显赫之时，陶潜特地为死去已经二三十年的外祖父写出这样一个传记，显然是有其深刻而奥妙的用意，说的是外祖父的事，表现的却是自己与桓氏集团的亲密关系。①

事实就是如此，任何形式的遮掩都是徒劳的②。我们再读陶渊明《夜行》诗：

闲居三十载，遂与尘事冥。诗书敦宿好，林园无世情。如何舍此去，遥遥至西荆。叩枻新秋月，临流别友生。凉风起将夕，夜景湛虚明。昭昭天宇阔，皛皛川上平。怀役不遑寐，中宵尚孤征。商歌非吾事，依依在耦耕。投冠旋旧墟，不为好爵荣。养真衡茅下，庶以善自名。

---

① 陈培基：《陶潜归隐真相新解——从陶潜与桓玄的关系说起》，《福建论坛》1986 年第 1 期。下引此文不注。
② 清人陶澍认为陶潜既非刘裕的参军，亦非桓玄的参军，《夜行》诗所谓"始作镇军参军"，此一镇军将军究竟是何人，已不可考。见陶澍集注《靖节先生集》卷三，第 44 页，《四部丛刊》，第 67 册，中华书局，1989。实际上，陶澍是在有意遮蔽历史事实，因为无论是刘裕，还是桓玄，都属于乱臣之列。

江陵是楚国旧地，也是荆州治所。从诗题看，这首诗作于晋安帝隆安五年（401），这一年是辛丑，诗题的意思是：辛丑年七月回家乡浔阳度假，返回江陵时夜行经过涂口。"遥遥"句，唐李善注："西荆州也。时京都在东，故谓荆州为西也。"李善注释又引《淮南子》："宁戚商歌车下，而桓公慨然而悟。"以及许慎《淮南子注》："宁戚，卫人。闻齐桓公兴霸，无因自达，将车自往。商，秋声也。"这条注做得好，因为陶渊明正是以贤人宁戚自比，而以春秋五霸之一齐桓公比桓玄。《晋书》卷九十九《桓玄传》称桓温偏爱桓玄，"临终，命以为嗣，袭爵南郡公"，所以依照晋人的惯例，桓玄也可称为桓公，正如桓温以封临贺郡公被人们称为桓公一样。《晋书》卷八十四《刘牢之传》载参军刘袭痛斥刘牢之反复无常，有"今复欲反桓公"一句话，这个"桓公"正是指桓玄。李善注又引《庄子》"卞随曰"云云以及《论语》"长沮、桀溺耦而耕"和《周易》"我有好爵，吾与尔縻之"乃至曹植《辩问》"君子隐居以养真也"等语。卞随的话见《庄子·让王》："汤将伐桀，因卞随而谋，卞随曰：'非吾事也。'汤曰：'孰可？'曰：'吾不知也。'汤又因务光而谋，务光曰：'非吾事也。'"[1] 陶渊明巧妙地吸收古代经典，形成了一套深隐的政治话语。诗人意在表明自己仕于桓玄手下，既不是为了功名富贵，也不是为伐人之国而出谋划策，其真正的情志寄托仍在于归隐田园，养真于衡门茅茨之下，以求得永恒的善名。其实，这些话语不过是诗人的托词而已，他说的并不是真心话，因为这种言说不符合其"中宵尚孤征"的劬劳于政事的当下状况，因为当一个人正在大快朵颐之时，却说自己并非饕餮之徒，这种自我表述显然是没有说服力的。如果将《陶渊明集》卷一《答庞参军》诗与《夜行》诗对读的话，我们对这一点会有更深的理解。这首四言诗作于宋少帝景平元年（423）冬。诗序说："庞为卫军参军，从江陵使上都，过浔阳见赠。"这位庞参军当时隶属于江州刺史、卫军将军王弘[2]。本诗第一段："衡门之下，有琴有书。载弹载咏，爰得我娱。岂无他好，乐是幽居。朝为灌园，夕偃蓬庐。"所表现的思想情绪与《夜行》诗"闲居"等四句

---

[1] 陈鼓应：《庄子今注今译》，中华书局，1983，第769页。
[2] 参见袁行霈《陶渊明集笺注》，中华书局，2003，第29页。

以及"商歌"等六句是完全一致的。本诗第四段:"嘉游未斁,誓将离分。送尔于路,衔觞无欣。依依旧楚,邈邈西云。之子之远,良话曷闻。"以及第六段:"惨惨寒日,肃肃其风。翩彼方舟,容与江中。勖哉征人,在始思终。敬兹良辰,以保尔躬。"与《夜行》诗"叩枻"等六句的描写也非常相似,尤其是"旧楚"的说法,直接来自桓玄。《晋书·桓玄传》载桓玄在奔败之后,"惧法令不肃,遂轻怒妄杀,人多离怨",殷仲文建议他"宜弘仁风,以收物情",玄怒曰:"汉高、魏武几遇败,但诸将失利耳!以天文恶,故还都旧楚,而群小愚惑,妄生是非,方当纠之以猛,未宜施之以恩也。"诗人写《答庞参军》诗,距桓玄于元兴二年(403)九月建号楚国之时,已经整整二十年了,诗人抚今追昔,深感物是人非,曰"依依",曰"邈邈",其对往昔岁月的眷怀之情昭然可见。

　　《文选》卷二十六陶渊明《始作镇军参军经曲阿》诗也与桓玄有密切关系。在诗题下,李善注引臧荣绪《晋书》曰:"宋武帝行镇军将军。"后人据此多认为陶渊明曾任宋武帝刘裕的参军。但《魏书》卷九十七《岛夷桓玄传》载桓玄的从子桓振在桓玄被杀之后,曾一度袭取江陵,"振自为都督八州、镇军将军、荆州刺史,谦复本职,又加江豫二州刺史"。陈培基据此指出:"这是一个重要材料。都督八州和荆州刺史是桓玄东下京师前的官职,由此可知镇军将军也是桓玄原有的将军名号。桓振袭用桓玄生前的官职和将军名号,显然是为了便于号召旧部,从而重整旗鼓。桓玄自任江州刺史之后,为进一步发展势力,曾派人四处与诸兄弟联系。当时他的从兄桓谦任吴国(今苏州市)内史。陶潜为替桓玄送信给桓谦而前往吴国,因此经过曲阿(今江苏丹阳县)。他从浔阳出发,沿长江东下,到了京口(今镇江市)就转入运河,驶向吴国,中途遇风而在曲阿停留。《始作镇军参军经曲阿》诗是此行的记录,也是陶潜出仕桓玄所作的第一首诗,当时他已三十五岁。陶潜对此行念念不忘。后来在《饮酒二十首》之十还写道:'在昔曾远游,直至东海隅。道路迥且长,风波阻中途。'从而可知,陶潜此行是到达了'东海隅'的吴国,完成了联络桓谦的使命。……陶潜于晋安帝隆安三年出仕桓玄时,所当的官乃是参军。至隆安五年冬,陶潜因孟氏母去世而离开桓玄军幕,其任期虽然不满三年,但却是陶潜出仕时间最长的一次。"他的这一观点是很值得关注的。《宋书·陶潜传》还说："潜弱年薄宦，不洁去就之迹，自以曾祖晋世宰辅，耻复屈身后代，自高祖王业渐隆，不复肯仕。"陈氏认为，所谓"薄宦，不洁去就之迹"，"这是史臣隐晦地交代了陶潜当过桓玄官吏的史实"，而"自高祖王业渐隆，不复肯仕"，"这是史臣明确告诉人们，陶潜的不复肯仕，是与刘裕有关"，这也是他文章中极精彩的一笔。

陶渊明出任刘敬宣的参军也与桓玄有关。今《陶渊明集》卷三有《乙巳岁三月为建威参军使都经钱溪》诗，乙巳岁为晋安帝义熙元年（405）。据《晋书》卷八十四《刘牢之传附子敬宣传》，刘牢之及其子刘敬宣在安帝元兴元年（402）三月归降于桓玄，所以刘敬宣也就当了桓玄的咨议参军，陶渊明结识刘敬宣当在此时，而出任他的参军，则当在元兴三年六月至元熙元年三月间。因为刘敬宣任建威将军、江州刺史在元兴三年（404）四月，此时刘裕在溢口之战大胜桓玄，进据浔阳，而桓玄于元兴三年五月败亡。刘牢之反叛桓玄，窝窝囊囊地自杀了，被桓玄"斲棺斩首，暴尸于市"，"及刘裕建义，追理牢之，乃复本官"①，所以刘敬宣对桓氏仇恨极深，而对刘裕则颇为感恩。事实上，刘敬宣任建威将军之时已经是刘裕的人。刘敬宣是陶渊明通向刘裕的一座桥梁，尽管如此，陶渊明却没有继续向前走，而是当了一个小小的彭泽县令，在八十多天以后，就彻底辞官归隐了。事实上，陶渊明求为彭泽令以及出任刘敬宣的建威参军，无疑拉近了他与刘裕的距离，足以解除刘裕对他的戒心；而随后的辞官归隐，又拉开了他与刘裕的距离，从而使自己从容淡出了政治斗争的漩涡。就当时的历史情况而言，作为业已覆灭的桓玄政治集团的一分子，或者说桓玄集团的余党，陶渊明必须妥善处理与刘裕和皇室的关系，这是他赖以安身立命的政治根基。陶渊明成功做到了这一点，所以在将归未归之际唱出了"归去来兮"那潇洒、激越的人生音调。《庄子·缮性》曰："古之所谓隐士者，非伏其身而弗见也，非闭其言而不出也，非藏其知而不发也，时命大谬也。当时命而大行乎天下，则反一无迹；不当时命而大穷乎天下，则深根宁极而待；此存身之道也。"② 陶渊明是深通这种"存身之道"的。当

---

① 《晋书·刘牢之传》。
② 陈鼓应：《庄子今注今译》，中华书局，1983，第405页。

然，陶渊明能够免于荼毒之祸，不仅在于他善于自处，谋划有方，还与其曾祖陶侃将军对东晋王朝的卓越贡献以及族叔陶夔在朝中的呵护密不可分，如果没有祖先的这份荫蔽，如果他朝中无人，他想轻轻松松地洗刷自己的"历史污点"，他想随随便便地混个县令干干，他想平平安安地还乡隐居，吟诗作赋，那简直是白日做梦！历史证明，陶渊明选择归隐的道路是很有远见的。从义熙三年（407）开始，刘裕对桓玄的余党进行了残酷的迫害和诛杀。唐许嵩《建康实录》卷十载：

（义熙）三年春二月，刘裕入朝。诛东阳太守殷仲文及弟叔文、道叔等三人。……从兄仲堪荐于会稽王道子，累迁至新安太守，妻即桓玄姊也。闻玄平京邑，弃乡郡投玄。玄将篡，九锡文，仲文辞也。及玄篡位，总领诏命，以元勋，为玄侍中。……刘裕以前党桓玄，因收之，并桓胤、卞承之等同下狱，伏诛。①

而陶渊明早在义熙元年就已经摘清了与桓玄的瓜葛，并彻底脱离了桓、刘两党斗争的是是非非，正所谓"久在樊笼里，复得反自然"②，他的轻松，他的喜悦，他的幸福，如果不了解上述的政局背景，我们根本是体会不到的。真实的陶渊明乃是被后人称为"乱臣贼子"的桓玄的幕僚和朋友，乃是一条在大军阀刘裕的政治大清洗中侥幸逃生的小鱼。陶渊明的时代是一个没有爱国者的时代。他本人不仅不奉行忠君主义，而且和他的曾祖陶侃一样，试图颠覆晋祚。军事强权与门阀政治笼罩了一切，个人的家族利益超越了国家利益和大众利益。至于宋朝以后的文人把陶渊明奉为忠君爱国、愤怀禅代的精神楷模，如明代黄文焕称他"忧时念乱，思扶晋衰，思抗晋禅，经济热肠，语藏本末，涌若海立，屹若剑飞"③，则纯属无端拔高，其实是非常荒唐可笑的。

在以刘裕为代表的北府军事集团和以桓玄为代表的荆楚政治集团对

---

① 许嵩：《建康实录》，张忱石点校，中华书局，1986，第328页。
② 《陶渊明集》卷二《归园田居》五首其一。
③ 黄文焕：《陶诗析义自序》，转引自北京师范大学中文系、北京大学中文系文学史教研室编《陶渊明资料汇编》，中华书局，1962，第152页。

峙、拼杀的过程中，甚至在桓玄集团覆亡以后，陶渊明始终是站在桓玄一边的，但是，他对这种政治立场的文字表达却是含蓄的委婉的不易为人觉察的。譬如，在东晋后期，刘裕确实以其赫赫的功业多次挽救了国家的危机，所以，东晋元熙二年（420）六月，晋恭帝司马德文（385～420）在起草禅位诏的时候就非常诚恳地说："桓玄之时，晋氏已无天下，重为刘公所延，将二十载；今日之事，本所甘心。"晋恭帝对刘裕为东晋王朝所做出的重要贡献给予充分的肯定，并心甘情愿地将皇位禅让给他。但陶渊明对刘裕并不买账。如刘裕曾在义熙十二年（416）十月克复洛阳，"修复晋五陵，置守卫"，并在晋安帝义熙十三年（417）九月收复长安，修复晋帝陵墓①，这就是《陶渊明集》卷二《赠羊长史》诗的历史背景，诗序曰："左军羊长史，衔使秦川，作此与之。"诗曰：

愚生三季后，慨然念黄虞。得知千载外，政赖古人书。贤圣留余迹，事事在中都。岂忘游心目？关河不可逾。九域甫已一，逝将理舟舆。闻君当先迈，负疴不获俱。路若经商山，为我少踌躇。多谢绮与甪，精爽今何如？紫芝谁复采？深谷久应芜。驷马无贳患，贫贱有交娱。清谣结心曲，人乘运见疎。拥怀累代下，言尽意不舒。

从这首诗我们看不出诗人为国家统一而狂喜的情绪，更找不到对刘裕的赞美之辞，反而表现出对秦汉之际的著名隐士"商山四皓"的异常强烈的仰慕之情。而当刘裕率晋军攻克洛阳，修复晋五陵之时，晋安帝司马德宗（382～419）随即颁发一道诏书加以褒扬，有"太尉公命世天纵，齐圣广渊，明烛四方"云云②。这封傅亮捉刀的诏书意在为刘裕称帝造势。"齐圣广渊"是颂圣之辞，最早见于《尚书·微子之命》，即周成王姬诵（公元前1055～前1021）所谓"乃祖成汤克'齐圣广渊'"③。又如《陶渊明集》卷九《圣贤群辅录》"八凯"条称"高阳氏才子八人。齐圣广渊，明允笃诚"，可见陶渊明对这种套话是非常熟悉的。东晋义熙十四年（418）

---

① 《宋书》卷二《武帝本纪》。
② 《宋书》卷一《武帝本纪》。
③ 《十三经注疏》，清阮元校刻，上册，中华书局，1980年影印，第200页。

十二月，晋安帝被刘裕杀害①。元熙二年（420）六月，晋恭帝所撰让国玺书有"夫'或跃在渊'者，终飨九五之位"之语②。永初二年（420）六月，刘裕登基称帝。由于在义熙十二年晋安帝的那道表彰刘裕功勋的诏书中"渊""明"二字连书，同时，晋恭帝让国玺书又引用了《周易》"或跃在渊"的话，陶渊明心怀悲愤，因而放弃了"渊明"之名，而更名为"潜"③。这样既避免了僭越、犯上的嫌疑，又巧妙地表达了自己的政治态度和归隐情志。"潜""渊"二字是有联系的。《周易》云"潜龙勿用，阳气潜藏""或跃在渊，乾道乃革"④，这就是陶渊明更名的古典依据。《宋书·陶潜传》称陶潜"耻复屈身后代"⑤，其更名正是一个典型的例证。对刘裕的罪恶，陶渊明是绝不放过的⑥。元熙二年六月，刘裕废晋恭帝司马德文为零陵王；永初二年（421）九月，刘裕以毒酒一罂授张祎，使酖杀之，张祎自饮而亡。随后刘裕又命士兵翻墙进奉毒酒，零陵王拒饮，被士兵用棉被活活闷死⑦。陶渊明为此作《述酒》诗，以极为隐晦的语言叙述了刘裕的罪恶。这是中国诗史上最难读的作品之一，古今研究者一般视为晋恭帝零陵王哀诗⑧。然而，早在元兴二年（403）十二月，桓玄在篡位之后，即将晋安帝废为平固王，并依照陈留王处邺宫故事，迫使其迁居到浔阳⑨。对天子的蒙尘受辱，庐山慧远大师深感忧虑，他后来写道："晋元兴三年，岁次阏逢。于时天子蒙尘，人百其忧，凡我同志，莫怀缀旒之叹，

---

① 《晋书》卷十《安帝纪》。
② 《宋书》卷一《武帝纪》。
③ 参见朱自清《陶渊明年谱中之问题》，《朱自清古典文学论集》，上海古籍出版社，1981，第457~459页。
④ 《十三经注疏》，清阮元校刻，上册，中华书局，1980年影印，第16页。
⑤ 《宋书·陶潜传》。
⑥ 与陶渊明形成鲜明对照的是，在宋武帝驾崩后，谢灵运作《宋武帝诔》，为之大唱赞歌，见《宋书》卷二《武帝纪》，但在元嘉十年，谢氏被宋文帝以谋逆之罪杀害，真是可悲可怜可叹。
⑦ 《晋书》卷十《恭帝纪》。
⑧ 见宋汤汉注《陶靖节先生诗》卷三，《古逸丛书》三编之三十二，中华书局，1988。
⑨ 见《晋书》卷十《安帝纪》。又据《晋书·安帝纪》，义熙十四年十二月，晋安帝被刘裕杀害，时年三十七。"帝不惠，自少及长，口不能言，虽寒暑之变，无以辩也。凡所动止，皆非己出。故桓玄之篡，因此获全。初谶云'昌明之后有二帝'，刘裕将为禅代，故密使王韶之缢帝而立恭帝，以应二帝云。"晋孝武帝司马曜，字昌明，见《晋书》卷九《孝武帝纪》。

故因述斯论焉。"① 同时，面对权势倾天的桓玄，远公坚持沙门不敬王者的佛家立场，绝不与其妥协。与此形成鲜明对照的是，尽管受迫害的晋朝皇帝已经被桓玄赶到了家门口，作为浔阳人的陶渊明却似乎无动于衷。

陶渊明对高平檀氏族人的态度间接表明了他对刘裕的拒斥。义熙十二年（416），周续之应刺史檀韶（356～421）的邀请在浔阳城北讲校《礼记》。萧统《陶渊明传》曰：

> 时周续之入庐山，事释惠远，彭城刘遗民亦遁迹匡山，渊明又不应征命，谓之"浔阳三隐"。后刺史檀韶苦请续之出州，与学士祖企、谢景夷三人，共在城北讲《礼》，加以雠校。所住公廨，近于马队。是故渊明示其诗云："周生述孔业，祖谢响然臻。马队非讲肆，校书亦已勤。"②

"周生"等四句诗见于《陶渊明集》卷二《示周掾祖谢》③。檀韶是宋高祖刘裕的佐命功臣，他曾在晋义熙十二年（416）出任江州刺史，《宋书》卷四十五《檀韶传》："十二年，迁督江州豫州之西阳新蔡二郡诸军事、江州刺史，将军如故。有罪，免官。高祖受命，以佐命功，增八百户，并前千五百户。韶嗜酒贪横，所治无绩，上嘉其合门从义，弟道济又有大功，故特见宠授。"檀道济（？～436）乃檀韶之弟④。檀道济出任江州刺史在宋元嘉三年（426）。《宋书》卷五《文帝纪》："（元嘉三年）夏五月乙未，以征北将军、南兖州刺史檀道济为征南大将军、江州刺史。"檀氏兄弟为宋高祖夺取天下立下了汗马功劳，而檀道济尤以军功著称。就个人的政治立场而言，陶渊明对檀氏兄弟肯定是非常厌恶的。萧统《陶渊明传》载："州召主簿，不就。躬耕自资，遂抱羸疾。江州刺史檀道济往

---

① （南朝梁）释僧祐：《弘明集》卷五慧远《沙门不拜俗事》二，台湾：商务印书馆1983～1986年影印文渊阁《四库全书》本。本文引用古籍之不注明版本者，皆为此本。
② （清）严可均：《全梁文》卷二十，《全上古三代秦汉三国六朝文》，中华书局，1958年影印本。
③ 参见拙文《颖水之思与鸿儒之道：陶渊明〈示周掾祖谢〉诗解》，《文学遗产》2009年第3期。
④ 《宋书》卷四十三《檀道济传》："檀道济，高平金乡人，左将军韶少弟也。"

候之，偃卧瘠馁有日矣。道济谓曰：'贤者处世，天下无道则隐，有道则至。今子生文明之世，奈何自苦如此？'对曰：'潜也何敢望贤？志不及也。'道济馈以粱肉，麾而去之。"对于此事，陶渊明曾经在《饮酒》二十首其九中委婉地加以叙述①：

> 清晨闻叩门，倒裳往自开。问："子为谁欤？"田父有好怀。壶浆远见候，疑我与时乖。"褴缕茅檐下，未足为高栖。一世皆尚同，愿君汩其泥。"深感父老言，禀气寡所谐。纡辔诚可学，违己讵非迷！且共欢此饮，吾驾不可回。

所谓"田父"，令人想起屈原笔下的渔父②。"壶浆"，典出《孟子·梁惠王下》："箪食壶浆，以迎王师。"③ 又《三国志》卷三十五《诸葛亮传》："将军身率益州之众出于秦川，百姓孰敢不箪食壶浆以迎将军者乎？"可见"壶浆"的本意是指迎接军队长官的美酒。而"壶浆远见候"一句诗，乃故意改变其原来的语境，称"田父"主动以"壶浆"款待诗人，并劝其出仕。《陶渊明集》卷三《癸卯岁始春怀古田舍》二首其二："日入相与归，壶浆劳近邻。"诗人能够用"壶浆"款待"近邻"，而对担任江州刺史的檀将军不仅没有"壶浆"的款待，甚至连他馈赠的米肉都不肯接受。可见在这首《饮酒》诗中，陶渊明故意使用了障眼法以遮蔽某些当权者的视线，同时暗寓对刘宋鹰犬的讥刺和鄙薄，可谓绵里藏针。檀道济本系一介武夫，其慰问陶潜之举，肯定是秉承刘裕的意旨而为的，意在拉拢陶渊明④。故陶渊明对檀道济的拒斥就是对刘裕的拒斥。《陶渊明集》卷六《桃花源记》更以深隐的笔法委婉而深刻地表达了其对刘宋新政的看法。对桃源中人"自云先世避秦时乱……乃不知有汉，无论魏晋"的历史表述，我们只要将汉、魏、晋三朝去掉，嬴秦就处于"可持续"状态，这样

---

① 参见王缁尘《陶渊明先生评传》，世界书局，1936，第23页。
② 见《文选》卷三十三《渔父》。
③ 杨伯峻：《孟子译注》，上册，中华书局，1960，第44页。
④ 刘裕的这种人才政策可能来自申永的建议。《宋书》卷九十三《宗炳传》："高祖诛刘毅，领荆州，问毅府咨议参军申永曰：'今日何施而可？'永曰：'除其宿衅，倍其惠泽，贯叙门次，显擢才能，如此而已。'高祖纳之。"

就和刘宋连上了。所以这篇作品实际上是以嬴秦比刘宋,以桃源中人自比,桃源中人的话语代表着诗人的声音。因此,《桃花源记》虽然强调避秦,与《陶渊明集》卷四《咏荆轲》诗讴歌的荆轲刺秦颇有不同,但精神实质却是相通的。我们读《陶渊明集》卷三《饮酒》二十首其二十:"洙泗辍微响,漂流逮狂秦。诗书复何罪,一朝成灰尘。"从中也可以发现陶渊明具有强烈的反对嬴秦暴政的倾向。这种思想在陶渊明的笔下还常常表现为对秦末著名隐士"商山四皓"的歌咏,如《陶渊明集》卷六《桃花源诗》:"嬴氏乱天纪,贤者避其世。"而桃源中人"自云先世避秦时乱","秦时乱"本指秦王嬴政(公元前259~前210)兼并六国的战争,这里用以代指刘裕剪灭异己(如桓玄等人)、镇压叛乱的战争。据《宋书·武帝纪》和《资治通鉴》①的记载,晋安帝义熙六年(410),卢循率领的五米军和刘裕率领的官军有一场争夺浔阳的大战事,所杀及投水死者几万余人。面对这场发生在家乡的大战乱,陶渊明是不可能无动于衷的,但后来刘裕登基称帝,陶渊明只能以"秦时乱"隐斥之。可见归隐之后的陶渊明并非不关心现实政局,亦非不懂政治。事实上,我们从陶诗的静穆中经常可以看到高朋满座的现象,如丁柴桑、庞参军、庞主簿、邓治中、戴主簿、刘柴桑、郭主簿、王抚军、殷晋安、羊长史、张常侍、胡西曹和顾贼曹,还有祖企和谢景夷等等,都是他经常交往的朋友。这已经涉及了当时十五个著名的家族。其中的王、谢二人乃出自晋人过江以后的第一流高门。王抚军就是王弘。《宋书》卷四十二《王弘传》:"王弘字休元,琅邪临沂人也。曾祖导,晋丞相。祖洽,中领军。父珣,司徒。……十四年,迁监江州豫州之西阳新蔡二郡诸军事、抚军将军、江州刺史。"《陶渊明集》卷二有《于王抚军座送客》一首,萧统《陶渊明传》亦详述他与王弘的交谊。由此可见,醉心于桃源梦的陶渊明并非现实社会的局外人和超然的观光客②。

从传世的《陶渊明集》来看,其大多数作品都是归隐之后所作,对个

---

① (宋)司马光:《资治通鉴》卷一百一十五,第4册,中华书局,1956,第3640~3641页。
② 参见拙文《诗意地栖居与沉静的激情:对陶渊明〈归园田居〉五首的还原阐释》,《文学遗产》,2011年第5期。

别归隐之前的作品，他后来也做过调整，如《始作镇军参军经曲阿》，诗题本身就足以表明这首诗并非写于始作镇军参军经曲阿之时。而具有浓郁的自传性是陶诗最突出的艺术特点，对自我形象的强力塑造是陶渊明一贯的文学追求。因此，陶诗中的自我形象与历史生活中的陶渊明本人肯定是有差别的。陶渊明不仅是一个诗人，也是一个军人，还是一个官员，陶诗中不仅有芬芳的菊花和挺拔的青松，还有寒光闪闪的兵器，不仅有归隐田园的情志，还有运筹帷幄的机心。诗人、军人、官员、隐者、思想家、知识分子以及两个女人的丈夫和五个男孩的父亲，这就是陶渊明。陶渊明有爱，也有恨，有超越，也有世俗，有欢乐，也有悲伤，有真话，也有谎言。所以，言陶者和研陶者的首要之务是通观其全人，而实现这一目的的基本途径是通读《陶渊明集》，并走进晋宋时代历史的深处。同时，我们还必须看到，陶渊明的一生也是一个动态的发展过程，担任高级军事参谋时的陶渊明不同于躬耕垄亩时的陶渊明，两鬓斑白时的陶渊明也不同于雄姿英发时的陶渊明。《陶渊明集》卷四《杂诗》十二首其五：

> 忆我少壮时，无乐自欣豫。猛志逸四海，骞翮思远翥。荏苒岁月颓，此心稍已去。值欢无复娱，每每多忧虑。气力渐衰损，转觉日不如。

晚年的陶渊明也并未忘却过去，他的心灵世界很不平静。《杂诗》十二首其二：

> 白日沦西河，素月出东岭。遥遥万里辉，荡荡空中景。风来入房户，夜中枕席冷。气变悟时易，不眠知夕永。欲言无予和，挥杯劝孤影。日月掷人去，有志不获骋。念此怀悲凄，中晓不能静。

陶渊明那"不获骋"之"志"是什么？显然不是归隐田园，因为此时他已经置身田园之中了。此时，他的内心世界是非常寂寞非常冷阒的，《陶渊明集》卷四《咏贫士》七首其一：

> 万族各有托，孤云独无依。暧暧空中灭，何时见余晖？朝霞开宿雾，众鸟相与飞。迟迟出林翮，未夕复来归。量力守故辙，岂不寒与饥？知音苟不存，已矣何所悲！

知音已经不在了，自己的悲哀也无从倾诉，于是，心灵的孤独意绪幻化为天空中飘荡的一朵无依的孤云。谁是诗人曾经拥有的真正知音？或许就是桓玄。桓玄其人虽然被后世视为乱臣贼子，却是一个很有魅力的人。《晋书·桓玄传》："年七岁，温服终，府州文武辞其叔父冲，冲抚玄头曰：'此汝家之故吏也。'玄因涕泪覆面，众并异之。及长，形貌瑰奇，风神疏朗，博综艺术，善属文。……自祸难屡构，干戈不戢，百姓厌之。思归一统。及玄初至也，黜凡佞，擢俊贤，君子之道粗备，京师欣然。"他的情商、智商和才华都很高，这对陶渊明肯定是有吸引力的。因为陶渊明早年在政治上很有抱负。陶渊明的出仕，尤其是投身于桓玄幕府，主要是在其门阀政治理念的支配下所做出的选择；当然，桓玄集团会被出身于寻常巷陌的刘寄奴消灭，这是他始料不及的。而所谓门阀政治，就是以家族利益为核心的利己型政治，与柏拉图提倡的那种以公共利益为核心的利他型政治风马牛不相及。美国学者赫伯特·马尔库塞在《爱欲与文明》一书中引用弗洛伊德的观点说，一切思想都"纯粹是一条曲折的道路，其出发点是对满足的记忆，而最终点是这种记忆的同等的贯注"[①]。陶渊明的思想发展经历了一个极其复杂的过程。同时，思想并不能代替思想者本人，在人类历史上，思想、思想者以及相关思想的个人与社会实践，从来都是存在着巨大差异的。事实确如贺麟所言："像陶渊明'不为五斗米向乡里小儿折腰'。普遍都引为轻蔑政治的美谈。其实陶渊明辞官归田另有他的苦衷。那时他看见晋世将亡，刘裕将篡，他不愿意做二臣，他实有'不可仕，不忍仕'之苦衷，而并没有根本轻蔑政治、助长文人傲气之意。"[②] 此可谓真正的知陶之言。故陶渊明之主动求为彭泽县令，绝不是王子猷种竹式的名士风流，而是在政治高压之下岌岌可危的人生命运中的良苦用心和巧妙安

[①] 赫伯特·马尔库塞：《爱欲与文明》，黄勇译，上海译文出版社，2012，第21页。
[②] 贺麟：《文化与人生》，商务印书馆，1999，第251页。

排，是一种调节、缓和人事关系的特殊方式。而他所说的为贫而仕，实际上也是掩人耳目的言辞，意在消弭当朝权贵对他在政治上的警觉。

浔阳陶氏门阀政治的彻底失败促使陶渊明彻底归隐田园，绝不与刘裕合作，从而在田园生活中实现了自己的文化创造，一位伟大的田园诗人在东方古国的诗坛上冉冉升起。不仅如此，陶渊明的文学成就与他的政治阅历也是密不可分的，因为一个不懂政治的人永远不会超越政治，一个没有政治情怀的人也永远不会有回归田园的梦想，陶渊明能够成为"古今隐逸诗人之宗"[①]，能够创写不朽的田园诗，也是由其政治阅历和政治素养所决定的。"归去来兮，请息交以绝游。"归隐后的陶渊明已经与自然合一了。于是，在欣欣向荣的春天泥垄间，在归鸟趋林的夏日暮色里，在芳菊开林的重阳佳节时，在倾耳无声的大雪纷飞中，他给后人留下了一篇篇浸染着田园风味和哲理色彩的文学经典，而后世无数的骚人墨客前赴后继地甘愿充当他的文学侍从。

[①] （南朝梁）钟嵘《诗品》中"宋征士陶潜"，曹旭：《诗品笺注》，人民文学出版社，2009，第154页。

"宝粟钿金虫"

——由此追溯中日韩共有的一项古代工艺

扬之水*

"宝粟钿金虫",句出梁吴均《和萧洗马子显古意六首》,此为六首之二中的一联,即"莲花衔青雀,宝粟钿金虫"①。吴均的这首诗并非名篇,这一句诗也非名句,但它却涉及一项古老的装饰工艺,而这一项工艺似乎久已被遗忘了。

南北朝至隋唐,频频见于诗人吟咏的金饰,有金钿一种。如梁何逊《咏照镜诗》"羽钗如可间,金钿畏相逼"②;丘迟《敬酬柳仆射征怨》"耳中明月珰,头上落金钿"③;陈后主《七夕宴乐修殿各赋六韵》"玉笛随弦上,金钿逐照迴"④,又徐陵《玉台新咏集·序》所云"反插金钿";等等。

钿有两读,一读 tián,一读 diàn。前者用为名词,乃指金花。《说文新附·金部》:"钿,金华也。"《集韵·先韵》:"钿,金华饰也。"《玉篇·金部》:"钿,金花也。"慧琳《一切经音义》卷十七"间钿"条释"钿"曰:"《桂苑珠丛》云:'金花宝钿也。'《文字集略》云:'金钿,妇人首

---

* 社科院文学所研究员
① 逯钦立:《先秦汉魏晋南北朝诗》中册,中华书局,1983,第1745页。
② 逯钦立:《先秦汉魏晋南北朝诗》中册,第1693页。按《玉台新咏》卷五作"金钿长相逼"。
③ 《玉台新咏》卷五。
④ 逯钦立:《先秦汉魏晋南北朝诗》下册,第2518页。

饰也。'"后者,用为动词。慧琳《一切经音义》卷七十九"间钿"条曰:"《考声》云:以珍宝厕填也,装饰也。"希麟《一切经音义》卷五"钿饰"条曰:"上堂练反。《字书》:宝瑟钿以饰器物也。从金,田声。又音田,花钿也。"宋戴侗《六书故》第四《地理一》:钿,"金华为饰,田田然也"。所谓"以珍宝厕填",多是指以珍宝填嵌金银器。作为首饰的花钿,当是兼用两意,即填嵌宝石的金花。"田田"通常用作形容鲜碧、浓郁,而若对照金花实物,则解作"盛密之貌",或者"合式"。

金粟攒焊的工艺,汉代已经达到很高的水平,如河北定州东汉中山穆王刘畅墓出土的金天禄、金羊①(图1)。不过最为多见的是金粟攒焊而成的小金珠,如长沙市五一路出土的数件②(图2)。至魏晋南北朝时期,这种方法便运用于金花的制作。造型一般如梅花六出,金珠亦即金粟粒沿边勾勒为花朵的轮廓,如南京郭家山东晋一号墓出土的金花二十四枚③(图3)。花瓣、花心原初或嵌宝石,但出土时已无嵌物。六朝诗歌中提到的花钿,如梁刘遵"履度开裾褴,鬟转匝花钿"④,庾肩吾"萦鬟起照镜,谁忍插花钿"⑤,等等,便是这一类。既曰"插花钿",则它的固定方式也当如簪钗一般,即装置用于插戴的脚。又曰"鬟转匝花钿",可知花钿是周鬟插戴。北魏洛阳永宁寺遗址出土的影塑有两鬟插戴花钿的形象⑥(图4)。

图1 金羊 河北定州东汉中山穆王刘畅墓出土

① 河北省文物局:《定州文物藏珍》,图二至三,岭南美术出版社,2003年。
② 湖南省博物馆藏,本文照片为博物馆参观所摄。
③ 直径1.7~9厘米不等,共重11.7克。南京市博物馆《六朝风采》,图一四六,文物出版社,2004年。按本文照片为博物馆参观所摄。
④ 《应令咏舞》,《玉台新咏》卷八。
⑤ 《和湘东王二首·应令冬晓》,《玉台新咏》卷八。
⑥ 中国社会科学院考古研究所:《北魏洛阳永宁寺》,彩版一四:3,中国大百科全书出版社,1996,第56页。

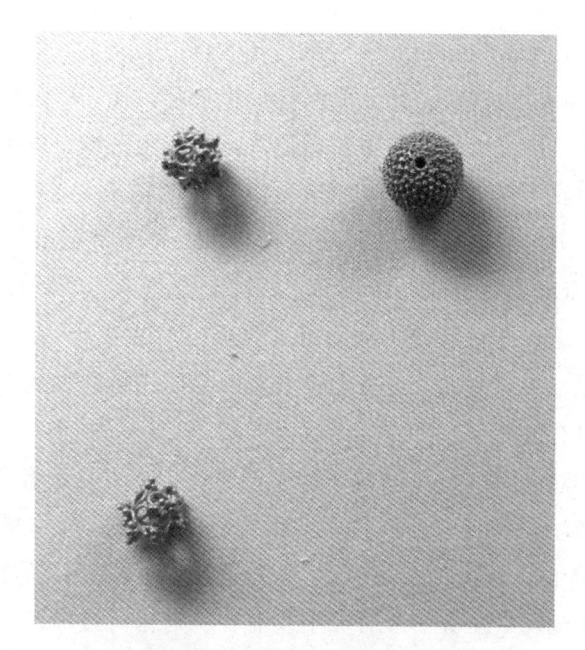

图 2　金珠（东汉）　长沙市五一路出土

图 3　金花钿　南京郭家山东晋一号墓出土

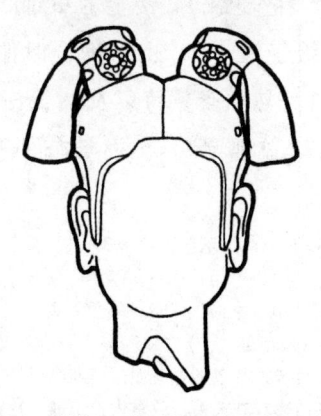

图 4　影塑　洛阳永宁寺遗址出土

金钿以宝石为嵌饰，便又有宝钿之名，而它以加工好的金粟粒勾勒花形，花瓣、花心之内嵌宝，此金粟与宝石的结合，则又可名作宝粟。除镶嵌宝石之外，金钿尚有另外一种装饰物，此即金虫，或曰青虫、玉虫。吴均"宝粟钿金虫"即是也，梁简文帝萧纲《和湘东王名士悦倾城诗》"珠概杂青虫"①；唐李贺《恼公》"陂陀梳碧凤，腰袅带金虫"②；五代顾敻《酒泉子》"掩却菱花，收拾翠钿休上面。金虫玉燕。琐香奁"③，所咏俱是。末一例"金虫玉燕"之玉燕，用《洞冥记》故事④，在此代指钗；金虫是钗首嵌饰，句出前人，这里也有用典的意思，但这种装饰方法却也是当日生活中实有的情形。

不过今人对诗中"金虫"的来历或不明所以，以是别有所解。《李长吉歌诗编年笺注》释《恼公》篇之"腰袅带金虫"曰："'腰袅'句：曾益《注》：'金虫，镂金为虫饰也。'王琦《解》：'腰袅，宛转摇动之貌。金虫，以金作蝴蝶蜻蜓等物形而缀于钗上者。宋祁《益部记》利州山中有金虫，其体如蜂，绿色，光若泥金，俚人取作妇女钗镮之饰。'曾益、王琦所解非是。按，金虫即金凤，带有凤形的金钗，在头上摇曳不定。王沂孙《八六子》：'宝钗虫散，绣衾鸾破。'虫散即凤散，与'鸾破'相对。以虫称凤，由来已久。《大戴礼·易本命》：'有羽之虫三百六十，而凤凰为之长。'简文帝《和湘东王名士悦倾城诗》：'珠概杂青虫。'青虫，即青凤。吴均《和萧洗马子显古意六首》：'莲花衔青雀，宝粟钿金虫。'金虫即金凤，粟粒珍宝镶嵌在金凤宝钗上。"⑤

明曾益《昌谷诗注》释金虫曰"镂金为虫饰"，固非；清王琦曰"以金作蝴蝶蜻蜓等物形而缀于钗上"，也不确，但他援引宋祁说以释金虫，却并不误。凤虽有虫之称，然而李贺诗以及《笺注》所引诗词中的青虫与金虫，绝非青凤与金凤。《益部记》，全称《益部方物略记》，《说郛》宛

---

① 逯钦立：《先秦汉魏晋南北朝诗》下册，第1939页。
② 《三家评注李长吉歌诗》，中华书局，1998，第90页。
③ 曾昭岷：《全唐五代词》，中华书局，1999，第561页。
④ 《太平御览》卷七一八《服用部二十》"钗"条引《洞冥记》曰，汉武帝元鼎元年起招灵阁，"有神女留一玉钗与帝，帝以赐赵婕妤。至昭帝元凤中，宫人犹见此钗，共谋欲碎之。明旦视之匣，惟见白鹭直升天去，故宫人作玉钗，因改名玉燕钗，言其吉祥"。
⑤ 吴企明：《李长吉歌诗编年笺注》，中华书局，2012，第344~345页。

委山堂本作：金虫，"出利州山中，蜂体绿色，光若金，里人取以佐妇钗镮之饰云。赞曰：虫质甚微，翠体金光，取而椓之，参饰钗梁"①。宋祁《景文集》卷四十七又有《金虫赞》一首，与这里的文字大同小异，所述为同一事。金虫，或曰青虫，又名金花虫、绿金蝉、吉丁虫。《唐六典》卷二十二曰"中尚署令掌供郊祀之圭璧及岁时乘舆器玩，中宫服饰，雕文错彩，珍丽之制，皆供焉"；"其所用金木、齿革、羽毛之属，任所出州土以时而供送焉"。以下列举广州及安南供物，有"青虫、真珠"。作为供物的青虫和真珠，自是用于宫中器玩服饰的"雕文错彩"。而这里的青虫，便是唐陈藏器《本草拾遗》中说到的"吉丁虫"。陈曰：吉丁虫"甲虫背正绿，有翅在甲下。出岭南、宾、澄洲也"，其功用，乃令人喜好相爱，因此"人取带之"②。此岭南，指今广东、广西、越南北部。宾州在今广西宾阳；澄洲，今广西上林。陈说尚有更早的来源。清《广东通志》卷五十二《物产志》引竺法真《登罗浮山疏》云："金花虫，大如斑猫，形色文彩如金龟子，喜藏朱槿中，多双栖，亦名绿金蝉，又名吉丁虫，带之令人增媚。"竺法真大约是刘宋末至齐梁间人，所著《登罗浮山疏》已佚，唯见类书称引。屈大均《广东新语》卷二十四"金花虫"条似即演述此说："金花虫，大者如斑猫，有文采，其背正绿如金贴，有翅生甲下。一名绿金蝉。喜藏朱槿花中，一一相交。取带，令人相媚。予诗：持赠绿金蝉，为卿钗上饰。双栖朱槿中，相媚情何极。"按照这里的记述，"令人相媚"的传说，原是由古人所认为的金虫的生活习性而来。而所谓"金虫"，实即鞘翅目吉丁虫科色泽美丽的种类（古称"吉丁虫"，与今昆虫学分类中的"吉丁虫"含义并不对等），其鞘翅闪动金属光泽的蓝，又或绿与铜绿、翠绿，而在光线的反射下，常常微泛金光，因有金虫之名。且因为鞘翅为吉丁质，故可历久不坏。可知"宝粟钿金虫"、"珠概杂青虫"以及"宝钗虫散"，诗词中的金虫和青虫，均指此虫，更确切的说法，是指虫的鞘翅。"宝粟钿金虫"，意即金粟粒铺焊作花形，其内填嵌金虫翅，"钿"，在此是用作动词。李贺诗中的"金虫"，自然也作不得他解。

---

① 《说郛》六十七。
② 尚志钧：《〈本草拾遗〉辑释》，安徽科学出版社，2002，第246页。

由诗歌展示出来的这样一条线索，可见金虫翅膀用为装饰材料的做法，是从南北朝一直延续下来的。虽然迄今为止中土未能发现物质遗存，但周边的日本和朝鲜，却不乏工艺相同的实物①。

最著名的一例，为日本奈良法隆寺中的玉虫厨子②。东瀛文献记其事曰，"向东户有厨子，推古天皇御厨子也，其形长腰细也，以玉虫羽以铜雕透唐草下卧之，其内金铜阿弥陀三尊御"。又，"东面有苫覆玉虫之玉殿，推古天皇御厨子也，置金铜弥陀三尊以为本尊像"③。是玉虫厨子为推古天皇时物，初始置于橘寺，后移至法隆寺金堂。推古天皇元年，当隋开皇十三年。"玉虫厨子之建造年代，现在殆难确定，然就厨子上部宫殿之建筑式样及其花纹图案等观之，则显然承袭中国六朝式之衣钵，而为日本飞鸟期艺术式样之缩图。"④ 所谓"厨子"，实即宫殿式佛龛。它的底端为饰以覆莲的台座，其上是很夸张的束腰，于是同上方的仰莲合成一个方柱形须弥座，座上为单檐九脊顶的宫殿。宫殿四隅上下皆缘以镂空雕刻的缠枝卷草，玉虫翅膀便衬在卷草纹之下，在镂空处荧荧闪光（图5）。

图 5-1 法隆寺玉虫厨子

---

① 滨田耕作：《玉蟲廚子の玉蟲翅飾に就いて》（载氏著《東洋美術史研究》，第 283～301 页，座右寶刊行會昭和十七年），于此考证至为详审。
② 《法隆寺——日本仏教美術の黎明》（春季特别展），奈良国立博物馆，2004，第 83 页。按 2004 年参观法隆寺，适逢大宝藏院展出寺藏珍品，玉虫厨子竟也在其中，虽与在东京美术馆看到的复制品一样，镂空处也看不到衬底之饰，但它另外放大了一个镂花板的局部，因使参观者得以看清在底子上装饰了荧光闪烁的玉虫翅膀。
③ 前者见《古今目录抄》（系嵯峨天皇宽元间僧显真所著《圣德太子传私记》之别名），写本，东京国立博物馆藏；后者见《白柏子记》，滨田耕作《玉蟲翅飾考——慶州金冠塚の遺物と玉蟲廚子》引（载《白鳥博士還暦紀念東洋史論叢》，岩波书店大正十四年）。
④ 刘敦桢：《〈"玉虫厨子"之建筑价值〉并补注》，《刘敦桢文集》（一），中国建筑工业出版社，1982，第 48 页。

图 5-2 装饰玉虫的局部（一）

此例之外，尚有正仓院藏"玉虫装刀子"一对①（图6），玉虫翅膀便贴饰在刀鞘。傅芸子《正仓院考古记》称作"木心桦缠镶以玉虫翅"，并解释道：玉虫（たまむし）为吉丁虫科之一种，翅极绿而有光泽并带红线，细巧美丽，历久不坏，镶嵌中之珍品也。朝鲜庆州金冠塚发现之金冠，日本奈良法隆寺飞鸟时代（五四〇至六四四）之玉虫厨子，均利用此虫翅以为装饰。按《唐六典》卷二二，中尚署掌岁时乘舆器玩服饰，广东安南贡品，有"紫檀、柏木、檀香、象牙……青虫、珍珠……"，今广东、安南俱产吉丁虫，则《六典》所称之青虫，当即玉虫无疑。正仓院物品所用之玉虫，据山田保治氏之研究，乃日本关西地方所产之虫云②。关于玉虫饰物之种种，这一节叙述颇得要领。法隆寺玉虫厨子、正仓院藏玉虫饰柄的刀子，都是这一类。

图 5-3 装饰玉虫的局部（二）

图 6 玉虫装刀子 正仓院藏

① 《特别展·正仓院宝物》，图五〇，东京国立博物馆，1981。
② 《正仓院考古记》，文求堂，1941，第66页。

同样的装饰工艺，也见于古代朝鲜半岛。如庆州皇南大冢南墓出土新罗时代的玉虫饰铜鎏金鞍桥、马镫和杏叶①（图7）。《朝鲜历史文物》著录平壤市力浦区戊辰里出土一枚"太阳纹镂空金铜装饰品"（图8），为高句丽时期之物②。图版说明曰："这个金铜装饰品的框子很像切成一半的桃子。金铜板中央有稀疏地镶了玉珠的两层圆圈，圈里镂刻了象征太阳的三脚乌。在其外边刻了熊熊燃烧的烈火般的云纹，在其中间刻了轻轻飞翔的小鸟。为了突出镂空，铺一层吉丁虫的翅膀，给金铜板形成金绿色的底色。利用吉丁虫翅膀修饰的手法，是只能在我国看到的固有的手法。"此枚饰品采用的装饰工艺与法隆寺玉虫厨子是相同的，当然，这不是只能在朝鲜看到的固有的手法。至少可以说，它在中国、日本皆曾流行。只是中土没有实物遗存，但沿用的时间却不短，活跃在诗词歌赋中的历史，则更长。

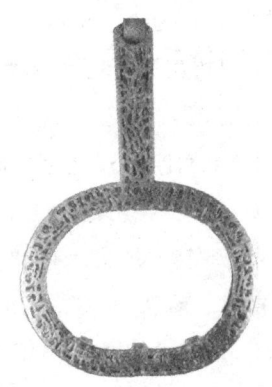

图7-1 玉虫饰鞍桥（复制品） 　　　图7-2 玉虫饰马镫（复制品）
庆州皇南大冢南墓出土　　　　　　　 庆州皇南大冢南墓出土

韩愈《咏灯花同侯十一》："今夕何夕，花然锦帐中。自能当雪暖，那肯待春红。黄里排金粟，钗头缀玉虫。更烦将喜事，来报主人公。"这一首诗的意思本来平常，却因"黄里排金粟，钗头缀玉虫"一联被认为咏物拟象格外传神而成为名句。它把钗的样式转换作两般意象来为灯花写照，

---

① 时代约当5世纪，《韩国国立庆州博物馆文物精品展》（陕西历史博物馆编），三秦出版社，2012，第105页。
② 时代约当5世纪，《朝鲜历史文物》，图一八五，朝鲜民主主义人民共和国文物保存社，1980。

图7-3　玉虫饰杏叶（复制品）庆州皇南大冢南墓出土（右为玉虫示意）

图8　金铜玉虫饰件　平壤市力浦区戊辰里出土

即巧将吴均的"宝粟钿金虫"一分为二，更见娇俏，以至于"玉虫"后来竟成为灯花的一个别称。又以桂花点点团簇亦似金粟，这一组拟喻也被用作桂花之咏赞。如张孝祥《浣溪沙·王仲时席上赋木犀》"翡翠钗头缀玉虫，秋蟾飘下广寒宫。数枝金粟露华浓"；又吴文英《江神子·送桂花吴宪，时已有检详之命，未赴阙》状桂花云"宝粟万钉花露重""钗列吴娃，骎裹带金虫"。诗词作者虽然意在用典，乃至照搬李贺诗句"骎裹带金虫"，不过"宝粟钿金虫"的工艺，在唐宋时代实际上并没有退出装饰领域而真正成为"古典"。

吉丁虫之金碧荧然者，用为女子簪钗之饰的风习，似乎在南方不曾断绝①，而明末禁中宫人又别有一种以草虫制作的簪钗。明蒋之翘《天启宫词》："襕斗潜来内上林，罗衣轻试柳边阴。逡巡避众闲寻扯，一笑拼输草

---

① （清）郝懿行：《尔雅义疏·释虫》"蚍蟥"条曰："今甲虫绿色者，长二寸许，金碧荧然，江南有之，妇人用为首饰。"

里金。"其下自注曰"坤宁宫后园名内上林,时宫人所插闹蛾,尚用真草虫夹以葫芦形,如菀豆大,名'草里金',一枝可值三二十金"[1]。这里所谓"闹蛾",可以作为明代流行的草虫簪之统称,其时多用金银及金银镶嵌珠宝以肖形——如蜜蜂、蜻蜓、蜘蛛、蚂蚱、蟾蜍、蝎虎、蝉等等——用作簪首。此以真虫,自然别致。只是不见实物,因未能确知其式毕竟如何。

---

[1] 《明宫词》,北京古籍出版社,1987,第50、62页。

王树枏写给入疆日本人的诗

董炳月*

在清末民初的中国，王树枏（1851~1936）是重要的政治人物、博学的文史大家，并且是杰出的诗人，影响甚大。丁巳年（1917）其《陶庐诗续集》（九卷本）刻印之际，吴汝纶之子、民国政要吴闿生为之作序，云"三十年前先生则既以文学闻天下也。"所谓"三十年前"，正是王树枏《文莫室诗集》（八卷）刊行的丁亥年（1887）。甚至鲁迅日记中也有两处记录涉及王树枏。一处在1918年5月18日，曰："上午师曾交朱氏所卖专拓片来，凡六十枚，云皆王树枏所藏，拓甚恶，无一可取者。"一处在1919年4月11日，曰："至留黎厂，以王树枏专拓片易得《崔宣华墓志》，作券三元。"此时，王树枏正在清史馆（1914年设立）担任总纂，其藏品却已经在文化市场上流通，可见其影响力。

和清末的许多政治人物一样，王树枏关注迅速崛起的东邻日本，与日本人有直接交往。相关内容亦见于其诗作。《文莫室诗集》卷二《樊舆集》中即有《赠日本僧三首》《嘲日本僧》等诗，这些诗当然是写于1887年之前。《陶庐诗续集》补编本十一卷中（刻印时间待考）写给日本人的诗更多，写作时间最晚的一首为第十一卷所收庚申（1920）至癸亥（1923）年间所作《赠日本文学博士市村瓒次郎》。王树枏在日本文名甚高。1925年

---

* 社科院文学所研究员

日本用中国的庚子赔款设立东方文化事业委员会时,他被推举为中国委员之一。翌年秋赴日开会,多有日本人登门求诗求字。他在自订年谱《陶庐老人随年录》中记述此事,曰:"国中文士皆喜为诗,每日求书求诗者,门外之履常满,几有应接不暇之势。"① "门外之履常满",是因为日本居室进门须脱鞋,来访者多,门外之履即多。遗憾的是,王树枏访日期间写给日本人的诗大概依然散落在日本民间,无人搜集、整理。

王树枏写给日本人的诗数量不少,但本文论述的是他在新疆布政使任上及任职前后写给入疆日本人的十余首。这类诗歌呈现了近代中日关系的多面性与复杂性,具有特殊的历史价值与美学价值。

一 王树枏向入疆日本人赠诗的基本情况

明治时期的日本人历史性地进出新疆,当从 1902 年大谷光瑞(1876~1948)率探险队第一次到新疆探险算起。第一次探险结束于 1905 年,1908 年至 1914 年间大谷又向以新疆为中心的中国西北地区派遣了第二、第三次探险队。与此同时,1905 年日本人在日俄战争中获胜、削弱了俄国在中国东北地区的势力之后,又开始在中国西北地区与俄罗斯争夺,派遣间谍前往新疆搜集情报。恰在此时,王树枏由兰州道台转任新疆布政使,掌管新疆财政、经济、教育方面的事务。据《陶庐老人随年录》,王树枏在光绪三十二年(1906)四月间(农历,后同)"奉钦授新疆布政使之命",五月底起程赴任,八月底到任,至宣统二年(1910)遭诬陷、弹劾离职,在任三年有余。离职不久辛亥革命爆发,清王朝终结,王树枏遂成为大清帝国最后一任新疆布政使。任职前后与任职期间,他与数名到达新疆的日本人交往,以诗唱和或者以诗相赠。据《陶庐诗续集》和野村荣三郎《蒙古新疆旅行日记》统计,王树枏先后向四位入疆日本人赠诗 16 首。四位日本人及获赠诗歌篇数分别为:波多野养作 2 首,林出贤次郎 6 首,日野强 7 首,野村荣三郎 1 首。具体情况如下。

波多野养作(1882~1935)和林出贤次郎(1882~1970)均为东亚同

---

① "丙寅七十六岁"项下,中华书局,2007,第 84 页。

文书院第二届毕业生。东亚同文书院由日本的东亚同文会1901年在上海设立，以讲授、研究中国学为主，1945年日本战败后停办。1946年创立的爱知大学（本部位于日本爱知县丰桥市），前身就是东亚同文书院。1905年3月波多野和林出毕业之后，被东亚同文会派往中国西北地区搜集情报。波多野负责乌鲁木齐（时称迪化），林出负责伊犁地区。与他们同时被派往中国西北的还有草政吉（负责乌里雅苏台）、三浦稔（负责乌兰巴托）、樱井好孝（负责科布多）。波多野和林出二人1905年5月15日离开东京来到中国，7月从北京出发前往新疆，途中滞留兰州时与道台王树枏相识，结下深厚情谊。林出贤次郎后来与中国的关系甚为复杂。1907年2月底他结束近两年的特务工作返回日本之际，布政使王树枏正在乌鲁木齐创办法政学堂和陆军学堂，请他担任教习。1908年2月26日，林出如约回到乌鲁木齐，作为日本教习工作到1910年3月。所谓"日本教习"，即清末在中国任教的日籍教师。向日本派遣留学生与聘请日本教习来华任教，是清末中国教育借重日本的两种相辅相成的形式。王向荣有研究专著《日本教习》①，在书中所列"日本教习分布表"中，新疆地区仅有林出贤次郎一名。就是说，林出是清末中国最西部的日本教习。具体情况长泽和俊所著《日本人的探险与冒险》②"林出贤次郎的伊犁探险"一节亦有涉及。1932年"满洲国"成立之后，林出就任"驻满日本大使馆书记官"，并被伪满聘为"宫内府行走"。1935年4月间溥仪访日，林出全程陪同，并且撰写《扈从访日恭记》作为纪念。③

王树枏赠予入疆日本人的诗歌中，最早的三首就是写给波多野养作和林出贤次郎的，收入《陶庐诗续集》卷二。给林出的两首留待后述，先看这首《赠波多野养作》。诗云：

  有客来仙岛，无闻愧后生。圣经皆法律，吾道得干城。诗酒三生梦，山河万里行。阳关歌一曲，幽抱为君倾。

---

① 三联书店，1988年。
② 东京·白水社1973年11月出版。
③ 伪满"国务院总务厅情报处"1936年5月发行。

《陶庐诗续集》卷二所收作品为甲辰（1904）至乙巳（1905）年间所作，可见此诗是写于1905年夏秋之间的兰州。王树枏赠波多野的第二首诗为《日本波多野养作君游历新疆返国遇诸阜康道中握谈而别诗以赠之》，见《陶庐诗续集》卷三。诗云：

  历历西天尽，匆匆东海归。相逢一握手，喜极泪沾衣。雪岭连天迥，风沙带石飞。知君泛槎去，袖内有支机。

《陶庐诗续集》卷三收录的是丙午年（1906）的作品，据《陶庐老人随年录》，王树枏是同年旧历八月底到达乌鲁木齐，又据日本学者金子民雄考证，波多野离开乌鲁木齐是在1906年10月，再结合诗中"雪岭连天迥"的表达来看，此诗当作于1906年10月中旬（同年旧历八月三十日为公历10月18日）。波多野是在乌鲁木齐北侧的阜康县（今阜康市）境内与赴任新疆布政使的王树枏相遇。

  王树枏赠予林出贤次郎六首诗中的最早两首收入《陶庐诗续集》卷二，题为《日本慕胜君林出贤次郎来游陇上将有新疆之行席中赋赠》。诗云：

  世宙纵横见异才，无端孤抱为君开。心惊北海搏鹏出，眼见西风牧马来。坐想汉家三六国，且浇文字百千杯。相逢一握无穷事，他日天山首重回。
  四明学术传来久，三岛人才晚更奇。放眼不堪惊世变，谈心翻恨得君迟。风樯阵马见豪举，绿酒金尊如故知。珍重阳关关外路，笛中风雪莫轻吹。

这两首诗与前述《赠波多野养作》一起编入《陶庐诗续集》卷二，诗中"无端孤抱为君开"一句与《赠波多野养作》中的"幽抱为君倾"一句颇为相似。由此可见，三首诗是王树枏在兰州同时创作。

  赠予林出的第三首为《丁未林出君慕胜壮游大宛乌孙诸地乌垣小憩将返故都于其别也成四十字歌以赠之》，见《陶庐诗续集》卷四。诗云：

天上葡萄种，新从大宛来。春风万余里，夜月一衔杯。毒海探骊手，长城倚马才。明朝看日出，故国有蓬莱。

诗题中的"丁未"为光绪三十三年即 1907 年。因林出离开乌鲁木齐回日本是在当年 2 月底，故此诗当作于 1907 年年初，即王树枏就任新疆布政使不久。"四十字歌"即五律。全诗八句，每句五字，计四十字。

从上面三首诗看，王树枏非常看重林出贤次郎的才华。这无疑是他聘请林出到乌鲁木齐担任日本教习的原因。

给林出的另外三首诗作于两年之后。1910 年 3 月，林出的两年教习任期期满并将返回日本，王树枏赠以送别诗三首。三首诗亦收入《陶庐诗续集》卷四。因《陶庐诗续集》卷四所收作品为丁未（1907）至己酉（1909）年间所作，故三首诗当作于己酉年末即 1910 年年初。三首诗分别是：

林出慕胜从余游三年将东归赋诗赠别二首

冰雪满天地，斯人独远征。淋漓将进酒，睇笑若为情。文字三生契，风沙万里行。数君归去日，春色遍蓬瀛。

味道参三昧，传心证二宫。人言乱朱紫，世事变青红。窈窕独予慕，姱修惟子同。高歌劳望眼，惆怅海门东。

席中赠慕胜

匹马天山自去来，三年归兴满蓬莱。看君晞发扶桑上，携得虞渊冻日回。

后一首诗题中的"席中"或指林出的归国欢送宴会。从诗中"三年归兴满蓬莱"一句来看，林出在乌鲁木齐工作（搜集情报与任教）期间大概一直怀念故国日本。

日野强（1866~1920）与初出茅庐的林出贤次郎、波多野养作不同，他是一位参加过甲午战争和日俄战争、情报工作经验丰富的老军人。1906

年 9 月他遵从日军参谋本部的密令前往新疆的时候已经 40 岁，有少校军衔。1907 年 8 月他结束伊犁考察取道印度、新加坡返回日本，撰写了考查记录《伊犁纪行》①，并因为《伊犁纪行》受到明治天皇的接见，获得了"御前讲演"（给天皇讲课）的殊荣。据《伊犁纪行》记载，日野强 1907 年 2 月 25 日到达乌鲁木齐，停留至 3 月 24 日离乌北上。"此间以伊犁将军（长庚，于赴任途中正好在此地满城停留）、新疆巡抚（联魁）、布政使（王树柟）为首，文武诸官屈驾来访，为我洗远征之尘，解慰孤客旅情，又关心下榻旅店设施的完备，并为前方的旅程提供各种方便，甚蒙厚遇"。② 此时日野与王树柟以诗唱和，获王树柟赠诗五首：

正月元夜日本南州少佐日野强来游西域索赋赠之

走马天山下，相逢如故人。雪消金满谷，风度玉关春。万里笙歌夜，千年战伐尘。月中看宝剑，照见胆围轮。

和南州二首

新从海上斩长蛟，又向云间射巨雕。燕颔鸢肩飞食肉，骅骑生马逐天骄。

男儿生小带吴钩，来作人间汗漫游。美酒葡萄拼一醉，为君换取紫貂裘。

赠南州

与君杯酒话沧桑，塞草凄迷古战场。蛮触千年两蜗角，关河万里一鱼肠。人生机事螳来雀，国有羶行蚁慕羊。青眼高歌望吾子，旧愁新绪独悲凉。

别南州

君去马如飞，行行何所之。沙连西域阔，春入北庭迟。风雪双蓬鬓，乾坤一卷诗。他年鸡黍局，瀛岛以为期。

---

① 博文馆，1909。
② 芙蓉书房 1973 年重排本 161 页。华立中文译本 128 页。黑龙江教育出版社，2006。

第一首诗题中的"正月元夜"指丁未年正月十五，即西历1907年2月27日，这是日野强到达乌鲁木齐的第三天。第五首又是送别诗。可见，日野强停留乌鲁木齐期间与王树枏的交往是以诗始，以诗终，诗在二人的交往之中发挥着重要的媒介作用。

1912年6月，即中国辛亥革命爆发之后，日野又奉命来到中国搜集有关反政府势力的情报，1913年5月返回日本。来到中国之后，他立刻去拜访王树枏，王树枏赠以五律两首，题为《六月中旬余有河南之行日本日野南州来访余于石庄促谈一夕即别而去》。诗云：

我向河南去，君从海外来。相逢一握手，肠断百千回。将伯嗟无助，飘零愧不才。龟山歌一操，惆怅不胜哀。

君有攀龙痛，余方化鹤归。风尘欲何向，人物已全非。故国悲离黍，亡臣赋采薇。凄凉一杯酒，相对涕沾衣。

诗题中的"六月"自然是农历。此时王树枏已经失去新疆布政使的职位，奔走于北京、河南等地，生活不安定，故诗中多有感伤之语。两首诗均收入《陶庐诗续集》卷七。

野村荣三郎（1880～1936）是大谷探险队第二次西域探险的两位参加者之一。1908年6月14日，他与橘瑞超（1890～1968）从北京出发，至张家口休整之后于6月25日起程北上，经库伦（今之乌兰巴托）、哈达图、乌里雅苏台、科布多进入新疆，1909年夏天翻过喀喇昆仑山脉进入印度。据其《蒙古新疆旅行日记》，1909年1月29日，他在乌鲁木齐得到王树枏赠诗一首。诗云：

胜金台畔树连柯，土峪沟前水不波。夷国山川几陵谷，唐年经幢半刓磨。坏墙穿穴巢蝙蝠，古佛埋沙载薜萝。手剥千秋苔藓迹，悬崖立马犹摹挲。

诗后王树枏的题跋为"越山先生将逾天山而西前一日出纸索书赠作时

乙酉一月九日也"。"乙酉"当为"己酉"之误，因1909年为宣统元年己酉。造成这种错误的原因，大概是《蒙古新疆旅行日记》收入《新西域记》①之际野村抄录王树枏手书的时候没有认清。另外，己酉一月九日为公元1909年1月30日，野村不可能在1月29日得到王树枏1月30日的作品。野村日记的记录显然有误，大概是因为野村身在旅途。此诗未录入《陶庐诗续集》，是王树枏的一首佚诗。大概是王树枏编《陶庐诗续集》的时候忘记了。

上述王树枏赠予入疆日本人的诗歌中，写给日野强的诗作另有后续故事。"走马天山下"那一首被日野强收入《伊犁纪行》书后所附其与中国人唱和的诗歌汇编《新疆琼瑶》，《别南州》一首则被王树枏之子改写、抄赠予野村荣三郎。1908年11月野村第一次停留乌鲁木齐的时候，王树枏之子王勇敷、王禹敷和地理教师曹子杰三人与之交往，且以诗相赠。王勇敷赠予野村的是四句："君去马如飞。行行安所之。他年重相遇。瀛岛以为期。"② 这是缩写其父《别南州》一诗，并改动了个别字、词。就是说，同一首诗被王树枏、王勇敷父子二人分别赠给两位入疆日本人。

二　诗情与独特的诗歌美学面貌

王树枏在上述诗歌中抒发了对诸位日本人的真挚友情。与波多野养作是"相逢一握手，喜极泪沾衣"，对林出贤次郎是"数君归去日"（计算分别前的每一天），与日野强是"相逢如故人"。写给野村荣三郎的诗中没有类似的抒情，应当是因为王树枏与野村没有过深的交往。由此可见，王树枏在诗歌中表达的感情是真实的。

诗歌作为一种文学体裁，其表现力方面的最大优势本来在于抒情。限于以诗抒情这一点而言，王树枏的上述诗歌与一般人的诗歌并无区别。但是，这些诗歌的抒情主人公是新疆布政使，抒情对象是入疆日本人，特定的抒情主人公与抒情对象决定着抒情媒介的使用与诗歌意象的创造，因

---

① 有光社，1937。
② 《蒙古新疆旅行日记》1908年11月8日项下。《新西域记》下卷494页，井草出版1984年11月影印本。

此，这些诗歌呈现出独特的美学面貌。这种美学面貌的独特性至少可以从以下诸方面来认识。

其一是诗歌内部空间的辽阔。具体说来就是把新疆与日本这两个存在着巨大空间距离的区域置于同一首诗歌中，营造出巨大的诗歌内部空间。赠波多野第二首诗的前两句即典型地呈现了这种空间组合特征——所谓"历历西天尽，匆匆东海归"。"西天"自然是指新疆本地，古代去西天取经的必经之地，"东海"则是指日本。两句诗仅仅十个字，但空间感巨大，意境辽阔。《林出慕胜从余游三年将东归赋诗赠别二首》的第一首为五律，首句"冰雪满天地"写新疆冬景，末句"春色遍蓬瀛"写想象中的、寓意性的日本春景，这意味着整首诗的抒情是在新疆至日本的巨大空间之中进行的。《席中赠慕胜》为七绝，前两句"匹马天山自去来，三年归兴满蓬莱"简洁地将相距遥远的天山与日本组合在一起。写给日野强的那首《别南州》，在写了"沙连西域阔"之后又写"瀛岛以为期"，由"西域"转向"瀛岛"，呈现的是同样的空间结构。

其二是新疆的山岭、沙漠等自然景象与日本海国景象的重叠所造成的意象丰富性。这一点与前述空间问题密切相关。新疆与日本之间存在着巨大的空间距离，同时存在着山岭沙漠风景与海岛大洋风景的反差。王树枬的诗是写给日本人的，因此诗中大量出现与海洋、岛国相关的词汇——"东海""泛槎""蓬莱""海门""扶桑""瀛岛""海上"等等。与此同时，由于王树枬本人及其交往的日本人当时是身处新疆，因此天山、玉门关、塞草、风沙、冰雪等地方意象也自然出现在诗歌中。这样，两类反差巨大、充满内在紧张感的意象并列、叠影，诗歌因此呈现了更为丰富的意象。如同"冰雪满天地"与"春色遍蓬瀛"这种鲜明的对比所显示的。

其三是提供了刚健清新、积极进取的日本人形象。在上述王树枬的诗歌中，入疆日本人均得到肯定甚至赞美。波多野养作是风尘仆仆奔走于旅途的前行者——"历历西天尽，匆匆东海归"，林出贤次郎被誉为"毒海探骊手，长城倚马才"，在新疆考察佛教遗址的野村荣三郎的形象也是勤奋、傲然的——"手剥千秋苔藓迹，悬崖立马犹搴挐"。比较而言，在四位日本人中王树枬对日野强的评价最高。其原因应当在于他对日野强的从军经历和身份有基本的了解。从诗题中"南州少佐"的称谓来看，在王树桙眼中"少佐"（少校）是日野强的重要身份。体现王树枏对日野强总体评价的是《和南州二首》第一首中的"新从海上斩长蛟，又向云间射巨雕"之语，此语可以理解为对日野强军旅生涯的概括——来自海国的日野曾经参加始于海战的日俄战争，现在又到新疆中俄冲突地区伊犁执行任务。

三　日本认识与文化认同问题

如前所述，王树枏结识的入疆日本人多为间谍。1905 年 3 月，日方将林出贤次郎等五人派往中国西北之际，外务大臣小村寿太郎给他们的训令是："日俄战争中，与英国驻日公使麦克唐纳达成的协议是，日英两国共同调查俄国在清国边境的活动情况。英国已经在新疆境内的喀什噶尔设立领事馆，所以，喀什噶尔以北地域的调查工作由日本承担。因此，希望各位前往各自的目的地，停留大概一年时间，调查俄国在当地的出入情形，随时用安全的方法向外务省报告。"①　相关资料表明，中国方面了解这些日本人的身份与行动目的。据野村荣三郎《蒙古新疆旅行日记》1908 年 11 月 12 日项下所记，野村在离开乌鲁木齐前往吐鲁番途中，即被中、俄两方面的人跟踪、监视。对于主要考察佛教遗迹的野村尚且如此，对于林出贤次郎等特殊人物或身为军人的日野强，当更为关注。王树枏作为政治经验丰富的新疆高官，当然知道日本人进入新疆的目的。但是，他依然与这些日本人密切交往。何以如此？究其原因当有如下几点。

一是对俄国的戒备。清末以来俄国觊觎中国领土，在从东北到西北的漫长边境上不停地制造事端，多次南侵，甚至占领伊犁多年。正是在这个背景上，清末的中国人才欢欣鼓舞于日本人在日俄战争中的胜利。中国留日学生的拒俄义勇队，也是 1903 年成立于东京。王树枏作为新疆行政长官，和同时代的许多中国人一样，对贪婪凶暴的俄国深怀戒备之心。其庚戌年（1910）所作《闻俄罗斯沿途益兵二首》（收入《陶庐诗续集》卷六）即明确表达了这种忧患意识。诗云：

---

① 　长泽和俊：《日本人の冒険と探検》，第 294 页。白水社 1973 年 11 月出版。引用者翻译。

闻说天骄子，边城夜点兵。忧时一溅泪，去国若为情。湿火矛头出，飞沙帐外惊。将军不好武，歌吹自升平。

举国何多难，穷边滞此身。柳颠惟避世，烛老不如人。填海惭无术，归山讵厌贫。飘摇痛阴雨，念此一沾巾。

诗中的"天骄子"自然是指俄国人。结合《和南州二首》第一首中的诗句"骠骑生马逐天骄"来看，日野强曾经是被王树枏看作"逐天骄"的英雄。因为日野强是参加过日俄战争的现役军人，又来到面临俄国威胁的新疆执行任务。置身直接遭受俄国侵扰的新疆，他对在日俄战争中获胜的日本国的国民抱有亲近感是正常的。

二是学习日本的自觉性。清末中国在甲午之役中败于日本之后幡然醒悟，开始向给自己当了千余年"学生"的日本学习。就是在这个背景上，1896年清政府向日本派遣了第一批留学生，随后又聘请日本教习来华任教。洋务运动领军人物、近代著名启蒙思想家张之洞的名著《劝学篇》，专门论及留学日本的好处。王树枏作为那个时代有抱负的政治家本来就热心教育，再加上张之洞对他有知遇之恩，因此他了解中国人学习日本的重要性。1894年在四川为官受挫之后，他投奔张之洞，在张之洞处与知日派黄遵宪等人过从甚密。就任新疆布政使之后聘请林出贤次郎到乌鲁木齐任教，是直接向日本学习。1908年2月林出如约回到乌鲁木齐，他甚为高兴，白天让林出给两校学生上课，夜晚则亲自为学生讲授古文。在此意义上，王树枏作为新疆布政使与日本人交往抱有功利目的，是为了新疆的发展与进步。

三是文化认同感。这包括汉字文化和佛教两个层面。无论是林出贤次郎、波多野养作还是日野强，均精通汉语，日野强创作的汉诗更是博得了包括王树枏在内的新疆地方官员的一致好评。在《新疆琼瑶》所收新疆官员的唱和诗中，多有从"同文同种"的角度对日野强的赞扬。毫无疑问，王树枏对于林出、波多野、日野等人同样会抱有"同文同种"的亲切感，赠送用汉字书写的诗歌这种行为本身，正是一种具体的"同文"实践。在宗教意识方面，王树枏赠予野村的那首诗明确表达了对于佛教在新疆地区衰亡的哀悼。这应当是他关照并赞同到新疆考察佛教遗址的野村荣三郎的原因。意味深长的是，那首诗写于己酉年（1909）年初，而在王树枏翌年（1910年庚戌）的诗作中，许多首是以佛画、写经为题材的。庚戌年的诗歌被编为《陶庐诗续集》卷五，且看《题六朝写经残卷》四首七绝中的第四首。诗云："山灵呵护已千年，雨啮风饕墨更妍。满纸天香吹不散，等闲枯坐学参禅。"王树枏本人的"佛性"跃然纸上。

中日两国有悠久的友好历史。即使是在甲午战争之后，日本也存在着一批真诚的亚洲主义者。这些人主张联合中国对抗西方列强的入侵、保全东亚，孙中山的"大亚洲主义"就是对此的呼应。悲哀的是，"脱亚入欧"的思想最终在日本近代占据主导地位，日本成为中国最大的加害国。王树枏是有抱负的政治人物，更是有民族气节的中国人。他在任新疆布政使期间对日本人抱有亲近感、怀有某种期待，但在他八十一岁那年（1931）日本开始侵略中国之后，立刻与日本划清界限，辞去了东方文化事业委员会的职位。① 无独有偶，怀有真诚东亚意识的波多野养作，也是在九一八事变发生后绝望于中日关系自杀身亡。

结语　近现代新疆文学的多元性与现代性

从文学史的角度看，上述王树枏的诗作无疑是新疆近代文学的组成部分。本来，近现代新疆民族、语言、社会状况的多样性与复杂性，决定了近现代新疆文学的多样性与复杂性。而王树枏的这些诗歌由于将"日本""日本人"等特殊因素纳入，因此包含了更为丰富的历史内容——建立现代国家的愿望、东北亚地区复杂的国家关系、多民族地区的汉语写作等等。因为同样的原因，沙漠、荒原、雪山等中国古诗中的固有意象获得了非传统的意义。从中日两国的"汉字一致性"来看，这些诗歌又具有超越国界的性质，能够被具有汉学修养的日本人直接阅读。近代以来的旧体诗一直是被排除在"现代文学"之外的，但是，王树枏写给入疆日本人的旧体诗中显然包含着多方面的"现代"。

---

① 见郭晨峰《近代著名方志编纂学家王树枏》，载《保定晚报》，2009年12月5日。

东方诗魂的共鸣

——丰子恺与竹久梦二的漫画缘

李兆忠[*]

留日中国作家中，丰子恺是特殊的一位。他在日本留学的时间只有十个月，然而这短短的时间却对丰子恺一生产生重要的影响，"子恺漫画"的诞生，丰子恺在文坛上的活跃与崛起，都与此有关。与那些自认为"读西洋书，受东洋罪"的留日学子不同，丰子恺对西洋和东洋并无厚此薄彼的偏向，在文化情感上，他对日本表现出更多的亲近，其笔下的日本人形象，与留日文学普遍的想象大异其趣，日本人性格的正面得到了充分的展现。此外，丰子恺既是日本的文学绘画在中国的翻译、介绍者，他的《缘缘堂随笔集》也被介绍到日本，并得到文学大家谷崎润一郎的高度评价，在中日现代文艺交流史上，丰子恺扮演了"双向互动"的角色。

丰子恺与日本的这份"良缘"，展示了西风东渐的背景下，貌似解体的"东亚文化共同体"内部潜在的活力与文化上的互动。这份珍贵的文化遗产迄今尚未得到认真的总结。近代以降，在不可抗拒的"现代化"历史潮流中，中日两国由同文近种、一衣带水的睦邻，变成了你死我活的竞争对手，尤其是日本对中国的侵略，给中国造成极大的伤害。从文化选择上看，日本明治维新后立志"脱亚入欧"，将中国及亚洲邻国视作必须与之

---

[*] 社科院文学所研究员

划清界限的"野蛮"国家,而中国近代以降,经历过"西体中用"的破产过程之后,走上"全盘西化"的道路。同样的"历史的世故",给中日两国的文化交流蒙上浓重的阴影。然而,悠久的地缘文化纽带不是随便可以割断的,相近的文化基因也无法随意改变。公平地说,文化上的亲缘,即使不能超越严酷的国际生存竞争,至少也为互相认知提供基础;而在心灵博大、眼光纯正者那里,它将结出丰硕的文化交流之果。——这就是丰子恺给人的启示。

作为中国现代美术史上抒情漫画的创始人,丰子恺的漫画艺术受到日本杰出画家家竹久梦二的启示和影响。与竹久梦二作品的邂逅,使彷徨于西洋画困境中的丰子恺发现了自我,找到了"模特儿与画布"之外的属于自己的艺术道路,成功地完成艺术上的转向,成为现代中国一代漫画宗师。本文就丰子恺与竹久梦二的艺术缘作一梳理。

1921年春,已为人父的丰子恺在家境非常困难的情况下,向亲朋好友借钱,赴日本留学。丰子恺此举,是出于不愿意继续"卖野人头"的艺术良心与职业危机感。当时,只有初等师范学历,对西洋绘画这门舶来不久的艺术只有粗浅知识的丰子恺在一所专门培养图画音乐教员的专科师范学校当先生,教授西洋绘画。这种事情今天看来不可思议,在那时却很平常。了解中国现代美术史的人知道,中国有史以来的第一所美术学校——上海艺术专科学校,就是由一个没有任何"学历"的17岁毛头小伙子刘海粟创办的。这是一个新旧交替、英雄辈出的时代,一切都逸出了常规。

然而丰子恺却是一个知深浅、有抱负的人,无法安于这种现状,他曾对着一个写生用的青皮橘子黯然神伤,哀叹自己就像那个半生不熟的橘子,带着青皮卖掉,给人家当绘画标本。而在当时的条件下,有志青年想开眼界看世界,学习地道的西方学问,唯一的选择就是出洋留学,有背景、有实力的赴欧美,没背景、没实力的,就赴日本,通过日本学西方。丰子恺家境贫寒,自然不可能去欧美,只有退而求其次去日本。而且,对于丰子恺来说,日本已不是一个陌生的国度,他的恩师李叔同早年就留学日本,师从日本洋画大师黑田清辉学油画,兼学钢琴和作曲。李叔同学成回国后,执教浙江第一师范学校,丰子恺就是在那里成为他的得意弟子。通过李叔同,丰子恺不仅学会了炭笔素描,初步掌握了日语会话,还结识了几位来杭州写生的日本洋画家。① 因此，去日本留学，"窥西洋画全豹"，补己之不足，对丰子恺来说是一件势在必行的事。

孰料到了东京，丰子恺的画家梦想破灭了。丰子恺后来这样描述当时的境况："一九二一年春，我搭了'山城丸'赴日本的时候，自己满望着做了画家而归国的。到了东京窥见了些西洋美术的面影，回顾自己的贫乏的才力与境遇，渐渐感到画家的难做，不觉心灰意懒起来。每天上午在某洋画学校里当 model（模特儿）休息的时候，总是无聊地燃起一支'敷岛'（日本的一种香烟牌名），反复思量生活的前程，有时窃疑 model 与 canvas（画布）究竟是否达到画家的唯一的途径。"②

有必要说明的是，丰子恺立志成为的"画家"，是洋画家，也就是油画家。这个选择有其特殊的历史背景。丰子恺成长的时代，正是中国传统文化受到彻底怀疑，"全盘西化"鼎盛的 20 世纪 10 年代，洋画成为社会的宠儿。据有关资料统计，在 20 世纪头二十年雨后春笋般冒出来的美术学校里，学西洋画的人数是学国画的十倍。年轻的丰子恺自然不可能摆脱这种历史潮流，他正式学画，走的就是西洋画路子，先是临摹商务印书馆的《铅笔画临本》，后来又师从李叔同先生画炭笔石膏模型，将"忠实写生"，视为绘画的不二法门。到了东京后，他进了一所有名的洋画研究会——川端洋画研究会，天天对着模特儿画人体素描，接受正规的西画训练。

将（洋）画家的难做，归结于家境的贫乏，确实是丰子恺的肺腑之言。丰子恺举债赴日本留学，在亲朋好友中东拼西凑了 2000 元钱，这点资本距离一个洋画家的养成，不过是杯水车薪。这还是次要的，最令人绝望的是，西洋画制作成本昂贵，而在中国，消费市场却几乎不存在，要以它谋生，无异于做白日梦。其情形，就像钱锺书在小说《猫》里讽刺的那样："上海这地方，什么东西都爱洋货，就是洋画没人过问。洋式布置的屋子里挂的还是中堂、条幅横披之类。"从这个角度看，家境贫寒的丰子恺选择了西洋画这门奢侈的艺术，一开始就是个误会。

---

① 李叔同的日本朋友画家大野德隆、河合新藏、三宅克己来西湖写生时，正是他潜心佛学悟道之时，于是委托自己的得意弟子丰子恺陪同他们。
② 丰子恺：《〈子恺漫画〉题卷首》，《丰子恺文集》艺术卷一，浙江文艺/浙江教育出版社，1990，第 29 页。

更主要的是，丰子恺这时发现自己缺乏做一个洋画家的"才力"。关于这个问题，有必要作具体的分析，如果是就一个杰出的职业画家必备的造型天赋和对纯视觉形式的迷恋而言，丰子恺的自谦包含着可贵的自知之明。从丰子恺的自述可以看到，他的绘画天赋不算特别杰出，学画的经历也不值得夸耀，从摹印《三字经》《千家诗》及人物画谱上的木版画、放大相片，到临《铅笔画临本》，再到摹写石膏头像，都是"依样画葫芦"，缺乏"天才"的表征。丰子恺的漫画尽管受到文学圈人士的激赏，也深得大众的喜爱，但在同行圈子里并没有得到太高的评价。在一些专业漫画家看来，丰子恺的漫画属于"票友"的客串；[①] 甚至有人认为：丰子恺只算得上一位优秀的"素人画家"（即业余画家）。而丰子恺本人对自己的漫画一直持低调，认为它不是"正格的绘画"，并一再声称自己"不是个画家，而是一个喜欢作画的人"[②]，亦可佐证这种看法。

但是，如果就画家对人生万物的感悟和修养器识而言，丰子恺不仅不是"才力"贫乏，简直是"才力"过人，甚至远远超过了那些著名的专业画家，这给他的漫画艺术创作带来取之不尽、用之不竭的源泉。叶圣陶认为丰子恺的漫画的最大特色在于"选择题材"，达到了"出人意料，入人意中"的境界，也就是说，在对人生世相的观察上，在对自然万物的感悟上，丰子恺有他人难及的眼光与敏锐。[③] 丰子恺的恩师夏丏尊这样赞叹弟子："子恺年少于我，对于生活，有这样的咀嚼玩味能力，和我相较，不能不羡子恺是幸福者！"[④]

可惜的是，丰子恺这种超人的"才力"与西洋画并不对路子。当年，同事朱光潜就指出："子恺本来习过西画，在中国他最早木刻，这两点对

[①] 同时代的专业漫画家对丰子恺的巨大名声往往不以为然，每每从"艺术"上进行挑剔，直到现在依然如此，笔者有一次拜见大漫画家丁聪先生，谈到了丰子恺的漫画，丁先生十分不客气，甚至不屑一谈。笔者后来又请教了当时也是著名漫画家的艺术大师张仃先生，张仃先生认为，丰子恺的漫画内容很好，但从绘画角度衡量，它的"线"和"形"比较简单，经不起严格的推敲；但专业漫画家往往缺乏丰子恺的画外之功，两者应当取长补短。

[②] 丰子恺：《随笔漫画》，《缘缘堂随笔集》，浙江文艺出版社，1986，第347页。

[③] 叶圣陶：《丰子恺文集·总序》，《丰子恺文集》艺术卷一，浙江文艺/浙江教育出版社，1990，第1页。

[④] 夏丏尊：《〈子恺漫画〉序》，《丰子恺研究资料》，宁夏人民出版社，1988，第249页。

于他的作风有显著的影响。但是这只是浮面的形象,他的基本精神还是中国的,或者说,东方的。"① 作为后人,我们也许看得更清楚:天生诗人气质、文人趣味极浓的丰子恺,与油画这种技术苦重、完成度极高的艺术品种并不相宜。丰子恺后来的表白,一再证明这一点:"我以为造型美术中的个性、生气、灵感的表现,工笔不及速写的明显。工笔的美术品中,个性、生气、灵感隐藏在里面,一时不易看出。速写的艺术品中,个性、生气、灵感赤裸裸地显出,一见就觉得生趣洋溢。所以我不欢喜油漆工作似的西洋画,而喜欢泼墨挥毫的中国画;不欢喜十年五年的大作,而欢喜茶余酒后的即兴;不欢喜精工,而欢喜急就。推而广之,不欢喜钢笔而欢喜毛笔,不欢喜盆景而欢喜野花,不欢喜洋房而欢喜中国式房子。"② 丰子恺这样形容自己的创作特点:"乘兴落笔,俄顷成章。"③ 正是具备这种艺术性格,才使丰子恺对洋画学习"心灰意懒",并开始怀疑模特儿与画布是否就是通向画家的唯一途径。

洋画家梦想的破灭,促使丰子恺调整了留学计划。此后的丰子恺,不再一味守在洋画研究会画模特儿,而把更多的时光花在看展览,听音乐会,跑图书馆、旧书店,以及游赏东瀛名胜古迹上。就是在这种走马观花式的游学中,竹久梦二进入了丰子恺的视野。

那是在东京神田的旧书店里,一次随意的翻阅,搅动了丰子恺的艺术慧根,使他欣喜若狂。十多年以后,他在《绘画与文学》一文里这样深切地回忆——

> 回想过去的所见的绘画,给我印象最深而使我不能忘怀的,是一种小小的毛笔画。记得二十余岁时,我在东京的旧书摊上碰到一册《梦二画集·春之卷》。随手拿起来,从尾至首倒翻过去,看见里面都是寥寥数笔的毛笔 sketch(速写)。书页的边上没有切齐,翻到题目

---

① 朱光潜:《丰子恺先生的人品与画品》,《丰子恺研究资料》,宁夏人民出版社,1988,第114页。
② 丰子恺:《桐庐负暄》,《缘缘堂随笔集》,浙江文艺出版社,1986,第267页。
③ 丰子恺:《漫画创作二十年》,《丰子恺文集》艺术卷四,浙江文艺/浙江教育出版社,1990,第383页。

"Classmate"的一页上自然地停止了。我看见页的主位里画着一辆人力车的一部分和一个人力车夫的背部,车中坐着一个女子,她的头上梳着丸髷(marumage,已嫁女子的髻式),身上穿着贵妇人的服装,肩上架着一把当时日本流行的贵重的障日伞,手里拿着一大包装潢精美的物品。虽然各部都只寥寥数笔,但笔笔都能强明地表现出她是一个已嫁的贵族少妇……她大约是从邸宅坐人力车到三越吴服店里去购了化妆品回来,或者是应某伯爵夫人的招待,而受了贵重的赠物回来?但她现在正向站在路旁的另一个妇人点头招呼。这妇人画在人力车夫的背与贵妇人的膝之间的空隙中,蓬首垢面,背上负着一个光头的婴孩,一件笨重的大领口的叉襟衣服包裹了这母子二人。她显然是一个贫人之妻,背了孩子在街上走,与这人力车打个照面,脸上现出局促不安之色而向车中的女人打招呼。从画题上知道她们两人是classmate(同级生)。

我当时便在旧书摊上出神。因为这页上寥寥数笔的画,使我痛切地感到社会的怪相与人世的悲哀。她们俩人曾在同一女学校的同一教室的窗下共数长年的晨夕,亲近地、平等地做过长年的"同级生"。但出校而各自嫁人之后,就因了社会上的所谓贫富贵贱的阶级,而变成这幅画里所显示的不平等与疏远了!人类的运命,尤其是女人的运命,真是可悲哀的!人类社会的组织,真是可诅咒的!这寥寥数笔的一幅画,不仅以造型的美感动我的眼,又以诗的意味感动我的心。①

丰子恺写下这些文字时,已是神州大地上一位大名鼎鼎的漫画家,饮水思源,字里行间洋溢着对竹久梦二由衷的崇敬和感激之情。的确,假如无缘见到这本《梦二画集·春之卷》,而是带着破碎的画家梦回到中国,丰子恺后来的人生道路可能是另一种样子。由于经济上的原因,丰子恺不久回国,离开日本之前,还特地委托友人替他留心竹久梦二的画册。友人

---

① 丰子恺:《绘画与文学》,《丰子恺文集》艺术卷二,浙江文艺/浙江教育出版社,1990,第486页。

果然不负重托,很快替他办齐了竹久梦二的《夏之卷》《秋之卷》《冬之卷》三册,外加《京人形》和《梦二画手本》,从东京寄到沪上,给了丰子恺极大的喜悦。之后的一两年,是丰子恺艺术的蜕变期,他由一个"忠实自然"、精细逼真的素描家,变成一位逸笔草草、传神写意的漫画家。那是在浙江上虞白马湖畔春晖中学,教学工作之余,在竹久梦二漫画的示范与触发下,丰子恺用毛笔在纸上描下了"平常所萦心的琐事细故",这一下不得了,他感受到一种"和产母产子后所感到的同样的欢喜",周围的同事、朋友见了,也惊喜不已,夏丏尊连连称"好",鼓励他"再画";文学界的风云人物郑振铎见了这些作品,如获至宝,为其"诗的仙境"和"写实手段的高超"所征服,将这些作品发表到文学研究会的刊物《文学周报》上,并加上"子恺漫画"的题头,"子恺漫画"从此风行全国。中国现代艺术史上第一位被称作"漫画家"的画家,就此诞生。

将"子恺漫画"与竹久梦二的画集《春之卷》《夏之卷》《秋之卷》《冬之卷》里的作品对照着赏读,是一件饶有兴味的事情。毫无疑问,丰子恺的漫画手法受到了竹久梦二直接的影响,有些作品直接脱胎于梦二漫画的构思与意境。比如那幅著名的《阿宝赤膊》,脸上没画五官,害羞之情呼之欲出,一看就知道出自竹久梦二的《两伙伴》(画一对天真可爱的童男女互相搂在一起,头顶一把雨伞,脸上只画一张嘴)。这无伤大雅,丝毫无损丰子恺漫画的价值,因为这已经不是简单的模仿,而是模仿基础上的再创造。得力于深厚的中国古典文学修养和笔墨功底,加上独特的精神气质,这种模仿很快就"本土化",内化为丰子恺个人独特的风格。更值得注意的是,这一切的背后,有一种源远流长的地缘文化,如同一只看不见的巨手,暗中制约着这场跨国文化交流之旅。丰子恺与竹久梦二的艺术缘,展示了西风东渐背景下,古老的东方艺术精神生生不息的活力和永恒的魅力,同时也证明:貌似解体的东亚文化共同体内,一条无形的文化纽带依然存在,可以给人以心灵的抚慰。

在丰子恺对竹久梦二漫画的欣赏解读中,有三个重要的互相关联的"关键词",精到地概括了竹久梦二的艺术风貌,也表达了丰子恺自己的艺术追求和艺术理想。

第一个关键词是"寥寥数笔"。丰子恺对此津津乐道,佩服得五体投地。它出自毛笔这种中国传统的书写工具。梦二就是用这种意趣十足的"寥寥数笔",诗意盎然地描绘明治末年日本社会的人情世态,构筑一个全新的艺术世界。其实,如果就笔墨功夫讲,像丰子恺那样从小读私塾、天天与毛笔打交道,《芥子园画谱》读得滚瓜烂熟的人来说,"寥寥数笔"不足惊奇,那不就是中国古代文人画的看家本事么?即使是以"笔墨表现时代"而论,在当时的中国也不是没有,丰子恺的留日前辈,被人誉为"鬼才"的画家陈师曾,就用"寥寥数笔",生动地描绘过民国初年北平的人生世相。丰子恺从小看着他的画长大,正如他回忆的那样:"我小时候,《太平洋画报》上发表陈师曾的小幅简笔画《落日放船好》《独树老夫家》等,寥寥数笔,余趣无穷,给我很深的印象。"① 那么,为什么偏偏到了东瀛,这"寥寥数笔"才显得非同寻常,格外的迷人呢?

　　事情就微妙在这儿。对自家文化传统的轻视,对它的价值与好处熟视无睹,本是"现代化"后进国的人们容易犯的毛病,况且丰子恺成长的时代,正是"全盘西化"鼎盛之时,毛笔作为传统的书写工具,与文言一起受到冷落,是自然的事。在人们的心目中,这种落后的玩意儿迟早要被更先进的书写工具替代,就像方块汉字迟早要被罗马拼音文字替代一样,笔情墨趣这种东西,即使再好,也将随着毛笔的淘汰而自然消亡。皮之不存,毛将焉附?年轻的丰子恺自然不能不受历史潮流的裹挟。当时他志在做一名西洋画家,一门心思于"忠实自然"的素描,对陈师曾的"寥寥数笔"虽然喜欢,并不特别在意。而到了先进的日本国,语境发生了根本性变化,再看到竹久梦二的"寥寥数笔",感觉就大不一样。这熟悉而又陌生、洋溢着时代感和新鲜生命气息的"寥寥数笔",令人豁然开朗,精神振奋,从中丰子恺看到了自己未来的艺术之路。

　　从艺术角度看,这"寥寥数笔"确实不简单,其中包含东方美学"天人合一""物我同一"的精深哲理与深奥的学问。它既传神,又写意;既有造型的美,又是笔墨的妙。它意在笔先,意到笔不到,故言简意繁,回味无穷。所有这一切,在竹久梦二笔下有淋漓尽致的发挥,而这也正是丰子恺孜孜以求的艺术境界。

---

① 丰子恺:《我的漫画》,《缘缘堂随笔集》,浙江文艺出版社,1986,第309页。

第二个关键词："诗的意味"。在谈到日本漫画史时，丰子恺认为：过去的日本的漫画家"差不多全以诙谐滑稽、讽刺、游戏为主题。梦二则摒除此种趣味而专写深沉而严肃的人生滋味。使人看了慨念人生，抽发遐想。故他的画实在不能概称为漫画，真可称为'无声之诗'呢"①。这个判断是否完全切合日本漫画史的状况，或许可以讨论，作为对梦二绘画的评价，可谓一语中的。竹久梦二天生诗人气质，并且就是一位地道的诗人，其诗作《宵待草》曾风靡整个东瀛，诗与画在他那里是合二为一、难分彼此的，正如他在处女画集《春之卷》序言里自述的那样："我想当诗人。但我的诗稿无法取代面包，有时我以绘画的形式代替文字写诗，想不到被一家杂志发表了，胆怯的我因此充满惊喜。"

请看丰子恺是如何解读梦二的《!?》的。画面是一片广阔的雪地，雪地上一道道行人的脚印，由大到小，由近渐远，迤逦地通向远方的海岸边："看了这两个记号之后，再看雪地上长短大小形状各异的种种脚迹，我心中便起了一种无名的悲哀。这些是谁人的脚迹？他们又各为了甚事而走这片雪地？在茫茫的人世间，这是久远不可知的事！讲到这里我又想起一首古人诗：'小院无人夜，烟斜月转明。清宵易惆怅，不必有离情。'这画中的雪地上的足迹所引起的慨感，是与这诗中的清宵的'惆怅'同一性质的，都是人生的无名的悲哀。这种景象都能使人想起人生的根本与世间的究竟诸大问题，而兴'空幻'之悲。这画与诗的感人之深也就在乎此。"② 这是典型的"以诗解诗"的解读方法，让人感受到：东方文化特有的"诗性"，渗透在两位艺术家的灵魂深处，发出美妙的共鸣。

分析起来，丰子恺说的"诗的意味"，偏重于人生的根本与世间的究竟，背后包含一个绝大的生命哲学、道德哲学的命题。唯其如此，丰子恺特别重视漫画的"内容美"，一再强调"意义"对于绘画的重要性，明确表示："倘若我所看到的形象没有深刻的意义，无论形状色彩何等美丽，我也懒得描写；即使描写了，也不是我的得意之作。"③ 为了维护"意义"，

---

① 丰子恺：《谈日本的漫画》，《丰子恺文集》艺术卷三，浙江文艺/浙江教育出版社，1990，第184页。
② 丰子恺：《绘画与文学》，《丰子恺文集》艺术卷二，第489页。
③ 丰子恺：《随笔漫画》，《缘缘堂随笔集》，第349页。

丰子恺甚至不惜声明自己不是"画家",而是个"喜欢作画的人",画面的形式美,不是他首先考虑的,他首先关注的,是"题材的诗趣",也就是"内容的美"。① 因此他主张绘画与文学结合,而对"纯粹"的绘画不那么感兴趣。因此,对于竹久梦二漫画中的"意义",丰子恺具有异乎寻常的敏锐和超常的解读热情,而且连解读本身都是充满"诗趣"的。比如那幅《回可爱的家》,在梦二的作品中艺术上算平常,丰子恺却从中发现丰富的"意义"。他先叙述一个贫苦的劳动者行走在荒凉寂寥、狂风肆虐的旷野,向远处一间小小的茅屋归去的情景,然后发挥道:"由这画题可以想见那寥寥数笔的茅屋是这行人的家,家中有他的妻、子、女,也许还有父、母,在那里等候他的归家。他手里提着的一包,大约是用他的劳动换来的食物或用品,是他的家人所盼待的东西,是造成 sweet home(可爱的家)的一种要素,现在他正提着这种要素,怀着满腔的希望奔向那寥寥数笔的茅屋里去。这种温暖的盼待与希望,得了这寂寥冷酷的环境的衬托,即愈加显示其温暖,使人看了感动。"②

应当指出,丰子恺对梦二漫画中的"诗趣"不遗余力的解读,对"画中有诗"的强调,并非仅仅出于一己的爱好,也是出于对东西方绘画历史及其差异性的深刻认识,对古老的中国绘画传统及东方绘画传统的自觉维护。中国绘画的主流从唐代开始,就走上"诗画合一"的道路,其特征,就是"逸笔草草"与"诗的意味"完美结合,以高雅的品位独树世界艺术之林。因文人雅士是这种画的创作主体,故称作"文人画"。这种画传到日本,被称作"南画"。近代以降,随着"脱亚入欧"的历史潮流,"南画"急剧衰败。而竹久梦二却是"南画"的忠实爱好者、维护者,可以说,他的绘画就是在"南画"的根基上发展起来的。对此,丰子恺心领神会。

然而,无论诗意多么丰沛,笔墨多么写意,最后必须落实到一套新的造型语言上,方能在西风东渐、"全球化"的现代安身立命,否则一切都是白搭。于是牵出第三个关键词:"熔化东西"。可以说,这是竹久梦二对

---

① 丰子恺:《音乐与文学的握手》,《丰子恺文集》艺术卷二,第 52 页。
② 丰子恺:《绘画与文学》,《丰子恺文集》艺术卷二,第 488 页。

丰子恺最大的馈赠。在丰子恺看来,"他的画风,熔化东西洋画法于一炉。其构图是西洋的,画趣是东洋的。其形体是西洋的,其笔法是东洋的。自来总合东西洋画法,无如梦二先生之调和者"①。这不仅是对竹久梦二的评价,也是丰子恺的夫子自道。事实上,"子恺漫画"取法的,正是这种"熔化东西"式的艺术手法。丰子恺后来这样评价自己的漫画风格:"我的画,不是中国画,也不是西洋画,而是我自己杜造出来的一种尝试的画风。我本来是学西洋画的。后来,我爱好中国画的线条与色彩的'单纯明快'的表现,就用西洋画的理法来作中国画的表现。"② 丰子恺的这种"杜造"自然离不开竹久梦二绘画最初的启示,而且非常成功,正如俞平伯评价的那样:"既有中国画风的萧疏淡远,又不失西洋画法的活泼酣姿,虽是一时兴到之笔,而其妙正在随意挥洒。譬如青天行白云,卷舒自如,不求工巧殆无以过之。看它只是疏朗朗的几笔似乎很粗率,然物类的神态悉落毂中。"③

如今,随着"全球化"的迅速扩张,地域文化差异的消失,"融合东西"几乎已沦为一个空洞的口号。然而在 20 世纪初,对于中国艺术家,这却是一个诱人的目标,也是一个难以成就的目标,多少人在这条路上探索,有的辛苦一辈子,也未见得走出一条成功的路。道理很简单:东西绘画属于不同的精神系统,背后横着巨大的文化鸿沟,假如对双方没有真正的理解和精深的造诣,单凭热情和聪明,是无济于事的。傅雷说得好:"融合中西的艺术观点往往会流于肤浅、廉价、生搬硬套;惟有真有中国人的灵魂,中国人的诗意,再加上几十年的技术训练和思想酝酿,才谈得上融合'中西'。"④ 丰子恺的幸运在于,他天生东方诗人气质,自幼习诗文书画,有传统文化的"童子功",后来又师从李叔同学习西洋画,掌握了素描技巧和西洋画理论知识,具备了"融合东西"的基本条件,东瀛游学又遇上竹久梦二这把强劲的"东风",把灵性之火点燃,原先各行其道

---

① 丰子恺:《谈日本的漫画》,《丰子恺文集》艺术卷三,第 417 页。
② 丰子恺:《香港展览自序》,《丰子恺文集》艺术卷四,第 418 页。
③ 俞平伯:《〈子恺漫画〉跋》,《丰子恺研究资料》,宁夏人民出版社,1988,第 253 页。
④ 傅雷 1961 年 7 月 21 日致刘抗信。《傅雷书简》,生活・读书・新知三联书店,2001,第 29 页。

的西洋画技巧与传统的笔墨功底，于此时打通，逐渐融为一体，为"子恺漫画"的诞生奠定了基础。

竹久梦二，日本画坛杰出的"另类"，特立独行的艺术家。早期的作品直面社会人生，同情弱者，反叛权力，在充满哀伤情调的传统日本美感中，融入近代社会主义精神和基督教的悲悯情怀，后来转向美人画创作，推出似梦似幻的"梦二式美人"，在风花雪月、美女醇酒中寻找精神寄托，以此与权力社会抗争，被人誉为"大正的歌麻吕"。尤为可贵的是，在日本"脱亚入欧"、向西方文化一面倒，传统的"南画"受到冷落、奄奄一息的年代，他不随波逐流，忠于艺术良心，坚守东方美学的底线，继承古老的"文人画"传统，在此基础上吸收消化西洋美术，创化出新的艺术，在日本画坛独树一帜。正如美术评论家小仓忠夫指出的那样："日本将南画和文人画大体看作同一概念，而梦二恰恰属于这一系统，他所描绘的固然是南画风格，但也可以将其一生的画集视为具有近代日本个性的文人画。或者不如说只有从他和中国画、日本画的这种关系中把握梦二其人其画，才能更好地理解梦二的特性。"① 而一切，都是基于艺术家率真的性情和对东西方美学清醒而睿智的认识。晚年，竹久梦二游历欧美，曾在德国举办日本画讲习会，开宗明义就提出：

> 日本画的学习，是从物到心，从心到手的掌握，因此日本画没有成体系的学说，这就是为什么它连一篇完整的理论文章都没有，而只有片断的感想。日本画就是心中取物。②

这些看法与中国古代画论中的"外师造化，中得心源""只可意会，不可言传""眼到，心到，手到"等观点非常接近，堪称日本化的文人画理论。竹久梦二这样论述西洋画与日本画的区别：西洋画是光中取物，通过阴影表现面、块、纵深和描绘物的存在状态，而日本画是心中取物，跟踪物的发生状态，故以线不以面来表现。因为线是流动的、向心的、时间

---

① 引自林少华《丰子恺与竹久梦二之间》，《竹久梦二·画与诗》，山东画报出版社，2011，第147页。
② 关定谷夫：《竹久梦二——精神的遍历》（日文版），东洋书林，2000，第194页。

性的，正适合表现内心世界。

丰子恺与竹久梦二是神交。由于在日本留学时间太短，看到梦二的画集《春之卷》时已接近留学尾声，丰子恺没机会知道更多有关梦二的情况，考察他的艺术全貌。回国后，由于资讯闭塞，丰子恺得不到有关梦二的消息。因此，丰子恺对梦二的了解，基本上局限于他的早期的几本画集，而这只是梦二艺术世界冰山的一角。即便如此，我们依然不能不为丰子恺敏锐的感受力、独到的眼光所折服，通过这仅仅的几本画集，丰子恺精到地把握了梦二艺术的大脉络，深入到他的艺术世界，可见他是梦二的真知音。

抗战胜利后，尚在重庆的丰子恺于1946年4月1日给上海《导报》编者写了一封信，信中说到"缘缘堂"毁于日本侵略者的战火，但当年离开"缘缘堂"时寄存在农家的一箱书幸得保存，更值得庆幸的是，他珍爱的竹久梦二的画集就在其内，令他慨叹不已——

> 亲友将箱中之书抄一目录寄来，见内有日本老漫画家竹久梦二全集，亦在目录中，甚为喜欢。此乃弟昔年宝藏书之一。此书在战前早已绝版，乃弟亲自在东京神田区一带旧书店中费了许多心血而搜得者，在今日此书当更难得。弟于故乡已无可牵恋，除非此"梦二全集"等书耳。因念竹久梦二先生，具有芬芳悱恻的胸怀、明慧的眼光与遒劲的脑力。其作品比后来驰誉的柳濑正梦等高超深远得多，真是最可亲爱的日本画家。不知此老画家今日尚在人间否？若在，当是七十余岁，非不可能，只恐这位心地和平美丽的最艺术的艺术家（谷崎润一郎前年发表《读〈读缘缘随笔〉》一文，内称我是中国最艺术的艺术家。我今天把此语移赠给竹久梦二先生）已为其周围的杀气戾气所窒息而辞世了亦未可知！弟颇想知道竹久老先生的消息，贵处如有熟悉日本艺术家状况的人，尚乞代为探听……①

---

① 引自陈子善《竹久梦二的中国之旅》，《竹久梦二·画与诗》，山东画报出版社，2011，第11页。

这段文字，再次表明竹久梦二在丰子恺心中的分量和崇高的地位，尽管其中有些误差（如"梦二全集"应为"梦二画集"，其中除了《春之卷》是作者在东京亲自购得，其余都是委托友人搜求到。此外，梦二如果还活着，应当是六十二岁，而不是七十余岁）。这一切，如果竹久梦二在天之灵有知，定会感到莫大的安慰。

全球化进程中的日本学校
——教育、学习、劳动市场

上野正道 著[*]　周 翔 译[**]

一　知识基础型社会中的学校

（一）狮王的失眠？

2002年5月15日，一篇题为《瑞典化的日本　经济复苏梦断走上衰退国家之路》(《新闻周刊（News Week)》) 的文章，不仅震惊了日本财政界，也给予整个社会强烈的震撼。在这篇报道中写道，虽然"日本已经走上衰退之路"，不仅开始从"经济大国"的"舞台上隐退"，并且"国际地位也在缓慢下降"，但是日本社会并没有苏联解体前莫斯科那样的"黑暗"和"悲壮感"，继续保持着一种悠然自得的心态。2002年之际，日本经济已经持续十年零增长，公共债务在GDP中的比重持续上升，国债价格甚至低于博茨瓦纳的同等水平。即使在这样的情况下，由于日本人的收入水平较高且失业率较低，社会上仍然普遍认为"没有理由放弃有别于欧美各国的独特、稳健的资本主义道路"。并且，对于未来日本的展望，也有意见认为虽然目前日本缺乏活力，但长远看来仍可维持较高的"生活水平"，而成为奥地利或"亚洲的瑞典"那样的国家。

---

[*] 大东文化大学教授
[**] 社科院研究生院博士生

这篇新闻的开头介绍了一则题为《狮王的失眠》的寓言。这则寓言故事 2001 年作为童书出版，但其内蕴并不仅是一则童话。这本书是以寓言形式撰写的表现日本经济危机的畅销书，在财经界为首的日本社会各界均产生很大反响，甚至引起了国会的重视。作者是英国出生的萨缪尔·锐特（Samuel·Rider），但实际上他是一位日本人。故事情节是这样的：统治"鼠"之国的主人公"狮王"为了摆脱经济衰败，制定了以"破坏、痛苦、X 计划（禁止储蓄、发行大面值货币、征收财产税）"等一系列被称为"胡乱治理"的政策。执行"X 计划"后，在银行和邮局前聚集的大群动物们，得到了比以前少的纸币，但经历了经济危机后，两只"老鼠"的对话反映了"衰退国家"的事实。"你说那些我都不懂。我只知道一介平民最重要的就是活得开心""船到桥头自然直嘛"。

整个故事中，"狮王"毫无疑问影射的是当时的内阁总理大臣小泉纯一郎。而"老鼠"比喻的则是"在经济危机中苟延残喘的日本人"。为了解决累积的财政赤字、规避经济危机，"狮王"小泉纯一郎"连夜失眠"。据《新闻周刊》介绍，有些人将小泉比作"末代将军"德川庆喜、苏共最后的领导戈尔巴乔夫和英国帝国主义时代最后一任首相艾登这些"走向没落的帝国支配者"，并认为"日本今后的道路只有两条，不是灭亡便是没落"（《新闻周刊》2002 年 5 月 15 日，锐特，2001）。

暂且不论日本的未来是否会成为"亚洲的瑞典""衰退国家之路"本身就包含了许多问题。回想起来，2001 年，在大选中以"打倒自民党"为口号的小泉政权获得了压倒性的民众支持率，旋风般地走上日本政坛。小泉政权提出实现"小型政府"以及国家及地方"三位一体的改革"等"无圣域改革"口号，强制推行以市场原理为基础的新自由主义改革。新自由主义政策，对学校教育也提出了进行根本性变革的要求。在小泉执政期间，从 2002 年开始实施"宽松教育"，其中"宽松"一语给人的印象恰与"瑞典化""轻松的衰退国家"等标题的印象不谋而合。在"月光号快速列车"从"减速慢行"到"中途下车"（参考第二部分第三章）的过程中，"宽松教育"的内涵与"衰退国家""瑞典化的日本"的内涵是一致的。

自然而然，以经济界为首的社会各界都响起"危机"的声音。教育也再次成为与政治经济的中心课题紧密相关的主题，在如何对待学校与学生的问题上，也正面临着一个岔路口。小泉政权的继任安倍政权，希望通过"修改"教育基本法等手段，彻底改变战后教育体制。手段之一便是"摆脱宽松"与重视学力政策，安倍政府希望通过这项政策重新探索经济复苏的途径。然而，经过 2009 年民主党执政后，2012 年自民党又一次重新掌握了政权，这些政策也不得不半途而废。

因此，本文试图立足于当下，在学校教育这一领域中，对 20 世纪 90 年代后半政府改革的实质进行考察。具体有以下这些问题：90 年代后半以来，全球化迅速推进的过程中，学校产生了怎样的变化？新自由主义政策的深化与向知识基础社会的转型，给学校带来了什么？此后学校将往何处去？如何对未来的学习进行设计？如何考虑学校、社会、经济的接续性？本文期待通过分析与学校、教育相关的各种课题，对不远将来的学校改革进行展望。

（二） 加速向知识基础型社会转型

从 20 世纪 90 年代后半到 21 世纪初不断发展的全球化进程中，学校这一领域也面临着巨大的转变。当今社会是全球化社会、知识基础社会、资源循环型社会、高龄社会、多文化共生社会，19 世纪以来由于产业主义与国民国家的发展形成的社会格局在发生根本性动摇。这促使学校、教育、学习发生重大转变甚至需要被重新定义。90 年代后半以来，急速发展的经济全球化与技术革新，推动了新自由主义与新保守主义教育政策的实施，迫使学校体制发生变化。在从产业主义社会向知识基础型社会的转型中，学习也需要向深度化、复合化发展，跨学科化发展。这就要求学校教育完成对学生的发展性的、复杂和专业化的思考能力以及人际交往能力的培养。也就是说，以物质生产和消费为基础、支撑了战后的高度经济成长的产业主义正在衰落，将要取而代之的是通过高度复杂化的知识与技能、专业化的思考能力，以及与他人沟通协作的能力来引领社会、经济发展的知识基础型社会。

在高度多样化、专业化和复杂化的知识基础型社会中，学校也面临着转型。这种转型以下面的方式出现。例如，在授课方式上，要求从老师单方面传授知识和学生单方面接受知识的授课方式，向研究型、合作型、表达型学习转变；在学习方式上，相比以往处理信息需要的知识量、高效性以及速度的竞争，更加注重创造性思维和交流能力；在学科建设方面，要求从孤立的、细碎的学科或课程设置，走向跨学科的、培养学生跨学科、深入思考能力的课程设置；在教学环境方面，不再推崇那种隔离于地区或社会的封闭空间，而更推崇将更为广阔的教学空间，如将家庭、地区、公共设施或企业等场所作为教室。21世纪10年代，将会更加积极地推动学校、教育、学习方式的变革。

1999年6月召开的G8首脑会议率先举起了在教育领域进行知识基础型社会改革的大旗。以此次首脑会议为契机，世界各国都以"知识基础型社会"的理念开展高等教育改革。在日本，2005年1月发布的中央教育审议会报告《我国高等教育的前景》中，将21世纪的社会定位为"知识基础型社会"，并将知识基础型社会定义为"新兴的知识、信息、技术的重要性发生质的飞跃，并在政治、经济、文化为首的社会各领域中成为行动基础的社会"。具体说来，这种社会形式有如下特征。（1）知识无国界，知识的全球化更加深化；（2）知识进步日新月异，竞争与技术革新层出不穷；（3）知识的发展必须伴随着模式的转变，知识的广度和思考的灵活性更加重要；（4）无论性别和年龄广泛参与。所谓"知识基础型社会"，就是以"新型知识的创造、继承和活用"为"发展基础"的社会，新时代的社会人需要具备"更为广泛的教养"和"高度公共性和伦理性"，能够迅速应对时代变化的"21世纪型市民"（中央教育审议会，2005年）。

向知识基础型社会的转变，不仅促使高等教育进行改革，初等、中等教育的改革也迫在眉睫。2008年1月的中央教育审议会报告《幼儿园、小学、中学、高等学校以及特殊学校的学习指导纲要的改革》中，陈述了在向"知识基础型社会"转型的"社会结构性变化"中培养生存能力的重要性。从2008年到2009年，在对学习指导纲要进行的修改中，也明确体现了这种改革动向（中央教育审议会，2008）。

实现这些改革的主要推动力，是OECD实施的国际学生学习能力程度调查PISA。2000年进行了首次调查，此后每三年实施一次，分别于2003年、2006年、2009年和2012年执行，以完成义务教育阶段课程的15岁学生为对象，对其阅读能力、数学能力、科学能力以及问题解决能力进行调查。这些调查表明，知识、技能的应用和实际生存能力的高低，与学校的课程学习并无直接关系。PISA 的调查结果，在世界各国被大肆报道，给予传统教育观很大冲击，在下文中将进行详细论述。而在日本，由于本国学生在调查中排名落后，给"学力低下"的讨论泼了冷水，促进"宽松教育"的改革。

（三）面临转折的学校

经济全球化与科技进步带来的社会转型，迫切需要重组战后社会的学校与劳动市场的关系。20 世纪 50 年代后半到 70 年代出现经济高速成长，80 年代经历了泡沫经济，90 年代又出现了所谓"失落的 10 年"，最后到 2008 年爆发了世界性的金融危机，这些过程促使劳动市场发生重大变革。以东京、大阪等大都市为中心，在经济高速成长时代大量采用了中学和高中毕业生，此后全社会对学历的要求逐渐增高，导致高等教育机构的升学率上升。自此，70 年代那些重工业为基础的大量生产、大量消费的工业型社会逐渐衰落。从不同产业的就业人员比例上看，从事制造业的劳动者大幅减少，而从 90 年代后期以来服务行业从业人员达到顶峰。全球化资本主义令金融、信息、服务等领域产生飞跃性的发展，带来信息技术、咨询、软件开发等知识集约型产业的兴旺。

90 年代以后，专业人员与技术人员等产业人才不断增加，例如律师这样的法律专业人才，会计师、咨询师、建筑师、服装设计师、程序员这样的信息处理技术人员，医生、护理人员、按摩师这样的医疗行业从业人员，幼儿教师、残疾人护理人员、社工等社会福利从业人员（神野，2010）等。另一方面，新自由主义政策，要求缩减教育、社会福利、医疗等公共服务领域的开支，向"小型政府"转型，引起经济自由化与国家对经济的干预范围缩小的改革。知识和技术日益高度化、专门化，具有较高教育水平的劳动人口比例不断增加，进入 21 世纪以后，甚至出现了缓慢的经济复苏征兆。

但是，由于受到美国楼市泡沫崩溃而导致的金融危机的影响，这些状况发生了改变。特别是近年来，教育水平不平衡与幼童的贫困等状况日益严重。暂且不论一连串的政策失败与否，在政治和媒体层面却开始大规模宣传，战后学校体制引发教育制度落后的问题。据此，在教育基本法支持下，战后公共教育领域出现的问题得到越来越广泛的关注。社会上普遍认为教育出现了"危机"，这使战后学校体系的解体与改制迫在眉睫。2006年成立的安倍政权提出"脱离战后体制"的口号，就反映了这一问题。以教育机会均等与平等主义的理念成为学校教育的基础，以"自由化"、"个性化"以及"建造更加美好的国家"为旗帜的竞争主义逐渐解体。

二　学校与劳动市场

（一）何谓知识基础型社会

1989年柏林墙倒塌与东欧剧变，到1991年苏联解体和东西冷战体系的终结，为全球化经济的发展开辟了新的路径。1989年，在波兰与匈牙利建立了非共产主义政权，在捷克斯洛伐克发生了天鹅绒革命，在罗马尼亚的齐奥塞斯库政权崩溃。随后，东西德国统一、波罗的海三国脱离苏联而独立。东欧民主化给西方各国带来相当大的影响。并且，在西欧各国，随着累积的财政赤字的扩大，战后的国家福利体系呈现疲态（边界），以美国、英国、日本为中心，开始谋求向新自由主义市场经济转型。冷战体系的崩溃，导致这些国家重新重视自由竞争，以取代计划经济，自由化和减少政府干预的新自由主义市场逐渐形成。在世界范围内不断发展的市场化、民营化、政府干预减少的趋势，促进东西冷战后新的世界体系的形成。

20世纪的美国，以汽车产业、航空产业、化学产业为中心，掌握了世界经济霸权。但是，从70年代起，这种以重工业为主的经济结构开始出现问题。新自由主义席卷世界的80年代，促进了大规模的产业结构转型。新经济结构的金融、电气通讯、信息行业为主导。制造业的衰退日益显著，金融业代之成为主要的产业。80年代占GDP两成的制造业，21世纪减少到只占一成，而金融业占经济的比例由一成增加到两成。1995年，在克林顿政权中，Goldman Socks会长罗巴得卢宾就任财务部长，继续推进财政均衡和金融自由化。经济战略迅速从制造业为中心向金融业为中心转变。以唯一的超级大国美国为中心，跨国界、跨地区的经济活动不断发展，社会、经济、政治的国际交流加速。这样，以资本的国际化、企业的多国籍化、金融市场的膨胀为主的自由主义经济开始拉动社会发展，全球化资本主义逐渐掌握了世界的支配权（金子，2010）。

另外，在发达国家中，已经完成了以信息产业（IT）为中心的技术革命。20世纪90年代以来的个人电脑、移动电话、互联网、无线通讯等信息通讯领域的发展，推动了全社会的一体化和科技化。信息通信技术的发达与资本全球化要求在知识、技术、法律体系、IT行业等领域制定通用的国际标准。通信技术与密码技术、IC卡、信息安全等相关问题，要求形成超出一国标准的新标准。金融市场的国际化、流动化，已经形成了超出银行、证券公司等国内、业内的标准，这些行业要求实现国内外市场的统一、交易的合理化与系统化、信息技术的国际化、向世界标准看齐。并且，减少温室效应的气体排出量以及环境能源革命的新型经济战略，在全球化的意向形成以及政策决定方面也有重要影响。

在全球范围内不断推进的产业结构调整，给予劳动市场以相当大的影响。在发达国家中，教育水平高的雇员增加，对拥有高水平、复杂、专业性知识和技能人才的需求增加，与此相对，对单纯的体力劳动的需求正在减少。如今的企事业单位的环境，与30年前相比发生了巨大变化，电脑、互联网的运用、邮件往来与信息共享成为日常工作中必不可少的要素。这种情况也对即将求职的毕业生们产生了很大影响。大多数企业重视的是策划与分析，市场调查与解决问题以及人际交往能力，一方面对具备较高的知识水平、思考能力和专业技能的人才的需求增大，另一方面对于单纯的体力劳动，采取的对策通常是将工厂转移到海外、派遣临时雇员承担劳动任务。进入21世纪以来，企业任用和升职相关的能力培训不断增加，与其形成鲜明对比的是，将知识或技术没有特别要求的工作，交给非正式员工的企业也在增加。劳动人口中具有较高教育水平的人口比例增加的同时，单纯从事体力劳动的劳动者数量正在减少。这些倾向都表明知识基础型社会正在形成。

（二） 两极差异与贫困

在我国，这些倾向从泡沫经济崩溃后的20世纪90年代开始日益显著。它也成为泡沫经济崩溃后的不良债权处理延迟、经济停滞的原因之一，使经济不景气的局面长期化。

本国的年度平均经济增长率，1956～1973年为9.1%，1974～1990年为 4.2%，与此相对，1991~2008 年仅有 1.0%，到了 2008 年甚至出现了战后最大的负增长值 -3.7%。这些情况对于以刚刚毕业的青年学生为主的劳动市场产生了极大影响，对学校与社会如何对接提出了新的问题。而此时，从 20 世纪 90 年代中期到 21 世纪初期，被标为团块世代的第二次婴儿潮时出生的一代人开始进入就职高峰期，经济不景气对这一代人给予了最直接的打击。根据 Recruit Works 研究所的调查，以本科毕业生为对象的民营企业的需求，从 1991 年 3 月需要 84 万毕业生减少到了 2000 年 3 月需要 40 万毕业生（Recruit Works 研究所，2005）。在这种情况下，许多学生不得不降低求职要求，在劳动条件不理想的小企业就职，或经过多次转换职业后不得不接受非正式雇佣的要求。

进入 21 世纪后，全世界都陷入了楼市泡沫的怪圈中。然而在日本，随着出口量的增加，制造业的生产也有所回升。以 2002 年 1 月为基准，在外需的牵引下出现了经济回暖的征兆。完全失业率从 2002 年 5.4% 的最高峰，回落到 2007 年的 3.8%。对于本科毕业生的需求量，从 2000 年的 40 万人上升到 2008 年的 93 万人，需求比例也从 2000 年的 0.99% 上升到 2008 年的 2.14%。而另一方面，兼职和打工、派遣社员、合同社员等非正式聘用者数量，自经济出现回暖征兆的 2002 年以后，出现了上升的趋势。根据总务省统计局的调查，在不包括农林业以外的行业的非正式雇佣者人数，从 1990 年的 870 万人（20.0%）增至 2008 年的 1719 万人（33.9%）。但是，另一个需要引起注意的情况是，对高中毕业生的需求量减少。在向知识基础型社会转型的过程中，与接受过高等教育的人才雇佣量增加相对照的是，对未接受高等教育的人才的需求量减少。根据厚生劳动省的调查，高中毕业生的需求总量，从 1992 年的 160 万人减少到 2002 年的 15 万人，此后也没有出现过明显的增长态势（厚生劳动省，2009a）。

在这种状况下，国民收入级差增大与贫困的扩张所引起的问题不容忽视。OECD 发布的《对日经济审查报告书》（2006）中指出，日本的"相对贫困率"达到了惊人的 15.3%。在这份报告书发布会上发言人进一步指出，在所有 OECD 加盟国中，日本的贫困率由 2000 年的世界第五位，上升到了紧随美国的世界第二位（OECD，2006）。OECD 定义的"相对贫困率"，是指将社会全体人数的个人收入按顺序排列，其中不满中间值（不是平均值）的半数的人数比例。比如，位于中间的人收入为500万日元，那么收入在250万日元以下的就是贫困人群。

在厚生劳动省以 OECD 的调查数据为基准的《国民生活基础调查》（2009）中，也显示了同样的结果。根据以上两项调查，日本的"相对贫困率"，从1997年的13.4%上升到了2006年的15.7%，也就是说每七个国民中就有一个处于贫困状态。值得注意的是，贫困国民的增加对未成年人的教育环境给予了深刻的影响。实际上，未成年人贫困率据调查在2006年已达到了14.2%的高点（厚生劳动省，2009b）。其中，单亲家庭（多数为母子家庭）的未成年人贫困率，已经接近60%，在OECD的24国中仅次于土耳其，位于第二位（阿部，2008）。在30个OECD加盟国的国民生活水平方面，日本的人均GDP也已从2000年的第三位下降到2007年的第十九位，处于历史最低水平，在G7中也名列最末。

（三） 教育水平的两极差异

国民收入水平差异的扩大与贫困的增多，给未成年人的学习、生活环境带来很大影响。特别是2008年以来世界性的经济不景气，严重影响了日本的教育及相关领域。根据文部科学省的要求，日本私立中学高等学校联合会进行了一项调查，表明在私立高中里，拖欠学费的学生在2008年12月末已经达到24490人，占全体学生的2.7%，为同年3月末0.9%的3倍（日本私立中学高等学校联合会，2009）。贫困对于未成年人的课余活动也有显著影响。在2008年一整年的时间里，各个家庭在补习班等校外教育上花费的"学校外活动费"，除私立小学与公立中学以外都呈减少趋势。在高中的调查中，私立高中的花费为每人减少了23.9%（6.2万日元），约19.8万日元，公立高中减少了9.8%（1.7万日元），约15万9千日元。此外，在公立幼儿园中的花费减少了19.9%，公立小学中减少了11.1%，均为1994年调查开始以来的历史最低值（《朝日新闻》，2010年1月27日）。大学生的生活也受到了打击。2009年首都圈私立大学的寄宿学生月均生活费（除去房租）在1990年为78300日元（日均2460日元），此后持续减少，到2009年已经减少到33700日元（日均1123日元），甚至不满峰值的一半，也是1986年以来的历史最低值（《朝日新闻》，2010年4月8日）。

尽管如此，在经济持续低迷的状况下，参加私立中学入学考试的人数仍然居高不下。根据日能研的调查，2010年在1都3县（东京都、埼玉县、千叶县与神奈川县——译者注）参加中学入学考试的人数上升至61500人（参加考试的人数比例为20.2%），虽与历史最高纪录2009年的64200人（同前，21.3%）相比略有减少，但仍为过去20年来第二高的纪录。在《神奈川新闻》上，对于该现象有这样的分析：处于"前路未卜的时代"，"对教育进行投资的家长"正在不断增加（《神奈川新闻》，2010年2月18日）。另一方面，2006年度的公立中小学学生的就学援助率，从高到低为大阪府28.2%，山口县24.8%，东京都23.9%。在这些地区中，每4位适龄儿童就有1位由于经济原因导致就学困难。在文部科学省的调查中指出，就学援助率的高低与学校的学力相关。也就是说，就学援助率越高，在全国的学力调查中答题的平均正确率就越低。并且调查也显示父母的收入越高，学生的成绩就越好，因此可以认为家庭收入与学力高低呈正相关（《西日本新闻》，2009年9月7日）。而学生们的学习环境两极分化倾向越来越严重，这也给学力与未来的就业带来很大影响。

本科毕业生的劳动市场情况也不容乐观。由于2008年以来的经济衰退，2010年3月的本科毕业生需求总数为72.5万人，同年2月1日的内定（与用人单位签署用人合同——译者注）率为历史最低值80%，这些情况都预示着"就业冰河期的再次到来"。各个大学中，在应届毕业生重视就业活动的背景下，学校为了支持学生求职，设置了即使修满毕业所需的学分，也可根据个人希望延迟毕业的"希望延毕制度"（《朝日新闻》，2010年3月31日）。另外，提供就业支援的就业预备校也日益火爆，有些学校的入校生甚至增长了4倍（《产经新闻》，2010年4月5日）。本田由纪从20世纪90年代后半开始到21世纪初进行了一项调查，当时有20%~30%对长期在同一家单位工作持肯定意见，到2009年该数字上升至55.2%，另一方面对转换职业持否定意见的从10%~20%左右增加到2009年的34.6%（本田，2010）。日本能率协会从2010年3月至4月对新入职的职员进行的一项意向调查中，也显示"希望在同一单位工作到退休"的占到50.0%，达到历史最高值（《时事通信》，2010年4月19日）。从这些调查中可以看出，当今的学校与未成年人教育等状况，都面临着重大转折。

三 人为形成的教育两极差异

（一） 政策引起的结构变化

一项无法回避的重要事实是，进入 21 世纪以来，国民收入的差距增大与贫困的增加，并不是全球化与科技革命给经济带来的必然结果。尖锐地指出这一问题的是诺贝尔经济学奖获奖者保罗·克鲁格曼（Paul Krugman）。他认为，当今美国的经济两极差异与贫困的增大，是由于人为制定的政策造成的。从 20 世纪 90 年代到 21 世纪，经常可以听到这样的论调：随着东西冷战的终结与共产主义的崩溃，经济全球化急速扩大，再加上技术革命等因素，企业在越来越激烈的国际竞争中艰难生存。结果，"胜利组"与"失败组"之间的差距日益增大，同时贫富差距也越来越大。

技术革命带来经济两极差异的扩大这一假说，已经被越来越广泛地接受了。克鲁格曼认为这一假说之所以具有说服力是由于以下三个理由。一是时间上的偶合，经济两极分化的发展与电子计算机等信息产业技术的发展时期重合；二是单纯从供给与需求的角度较容易对经济状况进行分析；三是没有人对经济两极分化负责。克鲁格曼对这一假说进行了严厉的批判。经济上的不平等与两极分化的增强，不是全球化与技术革命带来的经济上的必然结果，而是由于新自由主义政策等人为原因造成的。20 世纪 80 年代以来，随着社会福利的削减与减税，"小型政府"等以平等为目标的政策和制度受到彻底的破坏，以优待少数精英组成的富人阶层为目标的保守派对知识的垄断增强，这些都与经济两极分化和贫困的扩大紧密相连（Krugman，2008＝2008）。

克鲁格曼的论断对 90 年代以来日本的经济战略与教育战略也具有参考意义。在劳动市场上，以在全球化竞争中立足为名义，减少正式雇佣、增加短期非正式雇佣以减少用人成本的计划即将成为国家政策。1995 年 5 月经连发表的《新时代的"日本式经营"》表明了这一形势。该文中提出废除日本式的终身雇佣制，将雇佣形态分成三种：（1）"长期蓄积核心能力运用型"；（2）"高度专业化能力运用型"；（3）"灵活雇佣型"。具体说来，（1）是没有固定期限的长期雇佣，以管理职能、综合职能和技术职能部门的骨干为中心，不实行月薪制而实行年薪制的职能部门；（2）是有固定期限的雇佣，主要为企划部门、营销部门和研究开发部门，实行年薪制，有绩效工资，但无法升迁；（3）是实行时给制的短期雇佣，通常为一般、技能和销售等职位。该文宣扬撤销对劳动者进行保护的法律法规，提出的雇佣方式实质上将劳动市场分成少数精英与除此以外的大多数短期雇佣者两种群体（日本经营者团体联盟，1995）。

1998年10月召开的经济战略会议上发表了《对于短期经济政策的紧急建言》，该文件中提出，为了实现从"官方主导的制约型社会"向以"人民主导的自我责任"为基础的自由社会转型，需要组建精简而有效的"小型政府"；1999年2月的申述《日本经济复苏战略》中，重新审视重视平等、公平原则的"日式体制"，以期构建能够最大限度运用市场原理的"新体制"（经济战略会议，1998）。一系列的政策建议推进了雇佣与社会保障制度的解体。派遣劳动自由化的实现，自1999年的"修改"劳动者派遣法为起点，2004年在制造业与医疗领域消除了规定和限制，产生了数量庞大的非正式劳动者。由于2008年以来的经济衰退，许多劳动者遭遇了所谓的"派遣结束"，这也成为加剧经济级差与贫困增大的原因之一。OECD在2006年便已指出造成日本的"相对贫困率"位于世界第二的主要原因就是"劳动市场的两极分化"。也就是说，非正式雇员的平均劳动所得仅相当于正式雇员的40%，造成"劳动市场存在两极分化差异日益固定的危险"。OECD为了改善这一状况，提出必须进行与法律规章改革和技术革新政策相配套的教育改革（OECD，2006）。

（二）导致学校间级差的改革

那么，学校的状况又如何呢？在教育改革方面，也实施了扩大两极差异的政策。在1999年的学校教育法修改案中，承认了中高一贯校（整合了初高中教育、使两者具有连续性的学校教育方式——译者注）、中等教育学校的设置，结果便创建了公立中高一贯校。因此，以首都圈（在日本指以东京都为中心的1都6县——译者注）为中心，私立中学与公立中高一贯校的竞争过热，不少中高一贯校的志愿率甚至超过招生计划的10倍，以升学为目的的考试竞争也日益激烈。以升入公立中高一贯校为目的的补习班和教材也日益增多。这种现象也造成了在小学等较早阶段进行补习或应试准备的情况，最终导致教育级差的增大。实际上，如前所述，首都圈的中学应试生人数，进入 21 世纪后上升趋势增强，到 2008 年达到了历史纪录的最大值。

并且，在 1997 年文部省发布的《关于通学区域的灵活运用》的指导下，开始实行校方选择制度。1998 年在三重县纪宝町、2000 年在东京都品川区开始试行，之后不断在全国推进。这项制度的特征是，负责选拔的并不是教育委员会或教师们，而是自治体的长官或教育部长。这一点体现的不是教育行政主导，而是政治主导。问题在于，由于这种选择制度，加剧了学校间的竞争，违背了提高教育质量与服务水平的宗旨，那些学力相对较高的学校和设施完善的学校更受欢迎，更导致了学力级差与学校两极分化的加剧。

另外，同一区域的未成年人进入不同的公立学校上学，让区域间的人际关系日益淡薄，产生区域共同体解体的危险。这种危害性导致在 2009 年东京都江东区废止了选择制度，从 2011 年度开始神奈川县逗子市也表明了废止意向，改革选择制度的动向日益明显。在内阁府的调查中，学校选择制的导入率，2007 年度在公立小学为 14.2%，中学为 16.6%，2008 年度下降到小学为 12.9%，中学为 14.2%。相反，"未对选择制度进行讨论"的学校，2007 年度为 75.3%（小学）和 73.3%，到 2008 年度分别上升至 76.5%（小学）与 75.6%（中学）。

21 世纪初，在灵活运用制度以及创造多样化、特色化学校的名义下，创设精英式的公立学校，促使学校间的级差增大的政策进一步发展。在小泉政权下，2003 年 4 月依法设立了结构改革特别区域，致使在教育相关领域，出现了上市公司等学校法人以外的法人来负责学校的运营管理，以期实现学校管理的灵活化和去制度化。即使在公立学校中，也通过"教育特区"的认定，设置了"太田外国语教育特区"（群马县太田市）、"足利英语会话教育特区"（枥木县足利市）、"商业人才养成特区"（大阪府大阪市）、"千代田区立学校民间人才活用特区"（东京千代田区）、"从广岛走向世界的人才养成特区"（广岛县）等教育特区。

在此基础上，实施"先进的数理教育"，创立了培养能够在国际舞台上发光发热的科学技术人才的 Super Science High-School，为提高高中英语教学水平、通过互联网让海外兄弟学校或交换学校进行授课、让大学教员或留学生担任英语外教的 Super English High-School，由自治体任命校长并让该地区的市民参与学校运营的 Community School 等。在 2002 年度的政府预算中，Super Science High-School 约占 7.27 亿元，Super English High-School 约 8100 万元，偏重科学技术、理科培养计划占到了 57 亿元。

（三）两极分化的学校教育与学习

不仅是学校制度，在教学内容与方法上的改革也在加速。1999 年，由于"宽松教育"理念的强化，当时担任文部省政策科长的寺胁研发表了学习指导纲要的"全员保障最低标准"，给予教育界以强大的冲击（寺胁，1999）。所谓学习指导纲要的最低标准，不仅是要求学校全体成员以此为准则安排教学内容，更表明允许在学校里，区分对待遵循指导纲要、以教科书的学习为中心的学生与能够对更深层次、更有难度的内容进行挑战的学生。这项政策表面上的意图是为了修正 1998 年的学习指导纲要，避免过度竞争，但"担心无法深入学习""不要让学生进行强制性学习"等要求事实上否定了这种意图。

继纲要之后，2002 年 1 月，文部科学省发表了《切实提高学力的 2002 "学习建议书"》，重申了学习指导纲要的"最低标准"，宣布对擅长理科学习的学生进行"发展性的学习能力拓展"。据此，作为提高学习能力的具体策略，实施了以学习能力和熟练程度的差异为基准的奖励制度（文部科学省，2002）。这一政策的实施促进了全国学校根据学习能力和熟练程度差异安排教学内容，促使基于学习能力不同导致的学生序列化和差别化的产生。这样，以平等和公正为原则的公共教育开始解体并日趋自由化，促进了基于竞争原理的教育制度以及全新的教育体系的形成，为新自由主义路线做好了准备。值得注意的是，一系列的级差扩大现象中那只"看不见的手"并不是经济与社会的客观现象，而是人为政策。21 世纪的教育改革，正在向学校与学生为中心的教育环境两极分化的方向迈进。

四　21 世纪的学力与学校

（一）何谓 PISA 型学力

作为知识基础型社会的主导力量，所谓"21 世纪的学力"一词常常被提起。该词指的是前文中提到的 OECD 实施的 PISA 调查以及 OECD 的

DeSeCo 计划中所提倡的"核心竞争力"。OECD 在提出"经济成长""开发发展中国家援助""自由多边贸易的扩大"等国际性经济合作的同时，也从"教育、人才养成与劳动市场和社会、经济紧密相连"的观点出发，提出了"面向未来的教育政策"。

"核心竞争力"强调的是在全球化、高度信息化、知识基础型社会化的现实中必需的国际通行的标准学力。具体说来，也就是将学习能力分成"自主性行动能力""与社会上不同人群交流的能力""综合运用社会文化性、技术性工具的能力"三类（Rychen, Salganik, 2003 = 2006）。另外，在实际生活中运用知识与技能的能力调查 PISA，是以 15 岁的未成年人为对象进行的国际性学习能力高低调查。2000 年进行了首次调查，此后每三年进行一次，主要考察"阅读理解能力"、"数学应用能力"与"科学应用能力"三方面的学习能力。PISA 调查将对"面对实际生活中的各种场景时能够在多大程度上运用所学的知识和技能进行评判"。

PISA 调查的结果，对世界各国的教育工作者都给予了严重冲击。在我国，也不时出现关于学力低下的讨论。在 2000 年（32 国参与调查）、2003 年（同 41 国）、2006 年（同 57 国）、2009 年（同 65 国与地区）、2012 年（同 65 国与地区）等 5 次调查中，日本的未成年人三项能力的平均得分分别为："阅读理解能力"位列第八、第十四、第十五、第八、第四，"数学应用能力"位列第一、第六、第十、第九、第七，"科学应用能力"位列第二、第二、第六、第六、第四（国立教育政策研究所，2002、2004、2007、2010、2013）。2003 年 PISA 调查结果发布的 2004 年 12 月 7 日，当时的文部科学大臣中山成彬对我国在 PISA 调查中排名靠后的情况表态，承认我国"学力低下"的状况，并将其原因归结为"宽松教育"的结果。这一状况表明了从"宽松教育"向重视学力、重视竞争的教育政策转型的必要性（《朝日新闻》，2004 年 12 月 7 日）。中山文科相也认为"综合性学习时间"等设置是"失败"的，此后要削减"综合性学习时间"，并引入全国统一的学力测试。

（二） 去宽松化与核心竞争力

但是，这种转型过程是相当缓慢的。自 2004 年 12 月中山文科相的发言以来，"宽松教育"被认定是"学力低下"的元凶，去"宽松"化的进程急速发展，并被看做是既定路线。然而，即使 2003 年的 PISA 调查中排位靠后是由于"学力低下"所导致，造成这种后果的根本原因是否"宽松教育"，也应进行谨慎判断。这是因为真正意义上的"宽松教育"——"综合性学习时间""每周 5 天通学制""削减三成教学内容"的实施也不过起步于 2002 年，也就是中山文科相视作"学力低下"的证据 PISA2003 调查进行的前一年而已。

从这样的角度考虑，即使 2003 年 PISA 调查中排位靠后，其原因也不该归结于 2002 年才开始实施的"宽松教育"，问题的根源应该在于此前的旧教学体系。无论如何，真正实施"综合性教育时间"政策也不过短短一年，尚处于摸索阶段，却已经早早地被宣判"失败"。这种情况给教育界带来无法预计的失望和却步。因此，关于"学力低下"的讨论，与其说是反映了未成年人学习能力的实际状况，不如说更多地反映了政治性、经济性的综合关系。

实际上，其后的学力调查结果显示，"宽松教育"反而提高了学习能力。2005 年，对高中三年级进行的教育课程实施状况进行调查，以接受"宽松教育"的一代人为对象，其结果表明，接受"宽松教育"的一代人，相比未接受"宽松教育"的前几代人，无论在学习意愿还是学习成绩方面都有提高。根据这一结果，一部分媒体作了题为《宽松教育学力正在得到改善》的报道，国立教育政策研究所也认为"（学力）正在向好的方向前进"（《每日新闻》，2007 年 4 月 14 日）。但是，这种论调在鼓吹"学力低下"的大背景下几乎销声匿迹。然后，从 2007 年 4 月开始进行全国学力、学习状况调查，紧接着 2008 年准备进行学习指导纲要的修改。

2008 年 1 月 17 日，中央教育审议会的申述中表明要对"小学、中学、高等学校、特别支援学校的学习指导纲要进行修改"。对学习指导纲要修改影响最大的是在 OECD 的 PISA 调查中提倡的"核心竞争力"，特别是"综合学力"以及"思考能力"。在申述中，强调了在"知识基础型社会"等"社会的结构性变化"中"培养'生存能力'理念"的重要性，在此基础上要求重视培养学习指导纲要中定义的"生存能力"，即"OECD 定义为在知识基础型社会中必须具备的能力（核心竞争力）"。这与内阁府人力战略研究会发表的"人的能力"的要求是相通的（中央教育审议会，

2008）。学生必须掌握的"学力"，有以下三点：① 基础性的、基本的知识、技能的学习（习得）；② 运用知识、技能解决课题所必需的思考力、判断力和表达能力（活用）；③ 学习意愿（意愿）。这种学力观，在对全国学力、学习状况进行的调查，主要在（A）与"知识"相关的调查与（B）与"活用"相关的调查得到体现。

五　从追求学习意愿向追求意义与对话转移

（一）被不停追问的学习意愿

PISA 调查中不仅有学力调查，也有习惯调查。2006 年实施的第三次调查中，引人注目的是日本的学生对科学的追求与关心降到最低标准。调查结果发布的第二天，在《朝日新闻》上，以《对科学的关心日本的最低值》为标题进行了长篇报道（《朝日新闻》，2007 年 12 月 5 日）。具体说来，"喜欢阅读科学类书籍"的仅占 36%，为参与调查的 57 国、地区中最低，"看与科学相关的电视节目"与"阅读与科学相关的杂志、报纸"也仅有 8%，同为最低值。但是，这样的结果并不是第一次出现。

2003 年的第二次调查中，在对"喜欢阅读与数学相关的书籍""喜欢学习数学方面的知识""学校很无聊"等项目的调查中，日本的学生也在参与调查的 41 个国家地区中创下了最低纪录，表明日本学生的学习积极性与兴趣爱好都位于世界较低水平。出现这样的结果后，近年来，提高学习意愿的课程设置引起人们的关注。中央教育审议会的申述中，也强调了对"学习意愿"的重视。结果导致在提高学生学习意愿方面花费了很多功夫。其中出现了许多方法指导性书籍，但其实际效果值得怀疑。

虽然现在仍然存在学习意愿低下的问题，但追本溯源，我们需要的是对 80 年代以来的教育重新进行质疑和反省，以期得到更好的解决方案。可以说，1989 年的学习指导纲要的改订促使重视"关注、意愿、态度"的"新学力观"的形成。学校学习中最重视的是提高学生的学习意愿，开始对以兴趣、关注点为基础的课程设置方案进行探索。此后，"关注、意愿、态度"的评价体系中引入了其他的评价基准点，这些新的基准点在授课过程中都占有重要地位。从这一点看，在教育实际执行的 25 年间，都在不停地强调"意愿""意愿""意愿"。那么，现在需要质疑的是，这种"提高学习意愿的指导",或者说是"新学力观",在对提高学生的学习兴趣与积极性方面做了各种努力之后,为什么学生的学习意愿度仍然位于世界较低水平?

（二）回归学习的意义与对话

那么,我们应该如何对待这个问题?PISA 的结果给予我们许多启示。一个就是对"意愿"的认识,不要过度强调"意愿",而应该探寻学习的"意义"。调查确认了我国学生学习意愿较低的同时,也确认了"对理科学习的一般性动机指标"在 57 个接受调查的国家、地区中处于最低水平。例如,"因为我了解自己未来的发展方向,因此学习理科"占 42%,位于 56 位,"为了将来能够从事自己喜欢的职业,努力学习理科课程是非常重要的"占 47%,位于 55 位,说明学习的积极意义已经在显著地丧失。由于学习的"意义"是难以量化的,因此问题设置倾向于"学习意愿",模糊了问题焦点。

另外一点就是"对话"的重要性。PISA 的调查结果显示,即使在"与重视对话的理科课程相关的学生认知"中,日本也位于最低水平。"学生对课题进行探讨"占 9%,与韩国并列最末;"在课上全员参加探讨和辩论""授课过程中采纳学生的意见"分别为 4%、17%,均为最低水平;"学生具有表达自己主张的机会"位于倒数第三位（国立教育政策研究所,2004、2007）。从这些结果中看,日本学校的科学学习,已经丧失了"对话性"。这种"意义"与"对话性"的丧失,不仅存在于科学的学习中,也存在于其他学科中。

重新组织学习的关键在于恢复学习的"意义"与"对话"。学习需要学生间的对话合作,也需要不断反问。所谓对话,就是在与事或物进行对话的同时,也与他者进行对话。OECD 的 DeSeCo 项目提出的"核心竞争力"包括"自主性行动能力""与社会上不同人群交流的能力"以及"综合运用社会文化性、技术性工具的能力"三个要素。这是一种改变了传统的由老师单向地向学生传授知识的教学方式,综合运用各种技能知识,促进与他者发生交流对话的交流型学习。这不是简单地将知识装入头脑中,而是通过人与人关系的改变,通过彼此间的表达与交流,灵活运用知识、获取经验的学习方式。这为合作型学习方式的实现带来希望。

但是，在当下的日本教育改革中，如何把握这种新型学习方式的方向性是一个较难的课题。虽然用"习得""活用""意愿"三个要素重新定义了学习，但现在大多数学校中采用的仍然是以学习课本知识的熟练程度以及能力主义为基础的教学，学习的两极分化现象依然明显。可以说，通常的情况是成绩名列前茅的学生以及中等偏上的学生在活用型学习上花费了更多的时间和劳力，而基础知识的学习通常在家庭或课外辅导班等学校以外的地方进行，与此相对，学力较差的学生几乎没有机会接触到活用型、应用型的发展性学习，只能在学校中反复进行习得型的基础知识学习。学习能力强的学生越来越熟练地掌握了活用型发展性学习，而学习能力弱的学生只能进行基础性练习，两极分化日益严重，这就是现在我国学校教育的现状。20 世纪 90 年代末以来进行的改革，也就是学习指导纲要的"最低标准"，以学习熟练度为标准进行分别指导的政策、"习得"与"活用"分离的学习方法的推行，这些政策成为推进教育两极分化的基本点。这不仅无法实现协作性的共同学习，更会导致学习经验与教育水平的两极分化。

在课外补习班中，这种势态已经日益严重。以小学升初中学生为对象的补习班为中心，现在都在大力推进 PISA 所提倡的活用型和记述型学习。另一方面，学习能力较差的学生，即使已经升入高中，仍在重复进行如何使用 be 动词或者小学水平的算术等基础练习。学到的内容并不实用，也不具有发展性，更不会有提高人际交往能力的机会。其结果，学习成绩好的学生，获得了进一步提高学习能力的机会，而成绩差的学生，则无法提高自己的学习成绩，一直在下游徘徊。教育的级差反映为学力的级差，然后这种级差会固定下来再不断发展深化。在这一过程中，丧失了与具备多种能力和不同思维方式的同学相互交流的时间与空间。如果要进行切实的学习改革，首先需要从这一实际出发着手进行。

（三）学习的改革

这一改革，即使是回到"宽松教育"上，也与传统的"学力至上"学习观有本质的不同。首先要避免"宽松"与"学力"的二元对立，积极探索全新的学习形式。此次改革需要避免引起教育级差与学生贫困的扩大，本着平等与公正的原则，从民主主义教育的观点，构建高质量的学习方式。与人为制造教育级差的政策相反，要构筑真正平等公正的学习体系。

在知识基础型社会中，学校应该如何进行改革？当今的社会形态多样纷呈，有全球化社会、多文化共存社会、高度信息化社会、环境循环型社会等，这些社会形态折射出的变化，大大超出了19世纪以来的国民国家与产业社会的框架。在知识日益高度化、专门化、复杂化的现代社会，学校应该成为一个什么样的场所、应该进行什么样的学习革命，这些都是教育这一范畴包含的重大课题。在传授知识的过程中，我们需要的不是传统的教科书学习，而是能够保障活动与学习多样性的传授方式。其中，虽然需要提高学生的学习意愿，但是单纯对提高学习意愿进行的努力，反而事倍功半。我们追求的是对学习的切实挑战，需要构建教师与学生、学生与学生相互信赖的教学环境（请参考第Ⅲ部第二章）。

另一方面，在知识基础型社会中的学校，无法避免教育两极分化与劳动市场两极分化的危险。现在的学习指导纲要提出的"生存能力"的养成以及"核心竞争力"都具有被两极分化的社会趋势消解的危险性，我们需要充分认识到这一点。在认识到这种两面性的基础上，重新探讨学习的"意义"，重新构建能够与不同的学生进行"对话"的学习方式。在高度复杂多样的知识基础型社会中，如何进行学校改革，是掌握近几年教育的关键。

附记：

本文根据拙著《全球化社会中的学校——教育、学习、劳动市场》柏木恭典、上野正道、藤井佳世、村山拓，与《所谓学校的对话空间——过去、现在、未来》（北大路书房，2011年）添改而成。

参考文献：

阿部彩（2008）《儿童的贫困——思考日本的不公平》岩波书店

OECD（2006）《对日经济审查报告书》

金子胜、橘木俊诏、武者陵司（2010）《全球化资本主义与日本的选择——在富裕与贫困的差距增大之间》岩波书店

经济战略会议（1998）《对短期经济政策的紧急宣言》

厚生劳动省（2009a）《关于高中、中学毕业生的就职内定情况》

厚生劳动省（2009b）《国民生活基础调查》

国立教育政策研究所（2002）《生存所需的知识与技能（1）——OECD 学生的学习能力程度调查（PISA）2000 年调查国际结果报告书》

国立教育政策研究所（2004）《生存所需的知识与技能（2）——OECD 学生的学习能力程度调查（PISA）2000 年调查国际结果报告书》

国立教育政策研究所（2007）《生存所需的知识与技能（3）——OECD 学生的学习能力程度调查（PISA）2000 年调查国际结果报告书》

国立教育政策研究所（2010）《生存所需的知识与技能（4）——OECD 学生的学习能力程度调查（PISA）2000 年调查国际结果报告书》

国立教育政策研究所（2013）《生存所需的知识与技能（5）——OECD 学生的学习能力程度调查（PISA）2000 年调查国际结果报告书》

神野直彦（2010）《"聚散离合"的经济学》岩波书店

中央教育审议会申述（2005 年 1 月 28 日）《我国高等教育的未来》

中央教育审议会申述（2008 年 1 月 17 日）《关于幼儿园、小学、中学、高等学校以及特别支援学校的学习指导纲要的修改》

中央教育审议会申述（2008 年 1 月 17 日）《关于小学、中学、高等学校以及特别支援学校的学习指导纲要的修改》

寺胁研、苅谷刚彦（1999）《学生的学习能力低下吗?》《论座》朝日新闻社、1999 年 10 月号

日本经营者团体联盟（1995）《新时代的"日本式经营"——挑战的方向及应对的策略》

日本私立中学高等学校联合会（2009）《平成 2008 年 12 月 31 日的私立高等学校学费迟交或拖欠的状况》

本田由纪（2010）《再问日本大学毕业生就职的特殊性——关注 QOL 问题》，苅谷刚彦、本田由纪编《大学毕业生就职的社会学——从数据看变化》东京大学出版会

文部科学省（2002）《切实提高学力的 2002"学习建议书"》

Samuel Ryder（2001）《狮王的失眠》实业之日本社

Recruit Works 研究所（2005）《Works 大学毕业生需求率调查》

Krugman, Paul（2008）*The Conscience of a Liberal: Reclaiming America From the Right*, Allen Lane.（三上义一译《创造出的级差——保守派继续支配美国的惊人战略》早川书房，2008 年）

Rychen, Dominique Simone, Salganik, Laura Hersh（2003）*Key Competencies for a Successful Life and a Well-functioning Society*, Hogrefe & Huber.（立田庆裕监译《Key Competencies——关注国际标准的学力》明石书店，2006 年）

京剧与日本戏剧界的交流
——以梅兰芳的事迹为线索

池田晃 著* 周 翔 译**

中国的京剧，在18世纪后半期，即清朝乾隆年间，由于经常参加庆典频繁地由地方进京演出而逐渐定型。而日本的传统戏剧歌舞伎，在1600年前后，出现了"歌舞伎踊"这样的说法，约在1700年时作为一种戏剧确立了其角色类型和表演方式。中日两国戏剧界在传统戏剧方面的"交流"主要为以上两种戏剧形式，或者是来对方国家演出，或者是两种戏剧形式同台演出。其中，京剧中极具特色的旦角（男性扮演女性角色）著名演员梅兰芳的赴日公演，成为戏剧交流中备受瞩目的事件。近年来，在日本对于梅兰芳赴日公演的情况，已有了详细的考证研究[①]。并且，在对京剧的发展史进行详细考察时，必然要谈到梅兰芳的海外公演[②]。

---

* 大东文化大学教授
** 社科院研究生院博士生
① 吉田登志子：《京剧公演的记录——从大正八年（1919）到昭和三十一年（1956）》，《京剧资料展》，2005年早稻田大学坪内博士纪念演剧博物馆（展名为"梅兰芳的一九一九、二四年来日公演报告 纪念诞辰九十周年"《日本演剧学会纪要》24 1986日本演剧学会）。本文的参考、引用资料中，大部分新闻报道都引自该论文。但是，本书中的引用，都是对"日本的戏剧界"进行的考察分析。
② 加藤徹：《京剧"政治之国"的演员群像》，中央公论社，2002。

在这些研究的基础上，本文希望能够从中日戏剧界交流的角度，来谈谈日本传统戏剧的一些问题。

本文的参考、引用资料全部附在文末。请按照＜＞内的序号来参考。

梅兰芳（1894～1961），是20世纪著名的京剧旦角演员，曾经三次赴日演出。这三次演出得以成行，既有外在因素的促成，也与梅兰芳对自身的评价定位有很大关系。首先对这三次公演的背景进行概述。

第一次公演是大正八年（1919），受到当时帝国剧场的董事会长、实业家大仓喜八郎的邀请而赴日演出。当时帝国剧场正在推进对中国的兼并事业，大仓会长本人希望缓和中国人对日本的感情，并且借此彰显自己的经营实力。而另一方面，引进多样化的海外剧种赴日演出，是这一时期帝国剧场的经营特色，成为其经营战略的重要一环＜1-1＞。

第二次公演在大正十三年（1924），适逢在前一年遭遇关东大地震的帝国剧场重建与复兴。同时，该年也是大仓会长的米寿，此次公演也含有祝寿意味，显示了大仓会长依然对剧场有强大的控制力。

第三次公演是昭和三十一年（1956），前一年第二代市川猿之助（下文中第三代猿之助的祖父）一行赴华，并表演了歌舞伎。作为对这次赴华公演的回应，有了此次公演。在当时中日两国的政治局势下，这次公演实质上扮演了促进两国邦交正常化的友好使节角色。

第一次公演反响良好，在多家新闻报纸中均有报道。在这些记录中显示，作家久米正雄对梅兰芳的表演赞不绝口，而他的友人作家芥川龙之介当时不在东京，为未能观赏梅兰芳的演出而遗憾。＜1-2＞

幸而芥川于大正十年（1921）起长期旅居中国，这期间饱览了各种戏剧作品。＜1-3＞结果他由此成为日本作家中的"剧通"，这也可以说是一种中日交流的产物。并且，资料显示，芥川记录了中国戏剧的种种特点，其中他提到京剧"唱念做打"的"猛烈性"，这就是笔者关注的问题点。

京剧与歌舞伎，都需要进行面部化妆（"脸谱"与"隈取"），有夸张的肢体动作，在这两方面相当类似，因而容易先入为主地产生两者间有影响关系（对此已有种种论说）的想法。但事实上两者间有相当大的差别。从"做打"的表现就可以看出两者有显著的不同，同时这也潜藏着对两者进行优劣评判的危险性。

由此，笔者想起了《歌舞伎京剧做打比较公演》[昭和六十年（1985）3月国立剧场]的事例。这是一次将京剧与歌舞伎的形体表现进行对比的演出。与京剧肢体表现的激烈性与敏捷性相比，歌舞伎的表现甚至可以说是迟缓的。在杂志《演剧界》中，登载了一篇表达对歌舞伎的担忧与不足的文章<1-4>，实际上与其说需要对歌舞伎给予更多的担忧，还不如说是要强调歌舞伎与京剧的异质性。这时日本方面的演员是第二代尾上辰之助，表达了"歌舞伎需要从京剧中取长补短"的看法，对此，与企划相关的歌舞伎研究者郡司正胜在电视采访中表示，"不能这样简单地理解"。这些言论都触及了一个重要的问题点。

并且，当时的发言中值得重视的是肢体表现的演技指导坂东八重之助的发言。<1-5>他在发言中频繁使用了"差异"一词。这表明他并没有对两种戏剧形式进行优劣之辨，而是从差异性方面进行了准确把握。

梅兰芳第二次赴日公演时，杂志《演剧新潮》正在举办座谈会，梅兰芳与会并发表了希望进行京剧改革、促进京剧发展的言论，引起笔者的关注。在日本，歌舞伎实现了"现代化"这一事件受到梅兰芳的关注。他的发言表明，作为同时期的戏剧形式，京剧也同样具备改革的空间和发展前途。

在此次座谈会中也谈及了其他问题，比如在与其他国家或文化圈的演出"交流"中，如何确定演出剧目并进行筹备，换言之，即对于异国或异文化圈的观众来说，如何选定演出剧目，关系着是否需要适应观众的理解和审美对剧目进行改编等。梅兰芳也出席了此次座谈会，提出了许多严厉的批评意见<2-1>。

第三次赴日公演中最值得注意的是与第三代市川猿之助的关系。第三代市川猿之助（1939~）、现为第二代市川猿翁，是昭和三十年（1955）赴中国公演的第二代猿之助之孙，他记录了在次年梅兰芳第三次赴日公演时欣赏了很多出剧目，并为梅兰芳的魅力所折服的情况<3-1>。第三代市川猿之助后来成为著名歌舞伎演员，当时也曾深深地被京剧的魅力所吸引，这也是梅兰芳赴日公演的功劳。

第三代市川猿之助成名后，进行了一场严格意义上的中日共同演出，也就是在同一出剧目中既有歌舞伎表演，也有京剧表演，这出戏是取材于《封神演义》的《龙王》［平成元年（1989）三月新桥演舞场］。

　　这也是猿之助独创的"超级歌舞伎"活动展开的一环。所谓超级歌舞伎，就是不拘泥于以往的传统歌舞伎的形式，具有不同风貌的剧本和表演形式的全新艺术形式。其中吸取了一些京剧元素，以往梅兰芳的京剧表演，在日本也为歌舞伎带来新的生机。

　　但是此时出现的问题是，京剧也在越来越多地吸收现代演出形式，例如使用电子音乐。猿之助与梅兰芳的看法相似，认为京剧仍然在不断发展的过程中，他也认为不一定要拘泥于传统的演出。＜3－2＞对此持反对意见的，当时在京剧方面有著名演员李光也对此发表过意见（《朝日新闻》）。＜3－3＞在这一点上，从共同出演的角度出发，猿之助对该意见给予了极大的尊重，也表达了深切的谢意。但是猿之助希望在超级歌舞伎中加入新的演出形式，也对京剧提出了一些有趣的期许。

　　此时的相关资料中反复出现了"Miss Match"一语，＜3－4＞＜3－5＞表达出两者间的异质感。猿之助所谓的异质感，是在京剧中加入了现代戏剧与音乐元素后，在与传统戏剧形式结合的过程中会体现出的异质感。这种传统与现代的组合令猿之助创造出了新的演出形式。其他的超级歌舞伎作品都是一种类型的作品，这种共同演出应该处于"番外篇"的位置。＜3－5＞这次特别的尝试在猿之助自己看来也具有特别的意义。但是这一事例，应该也令猿之助开始思考传统戏剧与现代戏剧演出形式融合的问题。

　　在现代，日本的传统戏剧歌舞伎，是应该继续保持传统，是否仍具有成长和改良的空间，是否应该顺应现代观众的欣赏趣味（有时甚至超越歌舞伎的演出模式），这些都是应该思考的问题。如何消除异质感，如何体现戏剧表演魅力，对于江户时代的人来说是同时代剧的歌舞伎，对于有"时间"间隔的我们来说是值得思考的问题。本文中，对歌舞伎与有"空间"间隔的戏剧形式京剧的积极的交流，特别是梅兰芳赴日公演等著名事件中产生的问题进行了归纳和探讨，这对日本戏剧界来说也有许多值得参考、值得"学习"的问题。

参考资料：

1-1　大笹吉雄《追寻帝剧100周年的足迹》《帝国剧场100周年纪念读本　帝剧Wonderland》2011 东宝株式会社演剧部

热衷于招聘外国的一流艺术家是帝国剧场的特色。大正年间举办过 Mischa Elman、Efrem Zimbalist、Ruvimovich Heifetz 等钢琴家的演奏会，另外还有1919（大正八年）年演出当时非常受欢迎的《牡丹亭》等剧目的京剧旦角梅兰芳在此演出，以及1922（大正十一年）年演出了芭蕾舞剧《天鹅湖》的安娜·扎哈罗娃也曾在这里演出。

1-2　久米正雄《日日文艺　丽人梅兰芳》《东京日日新闻》1919.5.19

实际观看梅兰芳的演出之后，才发现确实是近来少有的佳作。虽然偶见三两毫无同情的批评，但那皆是偏见。事实上这次演出不仅满足了我的好奇心，也让我感受到了语言无法描绘的艺术美感。但是您（引用者注，菊池宽）和芥川（引用者注，芥川龙之介）无法观赏，实为憾事。何时赴长崎或可观赏。（中略）与大仓男的嗜好不同，五日那场天女散花，余之最爱。

1-3　芥川龙之介《支那游记》1925 改造社（《上海游记》连载于《大阪每日新闻》1921）

仅去过上海两三次，无缘观赏戏剧。我成为一名速成的戏迷，是到北京以后的事了。（中略）支那戏剧的特色（中略）"比想象中更加热闹"。"几乎不使用任何道具"。"脸谱的变化繁多"。"身体动作非常猛烈"。

1-4　（舞台写真解说）《演剧界》1985.5

这是一个划时代的尝试。邀请中国的京剧演员与歌舞伎同台演出的尝试，是具有国际化特色的想法。（中略）仅从肢体表现的技法看，注重和缓形式美的歌舞伎自然无法像动作激烈的京剧那样引人注目，对于歌舞伎美的认识是不充分的。

1-5　坂东八重之助《"布阵"之道》《歌舞伎的布阵》1984 讲坛社

赴中国公演时（引用者注，1979年中国公演），与大和屋（引用者注，九代目坂东三津五郎）献了三德礼（引用者注，空中转体的演出技巧），京剧演员们看了纷纷赞叹"竟然可以这样做！"并自叹不如。我们可以轻松地完成三德礼。对方演员转体两圈之后，无法再转，完成不了三德。这是由于身体柔韧性不同造成的。站定的时候，日本必须单脚顺序着地，但京剧演员必须双脚着地。如果这样站着日本人也无法完成三德礼。根本原因在于站立方式不同。在身体动作方面，日本有日本的剑道，中国也有中国的武术，两者是不一样的。

2-1　梅兰芳等15人（包括芥川、久米、菊池）《演剧新潮谈话会》《演剧新潮》1924.12

山本（久）（引用者注、帝国剧场的掌管者，山本久三郎）

梅先生是进步派，下工夫研究新的东西。因此此前演出新剧《天女散花》时，就创造了新的舞台背景。但是一般认为，从支那来的人，却不能带来纯粹的支那的东西。帝国剧场花着巨资做这么傻的事。但这并不是又花钱又没有用的傻事。虽然此次演出并没有用纯粹支那式的背景，但是表演仍然是传统式的。也就是说这次的表演其实接受了此前批评意见。

3-1 第三代市川猿之助（现：第二代市川猿翁）《〈龙王〉首日演出圆满结束》《年鉴　面'89》1990 面会

昭和三十年（1955），我尚是一名 15 岁的少年，祖父猿翁（当时第二代猿之助）在中日恢复邦交以前前往中国，（中略）次年，作为祖父中国公演的答礼，名角梅兰芳带队，聚集了袁世海、李少春等名角的豪华阵容大举赴日，在歌舞伎座进行了轰动一时的京剧演出。当时刚进入庆应高中的我，已经完全沉浸在京剧的魅力之中，连日旷课到歌舞伎座看戏。全套演出共有三十场，至今仍然自豪看过其中的二十六场。

3-2 　市川猿之助（1988.12.8 成员会议最终日致辞）《年鉴　面'89》

日本的歌舞伎界在战后引入了许多国外的东西，自昭和三十年的高速成长期以来进行了各种全新的实验，例如使用西洋乐器伴奏，借鉴国际性的现代戏剧元素创作新剧目，虽然有很多尝试，最终还是认为"Simple is the best"，回归到歌舞伎古典的、传统技法以及传统美意识上去，那些猎奇的半新不洋的东西反而被认为是无趣的。

这种复古倾向自 20 世纪 80 年代以来越来越强。

我也曾尝试过像《大和武》这样的新歌舞伎剧目，此次歌舞伎与京剧彼此借鉴传统技法，在历史上首次合作演出，这本身就是一种实验，既有新意，又是非常了不起的表演。

但是，这种将两种表演形式放在一个舞台上的活动还称不上真正的实验。日本的歌舞伎是完全由传统的古典技法来演出的，连音乐也全部是古典的曲子。非常希望中国的京剧也能尽量以京剧的传统古典技法来演出和配乐……

3-3 李光《"京剧+歌舞伎"音乐上的苦心安排》《朝日新闻》1989.3.1 晚报

我们的困惑是什么？

因为要统合两种不同的戏剧形式所以产生了问题。但是，歌舞伎演员已经在北京进行过演出，此次在日本联合演出应该能够更好地相互理解。

我们的难点是什么？

首先是音乐。京剧中已经引入了电子乐，但歌舞伎仍然使用传统的配乐。结果，统一使用歌舞伎的配乐。节奏上也服从歌舞伎的慢节奏。

3-4 　（宣传广告）《演剧界》1989.4

歌舞伎与京剧皆是享誉世界的古典戏剧形式，各具特色却又彼此相似，此次两者的同台演出是否会产生冲突性的舞台魅力？这一疑问留待《龙王》给您精彩的解答。

3-5　《诉说猿之助歌舞伎′93之梦》《演剧界》1993.1

　　猿之助《八犬传》由 Hans-Guenter Noecker（引用者注，美术工作者）设计的舞台，是特意为近代美术馆的歌舞伎演出设计的。

　　朝仓（引用者注，朝仓摄）：很有冲突感呢！

　　猿之助：嗯，虽然是非常前卫的舞台设计，但是歌舞伎（的演出）一定非常适合！（中略）

　　虽不能说是非常完美的作品，但是进行各种不同的尝试是最重要的。作为前次演出《龙王》的番外篇，如果能够演出《大和武》与《小栗》，那才算是三连跳呢。

自然语言的时（tense）与态（aspect）之类型考察

——英、俄、日三语的比较研究

猪股谦二 著*　　张秀阁 译**

引　言

我们用母语表达时间概念（Temporality）时，能够瞬时处理复杂的意思，选择合适词汇（主要是动词等谓语）组织语言传达想表达的内容。例如，向他人传达周围发生的事情、事态时，所说内容是与说话者发话行为同时进行的（"现在"）还是既已发生、已经终结的事态（"已然"），又或是接下来要发生的事态（"未然"），这在表达方面是非常重要的信息。同时，有的是从外部把握所传达事态的整体；有的是对其内部过程抱有关注。这样一来，构成整体的开始部、中间部和结尾部等各部分的动静也传达出一些信息。前者——把握整体的这种情形传达事态的结果状态；后者——传达还没有结果的、进行过程的事态。通常，这些信息在语言上的表达不统一，因语法和词汇的不同表达方式也不同。系统地处理时间概念

---

* 大东文化大学教授
** 社科院研究生院博士生

的方式因语种而异，即使是同一语言还因时代而异。例如，有的语言长于灵敏地反映事态的时间序列，有的语言长于灵敏地反映各组成部分的动静。前者被称为"时语言"，英语就是典型；后者被称为"态语言"，俄语是很好的例子。从用语言表达时间概念这个角度来看，日语不具备表达时、态的语言构造。但并不是说这三种语言的构造不同就没有比较的意义。任何语言都需要表达时间概念，因此考察不同语言交叉重合的构造具有语言学上的价值。

本文将时和态表达的内容定义为时间概念（Temporality）。时，是指一种指示性的构造，以说话时间（Speech Time）为基点来定位已然（过去）、现在和未然（将来）。态，是用来区别不受发话时间约束的谓语的"完成"和"未完成"。态有各种各样的下级范畴，这里讨论两种：未完成体（Imperfective）和完成体（Perfective）、完成体（Perfect）和非完成体（Non-perfect）。有必要对其进行区别时，将在"完成、未完成"之后注上相应的英语。本文以下面6项参数来比较三种语言在表达时间概念上所用的语言构造。（1）时的标记（Tense-marking）；（2）谓语与主语代词一致；（3）时优先（Superiority of Tense）；（4）态优先（Superiority of Aspect）；（5）发话时间的约束（Binding of Speech Time）；（6）时序列（Sequence of Tenses）。（1）和（2）涉及形态、语法的现象，（3）和（4）涉及语义学的现象，而（5）和（6）涉及语用论的现象。本文即从这三种视角出发以6个参数为基准考察时间概念的语言构造（语法化和词汇化），思考三种语言在类型上的特征。

一　川端康成作品《雪国》中的时间概念和语言化的多样性

下面将分析具体文本来探明在排列多个事态时"时"与"态"的功能。川端康成的作品《雪国》开头的句子是能很好地具体体现事态发展的例子。其原文是"国境の長いトンネルを抜けると雪国であった。夜の底が白くなった。信号所に汽車が止まった"。（中译：穿过县界长长的隧道，

便是雪国。夜空下一片白茫茫。火车在信号所前停了下来。①）这个句子有以下特点：叙述视点在火车里，对穿过隧道后完全不同的情景描写，夜的静寂和银白色的世界之对比，以地面上的人的视线而非天上的神的视线进行描写等等。日语具有西欧语言（特别是英语）中没有的语言特征已成定论，例如有学者提出日语表达中主体与客体合一的特殊性（参见池上嘉彦《"日语论"导论》，2000年）。事实上这个情景描写具有出色的文体效果，现在也还不断被译为外语。这里也考察一下俄语译文，看是否具有与英语完全不同的语言特征。

在开头的这句话里，揭述了4个连续的事态（在下面的俄文中用下画线标示出来），即（1）"火车穿过隧道"；（2）"在信号所停车"；（3）"雪国的世界展现在眼前"；（4）"照亮了夜的黑暗"。

Поезд проехал длинный туннель, на границе двух провинций и остановился на сигнальной станции. Отсюда начиналась, снежная страна. Ночь, посветлела.

（逐字译）"火车穿过县界（或者省界）上长隧道后，在信号站停下来。从那里开始，雪国展现在（眼前）。夜的黑暗（那时）映衬了光亮。"②

（注释③）Поезд 'train'（火车）、проехал，проехать 'to pass by, through'（经过、通过）的过去式、на границе двух провинций 'through the boundaries of the two countries'（经过两个省份的边界）、и 'and'（和）、остановился，остановится 'to stop, bring to a stop'（停）的过去式、на сигнальной станции 'at the railway junction with the lights'（在信号站）станция、Отсюда 'from there'（从那里）、начиналась，начинаться 'to begin, start'（开始）的过去式、снежная страна 'a snow country'（雪国），Ночь 'night'（夜），посветлела，посветить 'to shine, hold the light of, light the way for'（照射，有光亮，为……照亮道路）

---

① 译者注：此处译文采用的是叶渭渠、唐月梅所译文本。见〔日〕川端康成《雪国》，叶渭渠、唐月梅译，广西师范大学出版社，2002，第3页。
② 该译文从俄语译出并参考了本论文给出的日语译文。
③ 译注：原文是用英文注释俄语，译文中予以保留，并以俄语为依据添加中文翻译。

这四个动词（1）到（4）从时的角度看都是过去时，其中 проехать（完成体）"出（隧道）"、остановится（完成体）"（在车站）停车"、начинаться（未完成体）"开始"、посветить（完成体）"照亮一会儿"。

未完成体（Imperfective）	完成体（Perfective）	意思
（1）проезжать – проехать		出（隧道）
（2）останавливатсься – останавится		停车
（3）начинаться – начаться		开始
（4）светить – посветить		照亮

顾及这些内容上的信息，从时、态、组配学对川端《雪国》开头的情景进行分析，可以看到如下时间概念结构。

时态	组配学	意义	
（1）过去	有界的	相继性	出（隧道）
（2）过去	有界的	相继性	停车
（3）过去	延续的	同时性	开始
（4）过去	限界的	相继性	照亮

这4个过去时的事态中，（1）"火车出了长长的隧道"、（2）"通过（穿过）县界（两个县的边界）在信号所停车"、（4）"短时间内夜的黑暗陪衬着附近"这三个事态在时间上不重合、按顺序相继发生。而（3）"雪国在（眼前）铺展开来"是与（2）"火车停车"同时发生的事态。"穿过隧道的火车驶入银白的世界"，这是动静结合的描写，表达了静的情景中缀入动的火车两种事态。换句话说，该情景描写巧妙地活用了时、态和组配法这三种语法范畴。从俄语译文也可以想象"火车穿过隧道的同时，雪国的世界映入眼帘"以及之后"黑夜临近各种情景相继展现"这样现场感强烈的情景描写。而将这个句子译为英语、法语和德语时，俄语中体现出的事态之连续性和展现在眼前的雪国情景就都消失了。这或许就是俄语的时和态之意义对照带来的语言效果。人们常说英语、法语和德语的译文中缺乏身临其境的感受，其原因在于这些语种的译文中未能有俄语的态带来的效果。在这一点上，即使对句子结构和词汇做一些变化，给人的印象恐怕也不会变化。

E. The train came out of the long tunnel into the snow country.

中译：火车从长长的隧道出来，进入了雪国

Fr. Au sortir du long tunnel de la frontière, on se trouvait au pays de neige.

中译：一从边境的长隧道出来，人们就置身于雪国

G. Als der Zug aus dem langen Grenztunnel herauskroch, lag das Schneeland.

中译：当火车从长长的隧道中爬出来的时候，是那片雪国（被雪覆盖的平原）

俄语的态，具备斯拉夫语言所特有的——词汇意义形成态（未完成体和完成体）（这是英语、法语和德语等西欧语言所没有的），而且，时对称的单纯结构相互作用形成俄语独特的话语世界。再进一步探讨3种语言的时间性和语言化：日语和俄语的共通点是4个事态都由动词明确表现出来，而在英语中"穿过隧道""火车停车""雪国的展现"不能成为独立事项。换言之，英译文中，上述这些是作为一个综合事态被描写出来，所以各个事态的独立性和相继性、描写的同时性就看不到了。火车运行的起点和方向通过前置语暗示出来，动作是否完成没有被明确标明。而且4个事态不能分开来看，只能综合在一起分析。俄语中的态，其完成体显示事态的连续性，未完成态显示事态的同时性，因而俄语可以同日语的原文一样描写与4个连续事态同时发生的状况。仅从该句译文可以看出，俄语的态（Imperfective, Perfectivie）能更好地运用时间性的语法效果，这是英语所不具备的。

二 从谷崎润一郎《文章读本》 看时间概念的表现形式

在日本，西欧语言和日语之不同常常被讨论，随着翻译的繁盛，翻译家们也探讨了日语应如何翻译的问题。作家、小说家在翻译外国文学作品时如何把握、跨越欧美语言和日语之间的障壁、给出日语译文，这是一个有趣的问题。《文章读本》的出现是一种逾越障壁的尝试，其中详细记述了小说家们的解决方法。谷崎润一郎、川端康成、三岛由纪夫、中村真一郎、丸谷才一和野间宏等都留下了题为《文章读本》的著作。大江健三郎和大冈升平等也有类似著述。其中谷崎润一郎的《文章读本》是这一类著

书的嚆矢，似乎是原型。谷崎认为欧化文体给现代口语化文章带来了很多缺点，他痛感应该改正欧化文体、重新认识和发挥日语原有的长处和美感来写日语文章。谷崎"在这个读本中探讨的不是专业的学术性文章，而是我们日常生活中经常见到的一般的、实用性文章"，并给写文章提出两个条件，第一"读者能懂"，第二"读者能长久地记住"（谷崎润一郎全集第21卷《文章读本》）。

俄语学者矶谷孝在《翻译和文化的符号论》中提及谷崎润一郎《文章读本》的主张——"使用被历史条件限制的汉字、假名的日语与欧美诸语言之间，有永远都不能逾越的屏障"（《文章读本》，第116页）。矶谷孝细致分析谷崎的上述美学翻译论主张后，提出译文的文章构成法问题。矶谷的论述包含对随后的探讨非常重要的内容，所以虽然引文有点长但也且将必要的几处抄录如下。

"日语'是词汇贫乏、结构不健全的国语'，应如何开发其潜力？谷崎给出的方法是，第一，写作时不要像欧美语言那样拘泥于严密的语法；第二，琢磨自己的感觉。欧美语言的句子和文章语法关系严密、明确，故可以形成结构复杂的语句。这与注重逻辑的精神相结合，出现想将所有东西都明确表达出来的倾向。这是所谓欧式文风。然而日语的语法关系不严密，有像'我是咖喱饭'这样简略的主谓关系，有'挂在墙上的画'这样不知是谁挂上去，却省略主语的表达方式。这与不重视逻辑而重视沉默寡言的风气相结合，产生余韵、余情丰富，富有言外之意的日式文风。谷崎精辟地指出欧式文风和日式文风之不同，感到明治以后随着西欧文化的传入，出现了欧式文风要压倒日式文风的危机。……日式文风和欧式文风之不同，可以从黏着语和屈折语之语言系统上的不同，历史、文化上的不同来分别考虑。一种语言的语法是广义的语法意义体系、是整体，语法与语义的协调因语言而不同。在屈折语英语中，名词的数必须表示出来，因此数就成为语法范畴。所以名词必须是单数或复数，这些名词成为主语时，谓语形式必须与其数相配合。这是所谓的一致，俄语中这种一致更加复杂，还要求性和格的一致。日语中数不是语法范畴，同一单词既可以表达单数，也可以表达复数。在区别数的时候，可以说成几人、几册、几个××,也可以说成少女们。××们——这样具有语法功能的用语可以自由加在单词词干上或者去掉,这是黏着语的特色。日语没有语法范畴的数并不是因为日本人没有数的概念,只是日语着重从词汇的意义来表达。因此,语法所表达的意义能译为词汇上的意义,反之亦可能。前者,例如将印欧语言译为中文,后者如反过来将中文译为印欧语言。笔者认为黏着语中不像屈折语那样追求语法意义的一致性,因此,每个语法成分间的结合自由而宽松,出现省略、简化而产生言外之意。与此相关,还有是否重视逻辑和口才等之历史、文化因素,由此产生了我们所说的日式文风与欧式文风的区别。"(矶谷孝,1980,177-180)

矶谷不愧是优秀的语言研究者,从谷崎《文章读本》中摘录的内容非常有道理。矶谷摘录的内容包括:日本人寡于言辞,比起逻辑更重视余韵余情等精神性构造;与欧美语言结构上重视逻辑相比,日语存在词汇的贫乏和结构上不完备的问题,其解决策略是与其追求有形的标示(语法上的一致)所体现的逻辑性不如重视时空的间接性所形成的余韵、余情,创制出依存于环境富有言外之意的日式文风等。还有后面指出的鳗鱼句、"我家的女儿是男的哟"① 等常被讨论的没有有形标示的主谓关系,"挂在墙上的画"这种主语具有随意性的语句,语法范畴和词汇范畴之间互译的可能性,比起形式上重视逻辑表达毋宁更重视与日语特点相合的简略文章写法等等,这些是现在都应该好好参考的东西。谷崎不是语言学家,因此没有直接讨论时和态,但他指出由于日语没有数、性和时导致无时间性区别、需要靠时的副词来补足、主格主语具有随意性、人称代词具有特殊性等,同时也反复指出日语没有与英语语法相对应的明确表达。矶谷也说过,谷崎的优秀之处在于充分认识到日语和西欧语言语法上的不同点,在此基础上指出:

"对于初学者而言,如果说先将日文像西文风格那样组合,容易记忆,那这也是临时的不得已而为之的权宜之计吧。这样做虽然勉强算是能写文章了,但不怎么考虑语法,努力省去为语法所约束的烦琐语言。用心还原国文所具有的简约形式,这才是写好文章的秘诀之一。"(《谷崎全集》第21卷,第138页)

---

① "我家女儿生的是男的"之简略说法。

谷崎强调，在属于黏着语的日语和属于屈折语并具有很强分析倾向的英语之间有无论如何都难以克服的"永远无法逾越的屏障"，所以在做翻译时，只是有意识地注意语法解决不了问题，有必要超越语法意识，解放自我，不借用欧美的东西而从自己的感觉出发写文章。换言之，谷崎主张创造性翻译。分析了德莱赛的长篇小说《美国悲剧》和阿瑟·韦利翻译的《源氏物语》后，发现谷崎能够充分理解不同语言的差异，其主张很有说服力。

谷崎《文章读本》的讨论能给我们什么启示？他并未指出英语的时具象化的时间概念，只提出英语的时在日语中可以还原为简洁形式。日语的主语和谓语之间没有有形的标示（语法上的一致），意味着英语中时的构造中体现出的以发话时间为基轴对事态定位的构造在日语中并不存在。虽然日语没有这种时的构造，但日语的简略表达形式并没有限制日本人的言语活动。谷崎所谓"国语所具有的简洁形式"，是指按照组配法排列事态，并在该范围内活用态的意义特征。日语中副词性词汇和连接词发挥定位事态的作用之后，可以灵活运用具有态性质的词汇特征。这里的时间概念没有发话时间的束缚，可以相对自由地组合多个事态。例如，在以发话时间为基轴的"昨天""今天""明天"等词汇之外，还可以自由组合以过去时或将来时为基轴的"3 天后""5 天前"等词，表达事态的时间概念。

那么，为什么缺乏时的日语很难有俄语译文中可以看到的表达效果呢？如上所述，态是潜在的，在所有的语言中都能发现，不管日语中有没有时，态同样能够表达词汇意义。其原因在于，在表达时间概念的时候，时和态两个范畴所具备的优越性不同。与英语、俄语相对而言，日语缺乏时，在讨论两个范畴的优越性时没法成为研究对象。在英语和俄语之间，可以比较研究以时和态为基准的意义特性，但日语的时和态之组合过于简单，所以很难做同样的研究。

从谷崎的《文章读本》还可以学到重要的一点。他在文章中论述道，"例如，没有主格的句子是错误的——如此教法、如此规定只是因为好教、好记，实际上该规则完全行不通。又如，现今人们所写文章中频繁使用'他''我''他们的''她们的'等人称代词，但在日语中不像欧洲语言那样必须如此。欧洲语言中，应该使用时一定要用，不能随意省略。但在日文中，即便在同一个人写的文章中，有时使用有时省略，没有硬性规定。这是因为日语本来的结构就不需要这些，偶尔尝试使用，却不会长久"。（《文章读本》，第 134 页）

下面尝试结合谷崎的观点来思考主格主语的问题。英语中主语是必须要有的，同一人物成为话题时，每次都要由人称代词做主语。将之"原样挪用到日语中，虽然表面上是日文但实为外文的异化"。从谷崎的《现代口语文的缺点》（原文标题《現代口語文の缺點について》，译注）中也可以看到与这一主张相似的主张。谷崎批判主语存在的必然性和代词主语的反复，理由如下。

（1）英语中反复使用指示同一内容的主语代词，很啰唆。

（2）日语中普遍不设主格主语，主语是谁，要靠想象。

（3）日语中主语所指内容通过动词的形式即敬语、男女用语不同可知。

（4）日语的主语人称代词用各种各样的词语巧妙地表达与对方的关系、表示对对方的顾及。

（5）日语中没有对主谓一致的有形标示，所以没有必要明示主语。

产生这种想法的基础是，可以通过文脉（对应关系、谓语的种类）判断主语；非特定人做主语在表达上不存在；人称代词的种类和功能不同；标记时的有形记号不同；等等。归结起来就是认为主语的反复出现是啰唆。读日语的译文时，从上述角度看主语，就算不是谷崎，任何人都会感觉到异样。这是因为日语的主语和英语、法语等西欧语言的主语之基本性质不同。

要说明与此相关的情况，可以参考渡边实（2002）对"主体性意义"和"对象性意义"的区别。渡边说，"语言在描写对象的时候，有属于叙述人即语言主体的意义领域和属于对象的意义领域。所谓主体性意义是指发自对象之语言主体内心的意义，对象性意义是指来自对象本身的意义。任何语言都兼有两者，而两者如何被表达，能够反映语言的个性。日语中非常温和地哺育出了有关主体性意义的词语，英语和中文等对该主体性意义比较冷淡，主要关心对象性意义。因此，日语中表达与听话人、话题所提及的人物之亲疏关系的敬语很发达，大量的人称代词对应不同的说话情景而被区别使用"。（渡边实，第 75 – 76 页）谷崎对明确标示主语的反对，用渡边的主体性意义和对象性意义来表达的话，就是日语的主语带有主观色彩，这种主语与表达对象性意义的欧美语言在内容上就相异，因此在日语译文中没有必要依照原样来标示主语。在日语有无主语的问题上，日语的主谓关系不密切这一点由渡边所谓主体性意义的词来补足。我们在这里关注的时是与人称、数、性和法等并列的语法范畴，时通过定形动词的形态规定言语主体（主语）的形态。但是具备主体性意义的日语形成的语言世界使说话人和听话人向着主客合一的方向发展、抑制对象性意义。日语表达主体性感情、感觉的"うれしい"（高兴的）、"かなしい"（悲伤的）、"暑い"（热的）、"寒い"（冷的）可用于说话人即第一人称，但不能用于第二人称和第三人称。"（私は）うれしい"［（我）很高兴］、＊①"あなたはうれしい"（你很高兴）、＊"彼はうれしい"（他很高兴），后两句带"＊"句子是将主体性意义的词直接用于对象性意义而产生的奇怪句子。必须要加上具有客体化功能的"そうだ""ようだ"等将之客体化。而英语对这种主体性意义很不敏感，所以没有产生主体性意义，可以不区别主体客体而使用相同表达。日语在表达上将只有说话人感受到的"我的东西"划分出来，与之相对，英语不区分"我的东西"和"他人之物"。这么一来，日语势必形成这样一个语言世界——说话人要向听者传达事态时会灵活地根据发话场景巧妙地选择代名词类的对应语。因此，英语中所有的发话场景中都同用既有代名词类就不足以对应主体性意义，即谷崎（1）至（5）的观点大概不仅需要索绪尔所谓语言层面上的语言学，还需要言语层面上的语言学。

三 时间性与语言化手法

印欧诸语言表达时间性的方式多样，从古希腊时代到现在的语法论并未如期望的那样以统一的形式进行研究。现代西欧诸语重视传统，可以看到将拉丁语的结构原样承袭的例子。特别是关于时和态，随着各语言语法结构的多样化，以普通语言学的角度来研究变得困难。正如 Andrew L.

---

① 译注：句子前的符号"＊"表示该句子在语法上有问题。

Sihler（1995）所指出的那样，如今印欧诸语的动词组织结构只能探讨形态和功能，除此之外别无他法。在这种情况下，现代人拥有的时间概念在希腊社会是怎样的还无从得知，如坠五里雾中。即使从现代上溯到新约圣书时代、古希腊时代、《伊利亚特》和《奥德赛》成书时代，还是无法总结出贯穿其中的共通的时间概念。关于此，关根正雄（1969）著《以色列的思想和语言》一书所收论文《古希伯来语动词表达的本质》一文敲响了警钟——"试图从每个语言现象中都寻找说话人的心性（mentalité），这是很危险的"。在理解了探究印欧诸语动词组织结构之困难的基础上，可以概观有助于英俄两语比较研究的有关时与态之时间性的语言表达（Cf. A. L. Sihler, 1995）。

现代人倾向于认为把时间分为过去、现在和将来三部分，还认为时间（Time）和时态（Tense）是一对一的关系。我们可以理所当然地把时间看作从过去时通过现在时向将来时发展的过程。但是仔细审察这种时间性推移的内容，就算把问题限定在语言层面上也得面对一个难题。概观西欧诸语，现在时态用来表示将来时、过去时态用来表示将来时态的可能性，这些情况并不稀奇。从这里应该很容易注意到时间和时态是不同的概念，稍微思考语言之外的概念——时间的三阶段，会发现其内容未必相同。现在时如何能划定其范围呢？大概不能像过去时和将来时一样定义其范围。将来时常常是从现在乖离出的推测和预测的认识范围，未必就处在现在时之延长线上。过去时的范围是上溯时间凭记忆在回忆基础之上认识存储在心里的事态。属于上述时点的事态在语言化的过程中，其确实性、现实性的程度均与时间轴上的推移相平行而出现多样变化。很容易认为将来时在现在时之后，但实际上，被看作指示将来时的事态与其说是将来说倒不如说是基于现在时的预测、推测的事态。将来时的事态并未能从现在时独立出去，必然是先有现在时的事态认识，将来时的叙述才成立。因此，将来时的特征是更容易和语气（mood，译注）相结合，而很难与表示事态完成或表达结局之完成态相结合。与之相对，过去时由于记忆的方式与完成态、未完成态都容易结合，其特征是在认识层面上很灵活。如果设定现在时是发话时间那一瞬间的时点，由于瞬间的推移和限定性的完成不能同时存在，所以完成态与现在时被认为很难结合。这样考察过去时、现在时和将来时的时间概念如何表达，就可以发现时和态构成具体化概念内容的方式各不相同。换言之，构成时间概念的时和态一方面处于相互影响保持均衡的关系中，同时也处在一种相互制约的竞争状态。这两个范畴哪个更多地用来表达时间性，这因语言而异也因时代而异。

四　与时和态相关的两个传统

追溯这一时间概念的语言表达在西欧的历史，可以找到两大源头。一个是古典希腊语和拉丁语的时态理论，另一个是古教会斯拉夫语的动词结构理论。这是形成西欧诸语传统规范的拉丁语的活用结构和继承古希腊语传统的古教会斯拉夫语产生的斯拉夫诸语的动词结构。这两个源流在19世纪末的语言研究中合流，可以说态的近代语言研究就此开始（山田小枝，1984，7-10）。

可以说对古典希腊之时间性的语法论肇始于斯托亚派哲学家。他们已经充分意识到时不仅把事态放在时间轴上序列化，而且还包含态——体现事物是正在进行还是已经完成。即，从希腊古典时代开始，人们就认为语法论的时间概念是由时和态两个不同的要素构成（Cf. E. A. Sonnenschein, 1927, 52-54）。即使分开考察，态在时间性的语言表达上占据了比时更优势的地位，这一点也早已被指出。这种情况下，时被分成先行（Anterior）、同时（Simultaneous）和后续（Posterior），态有完成（Perfective）和未完成（Imperfective）的区别（Cf. Jerzy Kurylowicz, 1964）。这里的态是处于优势地位的概念，之后慢慢向时处于优势地位转化。

依据山田的研究，W. Pollak（1977）的古典希腊语的时与态如下。

古典希腊语时·态一览表

χρονοι ωρισμενοι		χρονοι αοριστοι
παρατατιχοι	συντελιχοι	
οενεστω S/ ομελλωνpresent	parfait	future
οπαρωχημενο S imparfait	plusqueparfait	aoriste

χρονοιωρισμενοι（定时）、χρονοιαοριστοι（不定时）之区别。παρατατιχοι（未完成）和 συντελιχοι（完成）。οενεστω ς/ ομελλων（现在）οπαρωχημενο ς（过去）这些可以加上将来完成时，但在希腊语新约中不怎么使用。在这里，时间概念被分为定时和不定时，将不定过去时归入不定时。再进一步，把定时分为现在和过去，把态作为定时（χρονοι ωρισμενοι）的概念、将之分为未完成（παρατατιχοι、延长之时）和完成（συντελιχοι、实现之时）。不定过去时作为不定时（χρονοι αοριστοι）的概念与态没有关系，作为中立物；在时间纵轴上未完成和过去完成处于同列，大概意味着它在过去时中比在现在时中更容易出现吧（Cf. John Lyons, 1972, 113）。从这个说明可知，将来时在不定时这一点上被置于和不定过去时同列，在时间的纵列上被赋予和未完成时、过去完成时相同的位置。但是，笔者认为这是因为印欧语言本来就缺少将来形态，属于古语的西台语中也都没有将来形态，很难将之放在别的位置，所以就放在了上述位置。综合上述，可知古典希腊语以三个基准被分类，具有 7 个时制（在上表 6 个的基础上加上将来完成）。但是，动词的基本形并不是一览表中全部共通的形态（Racine Obligatoire）。虽然在动词变形表中，现在词干（实际上仅此就多种多样）、完成词干和不定过去词干是基本形，但因为并没有统一的原理，各个态的词干要将时的形式具体化，就在动词词根（Radical）上接词或加音来形成具体的派生形（Cf. Yves Duhoux 2000）。

在该古典希腊语的动词结构组织中重要的，不是像现代西欧语言表达时间时，用过去、现在和将来，即先行、同时和后续这三种时态区分表达，很可能是态（完成·未完成）成为时间概念的重要因素。这里的"态"不是英语的现在完成时（Present Perfect）、过去完成时（Past Perfect）和将来完成时（Future Perfect）中的态，而是不受时影响、作为动词词汇意义特征的完成（Perfective）、未完成（Imperfective）。W. Pollak（1977）针对 J. Holt（1943）的一览表研究时和态问题的意义就在这里。英语中动词的词汇特征不论是过去形还是现在形在语言表达上都一样，而在古典希腊语中，态（Perfective & Imperfective）的词汇特征是把时作为意义上的配合进行选择，态的特征决定时间性。

到了拉丁语，这个动词体系由于不定过去时的消失、将来时占据稳定位置而变为时优越的对称性体系。Marcus Terentius Varro（同上，116 – 27）继承延长之时（παρατατιχοι）和达成之时（συντελιχοι），把态作为 Infecta, Perfecta。Holt 的表如下。E. g. pugno 'to fight'

拉丁语时·态一览表

	infectum	perfectum
passé	pugnabam	pugnaveram
présent	pugno	pugnavi
futur	pugnabo	pugnavero

　　正如 Ernout & Thomas（1972，213 – 26）所指出的那样，拉丁语中与时间概念相关的动词结构由于除去了过去不定时、把将来时明确定位而整体上变得对称。有现在形 pugno、pugnavi，过去形 pugnabam、pugnaveram 和将来形 pugnabo、pugnavero，均是"我战斗"的 6 个时、态形式（现在组 3 个，完成组 3 个）。pugno 表示未完成的行为，pugnavi 表示已完成后结果状态存续到现在的情形。拉丁语的时间性由过去、现在和将来的时系列和未完成、完成的态系列对称结合，形成融合形式。但这两个范畴的优越程度上产生变化。前述 pugnavi 纵轴上的时是现在、横轴上的态是完成，它是两者兼具的具体形态。本来，完成的意义从意义的配合上与瞬时的现在很难融合，但表达从现在时来看很近的过去发生的事情之结果（完成）时，具备了与现在时和过去时都有的意义上的联系。nosco 'to get knowledge of, become acquainted with, come to know'、memini（only perf.）'I remember, recollect, think of, am mindful of, bear in mind' 是很好的例子。Nosco "知道"的完成形是 nov-i，memini "记着"仅以完成形的形态被使用。"知道"一词从意义上就可以知道，表达的是从过去时不知道的状态到现在时知道的状态变动这样一个知识习得的结果状态。"记着"同样表达的是因过去时之知识习得而在现在时中一直记着的状态。这两个动词都表示由于过去时之发生的事情而产生出的结果——现在时的状态，都是现在时中结果已经完成之例（风间喜代三，2005，72 – 77）。在这里，时的意义与态的意义同时参与进来。古典希腊语中态处于优势的状况到了拉丁语中就变成重点被放到时的意义上（A. Meillet, 1920）。

上述 pugno "to fight" 一览表中，完成系列未必仅因为词汇层面的意义而被称为完成。从其形态上的变化也可以看出，词中发生变化的基本是现在形和完成形，未完成过去形和将来形在现在词干的基础上、过去完成形和将来完成形是在完成词干的基础上分别加上 sum（to be）的未完成形 -eram 和将来形 -ero 构成的。比起纵轴，变形更多以横轴为基础，也就是说，时非常重视纵轴的意义。与过去时很匹配的过去一次性行为和即使反复"那时（行为·行动）发生了"这样的行为，与未完成的习惯性行为不同，产生了与历史性完成不同的现在完成（本来与未完成很匹配）。拉丁语的完成包含了古典希腊语的不定过去时，所以具有了对称性体系，其代价是不仅把与完成态意义上很匹配的过去事态以及现在的结果性事态语法化，于是产生了暧昧性（Cf. 泉井久之助，1976）。J. Vendryes（1921）将之称为更新（innovation），词汇性特征的未完成和完成语言化时不做区别而成为产生过去形之时体系的契机（Cf. J. Vendryes, 1921, 116）。

高地德语（德语）和低地德语（荷兰语）的日耳曼语没有拉丁语的态——完成和未完成，而是具有将之统合的过去形（强变化和弱变化）。由此，态从时间性语法中消失，现在形和过去形的词干变成标示时对立的东西。现在形在态上中立，和不定词具有同样的形式（Cf. A. Meillet, 1919）。更进一步，与单纯过去形相对，产生于过去时又与现在时有关系（以拉丁语的上述现在完成为模板）的迂回形式助动词 have（还有 be）和根据迂言法由过去分词产生的复合时制形一诞生，助动词中也出现了时标示而与动词词汇性特征无关。至此，拉丁语从古典希腊语继承的 infectum 和 perfectum 之态的区别在语法上有形化的可能性完全消失了。以发话时间划分出的架构中，与过去时和现在时在意义上有关的表达——过去完成、现在完成和将来完成重新诞生了。这种迂言形是与拉丁语传统没有关联的态，被区分为完成时制（perfect 和 pefect tense）。与大陆日耳曼语相比，英语更要求与现在时关联（Current Relevance），由此进一步增强以发话时间为基轴的约束力，语法上变成时优先。拉丁语的活用是通过接词、附加，具有综合性的特征；日耳曼诸语的完成（时制）中标示时的助动词和主要动词本身各自具有独立形态，具备分析性特征；由此从形式上也可以区分两者。

五　英语和俄语对照性的语言化

俄语的时和态，继承古典希腊语的传统，是不受时的影响将时间性语法化的结构。所有的动词表达态的形式有两个——完成体（Совершенный Вид）和未完成体（Несовершенный Вид）。这两个构成一组动词，词汇意义上相同仅在态上形成对立。这两个词在词语形成论上是一种派生关系，以未完成体为基础，通过接词附加和元音变化等生成完成体。基本的动词例子如下。

писать-написать 'to write'，читать-прочитать 'to read'，делать-сделать 'to do'，видеть-увидеть 'to see'，приходить-прийти 'to come'，давать-дать 'to give'，встречать-встретить 'to meet' etc.

未完成体表示行为的进行、过程、持续，结果的不存续、反复、习惯和经验等，完成体表示行为的完结、一次性和结果等（Cf. Русская Грамматика Том I, 583 – 613）。俄语的这个态体系经历了古教会斯拉夫语、通用斯拉夫语和古俄语的阶段，虽然在西斯拉夫和南斯拉夫诸语之间多少有些差异，但所有的斯拉夫语言中都可以看到该体系。特别是在现代俄语中尤其明显的被语法化（Cf. 三谷惠子，2011）。这两个态原则上有现在形和过去形。至于将来形，完成体的词汇意义内容无法将意义的匹配全部收拢到瞬时性的发话时间内，所以现在形作为将来形发挥作用。未完成体采用迂说法，以 быть 作为助动词要素，和不定词一起合成将来形。在这里动词的活用变化不受时的支配这一点与古典希腊语的态之完成（Perfective）和未完成（Imperfective）相通。在上文已经提到，英语的完成形（Perfect）从其起源上就与其印欧祖语的与完成相关的简单过去形（Simple Past）相对立。英语的完成形（Perfect）以一个基准点确定过去时、现在时和将来时，指示与之相应的先行、同时和后续关系。因此英语中的态不是选择时，而是在时的支配下方得以成立，是与俄语的时和态之语法化相异的结构（Cf. J. Kurylowicz, 1964, 129 – 31）。接下来考察下列俄语和英语句子。俄语中标有下画线的动词均是很难与态相匹配的过去形单词。（译注：以下例句中，英文句子是对俄语例句的相应翻译，其中语法也是

相对应的；中文译文从俄语直接译出）

（1）a. Я редко его встречал（impf）.（行为之不存在）

b. I have seldom met him.

c. 我很少和他见面。

（2）a. Я сделал（pf）это теперь.（行为的完成）

b. I have done it now.

c. 我现在做完了这个（事）。

（3）a. Сегодня я дал（pf）три урока.（一次性行为）

b. I have given three lessons today.

c. 今天我上了3节课。

（4）a. Только что приехала（pf）делегация.（动作的结果）

b. A delegation has just arrived.

c. 代表团刚刚到。

（5）a. Что вы делали（impf）с тех пор, как мы не видали（impf）?（同时继续）

b. What have you been doing since I saw you last?

c. 我们没见面之后，您都做了什么？

（6）a. Когда он приехал（pf）в Москву, она уже уехала（pf）на дачу.（相继发生）

b. When he arrived in Moscow, she had gone to the country.

c. 当他来到莫斯科时，她已经去了别墅/郊外。

（7）a. Я с ним не виделся（impf）до того дня.（行为之不存在）

b. I had not seen him before that day.

c. 在那天之前，我没和他见过面。

（1）至（4）是简单句，（5）和（6）含有时间从句，（7）中有того дня "that day"（那天）。（5）至（7）均以过去时为基准，表现了其中先行、同时和后续之事态顺序。（1）是未完成体，"见面"这一行为不发生的状态在持续。（2）至（4）是完成体，"做""进行（指上课，译注）""到达"等一次性行为发生了。（5）中有两个未完成体，"没有见面行为"之持续时间的范围和"（对方）行为"之持续时间是同时的、重合的。

(6) 是"到达"和"出发"的顺次性完成体。(7) 是未完成体，是发生在过去时之前的"遇见"行为之不存在。所有句子中，未完成体能够涵盖事态的时间长度，完成体不能涵盖此。完成体将事态整体看作是完成的东西，涵盖其结果。因此，未完成体中一定的时间范围内可以包含其他事态；但完成体中没有可以包含其他事态的时间范围，便将之接连表达为相继发生的事态。在这种情况下，多个事态之间的先后关系由事态自身确定，并不像英语那样以发话时间为基轴。因此，通过下文可以很好地看到（俄语中）未完成体的同时性和完成体之相继性和顺序性的特征。

（8）a. Он смотрел телевиизор и читал журнал.

He watched television, reading a journal.

他看了电视，读了杂志。

b. Когда он читал книгу, она смотрела телевизол.

When he was reading a journal, she watched television.

当他读书的时候，她在看电视。（过去时态）

（9）a. Он взял эту книгу в библиотеке и прочитал её сразу.

He borrowed this book from a library and read it soon.

他从图书馆借了这本书，并很快看完了它。

b. Когда он прочитал книгу, он посмотрел телевизор.

When having read the book, he watched television.

当他读完书的时候，他看了几眼电视。

（8）是"看"和"读"之未完成体表达同时性的例子。（9）是"借""读""看"的完成体表达相继发生、顺序发生的例子。英语中因为无法表达俄语的体所表达的时间之重复、连续等，所以通过分词结构、进行时形态将重复和顺序相对时制化，或使用暗示顺序的副词等。英语中因为没有可以表达事态的先行、同时和后续之序列化的态，所以在语言表达中只能通过加上发话时点并以此为基轴来表达。

六　小结

将上述讨论通过开头提出的 6 个参数来表示，如下。

（1）时标记：构成句子的动词的态标记和个别有形标示时的标记。

（2）主语代词的标示：英语陈述句中标示主语是必须的，俄语有不定人称句子、无人称句子等无主语句，还有无主格主语的句子。日语中是否标示比较随意。

（3）时优越：在时间性的语法中，时比态持有更重要的机能。

（4）态优越：在时间性的语法中，态比时持有更重要的机能。

（5）发话时间之约束：在时间性序列化语法中，发话时间成为其他的基准点。

（6）时制之一致（又作"时序列"，译注）：英语有时制之一致，俄语和日语中没有。

	English	Russian	Japanese
（1） Tense-Marking	+	+	-
（2） Obligatory Subject	+	-	-
（3） Superiority of Tense	+	-	-
（4） Superiority of Aspect	-	+	-
（5） Binging of Speech Time	+	-	-
（6） Sequence of tenses	+	-	-

（+：表示有此特性；-：表示无此特性。）

参考文献：

Duhoux, Yves (2000) *Le Verbe Grec Ancien, Éléments de Morphologie et de Syntaxe Historiques.* Louvain-la-Neuve：Peeters.

Ernout, Affred et François Thomas (1972) *Syntaxe Latine.* 2ᵉ Éd. Paris：Klincksieck.

Heeroma, K. (1956) 'De Erfenis van het Latijn.' In K. Heeroma, C. B. Van Haeringen, C. Soeteman, P. A. Erades en L. Geschiere (eds.) *Algemene Aspecten van de Grote Cultuurtalen.* Den Haag：Servire.

Holt, J. (1943) *Etudes d'Aspect.* Acta Jutlandica 15, part 2.

Kurylowicz, Jerzy (1964) *The Inflectional Categories of Indo-European.* Heidelberg：Carl Winter.

Lyons, John (1972) *Structural Semantics, An Analysis of Part of the Vocabulary of Plato.* Oxford：Basil Blackwell.

Meillet, A. (1919) *Caractères Généraux des Langues Germaniques*. Paris: Klinchsieck.

Meillet, A. (1920) 'Sur les Caractères du Verbe.' In *Linguistique Historique et Linguistique Générale*. éd. 7. (1965). Paris: Champion.

Pollak, W. (1977) 'Un modèle explicatif de l'opposition aspectuelle: le schèma d'incidence (1).' *Le Français Moderne* 45. 289–311.

Sihler, Andrew L. (1995) *New Comparative Grammar of Greek and Latin*. Oxford Univ. Press.

Sonnenschein, E. A. (1927) *The Soul of Grammar*. 2nd ed. Cambridge Univ. Press.

Vendryes, Joseph (1921) *Le Langage, Introduction Linguistique'à l'histoire*. Paris:

Академия Наук СССЯ (1980) Русская Грамматика. Том 1. Москва.

池上嘉彦『「日本語論」への招待』,講談社,2000。

磯谷 孝『翻訳と文化の記号論』,勁草書房,1980。

泉井久之助『一般言語学と史的言語学』,・進堂,1947。

泉井久之助「言語研究の歴史」(1947),大野晋・柴田武(編)『岩波講座日本語1』所収,岩波書店。

川端康成『雪国』第12刷,岩波書店,2012。

風間喜代三『ラテン語・その形とこころ』,三省堂,2005。

三谷恵子『スラブ語入門』,三省堂,2011。

関根正雄「古典ヘブライ語の動詞表現の本質」,『イスラエルの思想と言語』所収,岩波書店,1969。

谷崎潤一郎「現代口語文の缺點について」,『谷崎潤一郎全集』第21卷所收,中央公论社,1969。

谷崎潤一郎「文章読本」,『谷崎潤一郎全集』第21卷所收,中央公论社,1974。

渡辺 実『国語意味論』,塙書房,2002。

山田小枝『アスペクト論』,三修社,1984。

夏目漱石和《旗帜晚报》
——脱亚入欧和"自我本位"

藤尾健刚 著*　齐　珮 译**

夏目漱石留学伦敦时（1900.10.28～1902.12.5），有一段时间常常浏览《旗帜晚报》。《伦敦通信》（1901.5.6）中有这样一段文字写道：

>此后，我通常是读《旗帜晚报》的。西洋报纸确实难解。从头到尾一字不落地看大概要五六个小时。我最先看有关支那的报道。今天的报纸上也有俄国对日本的评论。俄方认为如果不得不开战的话攻打日本不是上策，而是应在朝鲜决一雌雄。我觉得朝鲜真是一个绝佳的"是非之地"。（中略）不知不觉已经十点二十分了，今天照例要去老师家。先去厕所方便一下，再跑到三楼的房间准备准备，<u>下楼来一看还有二十多分钟才到十一点，于是又看起报纸来。</u>

从画线部分的文字来看，漱石个人并不是定期订阅报纸的，而是阅览寄宿处在食堂设置的供客人阅览的报纸。漱石换了三次住所，当时他寄宿在朋友家。如果是这样的话，至少他从1900年12月初至次年的4月25日

---

* 大东文化大学教授
** 上海海洋大学副教授

住宿在朋友家的期间阅览了《旗帜晚报》。

笔者查阅了《英国报刊史》等多种材料，并没有发现《旗帜晚报》这一名称。杉村楚人的《半球周游》（1909）中提到著者同时接受了来自《快车》（Express）和《旗帜晚报》（The Evening Standard）记者的采访申请，记载道："因为是双方同时发问，我说有什么想问的就尽管问，摆好了一副豁出去的架势。《快车》的记者呵呵地笑起来说道：'双方同时发问的确很难办，《旗帜晚报》可是老前辈，我不敢与之同日而语。'《旗帜晚报》到底是《旗帜晚报》，他们争辩说像《快车》这样的小报素材是不会成为他们采访内容的。实际上这两家报纸虽然是两家不同的报纸，但是经营者却是同一人，因此看起来像是半开玩笑半带争辩地互相抢白对方。"

描写巴黎公社兴亡的大佛次郎的《巴黎燃烧》（1961～1963），其中很多材料都是引用自《旗帜晚报》，可以说该书的论述达到了相当高的水准。1900年12月6日的报道中有这样一句话："政府的主要机关报《旗帜晚报》（the principal organ of the Government, The Standard）"。日本明治时期的报纸频繁引用《旗帜晚报》刊发的新闻报道，1900年11月28日的《国民新闻》中就出现了"英国政府机关报《旗帜晚报》"等词语表现云云。如果是御用报纸，那么在报刊史上找不见名字也是可以理解的。大英图书馆的报刊图书馆关于《旗帜晚报》借阅信息记载有"1827～1920"。从这一数字来看，应该是创刊和停刊的年次标示。

《伦敦通信》中言及的"俄国报纸对日本的评论"就是4月9日刊载于《旗帜晚报》的驻敖德萨特派员的新闻报道。这已由冈三郎氏的调查得到证实，并且在新版《漱石全集》第12卷的注释中附有清水孝纯的翻译。以下是笔者的译文：

> 多家报纸连日来主要报道的政治新闻就是俄国与日本发生军事冲突的可能性。奇怪的是，各家报纸均采用了对帝国政府同旨趣的劝谏。例如，《俄罗斯报》说在战争开始阶段，俄国在敌人的领土上进行战争，这简直是自杀性残酷之举。该国并不具备成功地远征日本所必需的数量充足、力量强大、可用于运载士兵的小型舰队。日本方面，具有能够随意调遣的令人恐惧的舰队和能迅速动员并受过良好训

练的40万陆军，而且最近也刚刚完成精准的联动机制，为实现沿岸防卫要塞化做好了准备。

一旦日本人决意通过军事打击来发泄对俄罗斯在满洲的行径的不满，那么按惯例战争必然在朝鲜进行。如果战争势在必行，那么俄罗斯作为被挑战方，就会选择自己的战场。而且，作为决定谁将成为远东最大强国"亚洲英国"的战争舞台，朝鲜南部在战略以及其他方面必定会为俄罗斯带来最大利益和好处。

义和团事件（1900.6～10）发生后，各列强企图瓜分北京，中国国内统治面临重组的乱局。俄国要在此时趁乱占领满洲，与中国政府签订秘密协定，即满洲协定，其实质是殖民满洲，使之成为俄国领土的一部分。此时正值协定签署阶段，3月上旬协定全貌暴露于天下，英国、日本等在满洲有重大利害关系的国家与俄国关系陡然紧张起来。中国政府方面也因此遭到南方总督的激烈反对而犹豫不决，希望英、美、日等国说服俄国放弃该计划。日本政府说服中国断然拒绝签署协定，表示如果发生战争，责任由日本来负。俄罗斯正处于西伯利亚铁路尚未建成、大量兵力还无法迅速调遣的时期，日本在甲午战争后把作战目标转向了俄罗斯，积极备战。俄罗斯方面考虑到此时与日本开战并非上策，至少在此时应该放弃对满洲的野心。漱石写作《伦敦通信》正是以这一连串事件发生的时代为背景的。

以下是4月3日的报道，从中可见日俄关系十分紧张，正处于一触即发的状态。

目前，对远东未来报以强烈关心的各列强之间充满了敌对情绪和不信任感，媒体对此一现状的关注、评论持续不断。在南方地区总督的激烈抗议和西方政府的警告下，皇帝考虑拒绝俄国强加的协定，这一消息在中国有识之士间开始广泛传播。骗取中国同意签署协定的尝试失败，这可以从两国的谈判交涉地转移至圣彼得堡的声明中推测而知。另外，驻俄国皇宫的中国大使患重病的原因被归结为不想在决定命运的文书上签名，他不能忘记前任大使被迫签署了与俄国的协定从而激怒中国皇帝，最后以命偿罪。李鸿章突然赴上海恐怕也是具有与此相同的意义。还有另外一种充满自信的主张，认为协定在不久的将来也许会被修正从而被接受。如果这样，那么会给日俄两国之间留下必须解决的、深刻的问题。爱国的热情在大和的领土上是强烈的，并且逐渐被煽动起来，日日高涨。即便内阁倾向于屈从、妥协，但人民的热情必定会压倒阁僚，反对软弱的政府，坚决诉诸战争。

　　日本希望引领欧洲国家和美利坚合众国，继续主张和维持"门户开放"和在中华帝国全土上平等交易的权利，在此基础上，日出之国的另外一个特别动机是抵制分割中国领土的想法，占领满洲与最终吞并朝鲜紧密相关不仅仅是东京方面独具慧眼的政治家的个人感受。虽然挑起事端并不是日本政治家的目的，但是他们的产业性进取精神使得他们不惜做出必要的牺牲来独力挽回作为贸易地和移居地合二为一的半岛。

据次日报纸报道，《纽约先驱报》（巴黎版）发表了附注日期星期一的北京特电，文中报道日本"不惜做好突入战争的精神准备，对拒绝与俄国签署满洲协定而导致的后果，日本方面将会负起应负的责任。特派员基于可信的情报了解到了这一日本致中国的文书内容"。同日的社论报道说"日本正在屯集战备物资，进行陆海军战备动员。此数月间，虽然各种警示频繁发出，但日本好像并未放弃战争的准备"。

以下引用4月8日《旗帜晚报》对俄国放弃满洲协定的一段报道，可以从中了解其背景。从这段报道中可以确认不惜发动战争的日本，其强硬态度是一个很重要的原因。

　　俄国政府在计划即将实现之时放弃签署满洲协定，此事现在看来几乎是确定无疑了。圣彼得堡发出明确指示，向俄国沙皇派驻海外的代表及其所在国政府通报此决定。（中略）这与几天前俄国官方报纸所刊载的内容一致。（中略）中国皇帝一旦在此时同意签署这一阴谋协定，他势必要面临国内臣民怒涛般的激愤之情。地方总督作为中国真正的统治者，是这场运动的先锋，他们在受过教育的有识之士和官僚阶层中间，引发了超出想象的热烈反响。满洲人自身也表现出不亚于中国人的爱国心，不断请愿，反对一切割让国家领土的行为。可想而知，俄国的这一慈悲决定（放弃满洲协定——藤尾注）也会因日本报纸报道而进一步加速促成日本内阁坚决反对俄国的吞并行为。我们已从横滨方面获知，在日本军港驻地发生了大规模陆、海军行动。（中略）对于俄国来说，全中国团结一致抵抗外敌，尤其是在获得日本卓越的海、陆军的支援下，这几乎是指日可待的。

当时，漱石所在的英国正处于争夺南非金矿、钻矿的战争旋涡中（1899～1902，南非战争）。《旗帜晚报》报道说，日本对朝鲜野心勃勃。3月30日报道说："据绝对可靠消息称，即使日本不得不单独或联合其他强国对俄开战，这也并不意味着日本谋求获得中国的某一片领土或企图开始瓜分中国。相反，为了把俄国驱逐出朝鲜，日本会希望把瓜分中国的工作交给俄国，日本的目的只是占领朝鲜。"据4月30日报纸报道，日本反对俄国吞并满洲的理由是，"引导欧洲国家以及美国，继续坚持'门户开放'，主张各国在中国的贸易平等权利，在这一切动机之外，日出之国还有特别动机，它之所以反对瓜分中国的满洲，是因为占领满洲会直接影响朝鲜的最终合并，意识到这一点的不仅仅是东京方面独具慧眼的政治家。挑起事端并不是日本政治家的目的。可是，他们为了独占已经融入了他们的产业进取精神、建立了贸易往来、已然成为他们移民领地的半岛，不惜做出一切必要的牺牲"。令人惊异的是，这则报道竟成为日后实现的日韩合并（1910）的预言。

本文开头部分引用的《伦敦通信》中的一节说"朝鲜真是一个绝佳的'是非之地'"，如果结合上述的新闻报道分析，这句话的意思不仅说明了"朝鲜"是日俄两国的战场，也意味着"朝鲜"是其他帝国主义野心之下的牺牲品。在这个意义上，朝鲜的确是一个"绝佳的是非之地"。

福泽谕吉认为，脱亚入欧是日本前进的路线。《脱亚论》（1885.3.16）中论述说："我日本国土虽在亚细亚之东方，但国民精神已摆脱亚细亚的固陋转向西洋文明。然则不幸之事在于近邻，一是支那，再是朝鲜。（中略）此两国者皆不知一身关系到一国之改进之路，交通至便的时代，竟然不闻不问文明之事物，即便耳闻目睹也不肯动心。其古风旧习与百千年前无异，在此文明日新的世代，论及教育必言儒教主义，学校教旨必称仁义礼智，从上至下皆以表面虚饰以为是，其实际没有所谓真理原则，岂止如此，至不讲廉耻，道德扫地之境地仍骄傲自大不知反省。以我辈视其两国，值此文明东渐之际，维系国家独立之道尽也。（中略）我国不可再等待邻国开明而共兴亚细亚，毋宁脱离队伍而与西洋文明之国共进退。而对支那、朝鲜也不要因邻国之故而特别对待，与西洋人的态度一致即可。"西洋文明被视为唯一的文明，其他国家都被视为野蛮国、未开化之国，这是典型的西洋中心主义的思维方式。引文中提到的所谓"西洋人的态度"，其实质是以文明支配野蛮为正当化的帝国主义政策。

可以说当时正是帝国主义时代，执著于固有文明，抵触近代文明，这无异于把自身当作诱饵投向强国。不过，不容否认如福泽所言，忘却自己身为亚洲人，一味地向西洋化迈进，这样就会丧失作为日本人或者是亚洲人的自我认同感，就会始终像奴隶一样模仿西洋，放弃了创造性地发挥自身主体性的机会。

而记下"朝鲜正是绝佳的'是非之地'"的漱石对祖国效仿西方列强，实行帝国主义国策持批判态度。漱石在日记中写道："支那人是比日本人更具荣誉感的国民。不幸的是，眼下正处于沉沦之中，将有心之人说成是日本人，不如说是支那人，支那人是一个十分荣耀的称呼。"（1901.3.15）义和团事件发生后，中国人被视为因"无知"而停滞不前的国民，应该效仿日本推行西化的主张在《旗帜晚报》上也刊登过。例如，1900年10月31日的报道："日本今日与我们处于共同的位置，是因为主动放弃了中国的古典，接受了西洋文化。我们深知受过西洋教育的中国人的为人。他们在身体上、智识上远远超过日本人，但他们被周围的无知、迷信、恶德所困扰和压迫。相对于日本人的自由，他们却被紧紧地束缚住，只是一个道德上的怯懦者。""除了无知的自大之外，完全不存在难以征服的敌人。铺设铁轨、架设电缆、开发矿山，处处可见人民的无知蒙昧和官僚的狡猾嘴脸。我们必须恐惧的是无知和迷信。让作为一个中华民族的中国人学习独立地理解、认识他们所说的西洋的野蛮人的实情、西洋人进行的贸易、西洋人贩卖的物品、西洋人买入的商品究竟是什么，当然最初的时候，他们期待紫禁城蜿蜒于地面，帝宫不会变成尘芥并永远不倒。（中略）我斗胆认为教育是我们成功的最大因素。因此，我确信'在外国的援助下'创建学校，会取得巨大的现实性的业绩。"记者肯定放弃对中国固有文化的执著，接受西洋文明才是最佳途径，但是，写有"支那人是比日本人更具荣誉感的国民"的漱石对此一西洋中心主义的见地并不认同，这一点我们是可以确认的。

　　日本公使馆成为义和团袭击的对象，为此日本政府派遣了军队。义和团事件使日军必须要和欧美军队协调一致采取军事行动，因此也可以说这是日本登上国际舞台亮相的标志性事件，而且外国人的评价也很积极。1900年11月10日刊登的报道中，法国公使馆一个叫作Pisyonn的人物主张："为了我们所期待的完全彻底的公正，不得不说日本人对我们是极为有利的。他们最了解中国和中国人，最能信赖联合国军队，并且能够提供确切情报。他们在我们被袭期间，成功传递我们陷入绝望境地的确切情报，给天津方面发去消息。而且，他们在法国军队活跃的北仓交战后，马上做出不等援军继续前进的决定。日本人凭借微弱的武力救出比我们更加饱受死亡威胁的中国基督教徒。他们在意大利的先遣部队和英法义勇军的支援下完成防卫任务。他们发挥了令人赞赏的勇气和杰出的才智，成功完成一切任务。他们的指挥官柴中佐是具备获得极高荣誉的军官之一。"

　　漱石留学的1902年1月30日，日、英两国缔结为同盟国。英国是西欧列强之首，因此可以说与之缔结同盟关系意味着脱亚入欧路线的成功。2月12日的《旗帜晚报》关于新同盟有如下报道：

　　　　今晨，公布了我们大英帝国与日本缔结的协定文书。这一协定是由日本政府面临这两年间所发生的大事件和纷争时仍然切实坚持一贯的政策而形成的。在那些最严酷的时期，英国外务省与大和国的意见完全一致，并得到了他们一贯的支持。现在，事态依然紧迫，需要高度防范，在两国判断一致的前提下，在外交、行政等活动中忠实履行协定，两强国之间以"具有法律约束效力的国际契约"形式达成相互理解，这是众望之所归。两国盟誓遂行的目的十分明确，即无论欧洲国家还是亚洲国家，切实尊重一切强国的既有权利。因此，将共同持有的原理以严密的契约形式确定下来，这意味着其背后存有更大动机。(中略)主张中华帝国和与之政治命运密切相关的接邻地域,东洋的文明国家在法律上应予以承认其领土完整、主权独立,在这一点上我们是具有正当性的。外强在这些地域范围内着手通商、殖产兴业,在拥有特权方面主张完全平等,这与我们协定的原则是并行不悖的。实际上从最初这一主张就与我们的原则是结合在一起的。中国皇帝依据条约所承认的任何一项权利,在他的全部领土范围内,必须毫无阻碍地为我们所享有。这当然不是圣詹姆斯宫殿和东京皇室之间签署的协定所做的最新主张,这早已被与德意志签署的协定所规定,而且所有内阁成员以某种形式对协定所规定的原则表示同意。

可是,所谓法律的有效性的依据在于是否能够实施。日英同盟的最大价值在于,无论直接还是间接都在维持现状和保护权利平等政策免受攻击并积极地主张其正当性。如果我们看一下今年1月30日于伦敦签署的协定的主要条款内容,就会了解两缔约国为了避免对既有权利的侵害,不超出和平协定的性质,经过了多么严格的部署和准备。据前文所述,两国政府为了维持远东现状与和平,对中国和朝鲜的独立自主、领土完整特别关心,而且也格外关注民间通商和殖产兴业,确保在这些国家中机会均等。有关单方面得利的一切意图仅在第一条条款中就已经再三被否认。两缔约国互相承认中国和朝鲜的独立,宣称绝不会受来自本国一切势力的影响。但是,两国明文规定必须保护各自的特别利益,承认当两国的"特殊利益"受到威胁时可以采取不得已之手段。所谓威胁基本上有两种情况,一种是其他强国的侵略行为,另一种是中国或朝鲜发生的骚乱使得国民生命、财产受到损害。那么什么特殊利益受到威胁才会使得两缔约国的单方面介入行为正当化呢?对大英帝国而言,这主要针对的是中国。可是条约另外言及日本"在朝鲜的通商、产业、政治等方面都具有特殊利益"。对于完全了解问题的动向的人来说,无须上述这样详细的规定。关于在中华帝国的贸易和居留问题,我们坚决要行使条约中规定的权利,这是可以被充分理解的。日本的意图在于避免其在朝鲜一直以来的影响力被他国取代、瓦解。另外,我们还须探讨这一协定在两缔约国实行各自的行为时究竟具有怎样的作用。协定中规定,两缔约国的任何一方为了保护自己的利益而被迫卷入与第三国的战争，另一缔约国必须尽最大努力严守中立，防止其他强国与同盟国敌对而参加战争。表面上看似中立态度没有履行什么有特殊价值的支援，但是参照地图就会重新看待这一表面印象。这是西太平洋的两个海军大国的协定，日本可以提供环列岛海岸线上所有港口作为军事基地，而大英帝国拥有联结中国近海和苏联并止于香港的海军停泊航线，具有不可小觑的优势。乍看起来条约中并未规定超出友好、中立以上的任何内容，但是可以想象海上交战国拥有良港和军事基地的话会占据多大的优势。总之，充分行使协定上规约的外交作用，对于企图侵略他国的强国有重大影响。在此之前我们一直关注的是，两缔约国中的一方陷入与敌人一对一的交战事态，其实战争往往是因为其他敌对国的参与而扩大，而契约则成为语言上具有最完整意味的同盟。在协定中为了说明伙伴关系协作国二度使用"同盟国"一词，这是意味深长的。比之更弱的词语是无法应对眼前事态的。因为一旦日本或大英帝国面临第二个敌对国时，按规定另一方就会成为支援者。协定规定，战争是共同参与的，和平只有在双方意见达成一致时才能实现。因为单方面参与战争的情况是很少的，因此这一协定具有非常强烈的约束性，将两国绑在了一块成为同盟国。当然，还存在一个问题，双方一致同意不再签订任何可能有损协定保护利益的单方面协定，因此这就使得任何一方都存在自己的部分利益受损的危险，那么双方就要保证随时进行坦诚的、充分的意见交换。关于协定的有效期限，至少具有5年的效力——事实上有效期限已经不止于此——废弃条约需要在期满前1年提前通知。

无论从哪一方面来看，这个国家与远东海洋大国联手从事的事业，本国不仅同意、认可，还会热情地接受。伊藤侯爵访问期间，为了缔结维护共同权益的紧密、恒久的关系——目前双方已经达成了共识并认识到协定的必要性——而有了验证两个民族共同体的本能的欲求的机会。尤其是索尔兹伯里侯爵在中国处于很多事件集中爆发的不稳定时期，他的很多极富预见性的智识被关注。他的基本原则是，在主张门户开放、反对领土分割的基础上，把在东亚拥有利益关系的所有强国结合起来。与日本缔结的特效协定进一步声援了坚持权利平等、尊重条约的国际原则。从历史上来看，这个协定的签署在远东面临紧迫的新问题时期是具有划时代意义的。实际上，这是得到了大英帝国总理大臣和继他之后主掌海外事务的兰斯顿大臣的一贯支持的政策性成果，只不过是以此种方式具体化了。应该由衷地祝福他们二人。我们在这一时点上还不能太得意，认为自己已经看清了一切。虽然我们深知问题的关键还不在我们手上，但至少我们能够顺着事态的发展达成了很多目的。

正像报道中所言及的那样，在缔结同盟之前，伊藤博文出访了伦敦，1901年12月28日《旗帜晚报》关于伊藤博文和近代日本做出如下报道：

> 昨天下午，国王在马尔巴罗王府欢迎伊藤侯爵。侯爵是英国人民乐于欢迎的宾客，他的访问唯一的缺点是逗留时间太短。侯爵也是日本的老牌政治家，与我国很多阁僚相识，在一些场合需要时间联络感情。伦敦市长还要在下周五中午宴请他以示敬意。之后他逗留不到一周的时间就必须离开，所以他不可能一一接待蜂拥而至的代表国民利益的各种团体。尽管如此，像这种精力充沛、做事规矩的人物，我们尽管相信他会最大限度地利用自己的自由观察之便。这次在远东发生的事件，使得因侯爵的爱国勇气而日渐伟大的岛屿帝国和大英帝国的关系亲密无间。当然，即便共同的利益关系没有把东、西两个岛屿帝国联结在一起，但因为他的传奇经历和卓越品质，我们也会把超乎寻常的敬意奉献给他。眼下他还不是总理大臣，不过他俨然已经受领了任命状一样成为负责解释国民情操的权威人士。（中略）伊藤侯爵并不是以陌生人的身份来访问的。他为了祖国的重生从最初就积极地亲近欧洲的思考方式，摄取西洋文明，这些正是发生在英国。他是日本人中为了实现政治外交而最早掌握英语的人。如果他不是典型的、卓越的日本爱国者，那么从他的趣味、友情、业绩来看，说他是英国人，我们也不会反对。

> 这是他第三次来到英国，将自己沉浸在英国的生活氛围中。自从主张重生的祖国应该具有作为文明国之一的权利以来，已经过去三十

年了。尽管当时作为使节来访以失败告终，但那以后始终致力于在当时看来备受质疑且远不可及的目标，并引以为豪。把古老的中世日本改造成一个自由进步的王国，在这一过程中起到重要作用的侯爵要求与基督教国家最强大的政治家平等对话，这是合乎道理的。他也和爱好图画一般的美景和拥有风雅之心的西洋人一样，对日本发展存有感到遗憾之处。可是，如果比较一下旧体制下国内不断发生的流血事件和现在普及天下的和平秩序，他也就认可了自己所从事的工作。当然对于利己的旁观者而言，封建时代手持血剑的家臣比穿着晚礼服的议会代表更为浪漫，帝国议会崭新的议事堂也不如古刹宗祠那样魅惑人心，衰老比坚固强大更令人兴趣盎然。

无所谓是非善恶，总之，日本在迅猛发展的道路上正在成为一个有序的、活力十足的社会。这里所言的进步，只有欧化的后继者们才能理解。日本在维新之后发生的惊人的变化以及变化的迅速性、有效性，几乎可以说是一个奇迹。我们的客人既是这一变化的主要推动者之一，同时也是这一变化最好的例证。

把李鸿章与伊藤博文对照起来加以比较是最好不过的。后者由于吸取了我们的思考方式的本质，变得与欧洲人没有什么不同。可以说自少年时代起他的毕生精力与作为，即便是以我们的最高标准为参照，也是毫不逊色的。自佩里提督驶入江户湾那天起近代就开始了，这种认识已成为日本人的历史常识。对于东京的评论家而言，这件事就如同英国清教徒们登上美洲大陆之于美国历史学者的意义。毫无疑问，美国因打破了英国守旧贵族竭力维护的通商壁垒而进入到伟大的觉醒时期。但又有谁能预见到在最黑暗、最封建的君主制国家一隅，一个年轻人凭借自己的力量终结了混乱的社会状态和专制的独裁统治，以复归天皇在宪法上的权威为旨归，推行西洋文明并付诸实践。我们今天热烈欢迎的宾客伊藤侯爵正是预见了这一切的年轻人之一。

这段文字要强调的是，伊藤的人品与西洋人没有什么不同，日本成了西洋式文明国家，这表明脱亚入欧路线获得了成功，甚至获得西洋的认可。

可是，漱石质疑的是日本人能如此轻易地西化吗？这不过是一种幻想而已。他的英国文学研究从最初就不得不直面与英国批评家、研究者不同的经历，对英国文学的理解始终都令他不安、烦恼。他的出发点正是基于此种质疑而产生的"自我本位"意识。日本研究者对英国文学的批评即便与英国批评家有分歧，但这是基于自身内在的趣味、价值观所做出的判断，也可以说这正是日本研究者的立足点——"自我本位"。趣味、价值观等批评根据是由国民固有的历史、社会条件等因素形成的，是世界普遍性相对的。在这个意义上，英国人的趣味、价值观与日本人并没有什么不同，它几乎化为体质性的东西，为各国国民所自然拥有，其他国民是无法轻易体察的。尽管如此，有人亦步亦趋地效仿英国批评家的口吻，这是屈从于强国权威的奴隶根性使然。漱石要说的是，日本人应该自觉、自尊，以自身的价值为基准做出主体性判断。在《我的个人主义》（1914）一文中漱石如此论述道："比如西洋人评价这是一首漂亮的诗，韵律非常好云云，那是西洋人的所见所感，虽然与我并非毫无参考价值，但如果我没有这番感受的话，终究不会拾人牙慧，现学现卖。我是一个独立的日本人，绝不是西洋人的奴隶，这样的见识是每一个国民所必须具有的。"

这样就有可能将日本人从当时极具优越感的英国人的威压下解放出来，使日本人恢复主体性自觉和自我认同。

附记：关于中国地名的汉字标记得到了日本学研究中心秦刚教授的指点，特此致谢。

从解读鲁迅出发的反思革命政治

程 凯[*]

2012年1月,钱理群教授的《毛泽东时代和后毛泽东时代(1949~2009):另一种历史书写》出版。尽管作者把它看成一本了结一生心愿的总结性的著作,可我却宁愿把它放回到钱理群先生三十年来的著述系列中加以把握,把它看成作者自身精神史的一个环节。

读完《毛泽东时代和后毛泽东时代》后,我强烈的冲动就是把作者之前写的书重读一遍。那些书一直被我单纯当作专业著作来研读,却相对忽视了作者自身与现代史、当代史的高度相关性。而无论之前的《我的精神自传》还是这本《毛泽东时代和后毛泽东时代》,都把作者与当代史的血肉联系充分展现出来。相比许多当代史亲历者的回忆或历史书写常常把自己及他人描述为被历史左右、伤害的被动个体,钱理群至今仍保有并积极看待那种主动参与、介入到历史中的热情。这大概是"毛泽东时代"带给他的"底色"。当代史对于钱理群而言始终是一个有"我"的历史,或者说是"我"在其中的历史。他的"我"是不断按照各个时期最富理想性、感召力、责任感的时代要求来自我形塑的——对20世纪50、60年代而言是"知识青年"和"革命接班人"、对70年代而言是"无产阶级革命战士"、对80年代而言是知识分子加"改革者"、对90年代而言是批判知识

---

[*] 社科院文学所副研究员

分子加学者。就此而言，他是一个积极、主动地被时代造就，并与时代一起摆荡的主体。即便是他的现代文学研究也应该放在他的当代意识中加以定位和理解。从这个角度说，《我的精神自传》与《毛泽东时代和后毛泽东时代》这两部总结性著作倒可以作为把握钱理群思想脉络的入门书，但不是把其中呈现的作者的自我总结作为现成结论，而是在理解他与当代史相关性的基础上，将其过去写作作为一种历史文本，把握今天的意识与彼时意识的差异，呈现当初文本被今天意识所忽略、遮蔽的时代状况与脉络。

事实上，钱理群的毛泽东研究并不是在现代文学研究之外另开辟的"新"领域。读过《我的精神自传》《毛泽东时代和后毛泽东时代》就能意识到，对毛泽东、对中国革命、对革命政治的反思是他进入专业研究领域之前就确立，或者说始终无法摆脱的问题。而进入中国现代文学研究领域使得他能以更迂回、更坚实的方式面对这些问题。而对毛泽东思想和中国革命特质的一系列把握，也是从现代文学研究中不断激发、生长出来的。《毛泽东时代和后毛泽东时代》中一些贯穿性的命题都可以在之前的现代文学研究著述中找到其源头。像作者不断强调，乌托邦一旦被从彼岸引向此岸就会造成灾难性后果，就是《丰富的痛苦：堂吉诃德与哈姆雷特的东移》（《时代文艺》1993）一书总结、阐发的。而在《话说周氏兄弟：北大演讲录》（《山东画报》1999）中已经可以看到作者着手毛泽东研究所提出的一系列初步命题。但这些还是就直接相关性而言，更重要的是他如何能够借助现代文学研究找到将革命思想、革命政治相对化的资源，以形成对它的批判性视角。而这样一种批判视角的形成过程在今天看来存在哪些问题，又蕴涵着什么样的可能性？相比今天所能达到的"结论"，之前连续而又不断自我调整、自我颠覆的思索过程也许更值得追踪。它们的"现实针对性"和试图赋予现实的方向感，有的较为显豁，有的则隐藏于历史的缝隙中。在这样一个追寻思考过程的尝试中，我尤为关注钱理群的鲁迅研究与其反思革命政治的关系。在现代文学研究领域，钱理群以鲁迅研究专家著称。但看过《毛泽东时代与后毛泽东时代》之后，才能深切地体会到，对他而言，理解、体会、解读鲁迅不仅是其学术工作的起点和工作领域，更是一个曾经的"知识青年""革命青年"面对革命的失败，反思革命政治，重新塑造自我最重要的依托资源和媒介。无论对革命的反思、对政治的理解、对理想知识分子的想象都随着作者的鲁迅解读、研究而渐渐成形、变化，并反过来变成对毛泽东时代把握的基本框架和立场。

钱理群"独立"的鲁迅研究真正开始于"文革"后期。而在整个书的结构中，"文革"十年，特别是"文革"后期也具有特殊的位置，无论是对前三十年"毛泽东时代"的批判性把握，还是对后三十年"后毛泽东时代"的整理，其理论依据都与"文革"后期混合着革命理论和"异端"思潮的反思、探索密切相关。不过，如果我们从对"毛泽东时代"和"后毛泽东时代"进行宏观理论性把握的立场稍稍后退一些，更瞩目于其具体历史过程的话，那么，我们对"文革"后期到新时期开始之前这一过渡阶段就需要有一种不同的把握方式，或者说，需要关注许多处于"微调"状态的因素。与此相关，如果我们从哪种主义、立场对未来三十年，乃至更长的中国道路更有影响力、更富预见性的判断标准上也后撤一些，关注一下"文革"后期哪些思潮、思考对从革命时代向后革命时代转化起到了切实的作用，则也会有新的因素进入我们的视野。换句话说，我们在追问"毛泽东时代"（本质上）是一个什么样的时代，"后毛泽东时代"是一个什么样的时代，它们各自的历史、思想后果，它们彼此构成何种关系这样的"根本"问题之外，也需要追问许多看上去是"次级"的，但却具有关键认识性作用的问题。比如，从"毛泽东时代"向"后毛泽东时代"的转化究竟是怎样一个历史过程？它基于何种现实条件，利用了哪些资源，达到了什么状态？如果这些问题被认真对待、处理，则基于主义、立场、体制的历史把握方式就能得到有效的平衡。

恰好在把握革命时代如何向后革命时代转化的问题上，鲁迅作为一种思想资源具有枢纽性作用。因为，鲁迅既是革命时代被尊崇的真正革命立场的代表，同时又是革命者反思革命时普遍依据的精神资源。以鲁迅为中介的对革命的反思和再认识的特殊性在于：一方面它高度配合革命者在革命中受挫的幻灭感和彷徨感，但又不直接导致对革命的彻底否定，而以"绝望中的抗争"构成对主体的激励；另一方面，它不诉诸观念论与立场性的结论，但却保有政治处境中的原则性。

可以说，鲁迅身上集中了在革命内部反思革命的几个关键性因素。一是鲁迅认同革命，不回避革命政治，但始终保持对革命政治中的功利主义和无原则性的批判。换句话说，鲁迅的言论有鲜明的政治性，但它的政治性的有效边界控制在言论的、"无实力"的范围内，因此能够将现实政治中的无原则性相对化。这形成对革命政治反思的基础。二是鲁迅对革命的理解不受共产革命或其他党派立场的规范性限制。也就是说，鲁迅的革命感觉是基于中国近代以来不断累积的现实感觉，鲁迅之于共产革命的意义恰恰在于他可以成为一个中介将共产党规范的、受制于外来理论的革命理解还原到中国语境中复杂而多元的革命感觉上来[1]。这使得革命者在追随现实革命而碰壁、幻灭之后仍可以从鲁迅身上体会到"革命"的合理性、现实基础（"将'革命'视为确实具体地变革现实的事业"），因此不至于单纯抛弃革命，而有重新整理、理解革命的可能。三是鲁迅的创作、言论中特别保留着革命者与现实之间的张力关系——面对现实落后性时的忧虑、无奈，遭遇挫折后的彷徨，以及更重要的，基于现实的责任感与"绝望中的抗争"。

20世纪80年代中期，钱理群在完成其鲁迅研究代表作《心灵的探寻》时，曾对"文革"前的"鲁迅观"、"文革"后的"鲁迅观"进行过一系列对比：比如，之前强调鲁迅的民族立场，之后强调其个人立场、人类立场；之前塑造服膺党与群众的鲁迅，之后挖掘批判民众、改造国民性的鲁迅。这里，对"新鲁迅观"的界定高度配合着新时期之后确立的一系列价值观和思想立场。而如果将时间向前推，回到作者开始其"独立"的鲁迅研读的"文革"后期，那时作者要借助鲁迅面对的现实、思考鲁迅的方向与其说与个人主义等相关，不如说更与"文革"后期在革命内部反思革命的使命和问题意识相关。因此，在作者"文革"后期的鲁迅研读与80年代中期完成的对鲁迅的整理之间既有连续性又有问题意识的调整。更确切地说，我们今天把握的——包括钱理群自己整理的——80年代鲁迅研究的

---

[1] 丸山升先生在《革命文学论战中的鲁迅》中指出："对鲁迅来说，'阶级'这一概念，并没有采用明确的马克思主义内容，而是采用统治者与被统治者、主人与奴隶、富翁与穷人、老爷与民众等较早的形态。我曾经说过，鲁迅'从进化论发展到阶级论'，并不意味着从'进化'到'革命'，或者是从'非革命'到'革命'的变化，可以说，这是作为中国革命、作为变革的承担者，与实现这一革命或变革之间，在看法上的变化。"（《国外鲁迅研究论集》，北京大学出版社，1981，第132页）

结论更容易集中于已经过调整、配合 80 年代价值观的部分，然而更值得挖掘的，或者说在当时使得钱理群的鲁迅研究真正发挥了历史影响的也许更在于延续了"文革"后期问题意识的那部分。

钱理群在他的《走进当代的鲁迅》一书中收入了其"早期"的鲁迅论。其中，写于 1977 年初的《老谱新用——读鲁迅杂文、书信札记》基本是以模仿鲁迅笔法的方式批判革命政治中的无原则状态——那些看似最诉诸原则、立场的革命话语、行为实际上却往往限于最变幻无常、自相矛盾的境地。而更早的一篇——写于"文革"尚未结束的 1976 年 3 月——《读〈野草〉、〈朝花夕拾〉随笔》似乎可以看成《心灵的探寻》的雏形。在这篇文章中，作者引人瞩目地提出一系列命题。比如，"彷徨"对于"战士"的正面意义：

> 伟大如鲁迅者，面对着时代的大动荡、大分化、大改组，在未认清历史前进方向，未找到战斗的武器和依靠力量之前，也不能不有一时的"彷徨"……但这"彷徨"同样是伟大的，因为这是战士的"彷徨"。对于那些认为"现状"好得不能再好，颂歌唱之不及的"高升"者来说，难道会有什么"彷徨"么？对于那些心如死灰醉生梦死的"退隐"者流，当然也无所谓"彷徨"。鲁迅"彷徨"着，绝非对于革命事业的动摇，——恰恰相反，他正是执著地追求革命才"彷徨"的；鲁迅"彷徨"着，绝非对革命工作的倦怠——恰恰相反，他正是为了更好地坚持革命而"彷徨"。鲁迅的"彷徨"，从形而上学的眼光看来，是绝对消极的；但按照革命辩证法的观点，却包含着积极的因素：它标志着鲁迅与"高升"者、"退隐"者的彻底决裂；它预示着鲁迅思想发展历程上即将出现一个更加伟大的飞跃。①

与此相关的还有对鲁迅以"怀疑"为先导的"思想改造"（思想转变）方式的阐发与定位：

---

① 钱理群：《走进当代的鲁迅》，北京大学出版社，1999，第 366 页。

不论这些自以为"革命"的"评论家"如何挥舞吓人的大棒，鲁迅都毫不动摇地坚持自己的"一定之规"：第一，思想的转变，是需要条件的，"倘没有应具的条件"，"即使自说已变，实际上却没有变"。过早地宣布"转变"，不过是自欺欺人，"忽然一天晚上自称突变过来"，迟早有一天要露出尾巴，"又突变回去"。第二，一切结论，即使是科学的结论，革命的真理，也要经过自己独立的思考与消化，用事实加以检验，才能真正化为自己的血肉。如果实际并没有接受这些结论，甚至有所怀疑，却要"硬装前进"，以"革命"词句以自饰，那恐怕反要将革命真理歪曲，还不如公开说出自己的怀疑。第三，但鲁迅也绝不把自己的思想和怀疑凝固化。……他公布自己的怀疑，不是为了坚持，而正是为了克服……鲁迅最重视的是客观事实与实践。当实践还不足以证明他的怀疑的错误，他是宁愿当"落伍者"也不肯轻易地放弃他的怀疑的……但一旦实践证明他的怀疑是错误的，那他就毫不犹豫地放弃自己的怀疑，心悦诚服地接受他过去曾经怀疑过的真理，并同样是公开地在读者面前批判他过去的怀疑的错误，公开宣布自己终于获得的真理。①

对鲁迅的"彷徨""怀疑"，80年代之后的鲁迅研究中有更深入、准确的把握，但越来越多的相关研究是在"精神哲学""自我深度"，乃至存在主义等问题维度上展开相关讨论，与之对应的是业经个人化、哲学化的鲁迅。而钱理群当年的讨论是以作为"战士"的鲁迅为前提，追寻"彷徨""怀疑"对一个"战士"的意义，或者更准确说是对于一个真实的、有反思能力和责任的主体而言，经过什么样的思想、精神过程才能成为一个真正的"战士"。特别是当革命对革命者的要求已经被简化到"臣服"的程度，而革命者丧失在革命中找到主体位置的状况下，拒绝直接地、突变式地进入革命，或者说在进入革命，成为革命者的同时保有"独立思考与消化"的能力已经成为挽救革命必须诉诸的问题——这与后来强调的知识分子式的独立思考有微妙差异。这里的革命已是处于危机中的革命。如

---

① 钱理群：《走进当代的鲁迅》，第378页。

何在革命的危机中救出革命的"火"以及实现革命者的自我救赎，构成这篇论文的问题意识。

在对《死火》的分析中，作者这样复述这个故事：

> 我觉得一切都已死灭，"许多烈士的血都被人们踏灭"，革命死了——"什么都要重新做过"。我不惜坠到冰谷里去寻找着"死火"——那死去了的革命的火。我是怎样地渴望着被遗弃的革命的火"重新烧起"，并且"永不冰洁，永得燃烧"呀！然而，无情的现实却预示着：革命的火终会"烧完"，一切又要死灭。但是，与其现在就"冻灭"，不如奋战之后再"烧完"。于是，我与"死火"跃起并冲出冰谷口外！尽管我终于碾死在象征反动势力的"大石车"下，我却因救出了革命的火而"得意地""哈哈"大笑！①

这里，面对革命的"死"以及"革命的火终会'烧完'"，一方面不可回避的是"绝望"的真实，但另一方面是绝望与清醒之后继续"战斗"的选择。只是支持这种战斗的不再是自我复原式的"理想主义"或者单纯信仰，而是"怀疑于自己的绝望"以及"现实的战斗"。换句话说，经历了革命的"死"已不可能回到原有的立场，但并不能因此放弃战斗。在幻灭之后如何继续战斗，在清醒之后如何"行"，在确定的目标、前途已经丧失后，曾经的革命者如何自处？对于经历"文革"的青年来说，这是与中国向何处去同样急迫，甚至更为切身的问题。作者正是通过解读鲁迅力图回应这些时代核心课题。

鲁迅对于作者而言——乃至对于同时代的诸多青年而言——都不仅是文学资源，而更是政治性的思想资源。但这里的"政治"不是一般政治议题层面的政治，它意味着面对"文革"十年的"泛政治化"过程所造成的政治感觉的僵化与疲软，如何在个体层面激发、重塑，与有活力、有责任的政治意识相配合的，敢于直面现实而又积极、不消沉的主体状态。这样一种责任感的重塑，既出于对革命激进化后果的反思，但同时延续着革命

---

① 钱理群：《走进当代的鲁迅》，第382页。

时代对主体要求的方式与方向——如何在共同的集体事业中定位个人的位置、作用,如何造成与之相配合的自觉意识、思想觉悟、责任感,并从中获得自我充实。

50年代初期,曾流行"政治家与事务主义者"的说法。这一说法中的"政治家"不是从事政治工作的人,而是在一般工作岗位上而能有积极、主动的思考,能在"螺丝钉"的位置上发挥能动性作用的人。与之相对的是,即便身处政治工作岗位,如果只是一个"驯服工具"而缺乏自主性的思考也只是一个"事务主义"者。这一命题更进一步的要求是特别针对那些身处事务性工作岗位的人,比如,做收发工作者,似乎是最不需要政治性思考的人,但却特别被要求发挥积极、主动的作用。再进一步,则引申到身处逆境而易于丧失积极态度的人也需要从做"政治家"不做"事务主义者"的说法中汲取能量。看上去——按今天的理解——这一要求是试图教育每一个处于事务岗位或非事务岗位,处于顺境或逆境中的工作者都要安于做"螺丝钉"。但实际上,它强调的不仅是支配关系,而是要在革命的语境下破除职务分工意义上的"政治家""非政治家",更确切地说是破除"政治""非政治"的区隔,使得任何一个位置上的"政治性"与"非政治性"都可以相互转化。它以诉诸个体的政治性自觉来打造整个社会的政治感觉,来重新定义"工作""革命"和"政治",而这个政治性自觉("政治觉悟")其实并不单指可形诸言语的立场表态、政治认识,却同时基于普通人的(集体)责任意识、荣誉感、进取心等品质。

《毛主席的孩子们——红卫兵一代的成长与经历》一书的作者曾指出:"学校系统所要塑造的'社会主义新人'的形象具有两种截然相反的特征。一方面,是自觉的忘我,对集体的服从;而另一方面,却是主动、果敢与创新。教师的工作就是使孩子们毫无冲突地适应这两种相反的要求,并形成其信仰。"① 这矛盾的两者——包括做"驯服工具""螺丝钉"和做"政治家"、发挥主观能动性——能够统一起来与革命的总体目标的存在密切相关,它意味着所有的工作都是"革命工作",它超出作为常规工作的意

---

① 阿妮达·陈:《毛主席的孩子们——红卫兵一代的成长与经历》,渤海湾出版公司,1988,第15页。

义,而被视为革命事业的一部分,它本身具有非常规性,换句话说,只有以非常规的态度从事常规性的工作才能显现出革命的"政治性"。

与此形成对照,钱理群在"文革"后期借助阅读鲁迅展开对革命政治的反思时,特别借助了《文艺与政治的歧途》(1927 年 12 月 21 日演讲)一文,将政治理解为"要维持现状",而文艺则是"不安于现状"的,由此逐渐引申出独立、反抗、不安于现状的知识分子与"要维持现状"的政治家之间的对立。在《毛泽东时代与后毛泽东时代》一书中,民间知识分子与一党专制政治体制之间的对立,后者对前者的压制,前者对后者的挑战构成贯穿性的线索。这个结构的来源在我看来与"文革"后期反思"文革"时所奠定的对"政治"的理解方式相关。但是,如果我们回到革命时代所定义的与"事务主义者"对立的"政治家"的界定上就会看出,革命政治中的"政治"恰好有力图克服常规政治的一面,因此,革命政治固然有"维持现状"的一面,但更值得理解的是它"不安于现状"的动力和造成的后果,以及这种特殊政治形态对一般人的调动与影响①。

回到《文艺与政治的歧途》这篇文章②会发现,鲁迅在文中批判的"政治"同样出于对现实革命政治(1925～1927 年的"大革命")的反思,但这一反思并未导致对革命政治的直接否定,它首先的步骤却是将"政治"——赤裸的权力政治、"维持现状"、不择手段——从"革命"中剥离出来。换句话说,革命有"政治"的一面,有维持现状、不择手段、无原则的因素,"政治革命家"有蜕化成"政治家"的危险,在此意义上,对"政治""政治家"的揭示就是对革命的批判。但革命本身却是与"政

---

① 事实上,钱理群自己的经历就能体现出革命政治对青年的感召。在《心灵的探寻》的"后记"中,他特别记述了自己因出身、政治表现不够格而被"发放"到偏远地区任教时,身处"逆境"中的自己"却始终保持了'发奋图强'、昂扬向上、积极进取的精神状态";我按照毛泽东的教导,自觉地把自己的本职工作——在一所小小的中等专业学校做语文教员——与整个国家、民族的振兴事业联系在一起,劲头十足地、兢兢业业地教育学生,同时,几乎是废寝忘食地读书,研究鲁迅……而我这样的精神状态,在我的同时代人中是有代表性的。(钱理群:《心灵的探寻》,上海文艺出版社,1988,第 348 页)
② "'文革'的另一方面的教训,却使我对政治本身产生疑问,在这方面,鲁迅的《文艺与政治的歧途》给了我很深的影响;后来我在《心灵的探寻》里,大谈政治家与思想者的不同逻辑,正是我在'文革'后期与'文革'后一直思考的问题。"(钱理群:《我的精神自传》,广西师范大学,2007,第 56 页)

治"对立的,革命在"不安于现状"的品质上更接近文学。因此,"文学"所起的作用是在"革命"蜕化为"政治"的危机中,保存、保持"不安于现状"的革命性、形成与"政治"的对抗和再将"政治"扭转为"革命"的可能性。"文学""文学家"在鲁迅对政治与革命的界定中处在转化的功能位置上,而不是一个固定的、安全的位置。而且,恰恰因为文学与政治的不对等关系——言论的"无力"与政治的"有力"——所以文学固然有与革命性相关的一面却不能直接转化为革命,或作为实际革命的替代品,造成实际革命的前提恰恰在于破除对"言论上的革命"的执念和固守。虽然革命从思想、言论落实为实践过程中("思想运动变成实际的社会运动时"),一定会丧失它的单纯、彻底和自足,一定产生"革命的污秽",但非此不足以称之为革命。这也是钱老师以往鲁迅研究中一直强调的问题。

只是,对鲁迅而言,从革命的政治化到政治的革命化是一个往返的过程,因此,"政治家"与"文学家"的对立是实现这种往返过程的一个环节,而不是最终达到的结论。在此意义上,鲁迅这一时期所说的"知识阶级"与"文学家"一样也是在与政治的动态关系中加以定位。甚至可以说,鲁迅在《关于知识阶级》(1927年10月25日)的演讲中更侧重的是知识阶级因其与平民的对立,因其与实际行动的脱离,因"言论"本身的无力而有着先天的缺陷。知识阶级的优势在于他可以"彻底"——"不顾利害"、永不满意、不与政治现实妥协——但这并不单纯是优点,它从另一面看就是弊端,因为如果革命要变成实际的话,就要牺牲这种"彻底"、无利害、单纯、一致。在此逻辑上,知识阶级注定是悲剧性的,而它只有完成、促成自己的悲剧性转化才是"真正的知识阶级"。鲁迅这一时期反复提及俄国文学家叶塞宁、梭波里等人的自杀,认为这些曾幻想革命的文学家碰死在自己理想(革命)实现的厚壁上恰恰证明俄国的革命是真正的革命。知识阶级要保持自己的安全、"纯洁"就只有住在"艺术之宫"或"象牙之塔"的选择。但鲁迅的结论是"我从来不叫人去牺牲,但也不要再爬进象牙之塔和知识阶级里去了"。所以,鲁迅说的"真的知识阶级"是"非(反)-知识阶级","真的文学家"是"非(反)-文学家"。

《文艺与政治的歧途》《关于知识阶级》都是充满了矛盾性说法、在矛盾性说法中推进的文本。这一方面由于两篇文章由演讲记录整理而成，有随意性。但更重要的是，1927年的上半年正是鲁迅面对大革命的现状产生巨大困惑的时期。一方面是新的革命迅速从设想转化为现实；另一方面是新的革命迅速分化，革命中权力政治的一面暴露无遗，但同时又酝酿着新的革命形态和对革命的再次颠覆。面对这样的混乱，面对失望与希望的交织，鲁迅的态度是让青年通过对"知识阶级""文学家"辩证关系的理解，既看到希望中的失望，也看到失望中的希望。这是鲁迅一贯的态度：不将希望与失望绝对化和对立化，所谓"绝望之为虚妄正与希望相同"；并且希望与绝望中都蕴涵着转化的契机，"于无所希望中得救"。而这也是钱理群在展开自己的鲁迅研究时特别把握到的要点。事实上，钱理群——及同代青年——彼时面对的现实困境、思想困境与鲁迅有相通的地方，尤其是对革命的失望，对"战士"身份深深的怀疑与厌倦，但同时出于革命时代确立的立场又不愿做书斋中的知识分子。钱理群在回到校园后给安顺的年轻朋友的一封信中集中表达了这种自我认识和选择上的矛盾：

> 这一年，我一直在"当学者"与"当战士"这两条道路中徘徊……我是一个怯懦的知识分子，我本来是一个再正统不过的、厌倦政治的中国传统知识分子，是文化大革命把我改造成现在这个样子，但我的劣根——不习惯于、厌倦甚至害怕政治——未除。过去十年，我之所以一直卷在政治斗争的第一线，一方面是客观形势把我推到了这个地位；另一方面，很大程度上，也是你们这些学生，年轻人推动着我走的。我离开了你们，成了孤独的一个人，就失去了勇气。我曾多次想，我如果不离开你们，或者你们都来到了北京，我也许就会在你们的推动下，不由自主地走上斗争之路。然而现在没有这个条件，而我却不习惯或者害怕去结识我所不熟悉的人，去寻找新的战友，这样我就只有深深地陷入苦闷之中了。我这样概括了我的矛盾：当学者，不肯；当战士，不敢；混日子，不愿。我承认并且自责我的自私与怯懦，我毕竟不是一个真正的革命者，不过是一个知识分子中的理想主义者。我看到了我的前途：在矛盾、苦闷、彷徨中，牢骚满腹地度过了我的一生。可是我不愿如此，不甘于如此，我要挣扎，却缺乏

必要的勇气。……在你的前进中，无论什么方面需要我的帮助的话，我仍然愿意为你助一臂之力。我即使不能当一名战士，当一名赞助者、支持者、同情者总可以吧？①

这里，值得注意的是，虽然作者从鲁迅那里获得对"知识分子"较为复杂的把握，但现实中，"学者""知识分子"的道路已经不是一个动态结构中的元素，而是实际的选择。知识分子已经变成了与革命者、"战士"绝对区别开的道路。虽然这时"革命者""战士"依然占有道德上的优势，但基于"政治家"与"思想者"，实际政治与"理想主义"对峙关系的认识，则"战士"越来越接近"政治家"一端，"知识分子"越来越接近"思想者"一端，"知识分子"与"战士"之间的对立关系会越来越强化，而原有革命时代中两者的转化关系会被逐渐削弱和忽视。不过，作者当年所陈述的矛盾"当学者，不肯；当战士，不敢；混日子，不愿"（三者都是革命教育的后果）恰好表明在革命造成的伤害（当战士，不敢）、革命的动态立场（当学者，不肯）、革命的充实要求（混日子，不愿）几重因素会聚一身时彼此之间复杂的相互制约关系。正是在这种制约关系中产生出某种"调适性"立场，这种调适性中恰恰体现着面对现实困境的真实感和分寸感。

阅读钱理群早期的鲁迅研究文章，总会看出许多革命时代的"尾巴"。或者说那时的作者是力图用"修正"的方式调整、创造新的阅读鲁迅的感觉和把握方式。比如，承认鲁迅有从"进化论"到"革命论"的"思想飞跃"，但强调飞跃前的"彷徨"，承认鲁迅经历了"思想改造"，但注重"改造"前"怀疑"的意义。到了写作《心灵的探寻》时，作者又特别总结出解读鲁迅要从"重结果"到"重过程"的命题：

在40、50、60年代占据支配地位的毛泽东对鲁迅的经典评价中，可以看出一种重"结果"而不重"过程"的趋向，即注重鲁迅结论的"正确"，不注重鲁迅在得出正确结论之前探索的曲折与痛苦；注重鲁

---

① 钱理群：《我的精神自传》，第56～57页。

迅行动的"坚决""勇敢",不注重鲁迅在坚决、勇敢行动之前的犹豫与彷徨;注重鲁迅对于民族的"忠诚"与"热忱",不注重鲁迅对于民族的失望,对民族弱点的憎恨,以及由此引起的矛盾与斗争,等等。(13页)

从"重结果"转向"重过程"表面看是还原鲁迅本来面目的必然要求,但其实这一命题背后有着呼应"新时期"政治课题的现实针对性,也就是在失去了规定性的、明确的、自上而下的"革命指示"之后,如何真实面对现实困境,如何把进一步的行动建立在反思和探索真理的勇气的基础上:

> 到了70、80年代,我们整个民族的社会心理发生了极大变化:现成的结论、模式,受到怀疑,进行重新审视,开始了全民族的大探索;探索真理的权利开始回到人民(包括作家、思想家)手里,并且变成了亿万人们的实践活动。

在整个社会已失去确定方向,"社会主义"已经不像50、60年代那样内涵清晰、方向明确的状况下,"解放"对建设者、对一般民众意味着更严峻的考验:要放弃过去的盲从,学会在痛苦、矛盾甚至绝望中摸索前进,同时要自我深化,完成民族品格的再造。于是,鲁迅的品格被描述成80年代改革者应有的品质:

> 人们的兴趣已经转移到鲁迅作为20世纪中国的伟大先驱者,他在探索民族变革、复兴道路过程中所面临的矛盾(外在的,更是内在的),他复杂万端的心态与情感,他的激愤与焦躁,感伤和痛苦,以及鲁迅怎样从"内心的炼狱"中挣扎出来,找到正确的道路。……鲁迅正是通过这种探求,真正深入到民族大多数普通人民的心灵深处,转化为真正的精神力量。(14页)

这里,作者借鲁迅研究所要完成的使命恰恰是他给自己在"新时期"

的定位,就是为"革新者"提供精神的支持,或者说借助新的鲁迅像的塑造来打造"革新者"应有的精神品质。事实上,《心灵的探寻》一书的题词就是"谨献给正在致力于中国人及中国社会改造的青年朋友们"。而无论是"改造""中国人及中国社会"的命题,还是"青年朋友们"的对象设定都延续着"革命时代"的诉求,只是"革命"被"改造"替换,"革命者"被"革新者"替换。但毫无疑问,书中不断提到的"革新者"很大程度上延续了"战士"的品质,但它同时又带有"知识分子"理想形象的参照。确切地说,"革新者"是一个介于"战士"和"知识分子"之间,而兼容两者积极品质的形象。由此值得注意的是,无论"战士"还是"知识分子",在80年代的语境中都不能独立作为积极的因素发挥作用,而要相互制约、相互补充。而这样一种张力关系随着革命合法性的进一步衰落,随着社会共识的进一步分化也渐渐失落了。

今天,钱理群将自己的理想立场设定为"真的知识阶级""'学者'和'精神界战士'相结合"①,其出发点也是想保持这之间的张力,避免使自己的立场流于固定的一端。但今天对"知识分子"的理解已经越来越偏于独立、自由、批判的一面,由此形成与"政治""政治家"的对立;而无论在革命年代或在"新时期"初始时,支配与创造、限制与自由、"政治"与"文学""战士"与"知识分子"相互制约又相互转化的可能则在这种对峙中变得难以还原。如果相比当年钱理群通过鲁迅研究所呈现的对革命政治的反思,那么,今天他对毛泽东时代的历史书写和历史批判显得"彻底"得多,但这恰好源于作者当年那种与自己的批判对象既割裂又连续,既批判又同情,既要清理又要创造性接续的态度已经逐渐淡化了,同时,那种在多重身份、多种道路选择间犹豫、彷徨的心态也被对确定立场的信任所取代。因此,与其把钱老师在新书中达到的批判立场作为结论接受下来,我更愿意追寻这一批判立场形成的经验过程和历史环节,并力图去摸索、还原其中蕴涵的历史认识与思想认识的契机。

---

① 钱理群:《一个小结:走"学者"和"精神界战士"相结合之路》(《我的精神自传》,第75、76页)

袁枚诗学的核心观念与批评实践

蒋 寅[*]

袁枚（1716~1798）诗学在他生前就被命名为性灵派，当代的批评史或研究论著更以"性灵"为核心建立起关于其诗学的阐说[①]，但不可否认的是，对袁枚诗学的解说很少能概括出什么有价值的理论命题，因为袁枚诗学的基本品格就是破而不立，很有点解构理论的味道[②]。它在理论和观念上表现为取消绝对的价值和典范，在创作和批评实践上则体现为颠覆诗家通行的法则和要求。相比之下，后者更代表着性灵诗学处理问题的方式，

---

[*] 社科院文学所研究员

[①] 有关袁枚诗学研究，较重要的论著有铃木虎雄《中国诗论史》，洪顺隆译，台湾商务印书馆，1972；顾远芗《随园诗说的研究》，商务印书馆，1936；青木正儿《清代文学评论史》，杨铁婴译，中国社会科学出版社，1988；吴宏一《清代诗学初探》，台湾牧童出版社，1977；郭绍虞《中国文学批评史》，上海古籍出版社，1979；杜松柏《袁枚》，国家出版社，1982；松下忠《江户时代的诗风诗论》，范建明译，学苑出版社，2008；胡明《袁枚诗学述论》，黄山书社，1986；简有仪《袁枚研究》，文史哲出版社，1988；司仲敖《随园及其性灵诗说之研究》，文史哲出版社，1988；张健《清代诗学研究》，北京大学出版社，1999；王建生《袁枚的文学批评》，圣环图书公司，2001；王英志《袁枚评传》，南京大学出版社，2002；王英志《袁枚"性灵说"探源》，《昆明师范学院学报》1982年第4期；陆海明《袁枚的文学批评论》，《文艺理论研究》1983年第1期；张简坤明《再论"性灵"一词的涵义——"袁枚性灵诗论"为例》，《清代学术论丛》第六辑，文津出版社，2001。

[②] 详见蒋寅《袁枚性灵诗学的解构倾向》，《文学评论》2013年第2期。

也更清楚地体现了性灵诗学的实践品格。这一点很少为历来的研究者所注意,本文希望就此略作分析。

一

从唐代开始,一种诗学的基本品格就不再取决于论者标榜什么样的审美理想,而在于接受何种诗歌传统。对诗歌传统的态度及其具体取舍决定了诗人的写作方式和批评立场。时代越往后这种趋向就越明显,到清代基本已成为固定的事实。

"诗有工拙,而无古今。"(《与沈大宗伯论诗书》)① 这是袁枚论诗的基本立场,也是他的诗史观,决定了他对古今诗歌的根本看法。袁枚由此在理论上解构了绝对的价值和经典,诗史上某些时代的典范性由此丧失其成立的依据而无所附丽,而明清以来作为典范的唐宋诗之争在他眼里也从而变得无足轻重:"论诗区别唐、宋,判分中、晚,余雅不喜。"② 不要说唐宋,诗歌史上各个时期都有不同的特点,自然都无须区别,这便导出一个与叶燮观念相印证的诘问:"夫诗宁有定格哉?《国风》之格,不同乎《雅》《颂》;皋、禹之歌,不同乎《三百篇》;汉魏、六朝之诗,不同乎三唐。谈格者将奚从?"③ 在这种情况下,学者绝不能固守一家,自以为是,而必须广收博采,荟萃不同作家的独特造诣:"须知王、孟清幽,岂可施诸边塞?杜、韩排奡,未便播之管弦。沈、宋庄重,到山野则俗;卢仝险怪,登庙堂则野。韦、柳隽逸,不宜长篇;苏、黄瘦硬,短于言情。悱恻芬芳,非温、李、冬郎不可;属词比事,非元、白、梅村不可。古人各成一家,业已传名而去。后人不得不兼综条贯,相题行事。虽才力笔性,各有所宜,未容勉强。"④ 蒋士铨《题随园集》称赞袁枚:"古来只此笔数枝,怪哉公以一手持。"袁枚谦称"余虽不能当此言,而私心窃向往

---

① 袁枚:《小仓山房文集》卷十七,王英志主编《袁枚全集》第2册,江苏古籍出版社,1993,第283页。
② 袁枚:《随园诗话》卷七,凤凰出版社,2000,第182页。
③ 赵翼:《瓯北诗钞》卷首,《赵翼全集》第4册,凤凰出版社,2009,第6页。
④ 赵翼:《瓯北诗钞》卷首,《赵翼全集》第4册,凤凰出版社,2009,第6页。

之"①，教后辈学诗曾说："古风须学李、杜、韩、苏四大家；近体须学中、晚、宋、元诸名家。"人问其故，答："李、杜、韩、苏才力太大，不屑抽筋入细，播入管弦，音节亦多未协。中、晚名家，便清脆可歌。"② 这与王渔洋指点门人学诗，强调择善而从，得各体之宜，诚有异曲同工之致。正因为如此，针对世间对他诗学渊源的议论，他在《遣性》其六回应说："独往独来一枝藤，上下千年力不胜。若问随园诗学某，三唐两宋有谁应？"③

尽管如此，"诗有工拙，而无古今"毕竟只是袁枚性灵派的立场，举世为诗者仍多为根深蒂固的门户结习所束缚。袁枚也曾有一番颇为形象的比拟：

> 抱韩、杜以凌人而粗脚笨手者，谓之权门托足。仿王、孟以矜高而半吞半吐者，谓之贫贱骄人。开口言盛唐及好用古人韵者，谓之木偶演戏。故意走宋人冷径者，谓之乞儿搬家。好叠韵、次韵，刺刺不休者，谓之村婆絮谈。一字一句，自注来历者，谓之骨董开店。④

据我考察，韩诗自康熙中叶开始，日益为诗家所重，急剧地加快了经典化的速度⑤。面对乾隆以来诗坛杜、韩并重的趋势，袁枚在《与稚存论诗书》中劝诫洪亮吉说："足下前年学杜，今年又复学韩。鄙意以洪子之心思学力，何不为洪子之诗，而必为韩子、杜子之诗哉？无论仪神袭貌，终嫌似是而非。就令是韩是杜矣，恐千百世后人，仍读韩、杜之诗，必不读类韩类杜之诗；使韩、杜生于今日，亦必别有一番境界，而断不肯为从前韩、杜之诗。"⑥ 这种态度与叶燮取消典范、独主创新的意识无疑是一脉相承的，叶燮还将杜甫、韩愈、苏轼推为古今三大家，袁枚却连这样的评

---

① 袁枚：《随园诗话》卷五，第113页。
② 袁枚：《随园诗话》卷七，第185页。
③ 袁枚：《小仓山房诗集》卷三十三，《袁枚全集》第1册，第807页。
④ 袁枚：《随园诗话》卷五，第112页。
⑤ 参看蒋寅《韩愈诗风变革的美学意义》，《政大中文学报》第18期，2012年11月。
⑥ 袁枚：《小仓山房文集》卷三十一，《袁枚全集》第2册，第565页。

价也不愿表态，自称"余于古人之诗，无所不爱，恰无偏嗜者"①。当有人问他本朝诗谁为第一时，他反问其人："《三百篇》以何首为第一？"其人不能答，他更晓谕之曰："诗如天生花卉，春兰秋菊，各有一时之秀，不容人为轩轾。音律风趣，能动人心目者，即为佳诗；无所为第一、第二也。有因其一时偶至而论者，如'不愁明月尽，自有夜珠来'一首，宋居沈上；'文章旧价留鸾掖，桃李新阴在鲤庭'一首，杨汝士压倒元、白是也。有总其全局而论者，如唐以李、杜、韩、白为大家，宋以欧、苏、陆、范为大家是也。若必专举一人，以覆盖一朝，则牡丹为花王，兰亦为王者之香。人于草木，不能评谁为第一，而况诗乎？"②事实上，且不说他根本不认为古今诗人可以简单地甲乙，就是举世公认的大家，也都各有其短处，学之不善必致流弊横生："学汉、魏《文选》者，其弊常流于假；学李、杜、韩、苏者，其弊常失于粗；学王、孟、韦、柳者，其弊常流于弱；学元、白、放翁者，其弊常失于浅；学温、李、冬郎者，其弊常失于纤"。只有"能吸诸家之精华，而吐其糟粕，则诸弊尽捐"。然而，限于才力，十之八九以失败告终，"大概杜、韩以学力胜，学之，刻鹄不成犹类鹜也。太白、东坡以天分胜，学之，画虎不成反类狗也"。最后他引佛祖"学我者死"的名言，断言"无佛之聪明而学佛，自然死矣"③。于是问题又被引向否定典范和师法前人之必要性的方向，其实质仍不外是要扭转人们的思维方式，消解传统和经典的绝对价值。

当一切绝对的价值和观念被弃捐之后，诗学的所有问题就有了一定的结论。涉及具体艺术表现和技巧问题，袁枚同样持一种不执一端的中道观，有时甚至可以说是对立统一的辩证观。这方面的例子简直举不胜举，比如关于"巧"，他有这样一些议论：

> 诗宜朴不宜巧，然必须大巧之朴；诗宜淡不宜浓，然必须浓后之淡。譬如大贵人，功成宦就，散发解簪，便是名士风流。若少年纨绔，遽为此态，便当答责。富家雕金琢玉，别有规模；然后竹几藤

---

① 袁枚：《随园诗话》卷四，第93页。
② 袁枚：《随园诗话》卷三，第52页。
③ 袁枚：《随园诗话》卷四，第77页。

床，非村夫贫相。①

　　萧子显自称："凡有著作，特寡思功；须其自来，不以力构。"此即陆放翁所谓"文章本天然，妙手偶得之"也。薛道衡登吟榻构思，闻人声则怒；陈后山作诗，家人为之逐去猫犬，婴儿都寄别家：此即少陵所谓"语不惊人死不休"也。二者不可偏废：盖诗有从天籁来者，有从人巧得者，不可执一以求。②

　　用巧无斧凿痕，用典无填砌痕，此是晚年成就之事。若初学者，正要他肯雕刻，方去费心；肯用典，方去读书。③

　　沈存中云："诗徒平正，若不出色，譬如三馆楷书，不可谓不端整；求其佳处，到死无一笔。"此言是也。然求佳句，诗便难作。戴殿撰有祺句云："但得闲身何必隐？不耽佳句易成诗。"④

　　这四段议论分别就巧与朴、人巧与天籁、巧与雕琢、局部与整体的关系论述了用巧的原则，从不同层次说明求朴不可遗巧、求天籁不必绝人巧、求天然不得废雕刻、尚端整不可无佳句的道理，颇具辩证色彩。值得注意的是，惯于解构一切价值和通行见解的倾向，几乎使袁枚放弃了正面立说的方式，即使表达自己希望的内容，也惯于使用否定式的表达："诗有干无华，是枯木也。有肉无骨，是夏虫也。有人无我，是傀儡也。有声无韵，是瓦缶也。有直无曲，是漏卮也。有格无趣，是土牛也。"⑤这不就等于说，诗须有干有花、有肉有骨、有人有我、有声有韵、有直有曲、有格有趣吗？但他偏不正面立说。如果那么说，就是格调派的家数了；性灵派的家数就是告诉你，诗学中没有什么必须固守的法则，也没什么一成不

---

① 袁枚：《随园诗话》卷五，第114页。
② 袁枚：《随园诗话》卷四，第95～96页。
③ 袁枚：《随园诗话》卷六，第132页。
④ 袁枚：《随园诗话》卷十二，第297页。
⑤ 袁枚：《随园诗话》卷七，第167页。

变的技巧，执著于任何观念都是固陋而愚蠢的。

可是，取消一切固有的价值观念和表现手法，作诗便没什么规则和目标可遵循。在这种情况下，如何保证诗歌仍是一种高雅的、值得尊重的艺术呢？这的确是不可回避的问题。很显然，袁枚是以"工拙"来划定其艺术底线的，即朱东润先生所说的，"随园论诗之骨干，在有工拙而无古今一语"①。"工拙"是指涉艺术表现完美程度的一对抽象概念，古代文论中更常用以指称其衡量标准的概念是"切"——这是夙为神韵派排斥而格调派又不屑于追求的境界。袁枚《随园诗话》论题咏之诗曾说：

> 陆鲁望过张承吉丹阳故居，言："祜善题目佳境，言不可刊置别处。此为才子之最也。"余深爱此言。自古文章所以流传至今者，皆即情即景，如化工肖物，着手成春，故能取不尽而用不竭。不然，一切语古人都已说尽，何以唐、宋、元、明，才子辈出，能各自成家而光景常新耶？即如一客之招，一夕之宴，开口便有一定分寸，贴切此人、此事，丝毫不容假借，方是题目佳境。若今日所咏，明日亦可咏之，此人可赠，他人亦可赠之；便是空腔虚套，陈腐不堪矣。②

题咏某地某人某事，必紧扣其地其人其事而出以最适当的艺术表现，这就是诗家所谓的"切"，它是衡量诗歌艺术表现最初步同时也是最终极的标准。因为它是着眼于完美度的概念，没有具体的规定性，所以又显得有点空泛。袁枚在谈到自己的选诗宗旨时曾这么说：

> 选诗如用人才，门户须宽，采取须严。能知派别之所由，则自然宽矣；能知精彩之所在，则自然严矣。余论诗似宽实严，尝口号云："声凭宫徵都须脆，味尽酸咸只要鲜。"③

的确，表面看上去似乎标准很宽泛，只要声脆味鲜即可；但究竟什么样

---

① 朱东润：《中国文学批评史大纲》，上海古籍出版社，2005，第332页。
② 袁枚：《随园诗话》卷一，第15页。
③ 袁枚：《随园诗话》卷七，第168页。

的声是脆,什么样的味是鲜,是有着他独特的理解和要求的。因此,类似"其言动心,其色夺目,其音悦耳,便是佳诗"① 这样的看似简单的标准,从某种意义上说其实是一种更严苛的要求。就像某些朋友择偶,没什么具体条件和要求,只说看着顺眼就行。可这"顺眼"是多么高的要求啊!若要个子高,要眼睛大,要身材好,都很简单,但要能让人看着顺眼就不容易了。即便世所通行的审美标准全都满足,也难保他看着顺眼呀!性灵诗学的本质正是这样的,它是一种极其主观的、着眼于效果的诗学,所有技术要素都服从于艺术的目标。所谓"诗写性情,惟吾所适"② 的意思就是,条条大路通罗马,只要能到达目的地,走什么路都行。一旦有什么说法可能阻碍艺术目标的实现,则任它是多古老多经典的理论,也毫不犹豫地抛弃或拒绝。

二

"诗写性情,惟吾所适"的理念表现于创作,首先是摒除一切有碍于自我表现的习气。比如,正像王渔洋不喜叠韵唱和一样,袁枚也说:"余作诗,雅不喜叠韵、和韵及用古人韵。以为诗写性情,惟吾所适。一韵中有千百字,凭吾所选,尚有用定后不慊意而别改者,何得以一二韵约束为之?既约束,则不得不凑拍;既凑拍,安得有性情哉?"③ 江苏巡抚胡云坡在任颇礼遇袁枚,入京任刑部尚书后,寄《扈从纪事诗》十二首属和,而袁枚终以"诗贵清真,目所未瞻,身所未到,不敢牙牙学语,婢作夫人"④ 而辞之。对于咏古、咏物诗的用典,他又说:"余每作咏古、咏物诗,必将此题之书籍,无所不搜;及诗之成也,仍不用一典。尝言:人有典而不用,犹之有权势而不逞也。"⑤ 至于当时学者间流行的喜用古今字和异体字的风气,袁枚在《答洪华峰书》中提到:"《上笥河学士一百十韵》搜尽僻字,仆尤不以为然。诗重性情,不重该博,古之训也。然而如足下诗,

---

① 袁枚:《随园诗话》补遗卷一,第423页。
② 袁枚:《随园诗话》卷一,第3页。
③ 袁枚:《随园诗话》卷一,第3页。
④ 袁枚:《随园诗话》卷十一,第282页。
⑤ 袁枚:《随园诗话》卷一,第15页。

不足以为博。何也？古无类书、志书、韵书，故《三都》《两京》各矜繁富。今三书备矣，登时阑入，无所不可，过后自读，亦不省识，即识之，亦复何用？"① 此外，如《随园诗话》卷五诫人不要写长诗，不要强作不擅长的诗体，《陶怡云诗序》诫作诗勿求体备，"唐人五言工，不必七言也；近体工，不必古风也"，凡此等等，无不出于崇尚自我表现、主张独抒性灵的宗旨，而与诗家通行的观念相左。

就我所见，在诗歌的所有要素中，袁枚只有一点不曾放弃，那就是声律。曾说："千古善言诗者，莫如虞舜。教夔典乐曰：'诗言志。'言诗之必本乎性情也。曰：'歌永言。'言歌之不离乎本旨也。曰：'声依永。'言声韵之贵悠长也。曰：'律和声。'言音之贵均调也。知是四者，于诗之道尽之矣。"② 又说："音律、风趣，能动人心目者，即为佳诗。"③ 且曾引宋曾致尧谓李虚己曰："子诗虽工，而音韵犹哑。"及《爱日斋诗话》称"欧公诗如闺中嬬妇，终身不见华饰"之语，称"味此二语，当知音韵、风华，固不可少"④。但即便如此，他对康熙以来诗家热心探讨的古诗声调之学也不以为然，说："近有《声调谱》之传，以为得自阮亭，作七古者，奉为秘本。余览之，不觉失笑。夫诗为天地元音，有定而无定，恰到好处，自成音节。此中微妙，口不能言。试观《国风》《雅》《颂》《离骚》、乐府，各有声调，无谱可填。杜甫、王维七古中，平仄均调，竟有如七律者；韩文公七字皆平，七字皆仄；阮亭不能以四仄三平之例缚之也。倘必照曲谱排填，则四始、六义之风扫地矣。此阮亭之七古所以如杞国伯姬，不敢挪移半步。"⑤ 最终他将诗人对古诗声调的敏感仍归结于天才，以为"诗有音节清脆，如雪竹冰丝，非人间凡响，皆有天性使然，非关学问。在唐则青莲一人，而温飞卿继之。宋有杨诚斋，元有萨天锡，明有高青丘。本朝继之者，其惟黄莘田乎？"⑥ 归结于天才，等于是将问题悬置起来，置于一个不可讨论的位置，这无异于在学理上为这个自康熙以来纷争

---

① 袁枚：《答洪华峰书》，《小仓山房文集》卷十九，《袁枚全集》第 2 册，第 337 页。
② 袁枚：《随园诗话》卷三，第 67 页。
③ 袁枚：《随园诗话》卷三，第 52 页。
④ 袁枚：《随园诗话》卷五，第 125 页。
⑤ 袁枚：《随园诗话》卷四，第 92 页。
⑥ 袁枚：《随园诗话》卷九，第 243～244 页。

不绝的问题画上了句号。袁枚的性灵诗学的确具有这样的品格，如果我们将诗学史上的重要论争都做一个问题史的梳理的话，就会发现，许多问题到袁枚这里，冲突和争议就化解了，没有再争论的必要。这正是性灵诗学之解构性质的表征之一。

在批评方面，袁枚同样反对一切妨碍自我表现的写作习惯，将其诗学的解构倾向贯彻于批评中。《随园诗话》提到的这类习气主要有三种，一是写作乐府旧题模拟古辞：

> 乐府二字，是官监之名，见霍光、张放两传。其《君马黄》《临高台》等乐章，久矣失传。盖因乐府传写，大字为辞，细字为声，声词合写，易至舛误。是以曹魏改《将进酒》为《平关中》、《上之回》为《克官渡》，共十二曲，并不袭汉。晋人改《思悲翁》为《宣受命》、《朱鹭》为《灵之祥》，共十二曲，亦不袭魏。唐太白、长吉知之，故仍其本名，而自作己诗。少陵、张、王、元、白知之，故自作己诗，而创为新乐府。元稹序杜诗，言之甚详。郑樵亦言："今之乐府，崔豹以义说名，吴兢以事解目，与诗之失传一也。《将进酒》而李余乃序烈女，《出门行》而刘猛不言别离，《秋胡行》而武帝云'晨上散关山，此道当何难'，皆与题无涉。"今人犹贸贸然抱《乐府解题》为秘本，而字摹句仿之，如画鬼魅，凿空无据；且必置之卷首，以撑门面，犹之自标门阀，称乃祖乃宗绝大官衔，而不知其与己无干也。①

二是赋题：

> 无题之诗，天籁也；有题之诗，人籁也。天籁易工，人籁难工。

---

① 袁枚：《随园诗话》卷一，第6页。同书补遗卷九亦云："尝读《古诗纪》，而叹六朝之末，诗教大衰：凡吟咏者，皆用古乐府旧题，而语意又全不相合。甚至二陆之仿《三百篇》，傅长虞之《孝经诗》、《论语诗》、《周易》、《周官诗》，编抄经句，毫无意味。其他《饮马长城窟》，而并无一字及马，《秋胡行》，而反称尧、舜，尤可笑也！至于'妃呼豨'、'伴阿那'，则本来有音无乐矣。初唐陈子昂起而扫空之。杜少陵、白香山创为新乐府，以自写性情。此三唐之诗之所以盛也。"

《三百篇》《古诗十九首》，皆无题之作，后人取其诗中首面之一二字为题，遂独绝千古。汉、魏以下，有题方有诗，性情渐漓。至唐人，有五言八韵之试帖，限以格律，而性情愈远；且有"赋得"等名目，以诗为诗，犹之以水洗水，更无意味。从此，诗之道每况愈下矣。余幼有句云："花如有子非真色，诗到无题是化工。"略见大意。①

三是补亡：

凡古人已亡之作，后人补之，卒不能佳，由无性情故也。束皙补《由庚》，元次山补《咸英》《九渊》，皮日休补《九夏》，裴光庭补《新宫》《茅鸱》，其词虽在，后人读之者寡矣。②

这些都是古来诗歌写作中的惯例，补亡甚至在《文选》中专列一门，可在袁枚眼中它们都是妨碍性情表现的写作习惯，大可不必尝试。这虽属批评前人和时人，也等于是在表明自己的态度，可视为他自己的创作宣言。事情就是这样，作家的批评，其取舍好恶通常就是自己创作宗旨的间接表达。当他说什么不好时，就意味着他同时在表明自己不会那么做。因此，我们研究袁枚的诗歌批评，也就是在深入理解他的诗学。

三

当我们将袁枚的诗歌批评作为独立的整体来考察时，它异于前人的一个鲜明特征就清晰地浮现出来。袁枚曾说："宋以后，诗话日繁，门户日多。张一论者，多树一敌。若再扼腕而谈体例，不又偾乎？"③树立门户和谈论体制在他看来是诗歌批评所面临的双重危险，前者为自己制造论敌，后者则将自己逼入作茧自缚的境地。那么，如何才能避免这种结局呢？只有破除所执，虚心应物。从来的批评家都是依据一种美学标准遴选和评价

---

① 袁枚：《随园诗话》卷七，第172页。
② 袁枚：《随园诗话》卷二，第26页。
③ 袁枚：《所知集序》，《小仓山房文集》卷十，《袁枚全集》第2册，第180页。

作品，而袁枚却是不带先入为主的成见，到古今诗作中去寻找称心合作。事实上，褫除各种预设的艺术规则和标准后，袁枚的诗歌批评就变成了一种鉴赏式的批评。像《随园诗话》中如下这些条目，正是很典型的袁枚式批评：

  富贵诗有绝妙者。如唐人："偷得微吟斜倚柱，满衣花露听宫莺。"宋人："一院有花春昼永，八荒无事诏书稀。""烛花渐暗人初睡，金鸭无烟却有香。""人散秋千闲挂月，露零蝴蝶冷眠花。""四壁宫花春宴罢，满床牙笏早朝回。"元人："宫娥不识中书令，问是谁家美少年。""袖中笼得朝天笔，画日归来又画眉。"本朝商宝意云："帘外浓云天似墨，九华灯下不知寒。""那能更记春明梦，压鬓浓香侍宴归。"汤西崖少宰云："楼台莺蝶春喧早，歌舞江山月坠迟。"张得天司寇云："愿得红罗千万匹，漫天匝地绣鸳鸯。"皆绝妙也。谁谓欢娱之言难工耶？①

  贫士诗有极妙者。如陈古渔："雨昏陋巷灯无焰，风过贫家壁有声。""偶闻诗累吟怀减，偏到荒年饭量加。"杨思立："家贫留客干妻恼，身病闲游惹母愁。"朱草衣："床烧夜每借僧榻，粮尽妻常寄母家。"徐兰圃："可怜最是牵衣女，哭说邻家午饭香。"皆贫语也。常州赵某云："太穷常恐人防贼，久病都疑犬亦仙。""短气莫书赊酒券，索逋先畏扣门声。"俱太穷，令人欲笑。②

  诗有现前指点语最佳。香树尚书《题红叶》云："一夜流传霜信遍，早衰多是出头枝。"程鱼门《观打渔》云："旁人束手休相怪，空网由来撒最多。"张哲士《观弈》云："笑渠敛手推枰后，始羡从旁拢袖人。"宋人诗云："无事闭门防俗客，爱闲能有几人来？"哲士《月夜》云："恐有闲人能见访，满庭凉影未关门。"两意相反，而皆有味。③

---

① 袁枚：《随园诗话》卷三，第 53~54 页。
② 袁枚：《随园诗话》卷三，第 54 页。
③ 袁枚：《随园诗话》卷七，第 163~164 页。

善写客情者，昔人诗，如："只因相见近，转致久无书。""近乡心更怯，不敢问来人。"善写别情者，如："可怜高处望，犹见故人车。""相看尚未远，不敢遽回舟。"①

这类批评都是从丰富的阅读中撷取相似题材或表现加以比较，以见其得失高下，属于一种鉴赏式的品评，论者的趣味和判断力在举例和比较中自然地流露出来。司仲敖说"随园以为鉴赏无一具体标准，论诗工拙之外不复问，而所谓工拙则又系依据内心之判断"②，可谓一语中的，抓住袁枚诗歌批评的基本倾向。参照《随园诗话》卷十："余幼居杭州葵巷，十七岁而迁居。五十六岁从白下归，重经旧庐、记幼时游跃之场，极为宽展；而此时观之，则湫隘已甚，不知曩者何以居之恬然也。偶读陈处士古渔诗曰：'老经旧地都嫌小，昼忆儿时似觉长。'乃实获我心矣。"③ 这里的"实获我心"不正是取舍出自主观判断之义么？

当然，这么说绝不意味着袁枚的批评全然出于偶然随意的主观感受，没有稳定的立场作为支点。袁枚当然是有自己的立场的，那就是崇尚自我表现，重言情。《随园诗话》坦承"余最爱言情之作，读之如桓子野闻歌，辄唤奈何"，并录汪可舟《在外哭女》《过朱草衣故居》、沙斗初《经亡友别墅》、厉太鸿《送全谢山赴扬州》、王孟亭《归兴》、宗介帆《别母》、某妇《送夫》为例④。又说"凡作诗，写景易，言情难。何也？景从外来，目之所触，留心便得；情从心出，非有一种芬芳悱恻之怀，便不能哀感顽艳"⑤。铃木虎雄早就注意到这一点，他概括性灵说的要点，其六曰相比自然风景，贵于咏人事；其七曰与其咏风景，宁贵咏人情⑥。据我的粗略统计，《随园诗话》中除纪事类条目外，摘句褒贬的佳句多集中于言情一类。写景句仅百则左右，而言情句将近八百则，景语与情语的比例几乎是1:8，足以显示袁枚论诗眼光之所注。他晚年对此也专门作过说明：

---

① 袁枚：《随园诗话》卷九，第243页。
② 司仲敖：《随园及其性灵诗说之研究》，文史哲出版社，1988，第193页。
③ 袁枚：《随园诗话》卷十，第267页。
④ 袁枚：《随园诗话》卷十，第268页。
⑤ 袁枚：《随园诗话》卷六，第138页。
⑥ 铃木虎雄：《中国诗论史》，台湾商务印书馆，1972，第207页。

诗家两题，不过写景、言情四字。我道：景虽好，一过目而已忘，情果真时，往来于心而不释。孔子所云兴、观、群、怨四字，惟言情者居其三。若写景，则不过"可以观"一句而已。因取闲时所录古人言情佳句，如《哭某》云："平生不得意，泉路复何如？"《赠友》云："乍见还疑梦，相悲各问年。"《寄远》云："路长难计日，书远每题年。无复生还想，还思未别前。"七言如："相见或因中夜梦，寄来都是隔年书。""重来未定知何日，欲别殷勤更上楼。""凉月不知人散尽，殷勤还下画帘来。""饯虽难忍临期泪，诗尚能传别后情。""三尺焦桐七条线，子期师旷两沉沉。""最怕酒阑天欲晓，知君前路宿何村？""愿将双泪啼为雨，明日留君不出城。""垂老相逢渐难别，大家期限各无多。""若比九原泉路隔，只多含泪一封书。"①

他晚年针对前贤老耄饶舌之病，又有诗曰："我意欲矫之，言情不言景。景是众人同，情乃一人领。"② 很显然，他之所以最注重"情"，是因为其中包含着最个性化的人生体验。对袁枚来说，诗歌最高的境界和最低的要求都在于表现个人化的情感体验。只有基于这样的观念，"性情之外本无诗"③ 的绝对主张才能够成立。

以往的论者谈到性灵，都侧重于强调其主灵动、风趣的一面，这当然是有道理的，《随园诗话》中确实有相当多的例子可以证明这一点。如卷五云：

人畏冷，卧必弯身。高翰起司马《宿明港驿》云："灯昏妨睡频移背，衾薄愁寒屡曲腰。"野行者尝见牛背上负群鸟而行。鲁星村云："春田牛背鸠争落，野店墙头花乱开。"船小者，人不能起立。程鱼门云："别开新样殊堪哂，跪着衣裳卧读书。"④

---

① 袁枚：《随园诗话》补遗卷十，第614~615页。
② 袁枚：《人老莫作诗》，《小仓山房诗集》卷二十五，《袁枚全集》第1册，第509页。
③ 袁枚：《寄怀钱玙沙方伯予告归里》，《小仓山房诗集》卷二十六，《袁枚全集》第1册，第567页。
④ 袁枚：《随园诗话》卷五，第107页。

又卷八云：

　　古渔《路上》诗云："年来一事真堪笑，只见来船是顺风。"戴喻让云："莫羡上流风便好，好风也有卸帆时。"荣方伯名柱者，有句云："风自横来无顺逆，水当涨处失江湖。"余则云："东窗关后西窗启，犹喜风无两面来。"①

这类随时触发的生动感受，的确属于性灵的内容。但袁枚讲性灵绝不限于风趣一点，在许多时候他更注重人生体验的深度。那种深度既能体现于儿童、老妪都能领略的浅俗歌诗，也能体现于人所共知、人所同感的格言警句，袁枚统谓之"全首在人意中"：

　　门生蔡家璋《舟中》云："孤客心情急去旌，榜人带月趁宵征。去舟时共来舟语，残梦依稀听不明。"汪舟次《田间》云："小妇扶犁大妇耕，陇头一树有啼莺。儿童不解春何在，只向游人多处行。"此种诗，儿童老妪都能领略。而竟有学富五车者，终身不能道只字也。他如汤扩祖之"事当失路工成拙，言到乖时是亦非"，方子云之"优孟得时皆贵客，英雄见惯亦常人"，"酒常知节狂言少，心不能清乱梦多"，吴西林之"贫士出门非易事，豪门投刺岂初心"，皆使闻者人人点头。②

不过在袁枚看来，真正展现了人生体验深度的反而是那些貌似平淡浅易的诗句：

　　陈后山吟诗最刻苦，《九日》云："人事自生今日意，寒花只作去年香。"郑毅夫云："夜来过岭忽闻雨，今日满溪都是花。"此种句，似易实难。人能知易中之难，可与言诗。③

---

① 袁枚：《随园诗话》卷八，第193页。
② 袁枚：《随园诗话》卷十二，第293页。
③ 袁枚：《随园诗话》卷四，第83页。

诗有极平浅，而意味深长者。桐城张征士若驹《五月九日舟中偶成》云："水窗晴掩日光高，河上风寒正长潮。忽忽梦回忆家事，女儿生日是今朝。"此诗真是天籁。然把"女"字换一"男"字，便不成诗。此中消息，口不能言。①

不难体会，无论是前一则的似易实难，还是后一则的平浅而意味深长，其艺术感染力都源自深刻的人生体验。在这个意义上说，"性灵"的灵就是"心有灵犀"的灵，是直接洞达心灵深处的感触。这样的感触需要一种淳朴乃至痴情以为质地，太透彻太超脱的人反离之愈远。袁枚批评"东坡诗有才而无情，多趣而少韵"②，"无情"之说恐怕很难令人首肯，但我们却可由此理解他的出发点。

四

由于性灵诗学专注于人生体验的表达，写景非其所重，故袁枚的诗歌批评也不像一般的诗论家那样留意写景的佳句。他最推崇的景句属于即时所见的速写一类，比如宋人"忍冻不禁先自去，钓竿常被别人牵"及默禅上人"水藻半浮苔半湿，浣纱人去不多时"一联，道是"俱眼前语，而余韵悠然"③。这两联严格地说并不全是写景，人物活动在其中占了主要的位置，但袁枚所欣赏的风景正是这类含有人物活动甚至仅作为背景的景物。比如：

人人共有之意，共见之景，一经说出，便妙。盛复初《独寐》云："灯尽见窗影，酒醒闻笛声。"符之恒《湖上》云："漏日松阴薄，摇风花影移。"女子张瑶英《偶成》云："短垣延月早，病叶得秋先。"郑玑尺《雪后游吴山》云："人来饥鸟散，日出冻云升。"顾文

---

① 袁枚：《随园诗话》卷八，第 209 页。
② 袁枚：《随园诗话》卷七，第 183 页。
③ 袁枚：《随园诗话》卷二，第 35 页。

炜《立夏》云:"病骨先愁暑,残花尚恋春。"女子孙云凤《巫峡道中》云:"烟瘴寒云起,滩声骤雨来。"沈大成《登净慈寺》云:"花气随双屐,湖光纳一窗。"姜西溟《野行》云:"桥欹眠折苇,槛倒坐双凫。"①

相比人人共见之景,人人共有之意似乎是更为前提的要素。风景只是因人而存在,而收入诗人视野的,它自然也是人生体验的对象,构成体验的一部分。正因为袁枚如此看待风景,他所欣赏的写景佳句也就很少前人喜欢的纯风景描写或形似之言。而且,他赏爱的咏物佳句,也不着眼于体物之工,而是有感于其中寄寓的某种生命情调。《随园诗话》卷三论及咏杨花句云:"杨花诗最佳者,前辈如查他山云:'春如短梦初离影,人在东风正倚阑。'黄石牧云:'不宜雨里宜风里,未见开时见落时。'严遂成云:'每到月明成大隐,转因云热得伴狂。'薛生白云:'飘泊无端疑白也,轻盈真欲类虞兮。'王菊庄云:'不知日暮飞犹急,似爱天晴舞欲狂。'虞东皋云:'飘来玉屑缘何软?看到梅花尚觉肥。'意各不同,皆妙境也。近有人以此命题,燕以均云:'小院无端点绿苔,问他来处费疑猜。春原不是一家物,花竟偏能离树开。质洁未堪污道路,身轻容易上楼台。随风似怕儿童捉,才扑阑干又却回。'蔡元春云:'沾裳似为衣添絮,扑帽应怜鬓有霜。''似我辞家同过客,怜君一去便无归。'李荄云:'偶经堕地时还起,直到为萍恨始休。'杨芳灿云:'掠水燕迷千点雪,窥窗人隔一重纱。''愿他化作青萍子,傍着鸳鸯过一生。'方正澍云:'春尽不堪垂老别,风停亦解步虚行。'钱履青云:'风便有时来砚北,月明无影度墙东。'"② 可以说,袁枚的诗歌批评,最突出的特点就是善于用自己赏心的佳句来呈现诗歌所能揭示的人性的丰富蕴含及其美感形式。这种艺术境界的发现和创造,在他看来都出自诗人的天才,而天才是不可究极的,只能由其创造的艺术效果来观摩和学习,于是批评到头来就只能是一种鉴赏式的品评。对于这样的批评来说,一切既有的观念和规则确实是可有可无的,袁枚破而

---

① 袁枚:《随园诗话》卷十二,第 293 页。
② 袁枚:《随园诗话》卷三,第 54 页。

弃之实在是很自然的事。

　　行文至此，可以顺带辨析一下性灵说与神韵说的关系。前辈学者都注意到性灵与神韵的相通，如郭绍虞先生说："性灵和神韵是比较接近的。在神韵诗中虽不易见其个人强烈的感情，却易见其个人的风度。神韵说与性灵说同样重在个性，重在有我，不过程度不同：神韵说说得抽象一些，性灵说说得具体一些罢了。"① 如此辨析，看似细微，却反而容易混淆两者的差别。其实两者的区别不在于抽象与具体，而在于间接与直接。神韵诗学经常是通过环境、景物或两者与人的互动来间接地表现一种美感体验，而性灵诗学则往往直接地表达某种人生体验。写景句在两者的批评中占有截然不同的比重，正是这个缘故。袁枚《答李少鹤》写道："足下论诗讲体格二字，固佳；仆意神韵二字尤为要紧。体格是后天空架子，可仿而能；神韵是先天真性情，不可强而至。"② 他虽然也重视神韵，但将神韵看做是真性情；而在王渔洋那里，神韵首先是与景物或环境而非与人的性情有关的。由此可以很方便地将神韵说与性灵说区别开来，神韵说是一种基于审美趣味的诗学，而性灵说则是一种人性论的诗学。

---

①　郭绍虞：《中国文学批评史》，上海古籍出版社，1979，第567页。
②　袁枚：《小仓山房尺牍》卷十，《袁枚全集》第5册，第208页。

《聊斋志异》"少孤"现象研究

杨子彦*

一

在《聊斋志异》故事中，主人公"少孤"是一个值得关注的现象。《聊斋志异》故事共有491则[①]，明确指出主人公"少孤""失怙"的有21则：王子服"早孤"（《婴宁》），桑生"少孤"（《莲香》），詹氏"六岁失怙恃"（《珠儿》），刘海石"失怙恃"（《刘海石》），罗子浮"父母俱早世"（《翩翩》），掖县相国毛公孩童时父亲溺死（《姊妹易嫁》），广平冯生"少失怙"（《辛十四娘》），顺天某生"父母继殁"（《颜氏》），甘玉"父母早丧"（《阿英》），牛忠十二岁时父亲病死（《牛成章》），霍桓父早卒（《青娥》），程孝思"父母俱早丧"（《胡四娘》），太原宗子美"翁媪并卒"（《嫦娥》），陈锡九父母俱亡（《陈锡九》），刘赤水"父母早亡"（《凤仙》），孙评事"少孤"（《太医》），廉生"早孤"（《刘夫人》），安大成"父早卒"（《珊瑚》），彭城郎玉柱"父死"（《书痴》），乐仲"父早丧"（《乐仲》），沂人王生"少孤"（《锦瑟》）。

有一些故事的主人公未提及"少孤"，但是家中只有老母，如《考城

---

* 社科院文学所副研究员
① 本文主要依据《聊斋志异》会校会注会评本，（清）蒲松龄著，张友鹤辑校，上海古籍出版社，2011。

隍》中宋焘、《龁石》中王姓圉人、《侠女》中顾生、《苏仙》中苏氏、《娇娜》中孔雪笠、《聂小倩》中宁采臣、《耿十八》中耿十八、《侠女》中顾生、《白于玉》中吴青庵、《田七郎》中田七郎、《鄷都御史》中华公、《泥书生》中陈代、《孝子》中周顺亭、《连城》中乔生、《水莽草》中祝生、《蕙芳》中马二混、《菱角》中胡大成、《冤狱》中朱生、《甄后》中刘仲堪、《阿绣》中刘子固、《钟生》中钟庆余、《云萝公主》中安大业、《素秋》中俞慎、《晚霞》中蒋阿端、《崔猛》中崔猛。这样的故事有25则。

有些故事父亲已经去世，如《伍秋月》中王鼎只有兄嫂；《商三官》《侠女》《于江》《庚娘》《席方平》几则故事的主题是子女为父亲家人报仇；《田子成》《任秀》则是主人公如何寻找父亲尸骨；《青梅》中青梅父亲程生卒，王阿喜父母先后死。这样的故事约有9则。

还有6则故事是因为父亲的过世引出或推动情节的发展。一类是父亲去世。《堪舆》中宋君楚素尚堪舆，死后两子因为葬地各持己见，至兄弟相继去世，父亲的灵柩还置于路侧；《长亭》中石太璞、《陈云栖》中真毓生、《巧娘》中傅廉都是家有老父，生病而卒。一类是父亲被杀，推动故事发展。《红玉》中冯翁"性方鲠"，阻止了儿子冯相如与红玉的私情，导出红玉赠金劝娶卫氏，卫氏生儿，因艳色为乡绅宋氏抢去，冯翁"忿不食，呕血，寻毙"，冯生抱子兴讼，最后报仇，并与红玉、儿子团聚。《胭脂》中父亲的作用类似，无赖毛大夜寻胭脂，误遇胭脂父亲卞氏，将其杀害，"天明讼于邑"，引出一系列故事，最终冤狱得解。

由此四种情况看，主人公无父的故事约为61则。如果考虑到《聊斋志异》仅讲述某种离奇现象或者少见动物之类、未涉及任何人际关系的故事大约就超过一百则[①]，主人公无父故事所占比重之高就值得关注了。

不但如此，如果对主人公的人际关系继续归纳，即可发现：

有一些故事对父亲的存在做了模糊或淡化的处理，像《阿宝》中孙子

---

① 少见动物类如《狮子》（暹逻国贡狮，每止处，观者如堵。其形状与世所传绣画者迥异，毛黑黄色，长数寸。或投以鸡，先以爪捋而吹之。一吹，则毛尽落如扫，亦理之奇也）。离奇现象如《赤字》（顺治乙未冬夜，天上赤字如火。其文云："白苕代靖否复议朝冶驰。"）两类均不涉及人际关系。

楚、《花姑子》中安幼舆、《汤公》中汤聘、《连琐》中杨于畏、《荷花三娘子》中宗相若等，都是只有"家人"；《莲花公主》《画壁》涉及一友；《窦氏》中主人公某男子只提及阍人；《云翠仙》中梁有才、《小谢》中陶望三、《毛狐》中马天荣，与异类交往整个过程中都无任何亲眷出现。

有一些故事中父亲虽然存在，但是在家庭和社会上无所作用。这种情况比较复杂，可以分为几类情况。一类是能力或胆识有限。《贾儿》中母亲为狐作祟，"翁患之，驱禳备至，殊无少验"，最后还是儿子用计杀死狐狸。《鸦头》中王文与鸦头相爱，知道鸦头处于困厄之中，王文"泣不自禁"，儿子王孜则是"怒眦欲裂"，拔刀救母。一类是父亲陷入困境，为救助的对象。《汪士秀》中父亲"没于钱塘"，后为儿子所救；《义犬》中某甲"父陷狱将死"，儿子失落赎金，为义犬护全。还有一类是父亲性格懦弱，面对家中悍妇，作为父亲不但不能保护家人，自身也受到虐待。这类无用的父亲形象较之其他是比较突出的：《张诚》中牛氏虐待前妻所生子，父亲只能"引空处与泣"；《江城》高蕃之父高仲鸿对儿子"不忍少拂"，儿子受到儿媳虐待，只能分家躲避；《大男》中奚成列"不能自立于妻妾之间，一碌碌庸人"，不能保护家人，面对矛盾一走了之；《马介甫》故事最为典型，杨万石父子兄弟俱懦弱，不仅妾室子女为悍妇尹氏虐待，杨父年过六旬，"衣败絮"，还被儿媳尹氏"以齿奴隶数"，"批颊而摘翁髭"，万石弟兄上不能敬养老父，下不能庇护幼小子女，自身亦受到虐待，最终还是狐仙出面惩罚了尹氏。

还有些故事父亲不仅存在，而且发挥作用，只是作用相对消极甚至反面。父亲为家人报仇的故事有3则：《张老相公》《九山王》《遵化署狐》，其中只有张老相公是作为父亲、丈夫为妻女报仇杀怪，后两者都是老狐为全家被杀报仇。相比之下，人类中父子异心乃至相互残害的故事更多，在《聊斋志异》中这样的故事多达7则。《金和尚》中无赖父亲卖子；《棋鬼》中书生癖嗜弈，致使父赍恨死；《柳氏子》仇人转世为子报仇；《四十千》债主生子花钱；《韦公子》淫其子女并将其毒杀；《黎氏》中谢中条丧偶，引狼入室，吃其二子一女；《单父宰》两逆子甚至阉割害死再娶之父。还有一则故事虽然没有《单父宰》中残害父亲的暴行，但是也体现了父母与子女令人齿冷的关系：《祝翁》中祝翁病卒，家中为其办理丧事时祝翁返回人世带老妻同死，理由是"抛汝一副老皮骨在儿辈手，寒热仰人，亦无复生趣，不如从我去"。

除了上面所列各种情况，还有一些故事涉及父子关系，如《尸变》《偷桃》《新郎》《胡四姐》《狐妾》《罗刹海市》等，都无甚特别之处。《偷桃》中表演道术的是父子，此前类似的故事如《耳谭》中上天取仙桃的则为夫妻。《聊斋志异》中也有不少故事涉及夫妻、兄弟、朋友、姐妹关系，但是它们在数量和意义上都无法和由"少孤"等现象体现出来的父亲不存在或无作用的父子关系相提并论。

父子关系在传统中国是最基本的社会关系。父亲在中国传统社会中也有着特别的意义。《说文解字》说："父，矩也。家长率教者，从又举杖。"中国传统社会家国一体，对家长权威和对君主权威的维护是一致的。中国和古罗马都行使家长权，而所谓的家长权基本上就是父权，即父亲拥有让子女、家属、仆人服从自己的权力。中西相比，西方也有父权①，但是有一定限制，且随社会发展有所不同，中国传统社会则不然，父权不仅始终存在，而且一直得到强化。在当代受儒家文化影响的一些国家，如中国、日本、韩国，父亲在家庭中作为家长仍然具有权威的地位。

父亲在中国传统社会中作用如此重要，《聊斋志异》中却有相当多的故事中父亲或缺失或无用。与父亲形象相比，母亲的存在是明显的，作用也是显而易见的。这些显然都是作者有意为之。那么这种安排有何用意，又为何如此呢？

二

在探讨这些问题之前，先对故事发生的场景进行分析。除了一些故事像《狮子》《野狗》难以断定场所之外，绝大部分的故事都有发生的主要地点，按照性质大致归纳为三种：

自然场所：山林、河海、岛屿、山洞；

---

① 被称之为"一切公法与私法的渊源"的古罗马人《十二铜表法》之四是家长权；亚里士多德《政治学》、洛克《政府论》、霍布斯《利维坦》都对"父权"与"家长权"有所论述。

社会与自然之间的场所：郊野、墓地、寺庙、废园、幽冥界；

社会场所：市井、公堂、家室、书斋。

通过大致的归类可以看出，故事的内容和场所之间存在一定的关联，如爱情、艳遇之类的故事多发生在社会与自然之间的场所：《婴宁》《青娥》《锦瑟》《阿宝》等男女主人公相遇于郊野；《画壁》《崂山道士》《娇娜》《聂小倩》《辛十四娘》《阿英》《公孙九娘》《续黄粱》等故事发生在寺庙道观；《青凤》《凤仙》《章阿端》《小谢》等故事发生在废园。涉及刑罚、民间习俗、道德规范之类的故事多发生在社会场所，像《商三官》《田七郎》等。但是这种关联并不明显，像书斋也是此类故事发生较多的场所，《画皮》《莲香》《林四娘》等故事就发生在书斋；刑罚与报应等诸多故事在幽冥界也有非常多的体现。

依据不同的人物、场所和内容，每个故事展现了不同世界的部分特点。不同世界按照世俗的划分，可以大致归为仙界、人间、地狱三种。这里分别取一例加以分析。

《仙人岛》讲述的是王勉先偶遇道人到仙界，再遇地仙到仙人岛，最后借力返乡的故事。所谓仙界，主要是飞行、乐舞、饮宴构成的天上盛会；所谓仙人岛，虽称"远绝人世"，实际是由饮宴与美人构成的安逸生活。王勉其人虽有才思，心气颇高，善诮骂，和岛上姊妹相比，文采风流均无可夸耀。但是就是这样一个凡夫俗子，先后遇仙，所凭借的则是"偶遇"和"夙分"。这则故事在《聊斋志异》中不甚突出，但是它聚集了诸多《聊斋志异》传奇故事的核心：凡人因"偶遇"或"夙分"，获得美人，过上美好的生活。《翩翩》《娇娜》《青凤》《婴宁》《聂小倩》《林四娘》《画壁》《锦瑟》等诸多故事无不如此，差别仅在于几要素的不同组合，由此展现为美人遇合的缘由、存在时间的长短、生活的变化几个方面的差异。

《曾友于》讲述的是曾翁子孙的故事。"翁初死未殓，两眶中泪出如潘"，翁有七子：嫡配生长子成，母子被强盗掳去，继室生孝、忠、信，妾生悌、仁、义。孝在女儿病死后率人殴打她的婆婆，悌等人的母亲过世，孝、忠、信傲不为礼，孝妻亡，仁、义亦不为礼，双方斗殴，悌居中苦劝无效，搬家离去。长兄成携妻归，悌、仁、义接纳，忠、孝、信不理。成久在寇中,为人威猛,怒而殴打三弟,家人惧怕屈服。悌再度搬家离去。孝生五子:嫡出继业、继德,庶出继功、继绩,婢生继祖。兄弟为党,欺负继祖。祖投奔悌,不肯归家。兄弟争吵,继功杀继业,继功收官,死于狱中。继功妻杀继业妻冯氏后自杀。冯父率家人上门,成率家人群殴,诸曾被收官。悌与子继善、侄儿继祖俱中乡试,出面平息纠纷,家风渐好。这则故事的寓意是显而易见的。《红楼梦》中人物姓名多有寓意,像贾雨村为假语村言,《聊斋志异》虽很少见到,但是此则故事人物的姓名显然有所寓意。先说曾姓,曾氏出自姒姓,是大禹的后裔。大禹的儿子启建立了中国第一个奴隶制国家夏朝。大禹五世孙少康将少子曲烈封于一个叫"鄫"的地方,鄫国于春秋时为莒国所灭。鄫国太子出奔鲁国,去掉邑旁,以"曾"为姓。曾家最早的名人之一曾参,便是以孝著名。再说故事中儿子一辈,长子名"成",和后六子名字显然不是一个序列,但是合起来便显现了作者的用意——"成孝忠信悌仁义";其余六子之名,百善孝为先,仁、义、礼、智、信为五常,这里显然是少了礼、智而多了忠、悌,忠的作用不大,故事的核心实际也是围绕孝和悌展开的。第三代,名字也是有寓意的,这里着重讲了孝的五个儿子:业、功、德、绩、祖。《左传·襄公二十四年》:"太上有立德,其次是立功,其次是立言,虽久不废,此之谓三不朽。"五子而为三个系列:业、功、绩强调的是现实成就,德强调品行,祖则强调返本。将这些人的名字与行为对应起来,即可发现:长子为成,望成而实不成;孝虽名孝,实则不孝,诸弟也是不忠不信不仁不义;业、功、绩、德诸人,既无功业,亦无德行;悌字友于,无论名字强调的都是兄弟友爱,至于为何与孝相对,大概便是采用了《弟子规》所讲的"首孝悌"——既然孝而不孝,则悌而为悌,予以弥补改善,悌本身的行为,用《弟子规》的话概括便是"泛爱众,而亲仁,有余力,则学文"。

《席方平》展现的是儿子为父申冤、到阴间告状的故事。席方平之父朴讷,为鬼欺凌而死。席方平怒而至冥界,从狱吏到城隍到郡县到冥王已受贿赂,因而对席方平软硬兼施不许申冤。席方平受尽酷刑,但心意不改,最终至二郎神处冤狱得解,父子还魂。

从这三则故事来看,虽然叙述各有不同,但作为作者思想情感的真实表达，内在精神是一致的。概括来说，那便是仙境、人间、地狱实际是混而为一的，并没有真正的乐土。导致此种现象的根源有两种：一是社会黑暗，一是人性不善。社会黑暗，正常的秩序受到破坏，传统社会中处于个人和社会之间的家族不能发挥作用，个人的安全和发展得不到保障。处于这种社会的人不再是万物之灵长，而是泯然于生物之间，于是在《聊斋志异》中动物、植物大量涌现，人未必高贵，动物、植物也未必低下。

以动物、植物入故事，中国自古有之。《庄子》有《螳螂捕蝉》《井底之蛙》，张华《博物志》、干宝《搜神记》都有不少关于动物的故事。世人熟知的黔之驴和中山狼，则分别出自唐人和明人的创作。《聊斋志异》前所未有地继承并发展了这一传统：仅涉及狐狸的故事就有86则，《莲花公主》《绿衣女》《荷花三娘子》《柳相公》《葛巾》《黄英》《蛇人》《西湖主》《鸿》《义鼠》《侯静山》《阿英》《狼三则》《毛大福》《花姑子》《张老相公》《象》《义犬》《二班》《赵城虎》等涉及多种动物、植物。可以说，动物、植物进入《聊斋志异》的种类之多、描写之精，此类故事体现的艺术性和思想性之高，在中国历史上都是无可比拟的。

故事穿插于仙界、人间、幽冥，形象包括人类、动物、植物，正因为诸多因素混杂，才为蒲松龄在黑暗中追求光明，在无情的世界中刻画真情提供了广大的空间。作者的感受和追求内化于故事的创作，体现在《聊斋志异》的方方面面。各种人物关系则是其中重要却不太受关注的部分。

父子关系。从前面所列"少孤"，但有老母等情况来看，《聊斋志异》中父亲缺失或无用的状况并不少见，父子的关系是相对疏远的。以《仙人岛》为例，王勉原有父母、妻子，返乡时父、儿尚存。"祖孙莫可栖止，暂僦居于西村"，老父"衣服淬敝，衰老堪怜"，王勉为其养老，后父卒。儿子好赌，王勉不许进门，王父死后才得见，给三百金后王勉离开。王勉的父亲显然是无甚作用的，甚至不能管教孙子；王勉和儿子的关系也是相对淡漠的。《聊斋志异》一些故事中父亲缺失和无用，主要出于两种原因：一是从创作角度考虑，为男女主人公超脱世俗的行为提供可能性。《唐律疏议·户婚》称："同居之内，必有尊长。尊长既在，子孙无所自专。"恩格斯也指出："在整个古代，婚姻的缔结都是由父母包办，当事人则安心顺从。那古代所仅有的一点夫妇的情爱，并不是主观的爱好，而是客观的义务，不是结婚的基础，而是结婚的附加物。"① 《红玉》中也借助冯生之口道："父在，不得自专。"因此父亲缺失或无用，和故事发生场所的相对独立、与世隔绝是一致的，目的都是让主人公摆脱世俗礼教的羁绊，同时也远离世俗，将其置于孤立无援、自然天性也得以体现的境地，为接受外界帮助、和非人类的往来等提供可能和便利。以《青梅》为例，青梅虽然为孤女，但是并无异能，只是聪慧韶秀，因父亲过世而被卖入王家为婢；张生家贫而行孝道，行为有礼；青梅原计划将王喜嫁张生，王家父母嫌贫，于是自谋嫁给张生。王喜在父母去世后也嫁给张生。三位人物中张生父母俱在，青梅、王喜则父母俱无，两人先后嫁给张生都完全出于个人的意志，凸显了女性"识英雄于尘埃"的可贵。还有一种情况就是父亲的缺失和无用，给了子女展现勇气和胆识的机会。《商三官》《于江》《贾儿》等几则子女为父母报仇除妖的故事就很好地体现了这一点。二是从现实的角度，反映明末清初尤其是山东一带乡村父亲的真实状况。《聊斋志异》中有很多故事来源于明清易代之际战乱流离的社会事件与百姓生活，像《公孙九娘》《野狗》体现的民不聊生、尸横遍野的情况下，如果父亲年迈，失去了劳动和养家的能力，那么他的家庭地位就会降低，不但不可能像大家庭的家长那样拥有权威，甚至有可能受到后辈的欺压。虽然说"罪莫大于不孝"（《孝经》），但从《马介甫》《祝翁》等故事体现的情况看，在明末清初战乱时期的山东一带的贫家，生存才是更为重要的问题。子女不但不孝顺，甚至可能出于经济方面的考虑，做出逆子阉割父亲那样令人发指的恶行（《单父宰》)②。

母子关系。虽然蒲松龄强调"知有母而不知有父者，惟禽兽如此耳"（《仇大娘》)，但还是设计了不少母存而父亡的情况。《聊斋志异》中母亲的存在就和父亲的缺失一样，都是有深意的。家庭是情感的主要归宿，母亲则是家庭中最重要的因素。如果说父亲更多地联系着社会，母亲则更多

---

① 恩格斯：《家庭、私有制和国家的起源》，张仲实译，人民出版社，1954，第72页。
② 《大清律》对维护家长权有相当多的规定。《大清律辑注》（下）："凡子孙违犯祖父母、父母教令及奉养有阙者，杖一百。"（沈之奇撰，李俊、怀效锋点校，法律出版社，2000，第838页）

地联系着生活①。蒲松龄可能对黑暗的社会现实有诸多不满，但是对于生活仍然难以割舍。而且，母亲在父亲不在的情况下，可以作为家长行使诸多权力。在《聊斋志异》中，母亲的存在主要有两个作用：作为生活的维系，使得子女有拒绝冒险、升仙、死亡，从而返家还乡的理由；为子女婚嫁提供社会与家庭的认可和便利。要指出的是，主人公有母而无父的情况，在中国文学中是有传统的。《史记·刺客列传》中聂政最初便是以赡养老母为由拒绝严仲子的请求。聂政在母死姐嫁之后，才出面刺杀韩侠累，然后自毁容貌、自杀而死。《田七郎》故事与此近似，田七郎有母有妻有子，母亲知道武承休赠金后出面拒绝。田七郎妻子病死，武承休一再赠物，田母再次严拒。田七郎出事被关入监狱，武多方营救出狱后，田母慨然告诉儿子："小恩可谢，大恩不可谢。"武家出事，田七郎出手为其杀仇并自杀，官府捉拿时田家老母与儿子则已远遁。和《聂政》故事相比，《田七郎》的故事更为生动曲折，为人效力不惜命的转变也更为可信。类似的情况还可以《侠女》为例。《侠女》中金陵顾生有老母，侠女与母亲居住在对户房屋。两家相互救助。顾生贫不娶妻，侠女为顾生产子。母亲过世后，侠女杀仇离开。这样的题材过去也屡屡出现，像唐代李肇《唐国史补》、崔蠡《义激》、崔慎思《原化记》都有侠女嫁人生子、为父报仇后离开的故事②，《侠女》的不同之处在于增加了老母，减去了报仇离开时杀子这两点。和《田七郎》的处理一样，母亲形象地增加了两则故事侠客和义举的人性化，使其更具艺术感染力。至于为何《聊斋志异》中有众多的寡母出现，原因大概在于，中国传统社会中的母亲，对于子女有亲情和血缘，有照顾，但是在管教方面则受到限制，所以在《聊斋志异》诸多的母亲中，基本上都顺应子女的要求，对子女的行为持宽厚包容的态度。虽然如此，子女和母亲无论是思想还是情感都还是相对隔膜的，他们之间更多的是血缘和生活上相互依存的关系。

夫妻关系。在中国传统社会，婚姻的目的是"合二姓之好，上以事宗

---

① "母亲被牢牢地固定于家庭，固定于社会，她遵守法律和习俗，所以确实是善的化身；她部分属于自然，不过自然变成了善，不再是精神的敌人。"〔法〕西蒙娜·德·波伏娃：《第二性》，中国书籍出版社，1998，第60页。
② 朱一玄编《聊斋志异资料汇编》，南开大学出版社，2012，第54~56页。

庙，而下以继后世"（《礼记·昏义》)，但是在《聊斋志异》中夫妻关系被赋予了更多不一样的内涵。在一些比较传奇的故事中，通过夫妻关系更精确地说是男女关系，来使主人公获得美好的爱情、诚挚的友情、富足的生活、自由安乐的状态、继承香火的后代等。有的主人公获得的多一些，也有的主人公只是暂时获得其中一样。但是不管怎样，这都是比较神奇而令人向往的。在遇到女主角之前，男主人公多处于一般甚至较差的境地，但是忽然间，一位美丽的女性出现，瞬间改变了他整个的命运。这样的男女关系是不合礼法的。所以作者安排了父亲角色的缺失或无用，将故事设计在远离世俗的寺院荒野，美丽的女性也往往是异类。所以，但明伦评《青梅》："虽是爱贤，然夜往自托，青梅则可，他人则不可。"人与异类的相恋与婚姻大多是美好的，"礼缘情制，情之所在，异族何殊焉？"（《素秋》）就是禽兽之间的夫妻情谊也是诚挚的，《鸿》中弋人捕到一只雌鸿，雄鸿则"哀鸣翱翔，抵暮始去"，次日吐出黄金半铤，意在赎妇。对此但明伦评价说："或羡鸟亦犹人，我云人不如鸟。"① 蒲松龄大概也持此种观点，因此，《阿霞》中景生因恋狐而休妻；《犬奸》中妻为兽行，夫为兽害。蒲松龄对此感慨道："人非兽而实兽，奸秽淫腥，肉不食于豺虎。"

朋友关系。在《聊斋志异》中，对于朋友之情的展现也是耐人寻味的。虽然《丁前溪》《宫梦弼》对于人类的朋友之情有所展现，但是书中最为美好的还是人与异类以及异类之间的友情。《义鼠》中老鼠为朋友勇斗猛蛇，《鸲鹆》中聪明的小鸟为主人出谋划策。而最为世人称道的还是《蛇人》中的二青和小青、《娇娜》中孔生和娇娜的友情，两青为蛇，娇娜为狐，动物的人性化反衬的是人的无情。所以，蒲松龄道："蛇，蠢然一物耳，乃恋恋有故人之意，且其从谏也如转圜。独怪俨然而人也者，以十年把臂之交，数世蒙恩之主，转思下井复投石焉；又不然则药石相投，悍然不顾，且怒而仇焉者，不且出斯蛇下哉。"

官民关系。这是《聊斋志异》着墨较多，也很受学界关注的部分。对于官场，包括幽冥界的官吏，蒲松龄都给予了极大的批判。《礼记·檀弓

---

① 《聊斋志异》会校会注会评本，（清）蒲松龄著，张友鹤辑校，上海古籍出版社，2011，第1063页。

下》指出"苛政猛于虎",将政治和动物联系起来。蒲松龄也是如此,"窃叹天下之官虎而吏狼者,比比也。即官不为虎,而吏且将为狼,况有猛于虎者耶!"(《梦狼》)"余尝谓贪吏似狼,亦且揣民之肥瘠而志之,而裂食之;而民之戢耳听食,莫敢喘息,蚩蚩之情亦犹是也。"(《黑兽》)"毛角之俦,乃有王公大人在其中。所以然者,王公大人之内,原未必无毛角者在其中也。"(《三生》)在《促织》中,蒲松龄将批判的矛头指向了天子:"天子偶用一物,未必不过此已忘;而奉行者即为定例。加之官贪吏虐,民日贴妇卖儿,更无休止。故天子一跬步皆关民命,不可忽也。"

通过对以上几种主要关系的分析,可以看出现实中除了母子关系稍好之外,其他的关系几乎都处在比较糟糕的状况。

三

"少孤"现象犹如冰山一角,将《聊斋志异》中各种与正常背离的关系展现出来。"父子至亲,分形同气",但是在《聊斋志异》中,父子是欠债还钱的债主关系,"盖生佳儿所以报我之缘,生顽儿所以取我之债。生者勿喜,死者勿悲也"(《四十千》)。处于这样"花面逢迎,世情如鬼。嗜痂成癖,举世一辙"(《罗刹海市》)的社会,清高孤傲的主人公未必"少孤",但是落落不遇的孤独失意会表现在社会交往与活动的各个方面,所以蒲松龄在诗中说"十年尘土梦,百事与心违"(《旅思》)。这种遭遇下主人公的感受也不止愤怒,更有"将抱连城玉向何处哭也"(《罗刹海市》)的悲哀与绝望。"遇合难期,遭逢不偶。行踪落落,对影长愁;傲骨嶙嶙,搔头自爱"(《叶生》),说的就是"孤"的状态和感受。

蒲松龄在《聊斋自志》中说:"集腋为裘,妄续幽冥之录;浮白载笔,仅成孤愤之书"。"孤愤"说被当作蒲松龄创作理论的表达,学界对此多有研究,基本上沿承不平则鸣、发愤著书之说,结合蒲松龄的身世遭遇和小说内容加以阐释,聚焦于"愤"而对"孤"或以孤独解释,或直接略过。这是令人遗憾的。蒲松龄"孤愤"说,相对于传统的发愤说,其发展之处正在于突出了"孤":孤是一种孤独落魄的现实处境,也是一种失意绝望的心态,蒲松龄就是在《聊斋志异》中以"孤"写"愤",无"孤"则无

"愤"。现实让人孤愤,而创作的魅力便在于虚构一个不同的世界来改变这一切:

让奄奄待毙的人重生,

从死寂的坟墓幻化出人情和希望,

在现实衰败的枝叶添上怒放的鲜花和馥郁的芳香。

这其实就是蒲松龄借助《聊斋志异》展现的艺术效果。诸多善解人意、各具异能的精怪,无须付出就主动出现的各类帮助,使得主人公迅速摆脱了生存的困境,过上理想的生活。蒲松龄运用想象来弥补了缺憾,实现了愿望,达到孤而祛孤、愤而泄愤的艺术效果。所以,冯镇峦在《王六郎》夹批中说:"聊斋每篇,直是有意作文,非以其事也。"①

清代王韬说:"盖今之时为势利龌龊诡谀便辟之世界也,固已久矣。毋怪乎余以直遂径行穷,以坦率处世穷,以肝胆交友穷,以激越论事穷。困极则思通,郁极则思奋,终于不遇,则惟有入山必深,入林必密而已,诚壹哀痛憔悴婉笃芬芳悱恻之怀,一寓之书而已。求之于中国不得,则求之于遐陬绝峤,异域荒裔;求之于并世之人而不得,则上溯之亘古以前,下极之千载以后;求之于同类同体之人而不得,则求之于鬼狐仙佛、草木鸟兽。昔者屈原穷于左徒,则寄其哀思于美人香草;庄周穷于漆园吏,则以荒唐之词鸣;东方曼倩穷于滑稽,则《十洲》《洞冥》诸记出焉。"② "孤"不同于"穷",但是在改变困境的途径上,二者取向一致。蒲松龄也是求之于世俗不得,于是求之于世俗之外;求之于世人不得,于是求之于鬼狐鸟兽;求之于当世不得,于是求之于幽冥洞府。他在故事中的种种设计与安排,都跟现实困境直接有关。有学者将中国古代人我关系分为四种类型:血缘亲情型、君臣上下型、同心相知型、路人偶遇型③。《聊斋志异》显然集中于后两种,而这就是作者以虚构来弥补现实缺憾的结果。

这种基于"孤愤"进行的创作,内含着两种不同的价值追求:一种是

---

① (清)蒲松龄著,张友鹤辑校《聊斋志异》会校会注会评本,上海古籍出版社,2011,第30页。

② (清)王韬《淞隐漫录》自序,朱一玄编《明清小说资料选编》下,齐鲁书社,1990,第1269页。

③ 焦国成:《中国古代人我关系论》,中国人民大学出版社,1991。

祛孤，注重自我，追求世俗欲望的满足；一种是泄愤，追求正常的社会关系和相对的公平正义。在以往的研究中，对于"孤愤"说侧重于"愤"，对故事揭示社会黑暗、官场腐败、民不聊生等方面比较关注，相关研究已经很多。相较之下，由于"孤"几乎没有专门研究，所以对于故事强调自我和个人欲望的满足虽有所注意，但研究还不够充分。举例来说，对于《聊斋志异》人物痴、狂的特点研究很多，但是为何痴、狂，如果不从"孤"这个角度便很难剖析其根源。此外，强调自我和世俗欲望的满足，这一过程中充溢着自娱、娱人的因素，在读者接受和故事传播中发挥了很大作用，这也是直到今天影视仍然不停翻拍各类《聊斋志异》故事来娱乐大众的重要原因。历经几百年，依然能够从多种角度提供多种资源，这是《聊斋志异》的魅力，也是其作为名著的不朽之处。

从界格线和册命金文看西周金文书写水准

角田健一 著[*] 张秀阁 译[**]

一 引言

"金文"一词，在书法专业领域多作为一种字体的名称，但一般情况下是指铸刻在青铜器上的文字。金文研究早在宋代就出现了。那些研究多关注青铜器的纹样和形状而不是文字，专门研究金文的著录虽少但也出现了一些。较早的有薛召功的《历代钟鼎彝器款式法帖》（1144），专门以金文为对象，尝试加以解读。元明时期有关青铜器的著录出版落入低潮，但到了清代又再度隆盛。给迄今为止金文研究的发展以重大影响的因素是随着印刷技术的发展拓本的印刷成为可能及大量刊载拓本的著录相继出版。特别是进入民国时期，出版的著录不仅有科学的考察，还可以从中看到由古代政治、社会史等视角所进行的深入研究。可以说以罗振玉的《三代吉金文存》（1937）、王国维的《观堂林集》（1921）和郭沫若的《两周金文辞大系》（1931）为代表的著录构筑了现代金文学的基础，这并非言过其实。

罗振玉、王国维和郭沫若三位均与日本有很深的渊源，这是偶然的，

---

[*] 大东文化大学教授
[**] 社科院研究生院博士生

也很不可思议。如果没有他们，大概就不会有现代金文学和考证学的发展。近年来资料数据化不断推进，研究环境日趋完善，但从书法、书写角度研究金文的还很少，这是研究最薄弱的领域。

二 有界格线的金文

一涉及"金文书法"，就会出现好几个障碍。原因在于金文要经过书写、制模、熔铸的过程。因此不能将书写这一直接用毛笔的行为作为研究对象。其中，若要探讨当时的书写意识，从青铜器制作时残留的痕迹寻找线索是最合适的。在数量庞大的金文中有些器皿上有界线，虽然这样的不是很多。对金文中可以看到的线的称呼，除了"界格线"之外，还有"格线""方格""阳格""阳线"（因为文字是凹陷的阴刻，与之相对，界线是凸出的阳刻）等，说法还未固定，但认为这种线是安排文字的依据，这一见解在研究者中基本是一致的。不仅是西周金文，在汉碑、造像记和墓志铭等所有可视为纪念碑类的东西上，这种界格线被广泛运用的趋向很强。

笔者认为除了西周早期的一部分器皿外，西周金文的界格线在书写阶段，原则上被运用于"所有的铭文"。金文并不一定被熔铸到平面上，相反被熔铸到曲面上的恐怕更多。为了在曲面上熔铸必然需要预先制成"合于曲面的界格线"，特别是在超过100字的长篇金文上，一定需要界格线。事实上，在拥有长篇的《毛公鼎》《四十三年逨鼎》等上面残存有一点点界格线，但拓本上无法确认。另外，现存青铜器上有界格线的金文并没有长篇或短篇的倾向性，界格线并不是仅用于长篇铭文。比较现存的所有青铜器，有界格线的金文不多。铸造后施行了再除掉界格线的作业，这一点很有启发性。与其说"有界格线"，毋宁视之为"残存界格线"的金文更为正确，但在表述上，我仍采用前者。

三 有界格线的青铜器数量及时代倾向

笔者以《殷周金文集成》（中国社会科学院考古研究所编，2007）所收图版为资料，抽取出有界格线的青铜器。但有很多难以确认，还有仅残存部分的器皿，状况并不统一。原则上只要拓本上能看到一处明显的界格线，就将该青铜器计算在内。西周时期有界格线的青铜器共有54件。按青铜器的器皿形状分类，结果如下。

【钟·鬲·觥·彝—各1件】　【卣·尊·觯·盉—各2件】
【瓠—4件】　【簋—6件】　【鼎—7件】　【壶—25件】

不同器皿上的界格线数量有多寡，特别值得一提的是，"壶"上多有界格线。壶和簋、鼎等同为整个西周时期都存在的器皿，但唯独壶上有界格线的比例高。笔者认为这主要是因为壶的形状及铭文的位置关系。熔铸铭文时，虽然因时代不同有若干差异，但基本上根据器皿形状，固定熔铸在一定位置。熔铸到壶体本身上的铭文一般很难从器皿的口部内侧除掉界格线。也可以确认实际情况是，与盖子相比，壶体上的铭文多存界格线。

还有一点，盖上盖子在外观上铭文就看不见了。因为铭文基本上都是熔铸在青铜器的内侧，像壶这样，与盖子组成一套的器皿，盖上盖子铭文就看不到了。用于祭祀等的青铜器应该主要看外观，位于器皿内侧的铭文之美观的受重视程度有多少，这是个问题。在壶体内侧和盖子上两处都熔铸铭文的例子很多，只要取下盖子就容易看到熔铸在盖面上的铭文，上面的界格线多被细心地磨掉，相反，壶体上容易残留有界格线。"颂壶"也不例外。带盖子的器皿中还有簋等其他形状的，但笔者推测因为其口不像壶那么窄，一打开很容易看到内侧的铭文，所以界格线对美观的影响受到注意，存有界格线的此类青铜器在比率上就少了。

就像要印证上述推测似的，西周时期所有能看到的"盘"没有一件有界格线。盘的形状和文字的熔铸位置关系是青铜器中与外观最直接相关的。铭文中有无界格线受到青铜器形状的很大影响。

接下来考察时代倾向。

【西周早期—15件】　【西周中期—14件】　【西周晚期—25件】

如上所示，相比较而言，界格线在晚期更多见。但是上文已经提到有界格线的壶数量最多，壶的时代分布是前期1件、中期9件、晚期14件。不能单凭不同时代的件数差别就断言晚期有界格线的青铜器多，因为还受器皿形状的影响。

根据这个结果，虽然不能断定从殷代到西周早期有铭文的所有青铜器是否有界格线，但至少应该可以说西周时期出现了"画界格线"的行为。在中晚期，相对较长的铭文如果没有界格线，书写就很困难；西周早期在觥、卣、尊、觯、盉、瓠等器皿上也多散见界格线，有理由认为界格线不受器皿和时代之影响，均同样被运用了。

此外，界格线的时代性倾向也很显著。笔者在这里想列举各个时代的特征。从大的方面区别特征，可以分为早期和中晚期。总结其特征如下。

【早期】（武王时期至昭王时期）
只有纵向格线的占绝大多数，纵横向都有的格线即可以成为方格线的只看到"作册折觥"和"子叔壶"两例。有界格线的器皿上，铭文字数最少的是6个字，多的有近50个字。被视为成王时期的"宝尊"有8行共45字，是这一时期器皿中字数较多的，但没有横向界格线，只有纵向界格线。只有纵向界格线的器皿占多数，没有界格线的器皿铭文不成列，除去一些例外，横向"列"的意识很稀薄。

【中晚期】（穆王时期至幽王时期）
界格线基本上都是纵横方格的形式，只有纵向界格线的，39件器皿中只有"齐生鲁方彝盖"1例。横纵向都使用界格线，显示横向"列"的意识增强。

《商周青铜器铭文选》分王朝刊载资料。将其中"有纵横界格的器皿"和"无纵横界格的器皿"做比较得出如下结果。（比较对象限于铭文有两行以上的器皿）

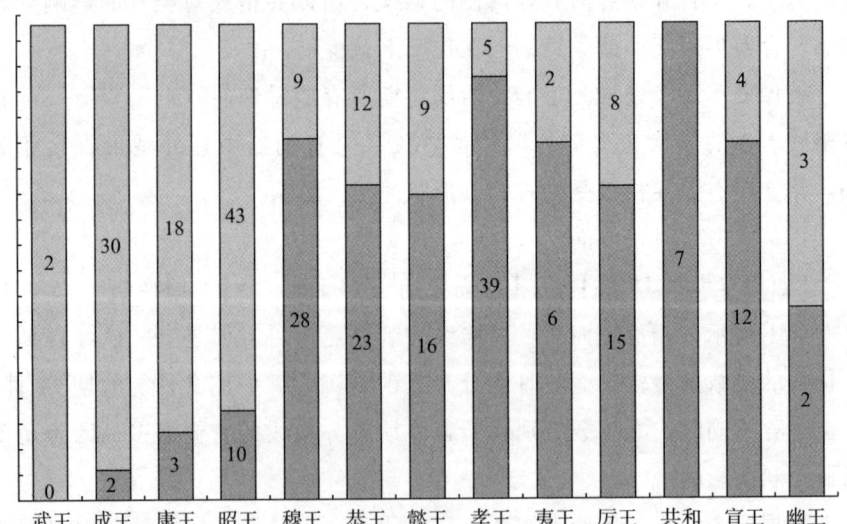

王	无纵横界格线的器皿	有纵横界格线的器皿
武王	2	0
成王	30	2
康王	18	3
昭王	43	10
穆王	9	28
恭王	12	23
懿王	9	16
孝王	5	39
夷王	2	6
厉王	8	15
共和	—	7
宣王	4	12
幽王	3	2

西周金文基本上字体变迁很缓慢，但界格线的变化倾向却不是这样。如上表所示，以昭王时期和穆王时期为界可以看到明显的变化倾向。这一时期是早期和中期的区分界限，也与界格线之变化期有密切关系。

若要通过现存界格线找到西周金文的一个书写基准，那就是早期和中晚期均对纵向界格线有严谨的意识。书写超出纵向界格线的例子极少，从中可以看到西周时期的书写意识。

四　越出界格线的金文及其书写水平

在有界格线的54件青铜器中，可以确定现存4件青铜器有越出应严格遵守之行域（行域指纵向界格线之间的空间，在写经上称之为界幅）的书写情况。分别是"翏簋"（同铭2件）、"中伯壶"和"散车父壶"。笔者以这4件中界格线最为清晰的"散车父壶"为例，来看"书写越出界格线的金文"。

上左图为原拓本，上右图是为了更明显地显示界格线，进行了黑白反转并补上纵向格线后的图版。由图可知第4列第1个字"姑"大大超出了纵向界格线。此外，第二列的"耆"字和最后一列的第4个字"寶"也都稍稍超出了纵向格线。对于横向界格线，没有像纵向界格线那样被严格遵守，散见无视横向界格线的书写情况。但可以认定该篇与一般例子相比，越出横向界格线的比率也更大。就"散车父壶"可以指出其几个特征，在这里，提出两点。①作为晚期的器皿，其文字大小差别巨大。（"姑"字和第3列第2个字"壶"笔画所占比例很大，紧跟其后的"用"字又极端之小）②文字结构不明了，字体的特殊性很强（有多加笔画的文字、其他器皿上看不到的特有字体和反转字等）。对此，请参照拙论《试论西周金文中的正统字体》（日语论文，文章日语标题为《西周金文における正統的字体試論》刊载于『書道学論集9』大東文化大学大学院書道学専攻院生会，2011），这些具有相应特征的书写情况被全部归入"非正统"一类。

笔者认为书写越出行域的情况主要因为书写者的书写技术不成熟。在文末的表1中列出了《铭文选》所收图版中书写越出行域的金文。从时期上看，文字越出行域的器皿多见于早期，但因为早期处于西周金文转向形式化之前（可以考虑为界格线出现纵横向均有之形式以前），含有早期独特的意识，所以不能同中晚期以来的情形相提并论。因为版面关系，不能列举说明全部，选取部分来做补充说明。抽选对象时，加上一个条件——限定为"超出行域两处以上"的器皿。在选取过程中尽可能考虑到因器皿形状产生的弯曲，不确定的均不计算在内，将研究对象限定在确实能够断定文字超出行域的器皿。容器和盖子上都熔铸有铭文的情况不考虑容器和盖子的关系，将之抽取出来。在表1备考栏中以"＊"标示，共15件。

表2对在抽选出的多个器皿上均出现的文字共16字进行了比较。包括了在字体上没有普遍性，不依靠前后文字就很难判断的字。在书写上，对书写能力低的书写者来说，将文字收纳在界格线以内绝非易事。变换视点，也可以说器皿上书写超出行域的金文为书写水平较低的人所写。加之，隶属于西周王朝的书写者不太可能用多种写法书写同一个字，所以上述金文可以看作是书写者根据自己随意的基准写成的。

根据考察结果，可以将西周时期金文书写无视行域即书写水准低的器皿按其出现原因大致分为以下3类。

① 是王朝制作的器皿但显示的是早期风格。
② 器皿的制作与王朝没有关系。
③ 对王朝所书写或制作器皿之仿作。

第①类显示早期特征的器皿可以举"何尊"为例。如上所述，原因可视为那是早期的独特样式，并非受书写水准的影响。第②类的铭文中看不到任何与王朝相关的语句，自行制作的器皿、记录诸侯间的契约、裁判等内容的器皿可以归入此类。对第③类的判断有些地方不得不依靠推测。多个同铭的金文中，有书写水平高的器皿和水平低的器皿。这在器皿本身和盖子的关系上有时也可以看到。既然存在书写水平悬殊的同铭，那么将书写水准低的器皿视作诸侯对王朝器皿的"模仿"未尝不可。因为可以看出西周时期诸侯之间的册命金文还是承袭了王朝的形式，所以诸侯在制作器皿、书写上将王朝的作为模仿对象也极其自然。

五　册命主体的书写水平

册命金文是指大约出现在西周中期、具有一定形式的文章（铭文）。针对定义还有几种说法，但册命的"册"是指编制木简等而成的册书，与出现在典籍中的"策命"同义。因此，所谓"册命"，意为授予该册书。对册命金文的明确分类也有几种学说，尚未统一。例如，对册命金文内容上的分类就有容庚、陈梦家、贝冢茂树、水野清一等人各自的主张。但这些主张并未列举出很多具体的青铜器名，论述停留在局部或头绪性阶段。对册命金文详细分类的先驱性研究应该要算武者章的《西周册命金文分类之尝试》（此为日文文献，原题为《西周册命金文分類の試み》，收于《西周青铜器の試み国家》东京大学出版会，1980）。武者章将册命金文分为以下三大类。

第Ⅰ类：有"册令""册命"字样的器皿。

第Ⅱ类：有与册命金文第Ⅰ类共通的表达、内容，且言及职事的金文。

第Ⅲ类：有与册命金文第Ⅰ类共通的表达、内容，且没有言及职事的金文。

本文主要研究被分到第Ⅰ、Ⅱ类的器皿。

针对上述分类，武者氏并未特别设定"共通表达"之基准。吉本道雅氏认为"金文中很可能时有省略现象，这样的设定本身是合适的"，接着他说"特定的金文是省略了原本应有的东西还是本来就没有，实际上没有前提的话无法做出判断"。（《中国先秦史の研究》，亚细亚印刷，2005）

无疑本研究建立在明确这些册命金文分类成果的基础之上。不过探讨书写水准时，至少铭文被认定为是诸侯发行册命的器皿也要作为研究对象。这是因为考察"册命主体为王朝（王）的器皿"和"册命主体为非王朝的器皿"之间有无书写水平差异是本研究的目的。因此研究对象涵盖至武者氏分类的第Ⅱ类，即"言及职事"的器皿。第Ⅰ类中，论述仪式顺序的部分（武者氏称之为"册命前辞"）"册"作动词用，所以第Ⅰ类器皿上的均是王朝一方为主体的册命行为。

正如武者氏已经指出的那样，第Ⅱ类总共 7 件器皿都可以看到诸侯册命的证据，分别是①卯簋、②禹鼎、③师毁簋、④𤼈鼎、⑤次卣、⑥柞钟、⑦公臣簋。这些都是非王的人物对其臣下授予命令。

例如，以①卯簋反映这一内容的地方为例，有"荣伯呼命卯曰"之文，很明确是荣伯（他不是王）对卯下命令。其他的器皿也不外乎此。

上文中业已频繁使用"主体"这个词，但必须说明，主体并非一样。之所以这么说，是因为有器皿（制作）主体、铭文起草主体和册命主体这好几种可以想到的主体类型。

针对这个"主体"已有一些研究，但尚未有定论。例如，即使将目光仅限于考察日本研究者，也可以看到松丸道雄氏在《西周青铜器制作之背景》（日语文章，原题为《西周青銅器製作の背景》，译注）中说"认为基本上全是西周王朝制作的，这恐怕是承袭下来的旧有共识吧"（《西周青銅器とその国家》，东京大学出版会，1980）。而小南一郎氏认为"支撑西周社会的命之阶层制，没有分层构造，直接性支配仅囿于自己授命的臣下。周王的支配所及只限于其直隶臣子，周王对陪臣没有任何权限"。《古代中国　天命和青铜器》（日文文献，日语原题为《古代中国　天命と青銅器》，译注，京都大学学术出版会，2006）将这一指摘直接套用到青铜器上，可以解释为，不管是哪一方制作器皿，仅限于和"自己授命的臣下"这样的关系才制作器皿。

松丸氏就这一问题进一步说道，"事实上就这一点基本上没有明确的观点"，即研究者们尚未明确青铜器制作的背景。实际上有研究者提出一种观点，认为青铜器是在受命者一方制作的。

如上所述，研究现状是连制作主体都还没有确切结论。但是先行研究恐怕基本上都采用了铭文起草主体＝制作主体的看法。例如，冈本真则氏提出，"笔者认为铭文的记述形式和表现上的相异产生于铭文起草之时。（中略）如果铭文的起草主体在王朝一方，那么出现如此多样的变化是不自然的吧。即笔者认为此类相异起因在于铭文的起草主体是受命者一方。如果可以认为铭文的起草者在受命者一方，就应当认为制作主体也在受命者一方"。（《史观 144 册》，2001）冈本氏虽然没有涉及具体证据，但从制作过程来看，青铜器制作和要熔铸其上的铭文有极其密切的关系，从文字字数、大小、排列、布局乃至界格线的制作，与青铜器制作作坊之间的交涉绝不应少。因此很难认为是完全无关的两个机构（例如王朝一方和诸侯一方）共同制作，上述将铭文起草主体＝制作主体的看法貌似自然，但还有一个重要的问题是，铭文起草主体是在授命者一方还是在受命者一方。

尤其是若将研究范围限定在册命金文，至少看不到王朝一方要制作诸侯授予臣下的册命金文之意图，加之，再考虑到还有明确标明"自作"的青铜器，笔者认为这暗示"自作"铭器之外的作器，（即便不能断定为王朝一方的作器）不是在自己的工坊而是在其他工坊中制成的。"自作铭器"的存在，是西周时期诸侯拥有自行作器之工坊的证据。与将在下文详述的册命主体非西周王朝一方的器皿相比，"自作铭器"中书写水准低的器皿更多，学界对能否放在同一范围内分析有不同意见。关于"自作铭器"的书写水准，在拙论《试论西周金文中的正统字体》（同前，《書道学論集9》）一文中已经阐述。

接下来分析上述由诸侯册命的器皿，从金文的书写水准这一角度来确认"铭文起草主体＝册命主体"是否成立。

书写水准的判断基准制定如下。这是从非正统金文中看出的特征，从"自作铭器"得到的判断基准。

字体：①翻转文字增多、②部分不同、③部分多余、④不对称、⑤缺笔画、接连不足等。

布局章法：①文字间距不均、②文字的大小和比例等不统一、③文字倾斜。

书写水准有必要从字体和布局章法两方面来考察。只是，字体水准低的情况往往布局章法也不好。因为这取决于书写者的个人能力，所以本来也难有单一方面水准极高的情况。

以下按顺序分析在上文中列举出的册命主体非王的器皿。但是由于没有"师毁簋"的拓本，在这里只能割爱。

【卯簋】

就其册命主体，前面已经述及，是荣伯对卯册命。整体上字体偏扁，多少给人一小粒一小粒的印象。这是与王朝无关的铭中可以看到的特征之一。散氏盘为人熟知，其他与土地有关的铭也多有类似特征。

第3行、第4行、第7行的"司"字左半部分有极大的倾斜。翻转字有"中"字、"作"字等，也多有字体暧昧的。例如在册命金文中经常用到的一节——"卯拜手稽手，敢對揚榮伯休"①，其中"稽"字左半看不到，"對"字与册命金文中常见的字体明显不同。"揚"字笔画暧昧。还有，通常写成"稽首"的，在这里作"稽手"等，有很多不明确的地方。在这里有问题的是，即便是册命金文中经常使用的部分，字体也不正统（有很多错误）。另外，字的排列上安排不佳的有第10行"宗彝……"、第11行"田易……"特别是"易于"的组合用了正统铭文中看不到的收拢方法，第11行最后的"拜"字更是书写到没有空间的地方，不结合前后文好好辨认的话都不能解读。第12行的"伯休"尽管上下空间很宽裕，但这两字间距很小、很挤。

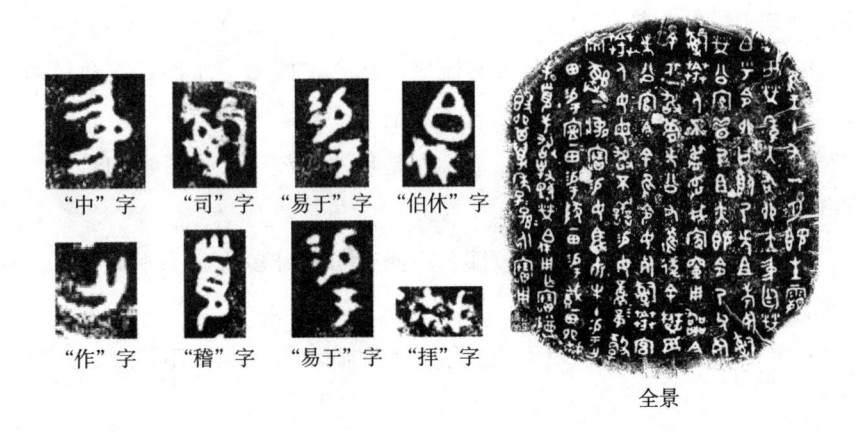

"中"字　"司"字　"易于"字　"伯休"字

"作"字　"稽"字　"易于"字　"拜"字

全景

【禹鼎】

铭文以"禹曰……"开始，没有像"卯簋"那样具体下命令的句子，也不是王的册命。禹鼎一眼看过去整体上往左下斜。单独将文字抽取出来看，文字是向右偏的，这恐怕是制作过程中的问题。拓本的状况很糟糕，也有不容易判断的点，字体本身看上去写得很仔细。但其中有相当数量的

---

① 对保持与铭文上的文字一致，对铭文的引用处字体保持原样，不转变为简体，下同。

"朕"字　"武"字

"敢"字　"政"字

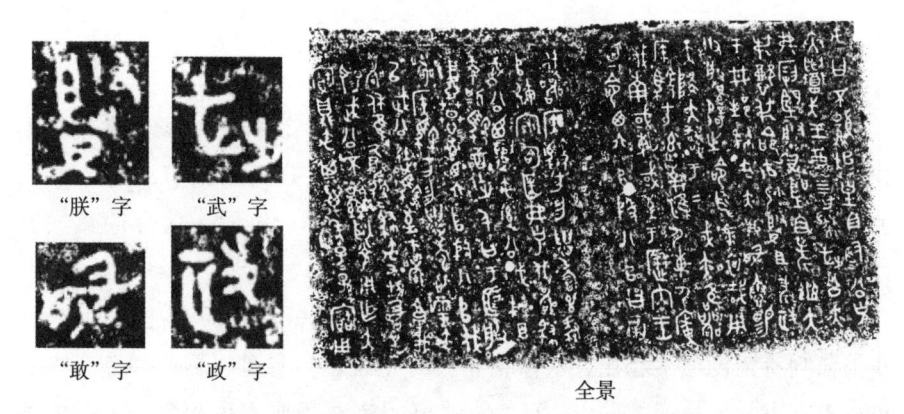

全景

翻转文字、大小相异特别是特殊字体之文字，应归类于非正统铭文。仅简单列举前半部分来观察，也可以看到"朕"字、"政"字、"武"字、"敢"字等，但单独解读起来很困难。在后半部分，可以看到不管纵向界格线怎么画都有字进入别的行域，同一文字的大小也不固定。

【𫷷鼎】

上书"趞仲命𫷷飘司甸田。趞拜稽首、對揚𫷷仲休"，可以理解为——此乃趞仲的册命。字体和布局章法两方面书写水准都极低。在"司"字、"稽"字、"望"字上散见特殊字体，行列非常弯曲，可以推测没有使用界格线。且不必说字体的大小，文字的普遍性、字间距也不固定，其特征大概可以说不像册命金文而近似"自作铭器"。

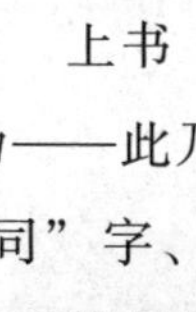

"司"字 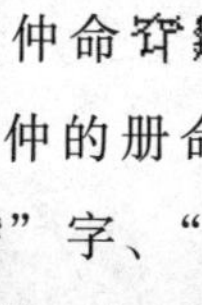　"稽"字 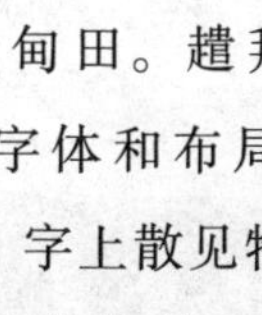　"望"字

全景

【次卣】

上书"公姞命次、司田人",是公姞对次下命令的内容。现存有同铭的"尊",因为铭文相同的关系,在武者氏的分类中没有表记。次卣的器皿本体和盖子上都熔铸有相同内容的铭文,所以同一内容的铭文有3种。

给次卣设定上界格线也没有字进入别的行域,从布局章法角度来看,与上面列举出的铭文相比,次卣稍稍具有正统性。只是在器皿和盖子上也可以看到书写风格的不同点。例如,"蔑"字在器皿本体和盖子上的字体不同,而且器皿本体上的"蔑"字字体也很奇怪。另一方面,器皿上"馬"字没有代表鬣毛的3画,可以看到字体上的不充分。虽然盖子上因磨损看不到了,器皿上的"司"字可以看到翻转,虽然整体字数很少,但还是可以看到缺少字体普遍性的文字。与次卣相比,可以认定次尊上的书写水准稍劣。整体上看,文字的倾斜度不统一,缺乏平衡感。也有"司"字的翻转,书风有类似点,文字都一小粒一小粒的,给人很硬的印象。书写水准算不上高。

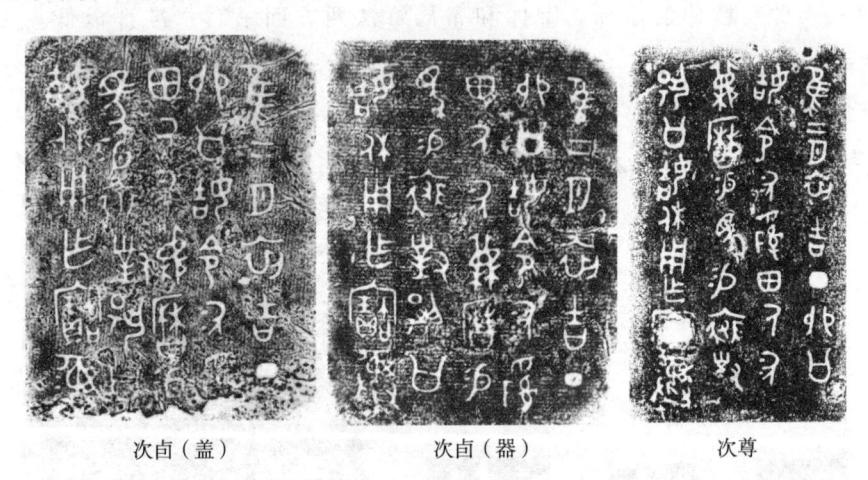

次卣(盖) 次卣(器) 次尊

【柞钟】

上书"仲大师右柞、柞賜市・朱衡・鑾、司五邑佃人事"。柞钟同文的铭共有4件,每件均字形纵长,看上去正统性比较高。特别是《集成》（00134）写得比较用心，文字整然。与"仲大師"有关的器皿还有"仲大師小子休盨"，但因磨损，文字基本无法确认，至于柞，就只看到这一件。该器皿的书写水准高的缘由目前尚不能确定。所谓"自作器"（写有"某某为某某作器。子子孙孙永保用之"这样的"作器者+作器愿望"内容的器皿），其书写水准也有差距，该器皿近于其中水准高的器皿。但是，另一方面，柞钟里可以看到特殊字体（"拜"字：偏旁之替换。"对"字：右边通常作"又"）的文字，这也是事实。

【公臣簋】

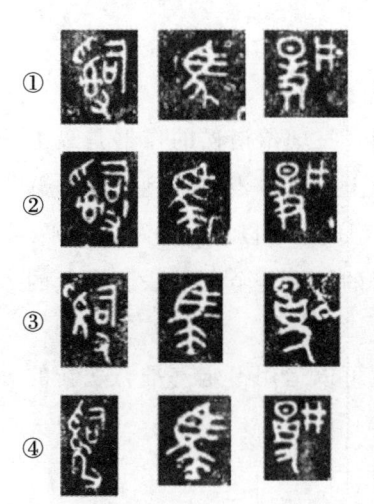

上书"虢仲、命公臣、司朕百工"，是虢仲对公臣下命令。同文器皿共有4件。公臣是仅在本器皿上出现的人物，虢仲似乎是厉王朝的重臣，在《后汉书·东夷传》中也可以看到他的名字。青铜器中有"虢仲鬲"，文很短，书写水准也说不上高，但可以窥见他是持有一定权力的人物。笔者认为器皿大体上可能是由两种手法或两人写成的，例如特殊字体如左图所示。从左到右依次是"司"字、"馬"字和"揚"字。从字体上来看，①所示器皿书写水平最高。"揚"字并未显示正确的字体，右下角不知受什么影响损坏掉了。②以下的3件器皿上也同样看不到这一部分。"司"字、"馬"字如①所示，一开始在一定程度上看是正确的字形，下面的3件器皿上的字体就带上了特殊性。这就是书写水准低，也是同文器皿书写水准差异的一个例子。

至此考察了册命金文相关的器皿，显然可以看出总体上书写水准的低下。另，根据武者氏的分类属于第Ⅱ类的有"大盂鼎""毛公鼎"等代表西周的重器，书写水准的差别也很明显。目前只收集了可以认为是"铭文起草主体=册命主体"的资料,具体的还有必要与王册命的器皿及第Ⅰ类进行比较。但是这其中包含很多西周中期以前的器皿,所以不能在同等条件下考察。现在,在给定的篇幅内对其细查非常困难,拟另撰文论述。通过对整个西周时期的考察,进一步明确了西周金文的书写水准,从中可以看到青铜器之存在方式、流通等。

此外,虽然都是记录诸侯之命的铭文,但其书写水准也不一样。可以推测的原因之一是诸侯地位多有不同。另外,西周时期什么地位和范围内的人可以制作青铜器,这本身还不清楚。与册命主体在王朝一方的情况相比,册命主体在诸侯一方的,书写水准低下、字体不统一,这是十分明显的。但笔者也发觉有探求这一水准差距和程度的必要性。

六 结论

把西周时期作器的流向简单展示如下图。王朝给诸侯的作器是最为人知的流向,对于其他流向,特别是在书法上还基本没有得到论述。总结整体上的书写水准倾向如下图所示,一定程度上可以展示书写的水平。从书法要素的角度以一定基准进行研究所得的结果是金文书法研究上的一个成果。

将书法视角引入金文学研究领域,应该可以运用一定基准,从新的视角研究迄今尚未被广泛研究的短篇铭文。

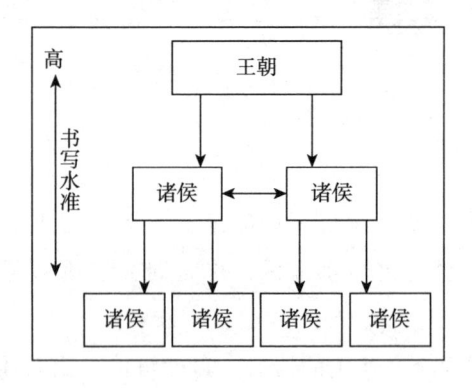

【表1】

序号	时期	器形	字数	铭文选	集成	备考
1	中期	甗	37	183	00948	
2	晚期或春秋	鼎	15	904	02517	
3	早期	鼎	15	131	02531	
4	早期	鼎	16	146	02553	
5	早期	鼎	19	332	02614	
6	晚期	鼎	20	448	02635	*
7	早期	鼎	27	68	02706	
8	中期	鼎	30	184	02721	
9	早期	鼎	37	76	02749	*
10	中期	鼎	40	208	02755	*
11	中期	鼎	44	161	02764	
12	晚期	鼎	51	455	02779	
13	中期	鼎	52	216	02780	
14	中期	鼎	78	394	02807	
15	晚期	鼎	93	444	02814	
16	晚期	鼎	110	422	02821	*
17	早期	鼎	286	62	02837	
18	早期	簋	14	133	03822	
19	早期	簋	16	102	03907	
20	早期	簋	20	367（盖）	03993	
21	早期	簋	20	367（器）	03994	
22	晚期	簋	22	330	04037	
23	早期	簋	40	412	04116	
24	中期	簋	40	393	04165	*
25	中期	簋	44	124	04192	*

续表

序号	时期	器形	字数	铭文选	集成	备考
26	中期	簋	49	320	04199	
27	早期	簋	51	75	04201	
28	晚期	簋	55	480	04213	
29	中期	簋	71	190	04256	
30	早期	簋	77	23	04261	
31	中期	簋	77	210	04264	*
32	中期	簋	80	172	04266	
33	中期	簋	86	189	04269	*
34	晚期	簋	102	222	04287	
35	中期	簋	104	192（盖）	04289	
36	晚期	簋	106	392	04299	*
37	晚期	盨	212	424	04466	*
38	早期	卣	30	141	05404	
39	早期	卣	50	118	05421	
40	中期	卣	51	329 甲	05423	
41	早期	卣	62	85	05428	*
42	早期	尊	28	128	05985	
43	早期	尊	119	32	06014	*
44	中期	爵	7	226	09067	
45	早期	爵	21	64	09104	
46	中期	盂	118	193	09456	
47	中期	壶	17	530	09669	
48	晚期	壶	25	530	09697	
49	中期	壶	55	277	09722	
50	中期	彝	66	197	09897	*

从界格线和册命金文看西周金文书写水准 · 239

[表2]

番号	时代	王期	乍	寶	子	孫	用	史	萬	對	其	隹	年	壽	頴	尊	揚	稽
32	早	成王		寶												尊		
70	早	康王	乍	寶					萬			隹	年			尊	揚	
85 器	早	康昭			子	孫	用				其	隹						
124 蓋	早	昭王	乍	寶	子	孫	用		萬	對		隹	年					
124 器	早	昭王	乍	寶	子	孫	用		萬	對		隹	年					
189	中	穆王			子	孫	用		萬		其	隹	年	壽			揚	
197	中	恭王	乍	寶	子	孫	用		萬	對		隹	年		頴	尊	揚	稽

续表

番号	时代	王朔	白	寶	子	孙	用	史	萬	對	其	隹	年	壽	頴	尊	揚	稽
208	中	恭王	此	寶	子	孙	用	史			其	隹				尊	揚	稽
210盖	中	恭王			子	孙	用	史				隹						
210器	中	恭王			子	孙	用					隹						
392	晚	夷王		寶	子	孙	用			萬	對	其	隹	年	壽	頴	尊	揚	稽
393	晚	夷王	此	寶	子	孙	用	史		萬	對	其	隹	年		頴	尊	揚	
422器	晚	厉王	此	寶	子	孙	用	史			對	其	隹						
424	晚	厉王	此	寶	子	孙	用					其	隹						
448	晚	宣王	此	寶	子	孙	用			萬		其		年					

台湾光复初期公共领域的建立与文学的位置：1945~1949

黎湘萍[*]

引　言

　　关于台湾光复初期文学史的讨论已不少，叶石涛《台湾文学史纲》（1987）在第三章"四十年代的台湾文学"专门讲述这一段文学史；彭瑞金《台湾新文学运动四十年》（1991）则在第二章"战后初期的重建运动（1945~1949）"专章处理；最近出土的资料和研究成果，见诸陈映真、曾健民编《1947~1949年台湾文学问题论议集》（台北，人间出版社，1999）；曾健民编的《新二二八史像——最新出土事件小说·诗·报道·评论》（台北，台湾社会科学出版社，2003）；曾健民、横地刚、蓝博洲合编《文学二二八》（台北，台湾社会科学出版社，2004）；曾健民著《1945：破晓时刻的台湾》（台北，联经出版社，2005）。迄今为止挖掘出土的史料给人一个印象：1945~1949年这短短四年间，文学者为在战后的台湾建立一个新的公共领域着力最多，尤其是从日据时期走出来的台湾省籍知识分子，以其自创的刊物汇入这一时期"重建""复员"的浪潮之中，然而，最为人所忽略的，却是他们甫从异族统治

---

[*] 社科院文学所研究员

的阴影下走出来的困惑、伤痛,被一片同质化的欢呼声所遮蔽,直到关于台湾人是否被日人"奴化"的争论浮出地表,本省籍人才有机会细察在欢呼抗战胜利、台湾光复的声浪之下,他们与外省人的"差异"问题。这不仅是语言的隔阂,更重要的竟是历史记忆的差异。为了赋予这些"差异"以某种合法性,这个时期出现的各种报纸刊物,尤其是本省人创办的刊物,无不在潜意识地争取着某种被承认的权利。这正如《牡丹亭》里的柳梦梅和杜丽娘一般,他们在梦里相识相亲,毫无挂碍,梦醒之后,却要为这个梦的实现克服各种现实的障碍。这个时期如雨后春笋般冒出来的中日文报纸杂志,构成了台湾历史上最丰富复杂的生态。因此,战后台湾建立的公共领域——介于政治领域、军事强权和家庭个人之间的市民社会形态——为中国战后历史和政治、社会形态的选择提供了多种可能性。它既不同于日本殖民统治下的"殖民地社会文化形态",也不同于50年代后在国际性冷战和国共内战结构中"建构"起来的威权支配的形态。在这方面,它与40年代中后期中国大陆的文化、社会生态是比较相近的。然而,二二八事变和此后的国共内战,把这一正在建构之中、作为现代民主社会之重要指标的公共领域,给彻底摧毁了。

值得注意的是,光复初期"公共领域"的建立,颇有赖于文学的助力。文学者通过文学作品的创作、介绍、翻译等,完成了从日据时期向战后时期的"复员"("复员"是当时的重要的关键词)或"蜕变"。从日据时期走出来的台湾作家,例如吕赫若、吴浊流等,不再只是沉迷于艺术技巧的完善,而是用文学作品来完成其"解殖""批判""认同"的功能,使文学介入到"承认的政治"之中。

一 "公共领域":观察社会转型的重要指标

公共领域是观察社会转型的重要指标之一。所谓"公共"一词,英文为 public,据《美国传统辞典》解释,源自拉丁文 publicus,原意为"people",即"公众""(特定的)人群"之意。因此,所谓"公共领域",意为"有关公众事务的领域",这个含义,确切地包含在"republic"一词的意义中。我们从 Republic 一词的词源,也可以得到相关的佐证。Republic

一词，古法语写作 république；拉丁语写作 Respublica，其中 Res 意为"Thing"（事务，事情），publica 则是"people"的阴性名词，因此，从词源上，Republic 应是"人民事务"的意思。日本人把它意为"共和"，其实不太确切，因为中国周朝厉王"动乱"时期的"共和"，主要还是从周公、召公一起执政的角度说，是贤人摄政，重点在执政者，而不在"民"①。因此，当年章太炎主编《民报》时提出"中华民国"的概念，以"民国"对译"Republic"可能更准确一些，它不仅意味着邦国、种族、文化等含义，而且包涵着"民众"执政的意义②。

---

① 《史记·周本纪》：召公、周公二相行政，号曰"共和"。索隐：共音如字。若汲冢纪年则云"共伯和干王位"。共音恭。共，国；伯，爵；和，其名；干，篡也。言共伯摄王政，故云"干王位"也。正义：共音巨用反。韦昭云："彘之乱，公卿相与和而修政事，号曰共和也。"鲁连子云："卫州共城县本周共伯之国也。共伯名和，好行仁义，诸侯贤之。周厉王无道，国人作难，王饹于彘，诸侯奉和以行天子事，号曰'共和'元年。十四年，厉王死于彘，共伯于诸侯奉王子靖为宣王，而共伯复归国于卫也。"世家云："釐侯十三年，周厉王出饹于彘，共和行政焉。二十八年，周宣王立。四十二年，釐侯卒，太子共伯馀立为君。共伯弟和袭攻共伯于墓上，共伯入釐侯羡自杀，卫人因葬釐侯旁，谥曰共伯，而立和为卫侯，是为武公。"按：此文共伯不得立，而和立为武公。武公之立在共伯卒后，年岁又不相当，年表亦同，明纪年及鲁连子非也。共和十四年，厉王死于彘。太子静长于召公家，二相乃共立之为王，是为宣王。宣王即位，二相辅之，修政，法文、武、成、康之遗风，诸侯复宗周。十二年，鲁武公来朝。

② 章太炎认为"中华"一名，既包括邦国之义，也包括种族之义；"民国"就是百姓当家之国，让曾为百姓者议政和行使管理权，方能贴近百姓事务。[他当时出于"排满"，不赞同"金铁主义者"所谓"中国云者，以中外别地域之远近也。中华云者，以华夷别文化之高下也"的说法。因为这种说法，混淆了华、满的差别。章太炎认为并非有文化者都是中国人。"引异类以夷同族，春秋所深诛"，"今人恶范文程、洪承畴、李光地、曾国藩辈，或更甚于满洲，虽《春秋》亦岂有异是"。（第254页）]《章太炎全集》第四卷"别录"卷一《中华民国解》云："然汉家建国，自受封汉中始，于夏水则为同地，于华阳则为同州，用为通称，适与本命符会。是故华云、夏云、汉云，随举一名，互摄三义。建汉名以为族，而邦国之义斯在。建华名以为国，而种族之义亦在。此中华民国之所以言益。""近世为长吏者，都邑之士必不如村落之儒，经世之通材必不如田家之讼棍，岂非讲习虚言不如亲观实事之为愈欤？昔满洲伪高宗欲尽去天下州县，悉补以笔帖式。刘统勋曰：'州县治百姓者也，当以曾为百姓者为之。然则代议士者为百姓代表者也，可弗以曾为百姓者充之乎？议士之用，本在负担赋税，不知稼穑之艰难，间阎之贫富，商贾之赢绌，货居之滞流，而贸易以议税率，未知其可。今彼满人，于百姓当家之业所谓农工商贾者，岂尝知其豪氂，而云可为议士，何其务虚言而忘实事也。且近世为僧侣者，即不得充代议士，彼僧侣者岂绝无学术耶？正以寺产所资，足以饱食与农工商贾之事相隔故也。然而欧美之僧侣，比满洲之法政陆军学生，则明习民情与否，又相县矣。"上海人民出版社，1985，第253、258~259页

汉娜·阿伦特（Hannah Arent）"The Human Condition"（Garden City & New York：Doubleday Anchor Books，1959）谈到公共领域与私人领域时，花了不少篇幅去谈论古希腊的相关概念，比如亚里士多德关于"人是政治的动物"（zoon politikon）的定义，在翻译为拉丁文之后，其"political"（政治的）一词被译成"social"（社会的）。汉娜·阿伦特指出："这表现出一种深刻的误解。这种误解再清楚不过地体现在托马斯·阿奎那的一番讨论中。在那里，阿奎那试图对家庭统治和政治统治的性质进行比较：他发现，一家之主与王国首脑有某种相似性，不过，他又补充说，一家之主的权力不如国王的权力那么'绝对'。然而，事实上，不仅在希腊和城邦，而且在整个古代西方，即使是暴君的权力也不如 paterfamilias（一家之主）或曰 dominus（家长）借以统治他的家奴和家庭的权力那么充分和'绝对'，这一点似乎是不言自明的。其所以如此，并不是因为城邦统治者的权力要受到众多家长们的联合权力的制衡，而是因为绝对的、不容争辩的权力与严格意义上的政治领域是互相排斥的。"①

阿伦特认为"家庭"和"政治"之间还有一个"社会"领域，而后者基本上属于一个近代的事件。她说：

> 根据希腊人的思想，人类的政治组织能力不仅不同于以家（oikia）和家庭为轴心的自然关系，而且还直接地与之相对立。城邦的兴起意味着，"除了他自己的私人生活以外，人还接受了第二种生活，即政治生活（bios politicos），现在每一位公民都隶属于两种生活秩序，在他自己的生活（idion）与共同体的生活（koinon）之间存在着鲜明的区分。"在建立城邦之前，一切基于亲族关系的组织单位，如 phratria 和 phyle 都已经遭到了毁灭。这不光是亚里士多德的一个观点或理论，而是一个简单的历史事实。在人类共同体的所有必要活动中，只有两种活动被看成是政治性的，构成了亚里士多德所说的政治生活：即行动（praxis）和言语（lexis）。从中产生了人类事务的领域

---

① 汉娜·阿伦特：《公共领域和私人领域》，汪晖、陈燕谷主编《文化与公共性》，三联书店，1998，第61页。

（柏拉图经常称之为 ta ton anthropon pragmata），一切仅仅具有必然性和实用性的东西都被严格地排除在外。①

汉娜·阿伦特解释说："无疑，只是伴随着城邦的建立，人们才得以在政治领域里，在行动和言语中度过自己的一生。然而，早在城邦兴起以前，人们便开始相信，这两种人类能力是携手并肩的，同属最高级的人类能力。这种信念在苏格拉底前已露端倪。"②

我感兴趣的有两点：一是"political"这个词，源自"polis"，意为城市、国家。由此才引出"治理国家的理论与实践"这样的"政治"的概念。因此，当小托马斯·奥尼尔（Thomas P. O'Neill, Jr.）说"all politics is local"时，他实际上就把"城市"或"国家"的"公共事务"放在第一位，这样，很自然把一个很重要的空间"社会"也包括在其中。二是把"言语"和"行动"看作"政治生活"的两种基本的形式，也是很重要的看法，特别是"言语"，作为一种人类交流的"信息"，在多大的程度上，它是"公共"的？有没有"私人"的语言？当我们把目光集中在当代的"媒体"上时，我们会注意到，这种"言语"行为借助麦克卢汉所谓"人的延伸"的媒体而扩散在不同空间，包括平面媒体（报纸杂志）、影视媒体（电视电影等）、电子媒体（以电脑和各种光碟为载体）和立体媒体（电脑网络）上面。

哈贝马斯《公共领域》（1964）对公共领域有一个很清楚的解说：

> 所谓"公共领域"，首先意指我们的社会生活的一个领域，在这个领域里中，像公共意见这样的事物能够形成。公共领域原则上向所有公民开放。公共领域的一部分由各种对话构成，在这些对话中，作为私人的人们来到一起，形成了公众。那时，他们既不是作为商业或专业人士来处理私人行为，也不是作为合法团体接受国家官僚机构的法律规章的规约。当他们在非强制的情况下处理普遍利益问题时，公民们作为一个群体来行动，因此，这种行动具有这样的保障，即他们

---

① 汉娜·阿伦特：《公共领域和私人领域》，汪晖、陈燕谷主编《文化与公共性》，第59页。
② 同上。

可以自由地集合和组合，可以自由地表达和公开他们的意见。当这个公众达到较大规模时，这种交往需要一定的传播和影响的手段；今天，报纸和期刊、广播和电视就是这种公共领域的媒介。当公共讨论涉及与国家活动相关的问题时，我们称之为政治的公共领域（以之区别于例如文学的公共领域）。国家的强制性权力恰好是政治的公共领域的对手，而不是它的一部分。可以肯定，国家权力通常被看做是"公共"权力，它的公共性可以归结为它的照管公众的任务，即提供所有合法公民的公共利益。只有在公共权力的行动已经从属于民主的公共性要求时，政治公共领域才需要以立法机构的方式对政府实施一种体制化的影响。"公共意见"这一词汇涉及对以国家形式组织起来的权力进行批评和控制的功能，这种功能是在定期的选举时期由公众完成的。有关国家行为的公众性（或原初意义上的公共性）的规章，如法律程序的公开性（原文为 the public accessibility，直译为公众的可进入性——译注），也与这种公共意见的功能相关。公共领域是介于国家与社会之间进行调节的一个领域，在这个领域中，作为公共意见的载体的公众形成了，就这样一种公共领域而言，它涉及公共性的原则——这种公共性一度是在与君主的秘密政治的斗争中获得的，自那以后，这种公共性使得公众能够对国家活动实施民主控制。①

哈贝马斯的这一解说，有这样几个重点：一是公众的意见（言语）可以在"公共领域"里自由表达，形成一种民主、平等对话的关系；二是公共领域使公民们可以作为一个群体来行动，这个"群体"在非强制的情况下处理普遍利益；三是公众在公共领域可以自由集合和组合；四是媒体是公共领域的载体；五是政治的公共领域有别于"文学的公共领域"，"国家的强制性权力恰好是政治的公共领域的对手，而不是它的一部分"；六是公共领域介于"国家"与"社会"之间；七是公共性"公众"在与君主的"秘密政治"的斗争中取得的成果，这种公共性使得公众"能够对国家活动实施民主控制"。

总结以上分析，可以把"公共领域"看做是汇集了"公共意见"的，

---

① 哈贝马斯：《公共领域》（1964），汪晖译。同上书，第125～126页。

介于政治领域、社会领域之间的"媒介"。这样一个"公共领域"是怎样出现于光复之后的台湾的?这是我想在下文清理的问题。

二 台湾光复:文化·民族认同的重建与政治认同的挫折

> 你在天之灵
> 遥遥来看我们的光复
> 好像一场的大梦!
> 你死啊?
> 你家里……老父老母
> 等着不能回来的你
> 刚结婚的新娘抱着婴儿泣哭
> 是你唯一的宝贝
> 你又不知道他的存在了
> ——张冬芳:《一个牺牲——被强征到南洋死去的一个朋友》
> (写于 1945 年 12 月 12 日)[①]

上引张冬芳的诗发表于台湾光复之后,它却写出了台湾人所特有的悲伤:虽然光复了,但被日军强征到南洋死去的人,却不能活着回家。光复激发了他们的战争经验和记忆,而战争也是迫使台湾人产生认同的分裂症的重要原因之一。

台湾的战时体制于 1937 年日本发动全面侵华战争时建立,它的主要标志是日本统治当局在台湾禁止汉文使用,同时掀起一场洗脑性质的"皇民化运动",改姓名、说"国语"(日语)、穿和服,除了在政治上强化所谓"国家认同",还企图诱导台湾青年改变族性,尤其是在精神和文化上彻底"日本化"。1941 年日本偷袭珍珠港,太平洋战争爆发。殖民当局通过所谓

[①] 张冬芳:《一个牺牲——被强征到南洋死去的一个朋友》,原载《政经报》第一卷第五期,1945 年 12 月 25 日。

"志愿兵"制度，强征台湾青年入伍参战，战争的气氛笼罩全岛。另一方面，它对于殖民地的"国民"，却怀有深刻的猜忌和敌意。1942年9月23日，律师欧清石与吴海水等人以莫须有的罪名被捕，严刑拷打后以谋逆罪在高雄法院判处死刑，后上告台北高等法院，乃于1944年11月15日罪定无期徒刑，这是轰动一时的"欧清石案"。比欧清石更早被逮捕的，是仁医赖和。太平洋战争爆发的次日（1941年12月8日），48岁的台湾作家赖和医生就在自己的诊所突然被警察叫走，他不安地骑上自行车出门，这一去，却被囚禁五十日，直到他因病释放，出狱不久便病逝了，年方五十。这是赖和第二次被日本人逮捕入狱，但一直到死，没有一个警察或法官明确告诉他这一次系狱的原因。赖和为人世留下的最后一部作品，是他用监狱中粗糙的卫生纸和小记事本写下的日记，这部日记始于1941年12月8日，至1942年1月15日因病终止，赖和不期然成了被日本当局逮捕入狱的许多无辜者的目击证人。

无独有偶，因战争而流寓香港的新闻记者萨空了，也目击了太平洋战争爆发时香港沦陷的经过，他的《香港沦陷日记》，恰也从1941年12月8日日本进攻香港之日起，到1942年1月25日逃出香港止，一共49天，与赖和的狱中日记只差了十天时间。如果说赖和的日记真实地记录了他"因系何堪更病缠"的肉体经验和"难得金刚不坏身"的精神状态，那么《香港沦陷日记》则记录了香港从"自由港"沦为没有围墙的巨大"监狱"的过程和文化人在困境中生活和抵抗的情形①。这两本日记，均写于日本帝国主义最疯狂的时期，记录了那个黑暗时代里中国文化人在台湾、香港的真实处境。而华人的这一处境，在战争爆发之后，竟是如此相似。此

---

① 把赖和日记和萨空了的日记比较着阅读是很有意味的。例如，1942年1月4日，日军攻陷马尼拉。赖和此日日记写道："近三点，闻军乐乐队声，知是举行庆祝游行，使我哀愁愈多，想书来，心可稍慰，不谓反添我苦闷，因为觉得释放未可预期啊。"萨空了当天的日记载了街头死人的情况，感慨"香港完全变成'力'的世界，什么社会秩序都荡然无存了"。赖和在狱中想读书消解愁烦，萨空了那天恰好也读到《小妇人》，他写道："这两天因为读《小妇人》心上感到人与人间不应有什么仇恨，一切仇恨未尝不可因双方之了悟而言归于好。……为了这个，我想到我们眼前需要一部小说，写三十年来，中国在革命过程中人与物的损失，希望以这种损失之惨痛，唤起在政治上的工作者，懂得如何互爱互谅，今后共同为建设新中国而努力。"（《香港沦陷日记》，三联书店，1985，第119~120页）

前，1937~1941年间，从内地到香港的许多作家，早已在香港开展文化抗日运动。他们创办文艺刊物，编辑文艺副刊，创作文艺作品，如茅盾主编《文艺阵地》（1938年4月16日创刊），茅盾、叶灵凤先后主编的《立报·言林》（1938年4月1日复刊），戴望舒主编的《星岛日报·星座》（1938年8月1日创刊），萧乾编的《大公报·文艺》（1938年8月创刊）等。其中值得一提的是戴望舒，抗战爆发之后，他与许多南下的作家从沦陷后的广州到了香港，与茅盾、萧乾等人分别成立了中华全国文艺界抗敌协会香港分会和中国文化协进会等作家组织，香港成了又一个抗战的文化中心。太平洋战争爆发之后，许多作家撤回内地。日军侵占香港，先实行"军政厅"统治，1942年乃设立"总督府"，采取以华制华的政策。这一年的春天，戴望舒在香港被捕，囚禁于香港中环多利监狱，他的《狱中题壁》（写于1942年4月27日）犹如赖和的《狱中日记》一般，为这一段痛史留下了文学的记录：

如果我死在这里，
朋友啊，不要悲伤，
我会永远地生存
在你们的心上。

我们之中的一个死了，
在日本占领地的牢里，
他怀着的深深仇恨，
你们应该永远地记忆。

当你们回来，从泥土
掘起他伤损的肢体，
用你们胜利的欢呼，
把他的灵魂高高扬起。

然后把他的白骨放在山峰，

曝着太阳，沐着飘风：
在那暗黑潮湿的土牢，
这曾是他唯一的美梦。

　　香港、新马作为英国殖民地，成为中国文化人用以抵抗日本帝国主义的重要阵地。流寓于香港、新马的中国文化人，他们与台湾知识者也许彼此并不相识，却面对着共同的命运，萨空了以《香港沦陷日记》，正如戴望舒以《狱中题壁》，郁达夫以流亡新加坡、印尼而终于难逃日军魔掌的悲剧，解答了作为日本"国民"的赖和何以入狱的原因①。文学在这里，不可能仅仅是技巧的显耀、形式的讲求，而是血与火中的生命的呐喊。

　　1943年"皇民化"运动如火如荼之时，一向以写出最优美的艺术作品来自我鞭策的吕赫若，在6月7日的日文日记里却写道："今天买了《诗经》《楚辞》《支那史研究》三本书。研究中国非为学问而是我的义务，是要知道自己。"②想要"知道自己"的压力，其实来自战时的特殊环境。台湾光复前，不论是赖和、杨守愚、陈虚谷、杨云萍等的中文写作，还是杨逵、吕赫若、张文环、王昶雄等的日文写作，其文化、民族的身份认同，并未因书写语言的不同而有改变③。一旦国土重光，"身首合一"，亦即文化、民族和国家（政治）认同的弥合为一，才有了可能。正因如此，光复初期的台湾知识分子才会情不自禁地全力投入到战后台湾文化、台湾政治、台湾经济与新社会的重建的工作，把这看作新中国重建和复兴的重要一环。

---

①　《政经报》一卷五期（1945年12月25日出版）在连载赖和《狱中日记》之外，特意刊登了一则"历史文件"，把曾引起日本当局抗议的易水的《闲话皇帝》（原载《新生》第二卷第十五期，1935年5月4日出版）刊出，在这篇文章的后面，刊出一则中央社发自新加坡的关于郁达夫的消息，称"日本占领新加坡期间，逃亡苏门答腊之前新加坡报人及教育人士一行十人已安返新岛，内有胡愈之、沈兹九、王任叔、邵宗汉等。郁达夫曾于苏门答腊西部匿名开设酒铺三年半，现忽于八月二十九日失踪，谅系日人所捕，现正寻觅中"。此外，该期还发表了张冬芳的诗《一个牺牲——被强征到南洋死去的一个朋友》（写于1945年12月12日），既是在悼念被强征到南洋战死的中国台湾省籍日本兵，又何尝不是在怀念那些在战争中死去的同胞们？

②　《吕赫若日记》中译本，台南，国家文学馆，2004，第358页。

③　苏新说："过去在日本统治下的台湾文化史是汉民族文化与日本文化的抗争史。"参见《谈台湾文化的前途》，《新新》月刊第七期，1946年10月17日。

台湾光复给台湾人带来的震撼和狂喜，可以从这个时期突然涌现出来的报纸、期刊看出来。战争期间，日本殖民当局曾取缔中文报刊，只留下一些通俗文学刊物。台湾光复后，行政长官公署采取"发行不必申请登记，内容不必接收检查"的政策，随后虽然也规定依出版法采取登记许可制度，仍然不影响报业的勃发，使光复后的台湾知识分子可以自由办报，充分表达自己的意见，形成短暂的享有充分自由的公共领域，直到1947年二二八事变爆发，这个百花齐放的局面才被改变①。

中文或中日文报纸大量涌现，使光复初期台湾知识分子的言论得到最为充分的表达。日据末期（1944）军政当局强行合并六家报纸（包括《台湾日日新报》《台湾日报》《台湾新闻》《东台湾日报》《高雄新闻》《兴南新闻》即原《台湾新民报》）而成的《台湾新报》是台湾战时唯一一家报纸，8月15日台湾光复后，该报也随之转向，从1945年8月17日开始陆续刊登《波茨坦宣言》和《开罗宣言》全文，对中国的态度也一改往常。随着主导权落入台籍知识分子的手里，该报的中国民族主义色彩日益明显。10月2日，出现中文栏目，10月10日之后，变为以中文为主、日文为副的报纸。这一天刊登了王白渊的新诗《光复》，表达了台湾和祖国"求不得见不得/ 暗中相呼五十年"的分离的悲苦，抒发了"一阳来复到光明"的喜悦。该报从10月11日开始连载《中国民族运动》，介绍了从太平天国、义和团、辛亥革命到五四运动的历史，还开辟了批判性的各种小专栏。

10月25日，《台湾新报》由长官公署派李万居②接收，改为《台湾新生报》，其创刊词强调"本报……言论记事立场，完全是一个中国本位的报纸"，其三项主要任务为：第一，介绍祖国文化；第二，传达及说明政府法令；第三，做台湾人民的喉舌③。来自中国内地的作家黎烈文曾任

---

① 据叶芸芸调查统计，光复初期（1945~1949）台湾出版的期刊有四十三种（包括日报十五种、周刊和月刊二十八种）。参见叶芸芸《试论战后初期的台湾知识分子及其文学活动（1945~1949）》，台北《文季》第二卷第五期，1985年6月。
② 李万居，台湾云林人。1926年留学法国，其间加入中国青年党，1932年回国。参见沈云龙《追怀我的朋友李万居》，《八十年代》第一卷第五期，1979年10月，第70页。
③ 李万居：《本报创刊的经过和今后的工作》，台北，《台湾新生报》，1945年10月25日，第三版。

《台湾新生报》副社长，而编辑部主任王白渊，记者吴浊流、徐琼二都是台湾重要作家。作为官报的全省第一大报《台湾新生报》在文学上有两个贡献。其一，是何欣（1922～1998）主编的《文艺》副刊（1947.5.4.～1947.7.30），这是继龙瑛宗在《中华日报》主编日文版"文艺"栏（1946.3.15～1946.10.24）之后较有影响力的文学园地之一。何欣在该副刊的发刊词《迎文艺节》中说："'文艺'降生在台湾，他有双重的重大责任。台湾踢开了日本帝国主义的魔掌，重归民主自由的祖国，就台湾本身而论，这是个不亚于'五四时代'的巨大变化。在思想上，要清除法西斯的余毒，吸收进步的民主思想，同祖国的文化合流，这是新的革命，从世界各国的文艺思想发达史上看，每逢一个崭新的改变期，就是文学的蓬勃的发展期。我们断定，台湾在不久的将来会有一个崭新的文化运动，那就是：清扫日本思想余毒，吸收祖国的新文化，在这新文化运动中，台湾也会发生新的文学运动。"① 在经历了二二八事变之后，"文艺"一方面坚持不懈地译介世界文学，为台湾文学提供世界的视野；另一方面坚持为省内外的作家提供园地，使本省、外省作家得以就台湾新文学建设的问题展开讨论。"文艺"连续发表沈明的《展开台湾文艺运动》（第四期，1947年5月25日）、《我们需要这样的新文艺——再论展开台湾新文艺运动》（第九期，7月2日），得到本省作家廖毓文的回应，发表《打破缄默谈"文运"》（第十二期，7月23日），认真讨论了光复以后文艺界沉寂的原因。第九期还刊发本省作家王锦江《台湾新文学运动史料》，这是较早介绍日据时期台湾文学的文章，用以反驳有些外省人以为台湾是"文艺处女地"的偏见，说明台湾文学与五四新文学运动的内在精神联系。不过，何欣主编的"文艺"副刊，重点还是发表创作和译作，文学论争只是开了先声。

《台湾新生报》的第二个贡献，是歌雷（史习枚）主编的"桥"副刊（1947.8.1～1949.3.29）所掀起的"台湾新文学建设"的论争，何欣所期望的战后"台湾新文学运动"是以"桥"副刊的讨论作为开端的。参加这场论争的一共27人约41篇文章，这是继20世纪20年代新旧文学之争、

---

① 《台湾新生报》"文艺"副刊第一期，1947年5月4日第五版。

30年代白话与台湾话文之争和30年代普罗文学之争之后的一场重要理论争鸣,二二八事变之后,省内外作家之间仍能在"桥"副刊上运用左翼的、马克思主义的历史辩证法和现实主义理论来讨论台湾文学的重大问题,意义深远。其中所涉及的问题,例如,台湾社会性质问题、台湾文学史的评估问题、新写实主义问题、文章下乡与台湾新文学运动问题、大众文艺问题、台湾新文学与五四新文学的关系问题等,与中国内地的左翼文坛有着密切的联系,而又紧密联系台湾战后的脱殖民或解殖的问题来展开,成为光复时期留下的宝贵思想遗产[1]。

与《台湾新生报》言论不太一样的是民营的《民报》。1945年10月10日创刊的《民报》是台湾战后第一份中文报纸,该报以继承日据时期《台湾民报》的精神自诩,其社论、小专栏充满了批判色彩,经常批评时政,抨击接收人员贪污腐化,报道经济恐慌和社会不安等实情,然而因1947年二二八事变爆发,该报社长林茂生不幸罹难而停刊。1946年1月1日创刊的《人民导报》是具有左翼色彩的报纸,由大陆来台知识分子与台湾本地进步人士合办,二二八事变中,该报前后任社长宋斐如、王添灯被害,主编苏新逃往大陆,报纸被迫停刊。除了这些报纸,还有大量新兴的杂志,如杨逵创办的《一阳周刊》以《易经》复卦"一阳来复"之说来表达台湾光复的喜悦与期许。最早公开发行的杂志《台湾民主评论》(旬刊,1945年10月1日创刊),也具进步色彩,它以民主而不仅仅是"民族"的立场来讨论台湾诸问题,与当时左翼的报刊如《人民导报》《台湾评论》《政经报》等一样致力于战后台湾民主社会的重建[2]。

除了上述主要报纸,光复后创刊的中日文期刊更多了,其中综合性的刊物,除了发表政论、新闻分析、史料、国语学习资料等非文学作品,还刊登小说、诗歌、戏剧、散文等创作和译作,最为集中地呈现了这个时期文学的复杂面貌。如"台湾留学国内学友会"创办的《前锋》(光复纪念

---

[1] 关于这场论争的专题研究,参见《噤哑的论争》(人间思想与创作丛刊1999年秋季号),台北,人间出版社,1999;陈映真、曾健民主编《1947~1949:台湾文学问题论议集》,台北,人间出版社,1999。

[2] 参见曾健民《1945,破晓时刻的台湾》,第六章"百花齐放的时刻",台北,联经出版社,2005,第149~189页。

号）①，反映了光复之初台湾知识者的精神状态，他们欢呼光复，介绍孙中山的传略和"三民主义"，呼吁台湾同胞对这次战争和收复台湾"应有认识"，讨论台湾知识阶级所面临的新任务。廖文毅《告我台湾同胞》指出"回到祖国，做了中华民国的国民，能够与世界任何的民族并肩的一等国民""我们的乡土也已经完全受着祖国的风气，这样的台湾和大陆的融合变成一体，这才是我们的愿望，也是我们努力的目标"；毅生《光复的意义》认为光复意味着民族精神的振兴、台湾与中国合一、国土重圆、家人再聚、统一国家与政府的出现，因而台湾人应该为团结起来，为台湾、中国而努力。林萍心《我们新的任务开始了——给台湾知识阶级》认为当前台湾知识分子的新任务是介绍中国文化、三民主义和国民革命，启蒙民众，去除日本"大和魂"的思想，使台湾能走向新中国的大陆。他还呼吁以中国通用的白话文写作，让台湾老百姓学习白话文。

《前锋》也刊发了文学方面的文章。林金波以"木马"笔名写了一篇《学习鲁迅先生——十周年忌辰纪念》，这是光复后第一篇关于鲁迅的文章。在欢呼台湾回归祖国的时候，应该如何来纪念鲁迅？这位十年前从上海返回台湾家乡的作者说，他是在尝到日本帝国主义的淫威、领教了殖民地侦探走狗的残酷之后，才更深切地领会了鲁迅的精神。因此，台湾人要学习鲁迅的爱国爱民族的精神、直视人生的精神、为学不倦的精神、不屈不挠的精神，才能"负得起这建设新中国建设新台湾的担子"。廖文毅的三幕剧《为国牺牲》（只刊第一幕）表现的是前北京政府教育总长陈有为父女、女儿与男友之间的矛盾冲突。日据时代曾发起台湾话文论争的作家郭秋生（介舟）发表了两篇作品，一是用流畅的白话文写的论文《我们要三大努力》，称五十年来在侵略者蹂躏下"几乎不知有祖国、不知有己身

---

① 《前锋》，1945 年 10 月 25 日创刊，廖文毅主编。廖文毅，1910 年生于台湾云林西螺。1928 年前往南京就读于金陵大学理工科，1932 年毕业后赴美留学。1945 年国民党接收台湾之后，出任台湾省行政长官公署简任技正，兼台北市政府工务局局长及工矿处接收委员。1946 年 8 月，国民参政员选举时，因选票字迹不清而落选。同年九月在《前锋》上提出"联省自治论"，遭国民党抨击。1947 年 2 月 25 日离台赴上海，但仍成为陈仪发布的"二二八事件首谋叛乱在逃主犯名册"中的要犯。同年夏天到香港，筹组"台湾再解放联盟"。1950 年到日本，在日本人的支持下组织"台湾民主独立党"，是海外第一个"台独"组织。

的六百万同胞",光复后"始得从暗黑里解放",因此,当前的急务,"第一是努力做得国民""第二是努力乡土的复兴""第三是努力做得四大强国之一的国民"。郭秋生还拟台湾民间歌调写了一首"台湾光复歌",把台湾"复归咱祖国"比为"拨开云雾/解消风雨/霎时间重见天日!"林耕南(林茂生)① 以旧体诗写了一首《八月十五以后》:

> 一声和议黯云收,万里河山返帝州。
> 也识天骄夸善战,那知麟凤有良筹。
> 痛心汉土三千日,孤愤楚囚五十秋。
> 从此南冠欣脱却,残年尽可付闲鸥。

"台湾政治经济研究会"创办的《政经报》②,在光复初期的基本言论倾向,也与《前锋》相同。它的主要特色是左翼的或批判的立场,这也是它较早试图把日据时期台湾抵抗的反殖民的文学传统、大陆五四新文化运动的传统和国民党的三民主义融合起来的原因,然而,这种融合终因现实的重重弊端和困境而失败,从1946年1月25日二卷二期发表王白渊的社论《告外省人诸公》开始,《政经报》的言论趋于激烈,其批判的立场变得鲜明,早期的民族主义转化为日益明显的民主主义。此外,该刊也刊载了一些重要的文学作品,除了赖和的《狱中日记》,还有王白渊的《我的回忆录》,吕赫若的中文小说《故乡的战事》(一、二)和江流(钟理和)的《逝》等③。

---

① 林茂生,生于1887年,别号耕南,台湾屏东人。1903年赴日就读于京都同志社中学,次年考入京都第三高等学校,毕业后,考入东京帝国大学,主修东方哲学,1916年毕业,是获得文学士的第一个台湾人。1927年赴美国哥伦比亚大学深造,1929年获哲学博士学位,是台湾获得博士学位的第一人。日据时期是台湾文化运动的积极参与者,战后出任台湾大学先修班主任,后接任文学院院长,担任《民报》社长,因爱国而批评时政,引起当局不满,1947年二二八事变,3月10日被捕遇害。
② 《政经报》,1945年10月25日创刊,社长陈逸松,主编苏新。
③ 赖和《狱中日记》(1~4)以遗作连载于《政经报》第一卷第二至五期;王白渊《我的回忆录》(1~4)连载于第一卷第二至四期和第二卷第一期;吕赫若《故乡的战事》(一、二)分别发表于第二卷第三、四期;江流(钟理和)的小说《逝》发表于第二卷第五期。

"台湾文化协进会"发行的《台湾文化》①，这是光复时期最重要的综合期刊，它为省内外知识分子提供了一个开放、多元、自由的舆论平台。其中许寿裳、李何林关于鲁迅的介绍，台静农的文学史研究，黎烈文的外国文学评论，袁珂的民间文学介绍，杨云萍、黄得时、吕诉上的台湾文学史论，王白渊、吴新荣的诗和散文，雷石榆、苏新、洪炎秋的杂文，杨守愚、钟理和、吕赫若的中文小说，黄荣灿的美术论文和木刻作品，均为一时之选，构成当年重要的文学风景。第一卷第一期（1946 年 9 月 15 日）同时刊出杜容之《抗战期中我国文学》和杨云萍《台湾新文学运动的回顾》，有意识地将海峡两岸抵抗的文学传统汇合在一起。林紫贵《重建台湾文化》也是战后"重建"浪潮中的声音之一。小说《生与死》是大陆返台作家钟理和以"江流"的笔名正式亮相台湾文坛后的第二篇作品②。第一卷第二期推出的"鲁迅逝世十周年特辑"是战后台湾首次汇集省内外作者的文章纪念鲁迅，与上海之鲁迅纪念遥相呼应。第三卷第四期（1948 年 5 月 1 日）推出"悼念许寿裳先生专号"之后，该刊的时政批评文章仅见诸杨云萍婉而多讽的"近事杂记"之中，而学术类的论文，包括文学、史学、语言、社会学、人类学，渐成主体，显见二二八事变后台湾公共领域的逐渐萎缩。

具有民间同仁杂志性质的《新新》③ 月刊，中日文并重，致力于介绍祖国情况，它的特色是以中日对照的方式介绍文学作品，俾读者便于从日文过渡到中文。除了刊登创作，如龙瑛宗小说《汕头来的男子》（日文）、散文《台北的表情》（中文），吕赫若的小说《月光光——光复以前》（中文），林熊生的《深夜的客》（日文），林德明《纯情十七岁》（日文）和林秋兴《乱爱》（中文），该刊还用国文日译或日文国译的方式介绍中日文学作品，如沈从文《柏子》、老向《村儿退学记》都被译为日文，而日本

---

① 《台湾文化》，1946 年 9 月 15 日创刊，发行人游弥坚，主编先后为苏新、杨云萍、陈奇禄等，1950 年 12 月出版第六卷第三、四期合刊之后停刊。
② 钟理和（江流）1946 年 3 月返台。此前曾在北京出版作品集《夹竹桃》（北平马德增书店 1945 年 4 月印行）。《逝》1945 年写于北京，《政经报》第二卷第五期（1946 年 5 月 10 日）首次发表。
③ 《新新》月刊于 1945 年 11 月 20 日创刊，黄金穗主编，中日文综合性月刊，1947 年新年号开始全部使用中文，因二二八事变爆发而停刊。

作家国木田独步的《巡查》《少年的悲哀》、林房雄的《百合子的幸福》则被译为中文。1946年10月第七期刊发的"谈台湾文化的前途",记录了9月12日该报在台北举办的座谈会的纪要,出席者有政论家苏新、作家王白渊、学者黄得时和张冬芳、画家李石樵、《人民导报》发行人王井泉、作家刘春木、剧作家林博秋等人,这是光复后最早集中讨论台湾文化前途的座谈会,涉及面大,议题深入,而其民主的、左翼的立场特别引人注意,它是《台湾新生报》"文艺"副刊和"桥"副刊关于台湾新文学运动讨论的先声。其中,黄得时关于"世界化"与"中国化"的思辨,王白渊关于"普遍性""民族性"和"民主主义文化"的讨论,攸关台湾文化的发展方向。正如本期卷头语所说,"所谓'民主'是以'为了人民'为前提","政治要为了人民,经济也要为了人民,文化也要为了人民",因此,他们主张"台湾文化运动的民主化和大众化"。

　　这些于光复后创刊的中文或中日文并行的报纸、期刊,构成这个时期重要的公共领域,对事关中国大陆、台湾地区的民主、民生、民族问题都有及时、深入、敏锐的观察和讨论,与抗战胜利后的中国内地政经形势形成互相呼应和对话的关系①。

　　正是在这样的环境中,台湾文学出现了新的气象和趋势。除了这个时期从大陆涌入许多作家,为台湾文学注入新鲜的血液之外,尤其值得注意的是,日据时期的进步的、批判的文学传统,无论是使用中文写作的,还是使用日文写作的,在经过了战时高压时期的沉寂之后,像"压不扁的玫瑰花"突然绽放,形成这个时期非常独特的风景。

　　被尊为"台湾新文学之父""台湾的鲁迅"的赖和(1894~1943),从出生到去世,几乎见证了整个日据时期的台湾社会的变迁。然而,在狱中写下"闻道边庭罢征戍,无穷希望在明朝",却没能活下来看到台湾光复。但赖和并没有消失,他的遗作经过日据时期另外一个重要作家杨守愚

---

① 这里特别罗列光复初期由台籍人士创刊的各种中文报纸和杂志,意在说明1937年以后日本全面禁止中文写作、推行"国语"(日语)运动的彻底失败。用中文撰稿的台籍人士,有些固然是所谓"半山"(即从大陆归来的台湾人),但也有在日据时期即以中文写作的作家,如杨守愚、杨云萍、王白渊、钟理和等。也有主要用日文写作,但战后却能迅速改用中文的作家,如吕赫若、杨逵、张文环等。说明以闽南语和客语为母语的作家复归汉语和中文,比以日语为母语向中文的转换要容易得多。

的整理，问世于光复初期，汇入这个新时期的去殖民化的民族主义与民主主义浪潮之中。由台湾省籍人士创办的中文杂志《政经报》（1945年10月25日创刊）从第二期开始至第四期，连续刊出已故作家赖和的《狱中日记》①。从赖和的《狱中日记》，读者可能看不到一个横眉怒目型的文化英雄的形象，而读到的更多的是他的惊恐、不安、疑惑、反省、无奈、盼望以及对难友们的同情、怜悯，对被释放的难友们的羡慕、祝福。三十九天的日记，用的是简洁的白话文，而不是日语，里面还有他所擅长的旧体诗，抒发其婉转含蓄的情感。这部日记的价值，不是愤怒的呐喊，不是激烈的抗议，而在于它记录了一个受到监禁的身体的最可能的灵魂形态，记录了一个无辜者在被暴政囚禁的状态下逐步走向死亡的过程，记载了太平洋战争爆发之初，日本帝国主义统治之下的台湾人的艰难困境，而正是这一点，才使得这部看似"软弱"的日记，有了震撼人心的力量，成为日据时期台湾代表性作家在战后重现的首位。

杨守愚（1905~1959）为赖和的遗稿的刊出，特意写了一篇序，这篇序的末尾，杨守愚特别地注明写作日期是"中华民国三十四年光复庆祝后二日"，称"这一篇狱中记，是大东亚战争勃发当时，先生被日本官宪拘禁在彰化警察署留置场所写成的。可以说是先生献给新文坛的最后的作品。在这里头，我们能够看出整个的懒云②的面影。这一篇血与泪染成的日记，就是他高洁的伟大的全人格的表现，也就是他潜在的热烈的意志的表现"。杨守愚欢呼"台湾已经是光复了！被压迫的兄弟都得到自由了！"但在这欢呼中，却为"被凶暴的征服者压迫而死"的赖和不能"等着光明的日子到来"而流出了眼泪，他谴责日本殖民当局以莫须有的罪名逮捕赖和，乃是因为赖和对"残虐的征服者，虽然不太表示直接抗争，但是他却是始终不讲妥协的"。接着他谈到赖和与鲁迅的关系：

---

① 苏新主编的《政经报》是当时最具有批评精神的左翼中文媒体。该刊的主体是台湾本土知识分子，全部用中文写作。该刊从第1卷第2号至第5号（1945年11~12月）连载了赖和的《狱中日记》（1~4），这是赖和遗稿的首次发表。
② 懒云是赖和的笔名之一。

先生生平很崇拜鲁迅,不单是创作的态度如此,即在解放运动一面,先生的见解,也完全和他"……所以我们的第一要著,是在改变他们(国民)的精神,而善于改变精神的,当然要推文艺……"合致。所以先生对于过去的台湾议会请愿、农民工人解放等运动,虽也尽过许多劳力,结果,还是对于能够改变民众的精神的文艺方面,所遗留的功绩多。①

以文艺来改变民众的精神,正是以赖和代表的台湾文学的重要的文学启蒙与批判现实的传统。在这个意义上,鲁迅不仅是台湾作家了解中国近代文学精神的重要典范,也是战后台湾作家用以表达他们与中国现代文学之内在的精神联系的象征②。

除了《狱中日记》,赖和的遗稿《查大人过年》(小说)和《溪水涨》(新诗)、赖和先生的"绝笔"诗也刊发于杨逵、王思翔编的《文化交流》第一辑(1947年1月15日创刊),杨守愚的小说《阿荣》则发表于《台湾文化》第一卷第二期③。《查大人过年》和《阿荣》这两篇小说反映的

---

① 杨守愚:《〈狱中日记〉序》,《政经报》第1卷第2号,1945年11月10日第11页。
② 鲁迅的作品在日据时期就已被介绍到台湾文坛,如《阿Q正传》1925年即转载于《台湾民报》;1934年,带有左翼色彩的《台湾文艺》曾四期连载增田涉的《鲁迅传》,这是鲁迅生前就见诸台湾媒体的较早的鲁迅生平介绍。鲁迅于1936年10月去世后,杨逵主编的《台湾新文学》11月号立即刊登了两篇用日文写的悼念文章,其一是杨逵执笔的卷首语《悼念鲁迅》,左翼的杨逵将鲁迅与高尔基并列,提到蒋介石统治下中国知识分子苦斗的艰辛;其二是黄得时写的《大文豪鲁迅逝世》,回忆了他在东京开始接触鲁迅著作的经过,介绍了鲁迅的文学生涯和主要作品。这是日本发动全面侵华战争前夕台湾最后一次介绍鲁迅。台湾光复后,随着许寿裳赴台,鲁迅的介绍和纪念成为很重要的文学活动之一。1946年9月创办的《台湾文化》杂志,是两岸因内战而分裂之前,由两岸知识分子共同耕耘的刊物。该杂志创刊伊始,就在第二期刊出"鲁迅逝世十周年特辑"。这是台湾首次也是最后一次用"特辑"的形式纪念鲁迅。这个特辑除了杨云萍的文章,还发表了许寿裳的《鲁迅的精神》、高歌翻译的《斯沫特莱记鲁迅》、陈烟桥的《鲁迅先生与中国新兴木刻艺术》、田汉的《漫忆鲁迅先生》、黄荣灿的《他是中国的第一位新思想家》以及雷石榆《在台湾首次纪念鲁迅先生感言》等文章。参见中岛利郎编《台湾新文学与鲁迅》,台北,前卫出版社,1999。
③ 杨守愚的这篇《阿荣》曾于1936年12月在杨逵的《台湾新文学》第一卷第十期"汉文创作特辑"上发表,原题为《鸳鸯》,该期因被日本当局禁止发行,没有与读者见面。这一次"出土",与《台湾文化》专门策划的"鲁迅逝世十周年特辑"(1946年11月出版)放在一起,其承续鲁迅精神,自是意味深长。

都是日据时期台湾人民在殖民当局压迫下艰难生活的情景，它们在光复时期的重现，再现了台湾作家在日本殖民统治下文学抗日的独特方式。杨逵也在1946年3月出版其左翼色彩的现实主义小说集《鹅妈妈出嫁》（日文版），并于同年7月由台北的台湾评论社出版中日文对照本的《送报夫》（中文为胡风翻译）。1947～1948年，杨逵编撰了一套中日对照的"中国文艺丛书"，收入他翻译的鲁迅的《阿Q正传》、茅盾的《大鼻子的故事》、郁达夫的《微雪的早晨》等，以其对中国左翼文学的浓厚兴趣和热情，投入两岸文化交流的事业之中。

以赖和《狱中日记》为发端，这个时期还出现了一大批"狱中诗文"，如蒋渭水《送王君入监狱序》（写于1933年1月31日台北监狱），也是旧作重刊，这篇以文言文写成的讽刺文章，对日据时期殖民当局和趋炎附势之徒，有绝妙的刻画。文章"盛赞"日本统治者的监狱之现代而先进："监狱之中，久住而体肥，卫生进步，居囚不少"，反语正说，苦中作乐。对"利权求于官，名声臭于时，走于衙门，谄媚百官，而佐桀纣为虐"的所谓"大丈夫"者，则嬉笑怒骂，入木三分①。欧清石的《狱中吟——呈林茂生先生》云："无端百日见蜃楼，祸起萧墙竟作囚。云我啸凶怀越轨，笑他吠影喘臭牛。居常本是鲩鲈骨，临变何曾屈膝头。生死只凭天赋命，息妄随处是忘忧。"傲骨冷霜，浩气干云。林幼春《狱中十律》，其中《入狱》诗云："又到埋忧地，俄成出世人。犹思托妻子，从此绝风尘。一念生千劫，馀痾待后身。丈夫肠似铁，得死是求仁。"视入狱为出世，赴死为求仁。而赖和的绝笔诗更是预言了日本帝国终将灭亡的命运："日渐西斜色渐昏，发威赫赫意何存。人间苦热无多久，回首东天月一痕。"②吴鹏搏《出狱有感》："别也忧兮归也忧，人生悲苦莫如囚""几时重到中华地，了却今朝满面愁"；王溪森《狱中别同志》仿古诗十九首，用杜甫诗意，有"鸟飞草木青，萋萋满别意""缧绁迫偷生，归家少欢趣，硝烟天

---

① 蒋渭水：《送王君入监狱序》重刊于《政经报》第二卷第六期，1946年7月25日。
② 欧清石诗原载《政经报》第一卷第四期（1945年12月出版）；林幼春、赖和诗载《文化先锋》第一辑（1947年1月15日），该刊特辑"纪念林幼春先生·赖和先生台湾新文学二开拓者"，有陈虚谷、杨守愚、叶荣钟等中文作家的悼念林、赖二位作家的诗作。

地黑，欲去尚踌躇"之句①，将台湾人面对囚禁和战火的困苦无奈，寄望祖国的深情，表达得令人动容。这些诗作，为日据末期台湾知识者的精神史留下宝贵的篇章②。

　　日据时期活跃的日文作家，也在光复初期展现头角，其改用中文写作的速度十分惊人。原以日文创作的吕赫若，在战争时期思考文学的问题时，不免也有"归根究底，描写生活，朝着国家政策的方向去阐释它，乃是我们这些没有直接参与战斗者的文学方向吧"的话③，但在实际创作中，强调"内心的生活！精神性的生活！表面的生活无关紧要"④的吕赫若，并没有使自己成为殖民当局的宣传工具，而是努力于写"优美的小说"，"描写人的命运的变迁"。譬如1942年4月发表的《财子寿》⑤，同年10月发表的《风水》⑥和《邻居》⑦；1943年1月发表的《月夜》⑧，4月发表的《合家平安》⑨，7月发表的《石榴》⑩，12月发表的《玉兰花》⑪，无论是数量还是质量，都在这个非常时期达到了高峰。真正代表了他的创作风格和成就的作品，都没有把笔触放在当时炙手可热的"皇民化"运动题材上，而是转向台湾社会家庭、婚姻与民情风俗的深度描写。他在1943年11月获得第一回"台湾文学赏"的作品《财子寿》，首开战时描写乡村社会家庭伦理崩溃过程的风气。这种突然激发出来的创作的热情，是否源于外界的压力，已不可考。然而，吕赫若运用日文

---

① 吴鹏搏、王溪森诗原载《政经报》第二卷第三期，1946年2月10日。
② 日据末期，台湾作家创办的日文杂志《台湾文学》在赖和去世后立即刊出了"赖和先生追悼特辑"，第三卷第二号（1943年4月发行）发表了杨逵的《回忆赖和先生》、朱石峰的《怀念懒云先生》、杨守愚的《小说和懒云》以及赖和的文章《我的祖父》（赖和的文章原是中文，由张冬芳译为日文），对不屈的台湾精神之象征的赖和的追悼，分别出现在日据末期和光复初期，政治环境已然不同，其意义也耐人寻味。
③ 1942年1月16日吕赫若日记，《吕赫若日记》第46页，台北，印刻出版社，2004。
④ 1943年6月7日吕赫若日记，《吕赫若日记》第358页，同上。
⑤ 《财子寿》，《台湾文学》第二卷第二号，1942年4月28日。
⑥ 《风水》，《台湾文学》第二卷第四号，1942年10月。
⑦ 《邻居》，《台湾公论》，1942年10月。
⑧ 《月夜》，《台湾文学》第三卷第一号，1943年1月1日。
⑨ 《合家平安》，《台湾文学》第三卷第二号，1943年4月28日。
⑩ 《石榴》，《台湾文学》第三卷第三号，1943年7月。
⑪ 《玉兰花》，《台湾文学》第四卷第一号，1943年12月。

来委婉隐晦地叙事的冷静笔触和关注现实问题的创作倾向，显然是战时台湾文学最令人瞩目的景观。光复之后，吕赫若的中文作品风格丕变，不再含蓄委婉，而是非常直接地呈现日本战时皇民化运动的荒诞，光复后发表的《故乡的战事》（一、二）①，《月光光——光复以前》②，虽然中文的运用尚嫌粗糙，却非常质朴而真实地描述了战时"皇民化"运动中台湾苦闷的社会生活。

光复后四个月，从1946年初开始，由于陈仪接收当局用人施政不当，加上战后经济凋敝，波及台湾，接收官员良莠不齐，乱象丛生，台湾社会危机四伏。面对来自"祖国"的陌生的"政治文化"，岛外报纸、期刊的言论已从原来的欢呼、期待，变为失望、批判。省内外作家及时用文学作品表现了人们所面临的困境。吕赫若以其艺术和政治的敏感，写出了《冬夜》③，这是二二八事变爆发前夕发表的作品，也是吕赫若的小说第一次出现了逃亡和枪声。他像是先知似的，以相当流畅的中文深刻描写了当时台湾社会新的矛盾冲突及其起源，揭示了事变的深层原因，为这个时期台湾人民精神状态的变化，留下弥足珍贵的文学记录。在这以后，吕赫若参加了中共地下党的活动，以其政治实践活动，寄望于红色祖国，直到1951年因蛇吻而去世。

吴浊流从1943年开始偷偷写日据时期台湾人独特的精神史《胡太明》（后改名《亚细亚的孤儿》）、《陈大人》等，是这个时期重要的小说之一。光复两年之后，他又在失望中写下了《波茨坦科长》（1947年写，1948年出版），从关注日本殖民者给台湾人造成的精神创伤，转而揭露国民党"接收当局"的腐败和他们给台湾人民带来的新的伤痛，以文学汇入了光复后期的民主主义潮流。

杨逵在光复时期的活动，除了出版自己的作品，主要是创办《一阳周刊》（1945）介绍孙文思想和三民主义，刊载大陆地区五四以来的白话文作品；担任《和平日报》"新文学"编辑；与王思翔合编《文化交流》（1947年1月），为《台湾力行报》主编《新文艺》专栏（1948.8.2～

---

① 《政经报》第二卷第三、四期，1946年2、3月。
② 《新新》第六号，1946年8月。
③ 《台湾文化》第二卷第二期，1947年2月。

11.15），直到因二二八事变而在1949年起草《和平宣言》，触怒当局，于4月6日被捕入狱，1961年4月6日才获得释放，整整坐了十二年牢，比坐日本人的牢长了数倍。

官逼民反的二二八事变，让有良心的知识分子，不分省籍，拍案而起，对国民党接收当局的贪腐和暴政给予了强烈的谴责。以二二八事变前后的台湾社会生活为题材的文学作品，是最早揭示光复后人民的精神创伤的"伤痕文学"。它不仅由本省作家创作，也见诸外省作家发表于岛外的作品，如欧坦生（丁树南）的《沉醉》和《鹅仔》均发表于上海的《文艺春秋》①，这篇作品与吴浊流的《波茨坦科长》和吕赫若的《冬夜》一样，都致力于解剖光复初期台湾的社会乱象，对省籍矛盾及其根源有深刻的认识。范泉的《记台湾的愤怒》②，控诉国民党当局的贪腐横行给台湾人民造成的新的精神创伤。诗人臧克家也以最快的速度写下了一首非常感人的诗《表现》，以声援台湾人民的抗暴斗争：

> 五十年的黑夜
> 一旦明了天
> 五十年的屈辱
> 一颗热泪把它洗干
> 祖国，你成了一伸手
> 就可以触到的母体
> 不再是只许压在深心里的
> 一点温暖
>
> 五百天
> 五百天的日子
> 还没有过完，

---

① 欧坦生：《沉醉》，原载《文艺春秋》第五卷第五期，1947年11月15日；《鹅仔》，原载《文艺春秋》第七卷第四期，1948年10月15日。
② 范泉：《记台湾的愤怒》，上海文艺出版社，1947。参见曾健民、横地刚、蓝博洲合编《文学二二八》，台北，台湾社会科学出版社，2004。

> 祖国，祖国呀
> 你强迫我们把对你的爱
> 换上武器和红血
> 来表现！①

日据时代台湾作家的文学活动，是光复初期的台湾文坛一道重要的风景，正如杨逵反映战时台湾精神的小说《压不扁的玫瑰花》所寓言的那样，这批台湾作家和作品在台湾文坛的重现，更多地具有抵抗的、民族主义的和社会主义（左翼）的象征意义。然而这一朵朵有刺的压不扁的玫瑰花，只在光复后的公共媒体上绽放了四年左右，很快就被随国民党内战失败而来的另外一条反共的、右翼的传统给毁灭了。

国民党当局接收伊始，对台湾日据时期的政治上、文化上的抗日传统是相当肯定的，当时所任用的台湾人，主要也是这一批人。光复后，台湾律师协会曾为日据时期被冤屈的、杀害的烈士进行调查、申冤。原日据时期抗日人士组成"台湾革命先烈遗族救援委员会"，新竹县长刘启光任主委，杨逵、简吉等人任常务委员。1945年11月17日，曾在台北大稻埕举办"台湾革命烈士追悼会"，并在会后举行大游行。1946年1月20日，在瑞芳公会堂举行了"瑞芳惨案"的追悼会②。在这样的背景下，文学家赖和也获得了崇高的地位。1951年4月14日，根据当时"内政部部长"余井塘的正式褒扬令（字号为台内民字第7576号），赖和作为民族英雄入祀彰化县忠烈祠。然而，七年后，由于有人诬指赖和为"左派"，当局竟然推翻前议，于1958年6月把赖和逐出忠烈祠。经过学界和政界人士的不断辩诤、抗争，直到1984年1月赖和才得到平反③。赖和的出入忠烈祠，竟成了对国民党最大的讽刺，也说明了国民党当局对"左翼"的猜忌和冷战时期反共环境的严酷性。

---

① 臧克家：《表现——有感于台湾二二八事变》，《文汇报》，1947年3月8日。
② 参见曾健民《1945·破晓时刻的台湾》第六章第六节"追悼台湾革命烈士"，台北，联经出版社，2005，第187~189页。
③ 参见王晓波《台湾新文学之父赖和先生平反的经过》，《文季》第一卷第五期，1984年1月。

1949年，随着国民党政权在内战中节节败退而全面撤守台湾，以许寿裳被暗杀，杨逵被捕，吕赫若在逃亡中被蛇咬死，宋斐如、林茂生、朱点人等人被枪毙，这一系列作家的悲剧和大批省内外无辜者的被捕入狱、逃亡、失踪、死亡和沉默，光复初期自由而浪漫的气氛彻底消失，因光复而汇合在一起的两岸社会主义的、民主主义的、批判的文学传统开始受到扑杀而断裂了。杨逵的进入监狱，赖和的走出忠烈祠，使得进步的知识分子和人民对国民党执政的乐观期待逐渐消失，它也突显了台湾和大陆不同阶级在近代以来的历史记忆和现实经验上的差异，它更宣告了战后台湾冷战—反共体系的建立之后，光复初期建立起来的公共领域的崩溃。

从1945年到1949年，台湾光复后，即经历了两次生死攸关的震荡：一是二二八事变，二是国共内战。甫从日据时期的殖民阴影中走出来的台湾同胞，从情感上的狂喜，堕入深深的失望、疑惑、痛苦和愤怒之中。四年时间，两次震荡。如何面对这样的历史变局？这对在台湾的"外省人"和"本省人"而言，都是一个巨大而诡异的问题。但这个问题从50年代以后，就因为随之而来的国际性冷战格局，而被简单化约为二元对立的政治问题，其中复杂的历史、文化、语言、社会等相互纠缠的因素，被国际和国内政治对立所化约，一直到70年代，以风起云涌的"保卫钓鱼岛"运动（1971年1月）和"中华民国"被迫"退出"联合国（1971年10月）为契机，所有积压下来的历史问题才得到深入的反省。因此，70年代对台湾历史而言，又是一个转折点。可以说，40年代中后期的连续两次震荡，在50年代和60年代是以各种方式去修辞、解释和遮蔽起来的，文学上的"乡愁怀旧""反共抗俄""战斗文艺""现代主义"，文化上的"文艺复兴运动"，都是在这个背景下出现的。这个时期的经济建设和民生改善，为减轻两个震荡带来的冲击，起到了至关重要的作用。然而，经过了二十余年的累积后，"两个震荡"已变成日益沉重的历史压力，这些压力到了70年代的初期和末期，突然爆发出令人意想不到的政治、社会、文化反省的力量，文学上的民族主义、现实主义、反西化等论述和政治上标榜"自由民主"的党外运动，实际上即凝聚着相当复杂的历史记忆和现实诉求，从精神的脉络上看，它上接40年代末即告中断的批判传统，下开90

年代以来台湾社会的一系列变局,都不过是 40 年代中后期那两次震荡的冲击和 70 年代的反省批判与社会运动的结果,是"中华民国"的合法性不断地遭到质疑这一严重问题的明朗化和延伸。如何面对、表现和诠释这两次具有重要意义的震荡,也就是如何面对、表现和诠释自己的历史记忆和现实,成了战后迄今台湾文学的基调。

鲁迅与日本的中国研究
——以橘朴为中心

赵京华[*]

引言　鲁迅与橘朴

鲁迅与日本的关系深厚而复杂，但他终其一生在对日本这个国家及其民族文化的学理评价方面，基本上是保持沉默的，这给我们的研究带来了严重的障碍。不过，他接触过大量日本的书籍和各界人士，留下了透过藏书和人事交往而窥视其与日本关系的种种线索。如果我们能够对这些线索做出有深度和广度的开掘与破解，鲁迅思想文学复杂的生成过程就可以在更为广阔的背景下得到呈现，从而加深我们的理解。鲁迅与日本的关系，一个重要的方面是日本人的中国研究或曰中国学（旧称"支那学"）如何与他的思想文学发生关联，或者反之日本的某些中国研究是否也受到过鲁迅的启发，这些问题较之鲁迅与日本文学的关系而言，在中国学术界一直没有得到深入细致的讨论。

简言之，近代以来的日本中国学大致可以划分为三种类型。第一，是以京都学派为代表的运用现代西方学术特别是德国文献学方法来研究中国历史与文化的学院派支那学，以及后来的马克思主义学者对中国的社会学

---

[*] 社科院文学所研究员

研究；第二，是迎合帝国日本对中国大陆的殖民扩张政策以及国民的政治文化关心而产生的所谓"支那通"趣味本位的中国论，这种中国论大都出自日本大陆浪人或新闻报刊从业人员之手，比较通俗甚至低俗；第三，是同为新闻报刊的记者或日本政府各系统的情报人员，但对现代中国及其革命有深刻的了解和同情，其言论远远超越趣味本位的"支那通"而达到了卓越水准的中国研究。这些不同类型的日本中国学都曾受到过鲁迅某种程度的关注，他们其中的很多人还与鲁迅有直接的交往。比如，属于第三种类型的就有两人最值得我们关注。一个是以《朝日新闻》特派记者身份于20世纪30年代初滞留上海而后因"佐尔格国际间谍案"被本国军国主义政府处以绞刑的尾崎秀实，另一个是一生大半在中国度过而以新闻评论人与著名中国问题专家著称的橘朴。

然而，一直以来中国学术界对此二人缺少关注。关于尾崎秀实我将另文讨论，仅就橘朴而言，直到最近依然少有人提及。1981年版《鲁迅全集》"人物注释"曰："橘朴（1880～1945）日本人。中国问题研究者。当时任北京《顺天时报》记者。"[①] 这一条简短的注释中就出现了两个错误：此人的出生应为1881年，与鲁迅同年；其所任职应为日文报纸《京津日日新闻》主笔及《月刊支那研究》杂志主笔，而非《顺天时报》记者。2005年新版《鲁迅全集》的相关注释虽然纠正了出生年份的误记，但任职单位的误记依然没有改正。而据我所知，1982年北京的三联书店出版的《日本的中国移民》（中国中日关系史研究会编）中，曾收有朱越利的《鲁迅与橘朴的谈话》一文，但似乎并未引起鲁迅研究界的关注。直到2012年中国读书界才又出现一篇介绍鲁迅与橘朴关系的文章[②]，产生了一定的影响。

究其原因自然在于我们对20世纪前期那个始终以中国为征服对象的日本不够了解，没有意识到"日本"之于鲁迅的深层价值和意义。同时，恐怕也是因为橘朴其人一生的波澜跌宕和死后在本国的毁誉参半，使日本的鲁迅研究者也未对其加以关注。实际上，战后日本主流知识界对这位随帝

---

① 《鲁迅全集》第15卷，人民文学出版社，1981，第513页。
② 孙江：《橘朴与鲁迅》，载《读书》2012年第3期。

国之覆灭而客死（1945）于中国的另类思想评论家，基本上是持否定或抹杀态度的。由于20世纪30年代以后橘朴从意识形态上积极参与日本关东军对中国东北地区的殖民地经营而被视为"满洲国理论家"，大战期间更对日本"国体"及其"大东亚建设"等大政方针多有议论，因此，日本知识界大致是将他归入"右翼"历史人物一类的。1963年筑摩书房出版战后最大规模的"现代日本思想大系"，其第9卷《亚洲主义》的编者竹内好就没有收录橘朴的文章。而吉本隆明、鹤见俊辅等进步批评家更直接视橘朴为民粹主义者或"超国家主义者"而予以批评[1]。就是说，在战后日本的近代史特别是思想史叙述中，橘朴一直处于边缘的位置上而没有得到更多的关注。当然，随着1966年三卷本《橘朴著作集》的编辑出版和1981年诞辰百年纪念活动的展开，也曾在小范围内出现重新整理和评价其思想人生的热潮，一批相关文献资料和回忆评论等得以问世[2]，甚至有相关人员成立过"橘朴研究会"。而直到最近因著名思想史学者子安宣邦的关注和研究，橘朴被日本知识界冷落的状况才开始有所改观[3]。

在此，我将根据日本方面的有关文献资料和评论并结合自己阅读其著作的体会，努力从文化关系史和思想史的角度入手来讨论鲁迅与橘朴的关联。所谓文化关系史和思想史的角度，意味着并非仅仅注意两人生前交往的事实或者彼此之间表面的影响互动关系等，而是以有限的事实材料为线索尽可能深入到20世纪激烈动荡的中国社会文化之历史深层以及中日两国复杂的政治、文化交往关系中，通过相关历史文本的解读以重建两人之间思想上的可能性关联。同时，我还将由此延伸到近代以来日本有关中国研究的各方面，从而思考鲁迅的中国传统文化观和社会改革论与作为外来思想学术的日本中国学之微妙关联，发现主体的鲁迅与作为"他者"之外来

---

[1] 参见鹤见俊辅、久野收《现代日本的思想》，东京：岩波书店，1956，第170页。

[2] 《橘朴著作集》全三卷，东京：劲草书房；山本秀夫《橘朴》，东京：中央公论社，1977。相关资料的整理和研究有：《橘朴——传略与著作目录》，东京：亚洲经济研究所出版（内部资料），1972；山本秀夫编复刻版《支那研究资料》（全5卷）、《月刊支那研究》（全4卷）及《满洲评论的世界》，东京：龙溪书舍，1979；山本秀夫编《复活的橘朴》（诞辰百年回忆集），东京：龙溪书舍，1981；山田辰雄等编《橘朴翻刻与研究——〈京津日日新闻〉》，东京：庆应义塾大学出版会，2005。

[3] 参见子安宣邦以下著作：《日本民族主义解读》，东京：白泽社，2007；《何谓"近代的超克"》，东京：青土社，2008；《日本人是如何叙述中国的》，东京：青土社，2012。

中国学彼此之间的互动与思想政治上的重要差异。而这种关联的重建，将有助于重新理解"日本"之于鲁迅的意义，并加深了解20世纪中国的历史脉络以及日本帝国主义殖民扩张背景下有关中国的知识生产其隐蔽的政治性和特殊的学术品格。

一　橘朴对鲁迅的访谈——有关科学与道教迷信的思考

橘朴（1881~1945）是日本著名中国问题专家、新闻记者和评论家，大分县生人。早年肄业于早稻田大学，日俄战争后不久（1906）来到中国，并长期居住在东北和京津等地。早年，曾历任《辽东新报》（大连）、《济南日报》《京津日日新闻》等日文报纸的记者及主笔，开始关注中国政治、思想、社会等各种问题。1918年在青岛作为侵华日军随军记者曾一度赴俄国。1924年创办《月刊支那研究》杂志，由此展开全面系统的中国社会研究。1925年成为日本"满铁"本社调查课"嘱托"（职位），两年后转为情报课"嘱托"。1931年《满洲评论》创刊，任主编。其后，曾出任日本关东军自治指导部顾问，伪满洲国协和会理事。1945年8月在哈尔滨得知日本战败消息，逃难至奉天后于10月病逝。

橘朴一生关注中国问题，发表大量的有关研究著述和时事评论，也曾积极参与日本帝国对伪满洲国的经营。与日本军国主义御用学者和一般"支那通"不同，他主观上强调日本应当把中国作为平等的国家对待，改变甲午战争以后蔑视中国的态度。他一方面共鸣于陈独秀、胡适等倡导的五四新文化运动及其思想革命的观点，同时对中国文化多有同情和肯定，认为在中国传统乡村社会和家族制度中有可以在未来得到发展应用的积极要素。他甚至发现在与西欧现代社会相去甚远的中国社会底层存在着具有强大自治能力的乡村"共同体"，倾其全力对此加以研究并取得了重要成就。早年，他曾积极关注中国的道教传统，认为比起儒教来道教信仰才是了解中国人思想生活的根本。一个时期里，他为了解中国地租、盐税与北京政权及地方军阀的关系，曾深入到山东河北等农村各地进行实地调查，亲身体验中国社会的实际状况，为其研究打下坚实深厚的基础。也由此，他密切关注中国现代的社会改造运动,包括孙文的民族革命和国共两党的社会政治革命。1931年创刊《满洲评论》以后,他积极发表关于时局的评论,倡导亚洲各民族和谐自治的理念和东洋的"王道"思想,并将此作为伪满洲国"建国"的理想。这些思想基本上是围绕着日本的"国策"包括海外殖民地经营战略而展开的,但其中也不乏对其"大陆政策"的反省和批判。因此,直到1945年病逝他始终未能摆脱日本官宪对他的警戒。橘朴生前发表的著述有《支那思想研究》《支那社会研究》《支那革命史论》《支那建设论》等,另有大量未收集的时事评论和研究论文散见于当时在中国发行的日文报刊上。生逢帝国主义向世界扩张和东亚地区发生历史大变局的时代,橘朴时刻关注着中国革命乃至中日关系的剧烈变动,其研究著述成为20世纪前期中国政治、经济、社会大变迁的"活的"记录。

据现有的资料来看,鲁迅与橘朴只有一面之交,但双方都留下了深刻印象。1922年,受到清水安三的指点,橘朴开始计划对中国新文化运动思想领袖们——陈独秀、蔡元培、周氏兄弟、胡适、李大钊等进行系列采访[①],而走访八道湾周宅是在1923年1月7日。当天的鲁迅日记有简短的记载:"下午丸山君来,并绍介一记者橘君名朴。"丸山,即日刊《新支那》记者丸山昏迷。以往我们不清楚这次会见的详情,1993年日本学者在天津图书馆找到当时的《京津日日新闻》,得以发现1923年1月12日和13日连载的橘朴采访记《与周氏兄弟的对话》(上、下)。这篇采访记以相当生动的笔触真实地记录了此次会面的谈话内容,成为了解鲁迅和橘朴交往过程的重要文献。

这次采访,鲁迅谈话的重心是迷信与科学问题,这也正是当时五四新文化运动的核心主题。具体涉及:其一,鲁迅对中国传统文化抱有悲观和彻底批判的态度,尤其是对封建家族制度的长期压迫导致中国人的"说谎"品性予以激烈抨击,其例证之一就是中医的骗人(鲁迅讲到自己父亲的病死和中医的非科学性),由此联系到科学与教育的话题。鲁迅强调通过现代教育以推广科学思想的重要性,但慨叹城市之外广大农村地区实行教育的艰难,故对改革表现出"极度悲观的态度"。其二,鲁迅视道教迷

---

① 参见清水安三《回忆橘朴先生》,山本秀夫编《复活的橘朴》,东京:龙溪书舍,1981。

信思想为中国传统及国民性的重要部分予以激烈的批判，具体涉及山东等地的扶乩和北京"道生银行"的传闻以及天津在理教问题。其三，谈到对爱罗先珂性格癖好和思想立场的评价。从反传统和提倡科学民主的五四新文化运动这一时代大背景来解读这篇访谈记，我们不仅可以加深理解20世纪20年代鲁迅思想的基本立场和倾向，而且能够看到他批判道教迷信的独特视角与方法；同时，采访者与被采访者之间在相关问题上的认同共鸣或意见分歧，以及橘朴对鲁迅既有批评又高度评价的态度，为我们进一步考察两者的关系提供了重要线索。

橘朴的访谈首先涉及应该以怎样的"尺度"（西方的还是中国的）对中国社会文化做出基本价值判断的问题。鲁迅直截了当地表明，中国社会的根本问题在于"家族制度压迫着其中的生活者，使他们不得不靠说谎过活"。结果，无论想什么也无论怎样的运动，最终除了"说谎"什么也做不得。而改造这种国民性，"我们的第一步就是要向青年和儿童灌输科学的精神，即实施教育"。显然，鲁迅是以西方传来的"科学"为价值标准来衡量中国社会文化，并开出药方的。谈话中他列举自己父亲被中医误诊病死的事例，从而托出中国人迷信、非科学的民族痼疾。在此我们可以了解到：上述访谈内容是与鲁迅五四以来倡言科学以改造国民的思想昏愦及充满"瞒与骗"之社会现象的基本立场完全吻合的。例如，1918年所作《热风·三十八》有云：

> 我们几百代的祖先里面，昏乱的人，定然不少：有讲道学的儒生，也有讲阴阳五行的道士，有静坐炼丹的仙人，也有打脸打把子的戏子。所以我们现在虽想好好做"人"，难保血管里的昏乱分子不来作怪，我们也不由自主，一变而为研究丹田脸谱的人物：这真是大可寒心的事。但我总希望这昏乱思想遗传的祸害，不至于有梅毒那样猛烈，竟至百无一免。即使同梅毒一样，现在发明了六百零六，肉体上的病，既可医治；我希望也有一种七百零七的药，可以医治思想上的病。这药原来也已发明，就是"科学"一味。①

---

① 《鲁迅全集》第1卷，人民文学出版社，1981，第313页。

而谈话中提到的父亲病死的事例,则给我们提供了一条深入解读《呐喊·自序》的重要线索。我们都会记得鲁迅讲述为父亲买药而上当铺那著名的句子:"药店的柜台正和我一样高,质铺的是比我高一倍,我从一倍高的柜台外送上衣服或首饰去,在侮蔑里接了钱,再到一样高的柜台上给我久病的父亲去买药。"① 接下来,鲁迅讲到中医的根本是"骗人":"我还记得先前的医生的议论和方药,和现在所知道的比较起来,便渐渐的悟得中医不过是一种有意的或无意的骗子,同时又很起了对于被骗的病人和他的家族的同情。"这篇《自序》写于1922年12月3日,而在一个月后的访谈中,鲁迅更从科学的角度详细说明了父亲的死因和中医的非科学性:

  例如医术。中国的医术几千年前由巫术发展而来,可至今未脱离巫术的想法。中国的医术不过是以阴阳和五行之愚昧透顶的迷信为基础,随意掺和了贫乏的经验混合而成。而现实中我的父亲等正成了这种野蛮医术的牺牲品。我父亲的病不过是牙根里生了菌而导致大病的,可中国的医生不了解其病源。他们说是我父亲有什么不道德的行为,作为报应而受到了神罚。那时,我还是个孩子,听了却极为生气。

鲁迅在《自序》中讲到了中医药引的"奇特",在回忆的叙述语境中并没有更多地涉及学理分析和思想批判。而在这次访谈中则对中医源自巫术且以迷信为基础完全是经验性的产物等,给出了整体的否定性判断,同时,详细交代了父亲病源学上的死因,从而对报应"神罚"说提出尖锐的批判。这使我们在时隔一个月的两次不同形式的叙述(文本叙述与口语谈话)之间,得以看到鲁迅思考的整体形态。《自序》那浓缩抒情的回忆笔调呈现的主要是"事件"的过程,而访谈则给出了鲁迅对"事件"背后深刻的社会思想根源的学理依据。他根据源自西方的"科学"观念而判断中

---

① 《鲁迅全集》第1卷,人民文学出版社,1981,第415页。

医为"骗人",虽然至今有人依然认为鲁迅的彻底否定中医有过犹不及之处,但如果注意到此次访谈的学理分析,则可以明白鲁迅对中医的态度并非感情用事或一时的言词过激,而是五四新文化运动所确立的全新的"科学"观念导致的,他的目的并非单纯否定中医,而是将其视为传统中国人思想昏愦的实例之一。这是关乎中西古今价值判断的一场意识形态斗争,而非对作为一种治病手法的中医之全部否定或肯定。

我们于此了解到五四时期鲁迅倡言科学的基本立场,十分重要。因为,这同时还直接涉及他对道教迷信的态度,也与橘朴此次访谈的另一个话题,或者说主要的话题相关联,即如何理解中国文化中的道教传统及中国人的迷信与信仰问题。这里,在讨论鲁迅的道教认识之前,首先要确认橘朴当时对鲁迅的基本评价。访谈之前橘朴就认识到鲁迅乃"新思想运动重要的领导者"①,而在之后更意识到"是不亚于弟弟的日本通和相当有力的评论家",甚至对清水安三说"鲁迅是头脑最优秀的人"②。然而,作为外国观察家和研究者的橘朴与身处反传统之五四新文化运动漩涡中的本民族思想问题之激越批判者的鲁迅,他们在评价中国的基本立场和角度上当然会多有不同。实际上,在前面讨论科学与教育乃至对中国传统文化的基本评价上,橘朴就首先表示了自己的不同立场。他于访谈的开头直言:"如今,西洋文明支配着世界,支那人中间受过新式教育的人不知不觉中受到其感化,往往用西洋的尺度来衡量本国的事情。然而,我认为这样的态度是错误的。支那有支那的尺度。我强调,在与西洋无关涉的情况下经历四千年发展而来的文化,终究要用支那的尺度来评价吧。可是,树人先生并不认可。"就是说,作为一个外国人橘朴难能可贵地意识到要用"支那的尺度"来衡量中国,由此跳出了一般"支那通"或西方汉学家以自身(西方)标准来裁断中国文化的局限,而鲁迅则在针对国人昏愦迷信思想的意识形态斗争中全面接受了外来的"科学"尺度,或许他与五四思想家

---

① 见《橘朴著作集》第1卷,劲草书房,1966,第49页。
② 清水安三:"说到鲁迅先生,我当时并没有觉得他这个人怎么了不起,而是认为周作人更优秀,可是橘先生却说鲁迅是头脑最优秀的人,因此后来我便开始去接近鲁迅",译了一些他的文章寄给日本的报刊发表。(《回忆橘朴先生》,山本秀夫编《复活的橘朴》,东京:龙溪书舍,1981)

们一样有意无意间忘掉了"科学"的地方性（西欧）起源，而视其为普世的尺度。然而，在这种看似有些错位的关系结构中，正反映出鲁迅从积重难返之中国实际问题出发的现实立场和民族自我反省的批判态度。而橘朴基于中国"尺度"的中国研究则另有成就和价值在，这将在后面详述。

鲁迅和橘朴判断中国问题的不同"尺度"与态度，也反映在关于道教迷信的认识上。访谈中橘朴首先提出"迷信"的话题，就当时山东流行的"扶乩"和北京"道生银行"开业的广告，询问鲁迅的观感。鲁迅便讲到人们坚信这家"慈善银行"行长为吕纯阳仙人的可笑，橘朴则认为迷信固然滑稽可笑，但在信徒的主观上是认真的，当我们思考迷信在民间产生的原因时，对信徒们不能不引起深深的同情。因为，中国民众为数千年积累下来的政治社会性罪恶所压迫而无处逃遁，由此不可避免地孕育了这种迷信。但是，鲁迅强调这些"搞扶乩迷信的多为官吏和富人，穷人是进不到这个行列的"，而橘朴亦不得不承认。这里透露出鲁迅观察社会现象的一个重要视角，即尽管还不是后来的阶级分析方法，但已经注意从奴役与被奴役、统治与被统治、富人与穷人的关系方面来判断现象背后的不平等关系，以及这种关系导致的思想信仰和行为结果的不同。这在随后谈到以天津为基地遍布中国各地的"在理教"时，也有清晰的表现。橘朴认为，在理教是穷人的宗教信仰。鲁迅答道：

> 的确是个严守教义的宗教。禁止烟酒，厉行节约而反对浪费，加强团结以防止统治阶级的压迫。他们崇拜观音菩萨祈求现实及来世的幸福，故与迷信没有什么两样，但却是适于无助的中国劳动阶级的宗教。

我们已知，在理教（又名理教）是相传由羊来如创立于明代末年，并于清乾隆年间逐渐兴盛于中国北方的一种民间宗教。它属于宋末宗教改革者王重阳所创立的全真教中龙门派的一个分支，正如王重阳确定老子、般若心经及中庸为三部经典那样，其教义以儒家思想为核心而兼采佛道两家的精华。如果用现代科学理性的标准来判断，在理教无疑也是一种迷信思想。然而，从有助于劳动阶级加强团结以反抗统治阶级压迫的角度，鲁迅难能可贵地表现出了对此的同情和理解。这于我们综合认识五四时代鲁迅倡言科学反对迷信的立场之复杂性大有裨益。或许，基于五四激烈反传统的思想条件，作为新文化之启蒙者的鲁迅在公开场合始终坚持对迷信思想的批判，而内心对民间俗信多有同情和理解的心情未能充分表露出来，也说不定。而在对待道教迷信方面与鲁迅立场基本一致的周作人那里，其从早期的道教批判到20世纪30年代以后转向对民间俗信背后的民众生活苦恼多表同情，或许能为我们提供进一步理解鲁迅的参照。

二 "中国根柢全在道教"——鲁迅与橘朴道教观的同异比较

此次访谈中何以会出现"扶乩"和"道生银行"的话题呢？这与橘朴当时正在关注中国的民间信仰即通俗道教问题有关。两人的道教迷信对话虽然没有充分展开，但鲁迅的思考给橘朴留下了深刻印象，这是毫无疑问的。就在公布此次访谈记的两年后，橘朴于他关于道教研究的重要文章《通俗道教的经典〈太上感应篇〉解说》① 中，讲到善有善报的成仙思想并谈及吕纯阳真人的时候，就再次引述了鲁迅有关"道生银行"的对话。众所周知，鲁迅对作为传统中国文化之重要组成部分的道教其影响中国人精神生活的严重程度历来非常关注，对其中的迷信成分特别是道士方术思想和神仙追求的抨击不遗余力，成为他坚守科学立场否定中国传统文化的一个重要象征。而橘朴作为当时关注中国道教且于学理研究方面取得重要成就的日本人，他在道教思考上与鲁迅构成了交汇。尽管两人的思考不尽相同甚至多有对立，但确实为我们提供了从文化交流史的角度进行"平行比较"，或在两人之间"重建可能性联系"的条件。

橘朴的道教研究始于1916年②，其成果大都发表于《京津日日新闻》

---

① 载1925年4、5月《月刊支那研究》第1卷第5、6号。
② 中野江汉回忆：将道教命名为"通俗道教"，"最初是我和朴庵（即橘朴——引用者）的合作。大正五年在北京，我们两人携手钻研道教研究之际，曾一起商量应该给道教系统的民间信仰起一个什么名称，结果我们想到了可以在道教之前冠以'通俗'二字，而公布于世。当时，还没有专门研究通俗性道教的人"。（《朴庵与我》，山本秀夫编《复活的橘朴》，东京：龙溪书舍，1981）

等日文报刊，到1925年出版编著《道教》（支那风俗研究会丛书之一）为止告一段落。可以说，会见鲁迅的前后正是他思考道教问题最为活跃的时期。作为中国问题专家，橘朴的中国道教研究从底层社会调查和道教经典解读两个方面入手，对包括老子思想、神仙方术和民间俗信在内的各个方面进行了深入综合的考察，并与日本民俗学者中野江汉一起提出"通俗道教"的概念，由此构成了他中国研究的基础和后来包括中国社会论与中国革命观三足鼎立格局的研究体系。自20世纪初以来，外国汉学家和中国本国的研究者已经开始注意到道教在中国社会和文化传统中的重要地位与价值，相关的著作和论文也陆续出现。然而橘朴的道教研究，正如他自己将其定义为"通俗道教"那样，尤其关注渗透到社会底层的民间道教思想和行为，并将其提升到一般宗教信仰的层面加以分析，其人类学和社会学化的研究方式为我们了解儒教以外的中国传统提供了重要的线索，也构成了橘朴中国研究的特色。

鲁迅在思考中国传统文化的过程中，也于很早的时期便注意到道教的重要性。例如，1918年8月22日致许寿裳信中讲道："《狂人日记》实为拙作，又有白话诗署'唐俟'者，亦仆所为。前曾言中国根柢全在道教，此说近颇广行。以此读史，有多种问题可以迎刃而解。后以偶阅《通鉴》，乃悟中国人尚是食人民族，因成此篇。此种发现，关系亦甚大，而知者尚寥寥也。"① 十年之后在所作《小杂感》中，他依然强调"人往往憎和尚，憎尼姑，憎回教徒，憎耶教徒，而不憎道士。懂得此理者，懂得中国大半"②。然而，鲁迅虽然在《中国小说史略》等学术著作中有对道士神仙思想的说明，但一生中并没有像橘朴那样做过学理的系统研究，他主要是着眼于国民性批判而对道教中的方士思想和仙人迷信的部分痛加抨击，以求国人能够确立起科学的理性精神。这明显地与橘朴冷静客观的学理研究大不相同。例如，1918年所作《热风·三十三》就强调："据我看来，要救治这'几至国亡种灭'的中国，那种'孔圣人张天师传言由山东来'的方法，是全不对症的，只有这鬼话的张天师对头的科学！"③ 他尤其对道士方

---

① 《鲁迅全集》第11卷，第353页。
② 《鲁迅全集》第3卷，第532页。
③ 《鲁迅全集》第1卷，第301~302页。

术思想不能容忍，就在橘朴采访过后的第四天，于所作《关于〈小说世界〉》一文中对于道士痛加讥讽："凡当中国自身烂着的时候，倘有什么新的进来，旧的便照例有一种异样的挣扎。例如佛教东来时有几个佛徒译经传道，则道士们一面乱偷了佛经造道经，而这道经就来骂佛经，而一面又用了下流不堪的方法害和尚，闹得乌烟瘴气，乱七八糟。"① 如《吃教》一文所示，鲁迅更注意道士思想与中国历史上大事件的联系，以及道教渗透到士人思想中所造成的恶劣影响。

> 其实是中国自南北朝以来，凡有文人学士，道士和尚，大抵以"无特操"为特色的。晋以来的名流，每一个人总有三种小玩意，一是《论语》和《孝经》，二是《老子》，三是《维摩诘经》，不但采作谈资，并且常常做一点注解。唐有三教辩论，后来变成大家打诨；所谓名儒，做几篇伽蓝碑文也不算什么大事。宋儒道貌岸然，而窃取禅师的语录。清呢，去今不远，我们还可以知道儒者的相信《太上感应篇》和《文昌帝君阴骘文》，并且会请和尚到家里来拜忏。
>
> 耶稣教传入中国，教徒自以为信教，而教外的小百姓却都叫他们是"吃教"的。这两个字，真是提出了教徒的"精神"，也可以包括大多数的儒释道教之流的信者，也可以移用于许多"吃革命饭"的老英雄。②

这已将对包括道教在内的传统批判上升到了对中国士人阶层的总体批判。鲁迅确实没有对道教本身做过一般研究和评价，对于底层社会民众的道教俗信也少有论述。相比之下，倒是周作人有更为具体而综合的批评。1925 年前后，他曾提出长久以来支配中国人思想的并非作为国家宗教的儒教而是民间各种各样的萨满教式的道教，这与鲁迅的"中国根柢全在道教"的观点基本一致。周作人认为，儒教给国民的影响主要停留在上层社会和知识阶层，绝大多数的平民百姓几乎完全被道教的势力所征服。1926

---

① 《鲁迅全集》第 8 卷，第 111 页。
② 《鲁迅全集》第 5 卷，人民文学出版社，1981，第 310 页。

年所作《乡村与道教思想》则表明"所谓道教，不是指老子的道家者流，乃是指有张天师做教王，有道士们做祭司的，太上老君派的拜物教。平常讲中国宗教的人，总说有儒释道三教，其实儒教的纲常早已崩坏，佛教也只剩下轮回因果几件和道教同化了的信仰还流行民间，支配国民思想的已经完全是道教的势力了"①。据周作人解释，这种道教信仰主要是由混合了儒教的祭祀、佛教的轮回报应说而构成，但其源流是往昔流行于西伯利亚和满洲、朝鲜东北亚各地的萨满教，具有浓厚的迷信色彩。它给予中国民众乃至知识阶级的最大精神危害，是使其养成相信命运顺从环境的奴隶根性。可以说，周作人 20 世纪 20 年代的道教观与乃兄鲁迅大致相同，其提倡科学理性和改造国民性的宗旨显而易见，但更趋于人类学和民俗学的分析，在这一点上和橘朴多有相近的地方。与鲁迅有所不同的是，进入 30 年代，随着由五四反传统向传统回归的思想转变，周作人对于作为民间传统之道教的态度亦渐渐发生了变化。我们仔细阅读其《鬼的生长》（1934）、《刘香女》（1936）、《无生老母的信息》（1945）等文，就会发现他特别对道教信仰的主体——平民大众表示出了更多的同情与理解。这里，我们参阅橘朴的著作，可以确认他与鲁迅的道教观在以下几个方面有相近或不同的地方。

第一，他们都认为从根本上影响到传统中国人特别是底层民众思想的，并非儒教而是道教。橘朴观察中国人的宗教信仰，坚信道教是其根本。他在《中国民族的政治思想》一文中曾表示认同当时学术界的一般观点，认为"中国古来思想上有两大传统。一个是儒教，另一个则是道教……简言之，儒教乃是基于治者的利益而建立起来的教义，道教则与之相反代表着被统治者的思想及感情。因此，如果要问两大教义哪一方更能代表中国民族整体的思想与感情，则当然是道教"②。实际上，比起儒教停留在上层社会来，道教则"打破了统治阶级和被统治阶级的界线，成为彻底渗透到中国社会各阶层并对每个人私生活产生根本影响的东西"③。但与当时中外学者多重视道教在中国传统上层思想中的价值有所

---

① 《谈虎集》，河北教育出版社，2002，第 222 页。
② 《橘朴著作集》第 1 卷，第 31 页。
③ 《橘朴著作集》第 1 卷，第 11 页。

不同，橘朴更注重民间社会中的道教信仰。他所谓的"通俗道教"，指并非中国学者喜欢研究的哲学道教，也非道士用以修行的道士之教，而是流行于民间的一般信仰和行为的总体，并视此为代表中国民族思想的根本传统。

第二，橘朴视道教为中国人真正的宗教信仰，虽然承认其中有部分迷信的成分并对此有所批评（这其中恐怕就有鲁迅的影响），但总体上表示出极大的同情和肯定，这与鲁迅很少直接谈及底层道教而对其中的道士方术和仙人追求持激烈批判的态度形成对照。橘朴注意到，世间所谓的"中国研究"最初发源于西方传教士，传教士在中国传播基督教曾受到道教的阻碍，便以西方标准断定中国人是非宗教的民族、道教是非宗教的迷信。橘朴认为，这完全是西方传教士的偏见。"道教包含着很多迷信的分子虽为不争的事实，但其教义的本源来自中国民族必然发生的特别属性，正所谓民族性的宗教。它虽然无法与基督教和佛教相比肩而成为人类普遍适用的，但我们有充分的理由承认它是一个卓越宏伟的宗教。"① 如果不是刻意要求其教义的严谨、唯一神的存在和严格的组织形式，而是将宗教宽泛地定义为人们于有限的世间追求对无限神力的摄取从而获得永生快乐的必然要求，那么，通过现世的善行以达到长生幸福为目标的道教也便无疑是一种宗教。不过橘朴也承认，道教虽然在将道德实践和幸福追求置于同一层面这一点上与佛教和基督教相似，但它一个最大缺欠是没有释迦和基督那样理想的人格神，以作为信奉者的道德模范。无论是老子、吕祖，还是张道陵、王重阳等，他们虽有超自然的风骨而被高扬，但其人性即道德价值却完全没有得到阐发。结果，道教的信徒多趋于功利的追求，为作恶入地狱的恐怖心和因果报应的道德律所禁锢，生出许多低级恶俗的成分。换言之，道教信仰缺乏伟大的人格神之净化，过分的现世性"好善妒恶"导致黯黑的宿命论。因此，尽管众多学者道士不断努力，但自春秋战国时代以来几乎没有变化的宿命论依然压迫着中国民族的思想生活②。

---

① 《橘朴著作集》第1卷，第9页。
② 参见《橘朴著作集》第1卷，第130页。

第三，橘朴清晰地将"理论道教"与"通俗道教"划分开来，并将学术思考的重心落实到后者上。他视《太上感应篇》《阴骘文》等为通俗道教的经典，努力通过注释解读以抽出道教的教义及其永生观。他强调道教所反映的中国人之宿命观和迷信思想源自传统政治和社会组织造成的精神与物质的压迫，因此必须通过彻底的社会和政治改革，才能最终消除道教中的迷信宿命思想。这反映了橘朴历史唯物主义的态度，与鲁迅倡言科学和教育以消除中国人昏愦迷信思想的立场是基本一致的。同时，这也成为他后来关注中国社会改革运动的重要原因。

三 "比我们中国人还了解中国"——橘朴中国研究的总体风貌

如前所述，就目前掌握的资料来看，鲁迅与橘朴两人一生只有一面之交。鲁迅后来对橘朴的道教乃至整个中国研究有多大程度的接触和评价，我们还未能在他的著作中找到直接证据。不过，从鲁迅的藏书和日记以及日本学者的回忆文字中，有下列材料值得关注。这些材料或许可以为我们提供进一步思考两人之间相互关联的一些线索。

首先，鲁迅日记1925年1月5日项下有"收《支那研究》第二期一本"的记录。而据《鲁迅手迹和藏书目录》[①]记载，鲁迅藏有该杂志共两册，且"每册书面上有蓝色'赠呈'图记"。可以推测，这两期杂志是主笔橘朴赠送给鲁迅的。《月刊支那研究》创刊于1924年12月1日，至次年9月1日停刊，共发行10期，是大连日本人"支那研究会"的机关刊物。与当时在华的政治、时事和资料性日文报刊不同，该刊为每期200页的学术和思想评论杂志。其宗旨在于反省日本人对于中国的无知和蔑视心态，以科学方法研究中国历史和现实，为日本提供新的知识和观察视角。刊物的灵魂人物是橘朴，他所发表的文章展现了其中国研究的基本观点和总体架构，并显示他的研究已经由此前的以道教为中心转向主要考察中国社会结构和改革途径的方面。仅就"赠呈"鲁迅的第1、2期观之，其中就有

[①] 内部资料，北京鲁迅博物馆编，1959年7月。

橘朴《认识支那的途径》《官僚社会的意义》《支那村落及家族组织》《从民族革命到阶级斗争》《孙文的革命思想》等重要文章，而鲁迅是完全有可能阅读到这些文章的。

其次，鲁迅日记1936年8月29日项下记载："午后往内山书店。买《支那社会研究》及《支那思想研究》各一本，共泉九元五角"，另，该年《日记》书账中亦载入两书。《支那社会研究》是橘朴的代表性著作，书中各章节曾作为论文发表在《东亚》《满蒙》《支那研究》等报刊，后由私淑弟子大塚令三、大上末广等人收集编辑，1936年6月由日本评论社出版。而《支那思想研究》则是其另一部主要著作。内容涉及中国的政治、宗教、道德、社会改革和民族思想等方面，还包括上面提到的道教研究等，同样由日本评论社于同年8月出版。就是说，鲁迅是在两书刚刚问世后就购得的，可见他对橘朴的关注程度。当然，此时的鲁迅已是临终之前，8月"他痰中见血，病状益显著"[①]，恐怕已难有仔细阅读两书的精力。

据《支那社会研究》"编辑者后记"言，橘朴的中国研究可划分为三个阶段。从明治末年到1925年为第一阶段，关注对象主要是中国农村生活中流动的各种民族思想，所采取的方法植根于日本传统支那学，同时借鉴了美国的社会学方法。1926年到1930年为第二阶段，主要关注中国社会的整体结构，研究方法也渐趋立体化。1931年以后为第三阶段，兴趣开始转向"满洲研究"。本书汇集了第二阶段有关中国社会及经济结构的研究。全书由六章构成，第一章"支那社会的阶级"作为绪论，分析中国社会的经济构成。第二章"支那农村及农民问题"涉及帝国主义之下中国农业经济和亚细亚生产方式问题，集中考察了中国农业人口、新开地、边疆农村社会经济等。这一章的内容后来为日本殖民者制定开发伪满洲国的农业政策提供了基础研究。第三章以下，讨论中国工业部门的基本特征——官僚体制和买办资本。而构成本书核心的，是有关中国官僚阶级社会论和农村"永久饥馑论"。而从经济和民族运动的角度观察中国的方法，打破了传统日本支那学只注意王朝兴衰史、儒释观念论的方法论局限。可以说，橘朴

---

① 曹聚仁：《鲁迅年谱》，三联书店，2011，第117页。

在那个时代按照自己的方法论路径达到了与后来日本马克思主义史学研究者同样的结论和境地。

《支那思想研究》由以下四章构成：第一章"关于支那思想的一般考察"，讨论中国民族政治道德宗教等总体的思想传统；第二章"关于宗教及道德思想的考察"，涉及道教经典《太上感应篇》与中国民族道德形成的关系，还有《中庸》思想的本质、墨子的宗教思想、家族神即祖先崇拜等；第三章"关于支那民族性的考察"，主要探讨中国人气质的原型、利己心与国家观念、中国民族性及其对策等问题；第四章"关于社会改革思想的考察"，讨论中国的舆论形成问题、民族运动的发展，并旁及与日本王道思想的比较。本书第二章的部分内容曾以题为《通俗道教的经典》的论文形式发表，其中涉及作者橘朴1923年1月7日采访鲁迅的内容。

再次，也是最重要的一份旁证，即增田涉《鲁迅的印象》一书中讲到1931年在内山书店见到鲁迅时，曾听到他提起橘朴其人：

> 鲁迅称赞过日本中国研究者中的橘朴，说此人比我们中国人还了解中国。还说，从橘朴这个名字来看，很难知道他是中国人还是日本人。或者中国人的笔名也说不定。内山完造在一旁插话说：他是日本人。我以前不怎么知道橘朴这个名字，只好像在哪儿见过似的。后来渐渐开始注意起这个人来。①

"比我们中国人还了解中国"，这无疑是相当高的肯定性评价。联系到鲁迅临终前还购买过橘朴的著作这一事实，我们有理由相信，自1923年见面以来鲁迅对橘朴及其中国研究一直保持着密切的关注。同时，这个重要的旁证也正是我写作此文，试图在尘封已久的历史文献中追寻两人那段淡淡因缘关系的契机和动力。在20世纪前后出于种种动机和政治背景的各路日本中国研究学者群中，鲁迅何以唯独对橘朴有如此高的评价？橘朴那视野阔大而内涵丰富的中国研究，究竟哪些方面打动了鲁迅？这里，我想从

---

① 《鲁迅的印象》日文版，东京：角川书店，1970，第39页。

鲁迅对外国中国通的基本态度入手，通过分析橘朴中国研究的基本立场和方法，来追寻鲁迅对其做出高度评价的内在原因。

如前所述，明治维新以后随着日本殖民主义扩张政策渗透到海外特别是大陆中国，产生了一种有别于传统汉学的中国知识以及由各色人等组成的研究者和评论人群体，他们可以分为学者、支那通和中国问题专家三类。前者是以京都学派为代表的学院知识生产者，后二者则是常常混为一谈的有关中国情报和知识的传播者与观察家。如果说支那通在于以浅显通俗的、或刻意赞美或歪曲丑化的殖民者态度来传播和消费中国文化，那么，中国问题专家则是能够超越趣味常识的层面而达到科学地深刻理解中国的少数杰出者。鲁迅对支那通或者包括西方旅行者在内的外国观察家是不以为然的，虽然愿意接受他们对中国的各种批评，但厌恶其殖民者居心叵测的猎奇心态。例如，《灯下漫笔》一文所讲"人肉的筵宴"，其话题便来自日本评论家鹤见佑辅《思想·山水·人物》中"北京的魅力"一文提到的"川流不息地献着山海的珍味"之中国筵席。鲁迅首先批判的是中国文明赞颂者："外国人中，不知道而赞颂者，是可恕的；占了高位，养尊处优，因此受了蛊惑，昧却灵性而赞叹者，也还可恕的。可是还有两种，其一是以中国人为劣种，只配悉照原来模样，因而故意称赞中国的旧物。其一是愿世间人各不相同以增自己旅行的兴趣，到中国看辫子，到日本看木屐，到高丽看笠子，倘若服饰一样，便索然无味了，因而来反对亚洲的欧化。这些都可憎恶。"①

同样，在谈到安冈秀夫《从小说看来的支那民族性》中引用西方传教士对中国文化的无端推测和歪曲之际，鲁迅明确表示："我自己想，我对于外国人的指摘本国的缺失，是不很发生反感的，但看到这里却不能不失笑。筵席上的中国菜诚然大抵浓厚，然而并非国民的常食；中国的阔人诚然很多淫昏，但还不至于将肴馔和壮阳药并合。'纣虽不善，不如是之甚也。'研究中国的外国人，想得太深，感得太敏，便常常得到这样——比'支那人'更有性底敏感——的结果。"② 鲁迅并非那种排外的民粹主义者，

---

① 《鲁迅全集》第1卷，第216页。
② 《鲁迅全集》第3卷，第330页。

因此对于外国人客观地批评中国往往是当作有益的借鉴,以促成民族自我反省的契机。但这种"批评"如果是离事实太远或者别有用心,则会为鲁迅所摈弃。

例如,日本"支那通"最典型的代表——后藤朝太郎和井上红梅。鲁迅曾经购买过前者所著《支那文化的研究》① 并藏有《欢乐的支那》,对后者的肆意翻译《阿Q正传》则多次表示出无可奈何。后藤朝太郎(1881~1945)是日本昭和时代广为人知的"支那通",一生出版有关中国的书籍近百册,访问中国二十余次。早年曾做汉字音韵学的研究,后逐渐成了追随时代潮流而讲述传统中国趣味的"支那中毒"(鲁迅语)者。他时常头戴"支那帽"、身着"支那服",或招摇过市或登台讲演。同时,以每月出书两本的速度,粗制滥造地大量生产有关中国文化风俗和生活趣味的书籍,以迎合中日开战前后日本国民对于中国的好奇心。《欢乐的支那》便是典型的"中国趣味"通俗读本,以介绍传统琴棋书画、饮食玩乐、声色犬马为主旨,格调相当低下。井上红梅(1881~)则是《阿Q正传》在日本的最早译者,同时又是沉溺于"支那五大嗜好——吃喝嫖赌戏"的所谓"支那风俗研究家"。鲁迅在1932年11月7日致增田涉信中对其有如下评语:"井上红梅氏翻译拙作,我也感到意外,他和我不同道。但他要译,也是无可奈何。近来看到他的大作《酒、鸦片、麻将》,更令人慨叹。"

相比之下,橘朴虽也出身新闻报刊等传播领域却能够自觉超越"支那通"的趣味本位而达到深度理解中国的卓越境界。这恐怕是鲁迅高度评价他的主要原因。这里,我将主要围绕其处于"中国研究"第二阶段的开端而为《月刊支那研究》所作创刊辞——《认识中国的途径》(1924)一文,并结合他后续的研究成果来分析橘朴的基本立场、观点和方法。这篇后来在出版三卷本《橘朴著作集》时被冠于第一卷《中国研究》卷首的文章确实具有纲领性,它开篇便对"支那通"为世人所诟病的根源提出深刻反省,并由此触及近代以来成为帝国国民的日本人其对中国的妄自尊大式无知和偏见。橘朴认为:"一般俗称有丰富中国知识者为支那通,世人一

---

① 《鲁迅日记》1925年10月26日项下记载:"往东亚公司买《支那文化的研究》一本"。

方面视他们为宝贝,另一方面又表示出轻蔑,其原因除了他们经济上道德上的缺欠外,还在于其展示出来的中国知识的内容是非科学的。"比如,支那通往往以自己一知半解的中国知识去预测中国是否会发生内乱,本来社会科学难以预测某国家未来的发展,但支那通却以"非科学"的头脑面对媒体大胆放言,结果成为世间的笑柄。"他们所具有的中国知识都是片面而缺少系统性的关联,不过随机应变而撮合到一起的东西,结果不说他们完全不得要领,至少未能给听众提供可取舍的系统线索。"就是说,支那通的问题在于其知识的非科学性和无系统性,这无疑触及了问题的关键。

而在橘朴看来,支那通中国认识的非科学性和无系统性有其更为深层的社会根源,即近代日本国民整体的对于中国之缺乏常识性理解。它反映在以下三个方面:其一,日本人无反省而妄自尊大地以为比中国先进;其二,日本人自以为中国是儒教国家;其三,日本人同时又自相矛盾地认为中国是完全缺乏道德情操的民族。总之,以上谬误思想源自先中国一步完成了现代化和富强梦的日本国民其蔑视邻国的"优越感"及从西方殖民主义者学来的以"文明与野蛮"等级化标准来衡量自身与他者关系的傲慢逻辑。

针对上述非科学的偏见,橘朴总体阐发了自己的中国观和方法论。首先,他针对日本人自以为中国是儒教国家的问题,从中国文明起源与演变的大视野出发,提出儒教非宗教而道教才是中国之民族宗教的看法。他认为,两千年以前的"原始儒教"的确是以"上帝"为本尊的真正宗教,但随着后来统一的政治组织的出现,阶级上的统治与被统治关系扩展到全社会,导致单一朴素的民族宗教亦投上了阶级的阴影而发生分裂,结果其一部分为统治阶级所掌握而成为儒教的源流,一部分则是保留在被统治阶级一边的朴素民族教逐渐演化为道教。原始儒教到了周朝末年已然失去其宗教性而成为国教,即统治阶级支配被统治阶级的政治工具和道德范型。因此,儒教并非宗教而道教才是渗透到中国人全体社会并左右其思想行为的宗教信仰①。这是橘朴对中国文化的基本认识。其次,他针对日本人对中

---

① 参见《橘朴著作集》第 2 卷,第 9~11 页。

国的偏见和蔑视心态，提出观察和理解中国的基本立场与方法。他认为，日本人之所以错误地以为中国人是缺乏道德情操的民族，在于没能摆脱世上存在着普遍适用于人类的善恶标准这一迷信。因此，他强调自己冲破普遍主义的思想藩篱，采取了力求按照中国人的标准来评判中国的立场①。我理解，这"中国人的立场"并非意味着原封不动地接受中国人自身的看法或道德准则，而是以设身处地的同情与理解之态度来观察中国。橘朴大半生在中国度过，他始终关心中国底层社会特别是农民问题，他坚持社会调查并跟踪国共两大政党的社会改革方略，他以极大的热诚关注孙文从民族革命到社会革命的转变历程，他虚心接受五四新文化运动思想领袖们的影响……这一切都是在身体力行其上述立场。1923年走访鲁迅之际，他所强调的"支那有支那的尺度"也正是这种立场的明确表示。

此外，在后续的研究中橘朴还提出了以下两个有关中国社会问题的重要见解，即"官僚阶级统治论"和农村"永久饥馑论"。自早年开始，他便通过阅读《官场现形记》《水浒传》等小说和《清国行政法》公文资料，同时借鉴马克思主义阶级斗争史观，得出以下认识：中国历代的官僚作为一个稳固的阶级或统治集团自宋以来便逐渐形成，它与欧洲近代国家的官僚组织截然不同，也和西欧及日本的封建贵族、领主阶级有别，是中国社会和历史上的特殊现象。官僚阶级的存在其证据之一是，作为"父老""乡绅"的退职官僚和现役官僚的上下结合，他们构成对农民阶级的经济剥削和政治压迫，这种对农村实行广泛榨取的社会结构，又成为官僚社会得以长期存在的基础。在此认识基础上，橘朴又形成了其独特的中国革命论。他认为两千多年来中国历史上曾经出现过"四期乱世"②和三次大规模的革命，它们在社会性质上又对应着三种社会形态，即殷代至战国末期的古代社会、秦代至五代的封建社会和宋代以后的半封建商业资本社

---

① 参见《橘朴著作集》第2卷，第13页。
② 所谓"四期乱世"指，第一期的公元前770年至前246年即殷周到秦始皇时期；第二期的公元184年至581年即黄巾起义到隋文帝即位时期；第三期的公元780年至960年即唐德宗到宋太祖即位时期；第四期则是1850年太平天国以来至今70年的时期。而现代中国正飘摇于第四期乱世之中。(《关于"乱世"的社会史考察》，见《橘朴著作集》第1卷，第275~276页）

会。而最后一个社会形态便是"官僚阶级统治"的社会,它延续到 20 世纪而成为中国现代革命的主要目标。橘朴上述的中国社会分析不同于中共党纲中的"半封建"论,也异于马克思主义"亚细亚生产方式"说,他强调直到 20 世纪 20 年代中国依然处于宋以来形成的"官僚阶级统治"的末期。因此,中国革命的任务必然是针对官僚阶级和军阀势力的革命,在将其打倒的同时还必须解决社会底层广大被压迫者和长期处于饥馑状态的农民问题,也即实施土地改革。

农村"永久饥馑论"是于 1930 年提出的。橘朴自 20 世纪 20 年代后期以来一面关注毛泽东的湖南农村调查和农民运动,一面展开自己对华北等乡村社会的调查分析。与毛泽东农村调查的目的在于寻找中国革命的根本战略不同,橘朴试图从日本人的角度出发,通过调查来研究中国社会的基本结构,这同时也与他对中国革命的思考连接在一起。从 1922 年到山东李庄实地调查到 1930 年在上海发表《永久饥馑论》①,橘朴的中国农村研究基本告成。他分析中国农村社会的基本性格(村落共同体、乡绅自治、宗法组织)和当时中国各党派的农村政策之后,表示大致相信南京政府不久将建成资产阶级民主国家,并部分地解决农村长久饥馑的状态。但是,最终彻底地解决恐怕只能等到社会主义政治势力的出现。

从以上介绍和分析可以看到,橘朴是 20 世纪日本杰出的中国问题专家,他的中国研究完全摆脱了一般所谓的"支那通"气,从而构筑起博大精深的学问体系,甚至达到了"比中国人还了解中国"的境界。也因此,1945 年临终前他能够准确地预言道:"中共军队必将从热河、辽西、山东方面进击满洲。然后以满洲为根基实现军事实力的扩充,最终将南下入关控制中国全土。"② 据跟随橘朴多年的山本纪纲回忆,这种局势展望对当时周围的日本人来说仿佛天方夜谭一般。但后来的时局发展证明了橘朴的正确无误,可以说他是集学者与情报分析才能于一身的大学问家和大新闻记者。而一段时间里,鲁迅曾密切关注并高度评价橘朴的才智和成就,其原因也可以在此得到说明吧。

---

① 曾连载于《上海日报》,后收入《支那社会研究》,东京:日本评论社,1936。
② 山本秀夫:《橘朴》,东京:中央公论社,1977,第 374 页。

四 "其实是彻底的未曾有过王道"——"方向转换"后的橘朴

然而,我们还需要简短地了解一下1931年,即随着帝国日本迈出殖民主义和海外侵略之决定性一步——九一八事变爆发之后,发生在橘朴身上的重大"方向转换"。一直以来自称在野的过着"半学究生活"的橘朴,于九一八事变爆发一个月后突然主动到关东军司令部拜见板垣征四郎和石原莞尔,成为脱下布衣而与日本帝国共舞的"满洲国理论家"。从此,他积极参与伪满洲国的"建国",提出以东洋的"王道"建设东亚各民族平等而协和相处的乐土。他在自己主办的杂志《满洲评论》①上开始陆续发表相关的政治见解和理论主张。其中虽也不乏对日本"国策"的批评,但那是在不违碍日本根本利益前提的批评。到了中日开战前后,橘朴更成了日本论坛的重要角色,已然从保持一定独立性的新闻从业者和在野的中国问题专家,转变为帝国日本的国策理论家。这在他1934年8月发表的《我的方向转变》一文中,有明白无误的表白。

而鲁迅在九一八事变之后曾读到日本通俗小说家中里介山的《给支那及支那国民的信》,对其中所言中国人只相信强者的王道,即"只要那侵略,有着安定国家之力,保护民生之实,那便是支那人民所渴望的王道"大不以为然,曾直截了当地指出:"在中国,其实是彻底的未曾有过王道"。鲁迅最懂得王道和霸道的辩证法:历史上多有人讲王道,那是因为霸道横行,而王道其实根本没有出现过。鲁迅说:"在中国的王道,看去虽然好像是和霸道对立的东西,其实却是兄弟,这之前和之后,一定要有霸道跑来的。人民之所讴歌,就为了希望霸道的减轻,或者不更加重的缘

---

① 《满洲评论》创刊于1931年8月,是以小山贞知(满铁嘱托、满洲青年联盟理事)为发行人、橘朴和野田兰藏(满铁情报科嘱托)为编辑负责人的同人周刊杂志。直到1945年日本战败才停刊的该杂志,虽称同人杂志但无疑得到了日本关东军的首肯与支持。其创刊号所载"社告"虽称"是独立于所有政治、经济利害关系的同人,以横跨各领域的专家之笔,为适应对支那即满洲问题给予正确认识之必要的时代要求而创刊的",但通观其论述不能不说是配合日本"国策"而进行学术研究和观点发表的刊物。

故。"① 如果鲁迅在有生之年再次见到橘朴，他将对其"王道"论表示不能认同吧。

同样，我们不能同情橘朴20世纪30年代以后的方向转换。他虽然并不完全赞同日本帝国的殖民主义，对所谓"大陆政策"的确有批判，而且强调亚洲各民族间建立在"王道"基础上的"五族协和"式平等。但是，橘朴的理想是建立在容忍日本帝国于东亚事务上有主导权，承认东亚发展以日本的经济军事力量即帝国霸权为基础的。如果与当时另一位中国问题研究大家中江丑吉做比较，这一点更为清楚。《橘朴著作集》编委之一的判泽弘曾做过如下比较：中江丑吉和橘朴都是在"二战"结束前后离开人世，二人均为大半辈子生活于中国的日本在野的中国问题专家。他们真心热爱中国并以其文化为研究对象，而取得了重大成就。但是，在政治方面两人的姿态有决定性的不同。橘朴身处日中之间不断发生冲突的时代，积极挺身而参与到其政治中去。与此相反，中江丑吉始终坚守自身，以冷静甚至是顽固的姿态一贯坚持超政治的立场。他一面发出咒语"要在有生之年看到日本军部这家伙败落而被踏翻的末路图景"，一面冷眼注视着中日战争和太平洋战争的走势。死后葬于北京郊外的他，一生坚守朴素的学者生活而拒绝参与一切与日本国家有关的工作②。而橘朴则恰恰相反。

曾任《朝日新闻》特派记者的菊地三郎对战争期间的橘朴多表同情，认为他建立起以日本、中国、印度为轴心的独特"东洋"概念，是一位不断梦想着新"东洋社会"之实现的新闻记者。他没有学历，但见识卓越，其性格恬淡而爱怜之心深厚。同时也是"痛心日本民族堕落"而将生死托付给邻国中国的好男儿。他是与北方的中江丑吉、清水安三、中野江汉，南方的西本白川、内山丸造等性格不同的在华日本人③。而我更认同另一位日本马克思主义左翼理论家石堂清伦对橘朴思想"转向"的客观评价。即，橘朴自称是新闻记者式的中国研究者，但他的中国研究实在高出于学院派的支那学。从广义上讲，橘朴被视为"右翼人士"，但战争期间日本

---

① 《鲁迅全集》第6卷，第10页。
② 参见判泽弘《中江丑吉与橘朴》，竹内好等编《近代日本与中国》，东京：朝日新闻社，1974。
③ 《橘朴与〈孙文的赤化〉》，山本秀夫编《复活的橘朴》，东京：龙溪书舍，1981。

内务当局始终没有放松对他的警惕与监视。满洲事变是日本帝国主义侵略中国的第一阶段，橘朴虽不赞成其做法，但既然没有可以直接依托的社会势力，他只好认可军部的方针，采取一种与军中一部分持有革新志向者联手，来迂回实现其意志的方法。后期的橘朴是反对马克思主义的，也不认同以"世界史"之使命为依据的阶级斗争乃至革命的道路。他构想的是渐进调和的所谓伦理革命。石堂清伦还指出：橘朴的理论有类似于民粹主义的地方。他企图靠复古的理想来抵抗帝国主义，是一个悲剧①。

而日本思想史学者子安宣邦则有更深刻的批判，我愿意引用下面这一段文字以结束对橘朴后期的介绍：

> 橘朴参加作为国策研究团体之昭和研究会，使他的言论与国策逐渐建立起强固的关系。我当然认为，近代日本的学者知识人，他们对于"支那、满洲、朝鲜"所进行的或者研究、或者调查、或者评论，总之所有相关的言论都与帝国日本的大陆政策具有不可分割的关系。不论他们是马克思主义系统的社会科学学者，还是用纯粹社会学进行农村调查的人员。橘朴早期对中国社会的研究热情亦然，不管他本人是否意识到，都与帝国日本的大陆政策密不可分。近代日本一般的亚洲主义或者中国主义，均以日本面对大陆所实施的国家战略为前提的。如果这个拥有大陆政策的日本国家意识不存在的话，日本人的亚洲主义或者中国主义也便不会存在。而参加国策研究团体昭和研究会，使橘朴更加自觉到这种关系。②

结语　与其"相濡以沫，不如相忘于江湖"——鲁迅与日本人

回顾鲁迅与橘朴的交往及其思想立场的同异，足以让我们感到20世纪历史的复杂性，包括中日两国人士因政治背景、国家地位的不同而产生的

---

① 见山本秀夫编《复活的橘朴》，东京：龙溪书舍，1981，第37页。
② 子安宣邦：《日本民族主义解读》，东京：白泽社，2007，第214页。

思想感情差异。橘朴一生热爱中国及其文化，倾其全力加以研究而取得了杰出的成就。但是，他最终未能摆脱日本帝国殖民主义战争的逻辑，将"王道"的理想寄托于"霸道"的国家战略上。鲁迅若能看到橘朴的后来转变，也会说"他和我不同道"吧。我们钦佩橘朴在那个战争与革命的20世纪，能够做出那样杰出的中国研究，对鲁迅表示出难能可贵的关注和尊重。如果他能够超越国家的束缚，或许会给后人留下更为纯洁宝贵的思想学术遗产并与包括鲁迅在内的中国人有更深入的思想精神交流，也说不定。

在生命的最后年头，鲁迅应日本改造社社长山本实彦之邀曾作《我要骗人》一文。它不仅表达了鲁迅对当时中日国家关系的绝望，更透露了他对人与人之间心灵难以相通的悲哀[1]。然而，他又明确意识到"可悲的是我们不能相互忘却"，这让我们不由得想起他赠给日本友人的诗句："劫波渡尽兄弟在，相逢一笑泯恩仇。"我理解鲁迅在生前对推行帝国主义殖民政策的日本国家乃至太阳旗下的"中日亲善"予以否定甚至怀抱绝望，但对于每个作为个体的日本人却可以有亲密的交往沟通甚至达到"相濡以沫"的境地。这既源自鲁迅拥有的人间大爱，也本着他所意识到的"我们不能相互忘却"[2]。套用一句时下时髦的话，即中日两国是无法搬家的邻居，更何况都在这人间里面。我们追怀往昔鲁迅和日本人交往的蛛丝马迹，回顾日本人对鲁迅的理解和尊重，目的无非是要追寻人与人之间心灵相通的可能性，也为超越民族国家的鸿沟而达到"相逢一笑"的境地架设桥梁。我想，鲁迅也是愿意做这样的桥梁的。

二〇一三年七月二十六日完稿
二〇一五年五月三十一日修订

---

[1] 日本左翼理论家中野重治对鲁迅此文评价甚高，称其"实在尖锐深刻，用一句话把握到了当时到如今（1949）中国与日本的全部历史"。见《鲁迅先生纪念日》，收《中野重治全集》第20卷，东京：筑摩书房，1977，第633页。

[2] 《鲁迅全集》第6卷，第488页。

前近代中国诗说的历史发展及其构造*

门胁广文 著** 马俊锋 译***

序 言

唐代以前，关于诗有"言志说"和"缘情说"两种对立的观点。不过，传统中国的新时代即明清时代又出现了"三诗说"或"三家诗说"。有关诗的三种"诗说"一般指"格调说""神韵说"和"性灵说"，这些都是关于诗的一般性知识。

在日本，有关"三诗说"的研究有儿岛献吉郎《支那文学考》第2篇《韵文考》①、铃木虎雄《支那诗论史》②、太田青丘《中国象征诗学神韵说的发展》③、青木正儿《清代文学评论史》④、松下忠《明清三诗说》⑤ 等。

---

* 本论文前三章已经以《中国古典诗学中两种对立观点的成立——从"缘情说"到"言志说"》(《清水凯夫教授退职纪念论集》平成19年（2007）2月）为题公开发表，为了展示本论文的整体构想也结合了第四章的内容。
** 大东文化大学教授
*** 社科院研究生院博士生
① 儿岛献吉郎:《支那文学考》，第2篇《韵文考》，目黑书店，1920。
② 铃木虎雄:《支那诗论史》，弘文堂书房，1925。
③ 太田青丘:《中国象征诗学神韵说的发展》见《作为中国象征诗学的神韵说之发展/作为国学兴起之背景的近世日本儒学》《太田青丘著作集》第3卷，樱枫社，1989。太田青丘在《自序》中介绍说，这篇文章是他在东京大学文学部支那文学科学习时于昭和二十八年12月提出的毕业论文，其原名为《神韵说之支部诗学的发展》。
④ 青木正儿:《清代文学评论史》，岩波书店，1950。
⑤ 松下忠:《明清三诗说》，明治书院，1988。

基于这些研究，我们对三种诗说的整理如下：

一是格调说由沈德潜（1673~1769）提出，推崇儒家诗教，重视诗的政治和道德价值。

二是神韵说由王士禛（1634~1711，别号渔洋山人）提出，推崇唐代王维、孟浩然的诗风，重视诗之余韵和言外之情。

三是性灵说由袁枚（1716~1798，别号随园）提出，尊重人的自由个性（性灵），主张清新俊逸、达意的诗歌表现。

此外，斯坦福大学刘若愚①在"三诗说"的基础上又增加了技巧主义者的观点即"声调说"，从而形成了"四诗说"，其整理后如下：

一是道学主义者的观点（格调说）——诗要提倡道德教育和社会批判≠古典主义者（Classicist）

儒家学者的观点：诗的第一要义是提倡某种道德教育。儒家学者的政治理想是以德治国，所以对社会政治事件的批判也是诗的主要功能。主要倡导者为沈德潜。

二是个人主义者的观点（性灵说）——诗主要是表现个人情绪≠浪漫主义者（Romantist）

诗主要是个人情绪的表现。主要倡导者为金圣叹（1608~1661）、袁枚。

三是直观主义者的观点（神韵说）——诗是世界和个人内心的反映≠象征主义者（Symbolist）

诗是诗人所处世界及诗人内心情感的具体化。诗人要像参禅一样，致力于达成一种平静的心理状态。主要倡导者为严羽（12~13世纪）、王夫之（1619~1692）、王士禛、王国维（1877~1927）。

四是技巧主义者的观点（声调说、肌理说）——诗要致力于文学的修炼≠形式主义者（Formalist）

诗是一种纯粹的语言表现技巧，换言之，技巧是文学修炼所必须具备的一种能力。

---

① 刘若愚（1926~1986），中国文学研究者，生于北京。曾在伦敦大学、香港大学、夏威夷大学、匹兹堡大学、芝加哥大学、斯坦福大学等学校任教，1967年成为斯坦福大学中国文学教授。主要研究领域是中国古典诗歌、诗文论、中西比较文学及比较诗学等。

主要倡导者为黄庭坚（1045～1105）、李东阳（1447～1516）、翁方纲（1733～1818）。

"三诗说"也好，"四诗说"也罢，这些都可以视为明清时代诗论的特征。但是，两者在理论方面都没有充分的说明。在这篇论文中我想明确以下两点：一、关于"三诗说"或者"四诗说"能否稍微进行一下逻辑整理？这些观点都是相互对立的，但这种"对立性"应该是建立在某一"共通性"的基础上，现在我试图针对这一问题稍作逻辑上的梳理。二、中国诗学经历了从"言志说""缘情说"到"三诗说""四诗说"的历史发展过程，能否为诗学历史展开的整体透视图设定一个可说明的理论框架呢？

第一章 有关 "诗说" 以往的观点及其争议之处

在这一章中，我想讨论一下有关"诗说"以往的观点及其争议之处，一是周作人的观点，另一个是佐藤保的观点。前者认为中国文学中存在着两种潮流，中国文学史就是沿着这两种潮流发展而来的。后者认为须从"言志说"和"诗之修辞的发展和诗之美学的确立"两种观点来看待中国文学史的发展。列举这两种观点，是因为两者都是从整体上来讨论中国文学史或中国诗学史的，有一定的合理性。

中国文学的两种潮流——周作人的观点①

周作人认为中国文学的历史是由"言志派"和"载道派"交替成为主流而形成的。中国文学所走过的道路绝不是一条直线，而是像一条弯弯曲曲的河流，从甲处流向乙处，再从乙处流向甲处，曲折前行。就如下图所示：

那么，周作人所说的"言志派"和"载道派"该如何理解呢？"言志派"主张文学应该表现"志"，即"人心"；"载道派"则主张文学要阐明"道"，这里所说的"道"即儒家的"人伦之道"。周作人的论述对象是所有文学形态，而非仅限于"诗"，毋庸置疑，诗当然也包含其中。

---

① 周作人讲述，松枝茂夫译，《中国新文学之源流》，文求堂书店，1939。

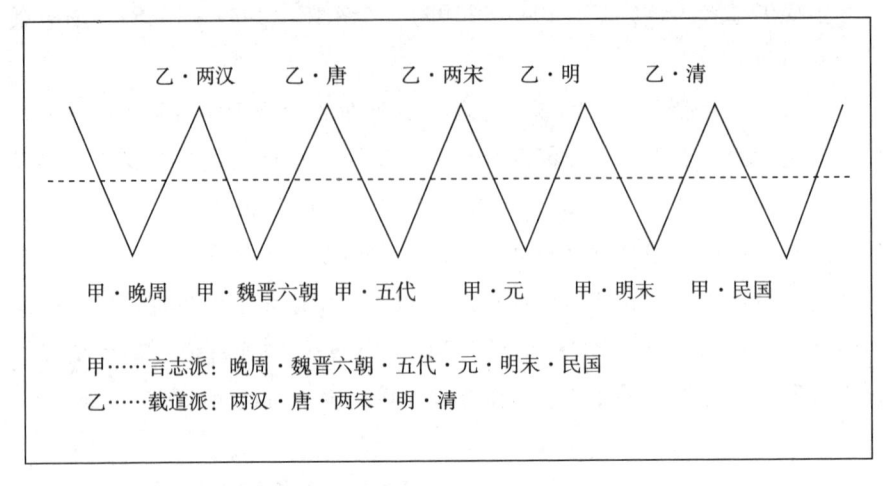

```
乙·两汉      乙·唐      乙·两宋    乙·明      乙·清


    甲·晚周   甲·魏晋六朝  甲·五代    甲·元    甲·明末    甲·民国

甲……言志派：晚周·魏晋六朝·五代·元·明末·民国
乙……载道派：两汉·唐·两宋·明·清
```

周作人的观点有一定的说服力。的确如他所言，我们可以看出"文学"或者"诗"的历史就是那样循环交替地发展而来的。笔者基本同意这一观点。

但是，针对这一观点却有两点质疑。其一，此观点是否过于简单？的确，我们必须对复杂的现象进行整理，透过表层去探求所谓的"深层构造"。于是所谓的"深层构造"大体上就会表现得相对简单。在这种意义上，周作人的观点具有说服力。但依然过于简单，这样一种二者相互对立又循环交替的文学史或者说诗史无法对"三诗说""四诗说"等给出说明。其二，"言志"这一说法是否真的合适？"言志"和"载道"真的是一种相互对立的观点吗？一般来说，"言志说"为儒家的观点，并非与"载道说"相对立。周作人所说的"言志"其"志"中包含着"情"，或者更准确地说，周作人所说的"志"就是"情"。

"言志说" 与 "诗之修辞的发展与诗之美学的确立" ——佐藤保的观点

佐藤保的观点结合了具体的文献，他在放送大学的教科书《中国古典诗学》[①]的开头部分对"诗言志说"和"诗之修辞的发展与诗之美学的确立"进行了阐述。

[①] 《中国古典诗学》，放送大学教育振兴会，1997年。

1. 关于"诗言志说"

佐藤氏举出《尚书·尧典》中的名句"诗言志,歌永言,声依永,律和声"为例,并翻译为"诗是人之志的语言化表达,歌是将语言延长并加以歌唱,将语言延长并加以歌唱就会有声音出现,而此声音必须符合十二律标准音的旋律"。他认为"志"的内容并非都是十分明确的,将之解释为人心里的感情或思想未尝不可。关于这一点我是没有异议的。

接着佐藤保又举出《毛诗大序》里的句子并予以说明,"诗者志之所之也。在心为志,发言为诗",诗是能够打动人志的东西,在心里时是志,化作语言表达出来就是诗。佐藤保认为,这和《书经》里的"诗言志"相同。他结合《毛诗大序》的另一段话(治世之音,安以乐,其政和。乱世之音,怨以怒,其政乖。亡国之音,哀以思,其民困。故正得失,动天地,感鬼神,莫近于诗)进行思考并得出结论,认为诗可以反映赞美讽刺时政之人的直率内心,可以让为政者反省自己的政治得失,也可以感动天地鬼神,而这些都在自然现象中得到表现。

关于这一点,笔者也没有异议。不过有关志的概念和诗的政治性之间的关系,佐藤保并未给出充分的说明。为什么代表人心中的感情或思想的"志"被叙述出来后带有"政治性",且成为中国最重要的"诗观"之一呢?对此,笔者认为必须给出更加详细的说明。

2. 关于"诗之修辞的发展与诗之美学的确立"

佐藤保首先举出魏文帝曹丕的《典论·论文》中的一段话,并予以说明。

> 夫文本同而末异,盖奏议宜雅,书论宜理,铭诔尚实,诗赋欲丽。

原来文章的本质都是一样的,只是外在的文体有各式各样的差异。一般来说,朝廷公文如奏、议等之类的文章必须典雅,论述事理的书、论等文章要重视逻辑,颂扬功德或追悼亡人的铭、诔等要符合事实,诗、赋等语言要优美。

关于"诗赋欲丽"一句,佐藤保认为"与实用性较高的其他文体相比，诗、赋的特色是更具艺术性，因此语言必须优美"，换句话说，"诗之艺术性的重点在于强调修辞"。在曹丕之后，明确主张修辞之重要性的是晋代的陆机。佐藤保又举出陆机《文赋》中的句子：

诗缘情而绮靡。

这句话的意思，指诗因把人之情感作为根本而必须是美丽的。佐藤保据此得出结论：更明确地强调修辞重要性的是陆机。笔者对此完全没有异议。

只是佐藤氏的说明存在以下两个问题。第一，"诗言志说"中"志"的概念与"政治性"是如何产生关联的？第二，把"诗缘情而绮靡"仅仅作为"诗之修辞的发展与诗之美学的确立"是否恰当，有没有把所谓的"缘情说"也放入其中一起考察？

首先，正如刚才所指出的那样，"诗言志说"中"志"的概念是如何与"诗"的"政治性"产生关联的，针对这一点并未进行充分说明。其次，佐藤氏所说的"修辞的重要性"只是针对《文赋》之"诗缘情而绮靡"中的"绮靡"一词来说的，与"缘情"并无关系。

那么"缘情"究竟有何意义呢？进而言之，前文所说"诗言志"的"志""政治性"和这里的"情"又构成何种关系呢？对此并不是非要进行充分说明不可。当然，《中国古典诗学》这本书是关于中国整体诗学的教科书，并非仅仅以论述中国诗学为目的。因此，这些问题的设定并不是佐藤保的观点有什么问题，而完全是笔者自身的问题意识所导致的。

第二章 关于"诗"的观点及其再考

接下来笔者希望针对唐以前中国人关于"诗"的观点，即"言志说""缘情说"进行一番探讨。

关于"言志说"

首先是"言志说"。这一观点源于《尚书·尧典》中的一句话，即"诗言志，歌永言，声依永，律和声"。其中"诗言志"之"诗"在《说文解字》中的解释是："诗，志也，从言寺声。"即"诗"是"志"的意思，读"寺"音。这里的"寺"现在在日语中被浊化为"ジ（ji）"，其原来读音应为"シ（si）"。关于这一点我们后面再叙述。《说文解字》中的解释与《尚书·尧典》中的"诗言志"并无太大区别。

那么，"诗言志"中的"志"又是怎样的呢？《说文解字》中的解释为："志，意也。从心之，之亦声。""志"的意思就是"意"，表现了"心"和"之"两方面的意思。"志"的上半部是"士"，而"士"的小篆体是"㞢"，与"之"的小篆体相同，因此有"从心之"一说。因此，"之"的意思也构成了"志"的意思的一部分，关于这一点我们也放在后面叙述。这里要注意的地方是"之"也可以标示"志"的发音。按照《说文解字》里的解释，《尚书·尧典》里的"诗言志"是以"同音"或"近似音"的字进行说明的，即"声训"。

具体来说，"诗"的发音是用"寺"来标示的，而"寺"的发音是用其上半部分"土"来注音的。这里的"土"并非是土地之"土"，而是"士"。"寺"上半部分的"土"的小篆体是"㞢"，与"之"的小篆体相同，这与"志"中之"士"是同一个字。也就是说"诗言志"可以解释为：诗是把心中之"志""言"出来，即用语言表现出来。从另一方面来看也可以说"诗言志"是以用"㞢"字表示发音的两个字即"诗"和"志"为根本的。这一说法并不少见，在先秦时代的文献中可以经常看到。因此，"言志说"并不含有"政治性"和"道德性"。

佐藤保认为"志"是指人心里的情感和思想，这是正确的。至少在《尚书·尧典》里"志"并没有后世儒家所说的政治性和道德性，而仅仅是指"心"。那么《毛诗大序》中所说"诗者志之所之也。在心为志，发言为诗"又当如何理解呢？如前文所举的例子一样，佐藤保认为，这与《书经》中的"诗言志"意思相同。果真如此吗？的确，"诗言志"与"诗者志之所之也"初一看并没有什么不同。

但是，拿诗、言、志三个字来解释诗、者、志、之、所、之、也这七个字时确实应该有某些不同之处。关键在于"诗言志"中所没有而在"诗者志之所之也"中有的字，即"之"字。在这段话中"之"的重要性不言自明。

如果对"诗者志之所之也"进行直译的话可以翻译为"诗是志之的地方",那么"之"在这里是表示什么的呢?《说文解字》中的解释只有"之,出也"。关于"之",藤堂明保给出的解释①是:"之"乃表示脚尖从起点线开始向前迈进的象形文字,指向前迈进的脚部动作。此外,关于"志"藤堂氏给出的解释是,"志"中的"士"为向前迈进的脚之形状的变体,与"之"相同。"志"即"心+声旁之",既是会意字又是形声字,而"心"指朝着目标向前进。也就是说,"志"确实是"心"中之物,但并非笼统模糊,而是有着明确目标并朝着目标努力的。《说文解字》中"之,出也"可以视为对这一观点的强化,"志,意也。从心之"也表示这么一种含义。

在此,我还想谈一下藤堂氏对于"诗"字的解释。藤堂氏首先对"之"字进行了说明:"之(往)"和"止(停)"都是表示人脚的象形文字,有直线向前、迅速停下的含义。接下来又对"寺"做出解释:"寺"由"寸"和表音的"之"组成,含有用手推进和用手停止(持)两种含义。然后对以"寺"为偏旁的"诗"做出解释:"诗"由表示意义的意旁"言"和表示发音的声旁"寺"组成,含有用语言表现心理活动(抒情诗)、用语言保存心中的记忆(叙事诗)两方面的含义。

而太田青丘在《日本歌学与中国诗学》②一书"诗者志之所之也"一节中,也对"诗""志"进行了论述,具体如下:"志"是由"士"(也即"之")和"心"组成的合成字,含有专心致志地朝着"心"中的方向"之(走)"之义,所以才有"志向""立志"等词的出现。因此,"诗"有意志的、道义的特色。

结合藤堂氏和太田氏的观点来考察,《毛诗大序》中"诗者志之所之也"就可以理解为"'诗'是指在心中怀有某种目标并朝此目标努力的志向",正因为如此,"诗"才与表示心的志向性的"志"结合起来。到了后世(大概是在汉代),"诗"被赋予了政治性的含义。因此,"诗言志"和"诗者志之所之也"在表面看起来具有相同的含义,但其深层次却有着很大的差异。

---

① 《学研汉和大字典》,学习研究社,1978年。
② 《日本歌学与中国诗学》,弘文堂1958年(昭和三十三年)。后收入《太田青丘著作选集》第1卷,由樱枫社出版。

关于"缘情说"

下面我们谈一下"缘情说"。陆机《文赋》"诗缘情而绮靡"中的"情"究竟是什么含义呢?《说文解字》中的解释是:

> 情,人之阴气,有欲者。从心青声。

因为有"阴气",所以"情"是被动的,与"志"那种外向型性格不同。关于"情"藤堂氏的解释是:"青"有干净澄澈的精华之义。"情"是形声字,由表示意义的形旁"心"和表示声音的声旁"青"组成,指感动人心的精华。"性"是指与生俱来的良心和良知,"情"是指喜怒哀乐等心理活动。

"情"究竟是"欲"还是"人心之精华"我们并不清楚,但"情"是指人的喜怒哀乐等感情却是毋庸置疑的。关于这一点段玉裁的注中这样写道:

> 《汉书》董仲舒传云"情者人之欲也",又云"人欲谓情",情非制度,不节。《礼记》曰,何谓人情。喜怒哀惧爱恶欲,七者,弗学而能。

根据段玉裁的注来说,"情"是"人之欲",即喜、怒、哀、惧、爱、恶、欲七种欲望,如果没有制度规则,这些欲望是不能节制的。据此对"诗缘情"进行解读可以得出如下结论:诗是受外物影响而在心中产生的"情",即受外物影响而导致的喜怒哀乐等心理活动。这一结论也是合理的。根据前文所述可以断定,《毛诗大序》里对于"诗"的定义即"'诗'是把为某一目标而努力向前之心作为向往的对象",与陆机《文赋》中的观点即"'诗'是受外物影响所产生的'情'"是完全不同的,与其说不同,不如说完全相反,前者是外向的,后者是内向的。对此,刘若愚有完全不同的论述,总结起来其观点如下:

(1) 诗 = 志的表现　志 = 心之活动　心 = 意念

志＝志愿、意志、理想——→诗＝志愿、意志、理想的表现

（2）诗＝志的表现　志＝心之活动　心＝感情

志＝情怀、愿望、情绪——→诗＝情怀、愿望、情绪的表现

"意念"与"感情"、"志愿、意志、理想"与"情怀、愿望、情绪"，刘氏认为"志"有这样两方面的含义。那么正如刚才探讨的那样，《尚书·尧典》"诗言志，歌永言"中"志"的含义，其正确性毋庸置疑。但是所谓的"缘情说"产生后，或者说陆机《文赋》以来，从其字的本义来说，"志"和"情"当然就有差别了。总结上文所述可以得出如下结论：

①"言志说"认为，"诗"是为某一目标而努力向前之心，即用语言表现出来的"志"，是能动的、积极的、对他的、外在的、公共的，有政治志向。

②"缘情说"认为，"诗"是受外物影响而在心中产生的"情"，即喜怒哀乐等心理活动，是被动的、消极的、对自的、内在的、私人的，是个人情绪。

当然，这种分类方法是站在现代的立场才可以成立的，若放在其产生时的立场上则不一定正确。现在看来，"言志说"确实是比"缘情说"要早的一种观点。但是，实际上如果没有"缘情说"，"言志说"将无以成立，也就是说"言志说"是在"缘情说"产生后才出现的观点。更准确点说，两者是同时产生的。如果"缘情说"没出现的话，《尚书·尧典》中的"诗言志"也仅仅是一个双关语，《说文解字》中的"诗志也"也不过是对《尚书·尧典》的解释而已。

关于这一点，我们看一下《毛诗大序》中"诗者志之所之也。在心为志，发言为诗"后面的内容就可以明白。

情动于中而形于言。言之不足，故嗟叹之。嗟叹之不足，故永歌之。永歌之不足，不知手之舞之，足之蹈之也。

这里以心中之"情"为例，"情"发于心，可以发而为言，可以感叹，可以歌唱，也可以跳舞。换言之，虽然《毛诗大序》中"诗者志之所之也"被后世作为诗必须有政治性这一主张的根据，但在其成书之时"情"

包含于"心"中之意，是可以被解读出来的。因此，刘若愚认为"志"既包括"意念、感情"，又包括"志愿、意志、理想"和"情怀、愿望、情绪"等，这是非常妥当的见解。而且，"言志说"主张的所谓诗之政治性和道德性等观点实际上也是源自于"缘情说"，这不难理解。

第三章　两个对立的观点

那么，接下来想先对本章标题"两个对立的观点"做一番说明。这一标题是在论述刘若愚"四诗说"时得到的启示，即想到了两个基本问题，一、诗是什么，诗应该是什么？二、应该如何写诗？诗要写什么，是写"志"还是写"情"？诗要怎么写，要"辞达"还是要"文言"？笔者想对此进行一些探讨。

诗写的是什么，"志"还是"情"？

诗写的是什么？实际上有关这一点现在还在讨论。换言之，到现在一直在讨论的关于"志"和"情"的问题，即是诗写什么的问题。关于这一问题有两个对立的观点，即诗写的是"志"还是"诗"。

诗要如何写，是要"辞达"还是"文言"？

接下来要讨论的是第二个问题：诗要如何写？关于这一点也已有了一些看法。首先是多次引用的陆机《文赋》中的观点。

1. 关于"文言主义"

"诗缘情而绮靡"中的"绮靡"，无疑就是"修辞主义"或"技巧主义"的观点。陆机这一观点预示了南北朝时期南朝文学的风潮。因此也可以说"诗缘情而绮靡"这一表达即"修辞主义"或"技巧主义"的观点。这与佐藤氏论述的观点相同，前文已有所论述。但是，"修辞主义"的观点并非始自陆机，春秋时代的文献中已有所记载：

> 仲尼曰，志有之，言以足志，文以足言，不言谁知其志，言之无文，行而不远。（《春秋左传》襄公二十五年）

这作为孔子的话语被传颂着。语言是富有"文（修辞）"的语言，总之必须具有修饰效果。"言"是照着发音记录下来的语言。这段话是在什么状况下和怎样的文脉中生成的，我们不得而知，而且后世在谈论"诗"时并非一定要提及。但是，富有修辞性的语言较有感染力确实是被后世认可的。笔者姑且将之称为"文言主义"。曹丕《典论·论文》中有记载：

> 夫文本同而末异，盖奏议宜雅，书论宜理，铭诔尚实，诗赋欲丽。

这段话也被佐藤氏引用过。意在把奏和议、书和论、铭和诔、诗和赋等八种文体两个一组进行分类，并用雅、理、实、丽等各一个字进行对应说明。不同的文体必须按其要求进行书写。

在这里"诗"和"赋"都必须讲究"丽"，即必须讲究"华丽"。"诗""赋"属于同一范畴，与奏和议、书和论、铭和诔等文体并列。前文引用过陆机《文赋》中的文章，所引只是其中一部分。《文赋》全文提到了诗、赋、碑、诔、铭、箴、颂、论、奏、说十种文体，其原文如下：

> 诗缘情而绮靡，赋体物而浏亮。碑披文以相质，诔缠绵而凄怆。铭博约而温润，箴顿挫而清壮。颂优游以彬蔚，论精微而朗畅。奏平彻以闲雅，说炜晔而谲诳。

这段话针对不同的文体以缘情和绮靡、体物和浏亮、披文和相质、缠绵和凄怆、博约和温润、顿挫和清壮、优游和彬蔚、精微和朗畅、平彻和闲雅、炜晔和谲诳等概念，组合在一起进行说明。这种说明方式明显比《典论》更为详细。

《典论》用一"丽"字概括了"诗"和"赋"，而《文赋》则对之进行了分别论述。《文赋》首先将"诗""赋"与碑、诔、铭、箴、颂、论、奏、说等文体进行了区分，这和《典论》中的论述并无太大差别。但是，并非仅仅如此。与《典论》不同，《文赋》对"诗""赋"也进行了相互区分。《典论》用一"丽"字总结"诗"和"赋",而《文赋》则是"诗缘情而绮靡,赋体物而浏亮",换言之,《文赋》用别的概念区别"诗""赋"。"绮靡"一词指涉的是"诗"而非"赋"。即"诗"要讲究修辞,用语"华丽"。

需要注意的是,《文赋》关于"诗""赋"的两句同时也回答了诗要写什么,如何写的问题。"诗"要写"情",要写得"绮靡"。"诗缘情"直译就是"诗因情而生",因此"诗"只能写"情"。下面关于"赋"一句中的"赋体物",也必须如此理解。

2. 关于"辞达主义"

"辞达主义"是反修辞主义、反技巧主义的。《论语》卫灵公篇中记载了孔子的一句话:

> 子曰,辞达而已矣。

意思是说,语言只要能表达意思就可以了。这句话产生于什么样的文脉中我们并不清楚,但是,此话属于反修辞主义的观点是可以肯定的。青木正儿称这种反修辞主义的观点为"辞达主义"①,这里我也采用"辞达主义"的说法。此观点在多半为修辞主义作品的南北朝时期就有所论述。南朝梁钟嵘在《诗品》中批判了当时诗之过多使用典故的现象,其文如下:

> 尔来作者,浸以成俗。遂乃句无虚语,语无虚字,拘挛补衲,蠹文已甚。

《文心雕龙·情采篇》中也有同样的论述:

> 为情者,要约而写真。为文者,淫丽而烦滥。而后之作者,采滥忽真,远弃风雅,近师辞赋。故体情之制日疏,逐文之篇愈盛。

---

① 《青木正儿全集》第 1 卷《支那文学思想史、支那文学概说、清代文学评论史》,春秋社,1969。

这段话并没有明确指出批判对象就是"诗",但毫无疑问这是针对"文"(也就是我们今天所说的"文学作品")中过多使用修辞的现象而展开的批判。"诗"当然也包括在这一"文"中。

总结以上观点可以得出如下坐标(见图1):横轴表示诗要写什么,是"言志"还是"缘情";纵轴表示诗要如何写,是"文言"还是"辞达"。

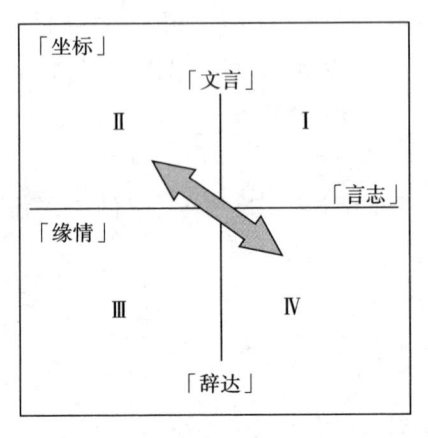

```
         「坐标」
              「文言」
          Ⅱ         Ⅰ

「缘情」              ──────「言志」

          Ⅲ         Ⅳ
              「辞达」
```

图 1

在这一坐标的四个象限中,第一象限代表"诗"要写"志"并注重修辞的观点。同样,第二象限代表"诗"要写"情"且注重修辞的观点。第三象限代表"诗"要写"情"但反对注重修辞的观点。第四象限代表"诗"要写"志"且反对注重修辞的观点。按照刘若愚的观点,其中第二象限和第四象限就分别代表着"声调说"和"格调说"。

"格调说"注重"诗"的政治和道德价值,属儒家的观点,主张这一观点的人大都提倡"辞达主义"而反对"修辞主义"。如图中粗箭头指示的那样,第二、四象限代表着唐宋以前两种相互对立的观点即主张"修辞主义"的观点和反对"修辞主义"的"格调说"。

第三象限也可以说代表着"神韵说"的观点,即注重"诗"之余韵和言外之"情"。虽然这一观点对"情"的重视与陆机《文赋》中的观点相同,但却极力避免"修辞",因此归入第三象限。"神韵说"大概到了中唐的皎然才开始出现。

那么什么样的作品应该归入第一象限呢?像李商隐的"政治无题诗"那样的一类作品是否应归入其中呢?在中国诗学史上,提倡写具有政治性、道德性的"志"并主张"修辞主义"的作品是不被承认的。

但是，实际上这一判断并非一定正确。套用这一坐标轴来说明"三诗说""四诗说"必须要慎重，因为现在论述的都是唐代以前的观点，并非是明清时代的诗说。"文言主义"与"辞达主义"加上后面要提及的另一个对立的观点形成了"三组对立的观点"，"三诗说"或者"四诗说"在这"三组对立的观点"中依然可以成立。

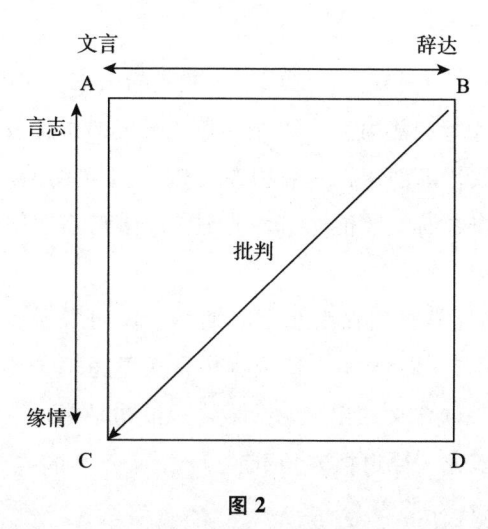

```
            文言              辞达
         A ←——————————————→ B
        ↑
        言志
                  批判

        ↓
        缘情
         C                   D
              图 2
```

这里要注意的是，《诗品》和《文心雕龙》的批判对象并非仅限于第二象限中写"情"且注重修辞的作品。刚才的坐标可以换作另外一种图示来表示（见图2），"C"对应于刚才坐标中的第二象限，但是《诗品》和《文心雕龙》批判的是"情"与"修辞"失去平衡的作品，即过于注重"修辞"的作品。这一类作品并无实际内容，只是由漂亮语言堆砌而成。这一类作品用"C"来表示。

第四章　另一个对立的观点

如本文开头所述，明清时代出现了"三诗说"或"三家诗说"，一般是指"格调说""神韵说""性灵说"三种诗观。"格调说""神韵说"已经在前文中通过坐标轴和图2进行了说明。但是关于"性灵说"却无法用坐标轴和图2来解释。那么"性灵说"究竟是一种什么样的观点呢？我们将在本章中进行探讨。

关于"性灵说"

明代中期以后,"性灵说"成为一种盛行的文艺思潮,其代表人物是明代的袁宏道[1]和清代的袁枚[2]。下面我们以袁宏道的观点为例讨论一下"性灵说"。

1. 关于"性灵"一词

首先,"性灵"一词有何含义呢？一般是指人的心灵、灵魂、精神等,这里指"才能（才智和能力）"和"性情（天生的本性及其情感）"。"性灵"多用于文学或艺术创作,一般用在"陶"或"陶冶"、"抒"或"申抒"之后。既指作者的"才能"和"性情",还有艺术创作不拘于既成规则和法则之意。

"性灵"一词最早出现在南北朝时期,不仅用来形容人,还用来评论文章,经过延续及变化,至明中期成为中国美学范畴的重要用语。首先确认一下"性灵"一词含义的出处。"性灵"最初是指比万物更优秀的人的本性。如《文心雕龙·原道篇》所载：

> 仰观吐曜,俯察含章,高卑定位,故两仪生矣。惟人参之,性灵所钟,是谓三才。为五行之秀,实天地之心。

"两仪（天与地）"加上"人"就是"三才","人"是"性灵"集中之所在,换言之,"性灵"是人独有之物,因此含有人比万物更优秀的意

---

[1] 袁宏道（1568~1610）,明代文学家,字中郎。与其兄袁宗道、其弟袁中道并称"三袁"。因出生于湖北公安而被称为"公安派",袁宏道是公安派的领军人物。20岁开始师从"王学左派"李贽（卓吾）,锻炼了其批判精神,对当时支配文坛的"古文辞派"的拟古主义进行了激烈的批判。诗论方面主张抒发"性灵"。

[2] 袁枚（1716~1798）,清代中期诗人,出生于浙江杭州。字子才,号简斋。与赵翼、蒋士铨合称"乾隆三大家"。23岁中进士,与大他43岁的沈德潜同期。32岁辞官,短期内不再就职,从事文笔创作的同时一方面在南京小仓山的随园安享生活,另一方面也会到当时的商业都市扬州拜访,与许多文人交往。其诗论被称为"性灵说",主张真实表现人的自然性情。因为是商人出身,所以也是新文人的代表。其主张与王士禛的"神韵说"和沈德潜的"格调说"相对立。

义。在《文心雕龙·宗经篇》中再一次提到了"性灵"一词：

> 三极彝训，其书曰经。经也者，恒久之至道，不刊之鸿教也。故象天地，效鬼神，参物序，制人纪；洞性灵之奥区，极文章之骨髓者也。

其后"赞"中还有"性灵熔匠，文章奥府"一句，这些都是指比万物更优秀的人的本性。但必须要注意的是，《文心雕龙》中"性灵"与"天地""鬼神"等并列使用，因此它并非指人之个体，而是指整个人类。

在《宋书·颜延之传》中也有同样的记载，这里指上天给予人的才能。

> 含生之氓，同祖一气，等级相倾，遂成差品，遂使业习移其天识，世服没其性灵。

在这段话中，"性灵"一词指个体的人拥有上天给予的天生的才能。再如钟嵘《诗品》中对阮籍的评价：

> 咏怀之作，可以陶性灵，发幽思。言在耳目之内，情寄八荒之表。

这里的"性灵"是指个人内在的性情。又如陶弘景（456–536）的《答赵英才书》所载：

> 盖任性灵而直往，保无用以得闲。

"性灵"在这里也是指个人内在的性情。再如唐代段安节《乐府杂录》中有关"琵琶"的记载：

> 初，朱崖、李太尉有乐吏廉郊者，师于曹纲，尽纲之能。纲尝谓俦流曰，教授人亦多矣，未曾有引性灵弟子也。

这里的"性灵"却是指个人的聪明。综上所述，"性灵"的含义主要是指人类拥有的优秀本性。①

2. "言志"还是"缘情"？

现在，我们要把注意力从普通意义上的"性灵"转移到文学论中的"性灵"上，当然毋庸置疑，"性灵"在文学论中其含义是在普通意义的基础上演变而来的。其有以下几个特征。

1

以上所举的几个例子中除了刘勰外，其余都是指个人内在的"才智"和"性情"，和人的"道德性"并无关系。个人的"才智""性情"也可称之为"个性"，其表现在文学和艺术创作中，不属于社会伦理、政治教化等传统规范的范畴。因此，北朝颜之推的《颜氏家训》中说：

> （"自子游、子夏"至）张衡、左思之俦，有盛名而免过患者，时复闻之，但其损败居多耳。每尝思之，原其所积，文章之体，标举兴会，发引性灵，使人矜伐，故忽于持操，果于进取。②（《颜氏家训·文章篇》）

正如文中所说"文章这一文体，能标举兴会，发引性灵，使人骄傲自夸"之意，因此，文章是基于"兴会"和"性灵"之物，和社会伦理、政治教化无关。

《南史·文学传序》中有云："自汉以来，辞人代有，大则宪章典诰，小则申抒性灵。"对于文章作者来说有重要的如"典诰"即典章诏令等文

---

① 除此之外，《晋书·乐志》上有"夫性灵之表，不知所以发于咏歌。感动之端，不知所以关于手足"；孟郊的《怨别》中有"沈忧损性灵，服药亦枯槁"；元稹的《有鸟》诗之二中有"有鸟有鸟毛似鹤，行步虽迟性灵恶"；宋徐铉的《病题》中有"性灵慵懒百无能，惟被朝参遣夙兴"等例。

② 原典是"自子游子夏荀况孟轲枚乘贾谊苏武张衡左思之传有盛名而免过患者"。这里引自《美学范畴辞典》中的节略片段，即"自子游子夏至张衡、左思之传"。

章，也有私人的申抒"性灵"的文章。这里的"性灵"就是指人的精神、情感等。举唐代的例子如杜甫的《解闷十二首之七》，其文如下：

> 陶冶性灵存底物，
> 新诗改罢自长吟。
> 熟知二谢将能事，
> 颇学阴何苦用心。

"陶冶性灵存底物"意思是说陶冶性灵的东西，除了诗还能有什么呢？这里"性灵"和诗（文学）的关系已经明朗化了。再看元稹《杜君墓系铭序》中的记载：

> 宋齐之间，教失根本。士以简慢歙习舒徐相尚，文章以风容色泽放旷精清为高。盖吟写性灵，流连光景之文也。意义格力固无取焉。

这是针对六朝时期文章的论述，这一时期的士人所写的文章多是抒发性灵、描写风景之作，在内容和表现方面都无可取之处。从前文所引《颜氏家训·文章篇》、《南史·文学传序》、杜甫的《解闷十二首之七》、元稹的《杜君墓系铭序》等例来看，在这些文章中"性灵"与伦理、教化等儒家道德完全不同，而且根据语境判断"性灵"还是被批判的对象。然而，这却是后世提倡的"性灵说"的萌芽。

2

到了明代中期，王阳明（1472～1529）的"心学"兴起。"心学"标榜人天生的"良知（天生的道德意识）"和"良能（天生的行善能力）"，其原文如下：

> 良知是造化的精灵，这些精灵，生天生地，成鬼成帝，皆从此出，真是与物无对。（王阳明《传习录》下）

"良知"是人与生俱来的对道德的知觉力和判断力,同时也是创造万物的造物主的"精灵",由这"精灵"创造出天、地,接着又生出万物。王阳明的弟子王畿①(1498~1583)也有如下论述:

> 致良知只是虚心应物,使人人各得尽其情,能刚能柔,触机而应,迎刃而解。如明镜当空,妍媸自弁,方是经纶手段。才有些子,才智伎俩与之相形,自己光明反为所蔽。(王畿《语录》)

"致良知"就是在使"良知"得到充分发挥的情况下,人"虚心"应对事物,"情"就可以得到充分展现。对此,当时的思想家、文学者对基于这一观点的文学倾向予以批判,提出了"性灵说"的观点。例如,焦竑②(1540~1620)提出"诗非他,人之性灵之所寄也"(《澹园集·雅虞陶集序》),对此又提出"脱弃陈骸,自标灵采"(《澹园集·与友人论文》)。与焦竑同时代的汤显祖(1550~1616)也屡屡有所论述,如"心含灵粹,而英华外粲,行则有度,言则有音"(《秀才说》)或者"其人心灵,能出入于微眇。故其变动有像,常鼓舞而尽其词"(《序丘毛伯稿》)、"独有灵性者自为龙耳"(《张元长嘘云轩文字序》)。人之心有"灵粹""心灵""灵性"等,按照其原本的样子展现出来就是非常精彩的表现。

---

① 王畿(1498~1583)明代儒学家,浙江山阴人。字汝中,号龙溪。王守仁的弟子。1532年(嘉靖十一年)进士及第后进入仕途。下野后在江南地方讲学40年,致力于宣扬"致良知"的阳明心学,并把其师王守仁的无善无恶学说发展为"四无说",并影响了李贽(卓吾)等人。著有《龙溪先生全集》,其传收录在《明史》卷283、《明史藁》卷185、《明儒学案》卷12中。
② 焦竑(1540~1620)明代儒学家,字弱侯,号澹园,又号漪园,被称为澹园先生、漪园先生或焦太史等。与李贽(卓吾)有交往,李贽的《藏书》在南京出版时,焦竑为之写了序文。曾师从泰州学派代表人物之一的罗汝芳(1515~1588)修学,从经史到稗史杂说涉猎广泛,且并不拘于儒家学说,道家及佛家思想也都所知甚详。有名的藏书家,有《焦氏藏书目》2卷,传说"藏书两楼"。著有《澹园集》《焦氏笔乘》《玉堂丛语》《国朝献徵录》《国史经籍志》《老子翼》《庄子翼》《楞严经精解评林》《楞枷经精解评林》《园觉经精解评林》《法华经精解评林》等。《明史》卷288中有其传。

稍晚一些的袁宏道（1568～1610）及其所领导的公安派①提出了"独抒性灵"的文学艺术创作口号，袁宏道在《序小修诗》中对其弟袁中道的诗文进行了评价：

> 大都独抒性灵，不拘格套，非从自己胸臆流出，不肯下笔。（《序小修诗》）

根据这段话来看，袁宏道所谓的"性灵"是指自己的"胸臆"，实际上"性灵"一词所包含的内容非常丰富，并非仅仅"胸臆"二字就可以概括的。第一，"性灵"是指每个人所有的真精神，其中也包括情感、兴趣、见解等。第二，这一真精神和传统观念是对立的，它从传统观念的束缚中解脱并发挥自己的作用。第三，这一真精神是艺术创作的创造力，正因为是"性灵"的自由表现，所以是美的。袁宏道认为，这些含义浑然融为一体，不可分解。比如他在下面的文章中初次提出了"见从己出"才能得以"顶天立地"的观点。

> 昔老子欲死圣人，庄生讥毁孔子。然至今其书不废，荀卿言性恶，亦得与孟子同传。何者。见从己出，不曾依傍半个古人，所以他顶天立地，今人虽讥讪得，却是废他不得。（《与张幼于》）

老子、庄子或者荀子等人的书之所以到如今还在流传着，正是因为他们陈述了自己的见解，不模仿他人。但是，自然之"趣"如果是从学问中得到，则得到的越多越会显得浅薄。

---

① 公安派：明代后期以出生于湖北公安的袁氏三兄弟［袁宗道（1560～1600）、袁宏道、袁中道（1570～1623）］为代表的反拟古主义文学团体。不过"公安派"并非他们兄弟自己命名，而且三个人性向、资质也都不同。因为三人都师从李卓吾，所以学到了如何积极主动地把握事物的真实，特别是有诗人气质的袁宏道。袁宏道排除了一切古典规范，主张遵从自己内心流露出来的"性灵（诗之精髓）"，从而创作出"真诗"。（《世界大百科事典》第2版）

> 夫趣得之自然者深，得之学问者浅。当其为童子也，不知有趣，然无往而非趣也。面无端容，目无定睛，口喃喃而欲语，足跳跃而不定。人生之至乐、真无逾于此时者。……迨夫年渐长、官渐高、品渐大、有身如梏、有心如棘、毛孔骨节、俱为闻见知识所缚，入理愈深，然其去趣愈远矣。(《叙陈正甫会心集》)

如文中所述，人成年之后有了官职，身心就像套上了枷锁一般，不得自由。

> 秦汉而学六经，岂复有秦汉之文。盛唐而学汉魏，岂复有盛唐之诗。惟夫代有升降而法不相沿。各极其变，各穷其趣，所以可贵。(《序小修诗》)

不同时代的文章有不同时代的特征，后世仅仅学习前代是不可能产生代表其时代特征之作品的。每一时代只有穷极其时代所有的"变""趣"等之后才会有优秀作品出现。再者，如下所述，遇到触动人心的情境也会产生优秀的作品。

> 机境偶触，文忽生焉。风高响作，月动影随，天下翕然而文之，而古之人不自以为文也。(《行素园存稿引》)

如下所述，完全出于作者"胸中"的文章才是新文章，其"新"是新产生的真正的新。

> 文章新奇，无定格式。只要发人所不能发，句法字法调法，一一从自己胸中流出，此真新奇也。(《答李元善》)

新的优秀的文章没有既定的格式，完全是产生自作者"胸中"的全新的作品。通过关于文章表现的这一观点，袁宏道对当时文学中的复古主义思潮感到愤怒并曰，"粪里嚼渣，顺口接屁，倚势欺良"(《与张幼于》)。

他对在文章中使用典故和熟悉的词语做出如下批判：

> 记得几个烂熟故事，便曰博识，用得几个现成字眼，亦曰骚人，计骗杜工部，囤扎李空同。（《与张幼于》）

传统观念认为有节制的文章才是优秀的文章，对此袁宏道批评道："穷愁之时，痛哭流涕，颠倒反覆，不暇择音。怨矣，宁有不伤者。"把心情原原本本、不加修饰地表达出来就是好的文章。

所谓的"言志"派或者"言志诗"认为表现政治性的"志"是至关重要的。但通过以上的讨论可以看出，袁宏道并不这么认为，很明显他以为诗是根据个人之"情（性灵）"创作出来的。

3. "辞达主义"还是"文言主义"？

袁宏道认为，如果"情真而语直"①，就可以感动人心。如下文所述：

> 大概情至之语，自能感人，是谓真诗，可传也。而或者犹以太露病之，曾不知情随境变，字逐情生。但恐不达，何露之有。（《陶孝若枕中呓引》）

由"情"而生才是"真的诗"，是优秀的作品。如果有人认为那些作品因为过于露骨地描写心情而不可取，那是他不懂得诗因"情"而生的缘故。如下文所述：

> 夫迫而呼者不择声，非不择也，郁与口相触，卒然而声，有加于择者也。……要以情真而语直故，劳人思妇，有时愈于学士大夫，而呻吟之所得，往往快于平时。（《陶孝若枕中呓引》）

在迫不得已的情况下创作的作品，不会考虑如何表达，因为不考虑所

---

① 袁宏道在《陶孝若枕中呓引》中论述："要以情真而语直，故劳人思妇有时愈于学士大夫，而呻吟之所得，往往快于平时。"（《袁中郎全集》卷3）

以语言率直。因为语言率直，所以比起平庸士大夫的诗作更显优秀。综上所述可知，不考虑这样那样的表达，把心情原原本本、不加修饰地表现出来的作品，就是优秀的。用现在的表达方式说即"辞达主义"。

"谁"的"诗"是理想的，"士人"的还是"平民"的？

从以上所引袁宏道的文章中还可以读到一个信息，即"谁"作的诗是理想的作品？袁宏道对被认为鄙俗浅薄的市井歌谣表示出热烈的支持。

> 故吾谓今之诗文不传矣。其万一传者，或今闾阎妇人孺子所唱《擘破玉》《打草竿》之类。犹是无闻无识真人所作。故多真声，不效颦于汉魏，不学步于盛唐，任性发展，尚能通于人之喜怒哀乐嗜好情欲，是可喜也。（《序小修诗》）

袁宏道认为当时的诗不会传于后世，如果有传于后世者，那很可能是村人（闾阎）、妇人、儿童（孺子）等喜欢传唱的《擘破玉》《打草竿》[1]等。结合这一点可以看出，袁宏道是主张从市井歌谣中学诗的典范。他在给其兄袁宗道（伯修）[2]的信中也表达过同样的观点：

> 近来诗学大进，诗集大饶，诗肠大宽，诗眼大阔。世人以诗为诗，未免为诗苦。弟以《打草竿》、《擘破玉》为诗，故足乐也。（《与伯修》）

袁宏道在文中表示，近年来自己在诗学上有很大进步，创作了许多作品，作诗的欲望和理解能力也有很大提高。世人都受前代作品的限制不能自由作诗，但自己却从《打草竿》《擘破玉》等民间歌谣中学诗，

---

[1] 《擘破玉》、《打草竿》：明代万历年间（1573—1620）流行的民间歌谣。
[2] 袁宗道，明代后期湖北公安出生的袁氏三兄弟（袁宗道、袁宏道、袁中道）之一。曾师从李贽（卓吾）。

因此不但没感到作诗的痛苦，而且还乐在其中。下面再引用一下前文引过的文章：

> 要以情真而语直故，劳人思妇，有时愈于学士大夫，而呻吟之所得，往往快于平时。（《陶孝若枕中呓引》）

劳动者（劳人）和思念恋人的女性（思妇）的诗作比士大夫们的作品更加优秀。由以上所引文章可以得知，以袁宏道为代表的"公安派"所认为的理想诗作，并非是士大夫等知识分子的作品，而是由传唱《擘破玉》《打草竿》等的村人（闾阎）、妇人、儿童（孺子）、劳动者（劳人）、思念恋人的女性（思妇）等创作的。总之，"性灵派"主张的重点就是要把诗从士大夫阶层中解放出来。正因为如此，当时知识分子所提倡的要重视所谓的"格调"、诗即表现顿悟等观点都遭到了后来被称为"神韵派"的人的批判。

诗为士大夫所作在当时是不证自明的，因此平民的创作根本不被认可。与此相反，以袁宏道为代表的"公安派"却认为，士大夫阶层所作的诗受格式和传统的束缚，不能把人心中之"情"不加修饰地表现出来，因此不属于"真的诗"。这一观点很明显受到了王阳明心学特别是以李贽为代表的"王学左派（泰州学派）①"的影响，这一点本文不作过多论述。

第五章　总结——三种对立的观点和诗学的构造

到了本文的结尾，笔者想确认一下另一个对立的观点。前一章第二节论述的内容简要来说就是，在谁的诗作是优秀的作品这一问题上存在着两种对立的观点，即诗是属于"士人"还是属于"平民"？换言之，即

---

① 泰州学派：指明代儒教（宋学）之阳明学派的一个支派。阳明学支派中较为激进的学派被称为王学左派。王守仁的学生王艮（号心斋，1483～1540）出身泰州，他所创立的学派被称为"泰州学派"。

"雅"和"俗"的问题①。前文已经介绍了两种对立的观点,若加上这一观点就形成了如下三种观点:

①诗是"言志"还是"缘情"?
②诗是"辞达主义"还是"文言主义"?
③诗是"士人"所作还是"平民"所作?

这些对立的观点用平面图无法表示,因此九鬼周造(1888～1941)在《"粹"的构造》②一书中用立体图(见图3)将之表示了出来。

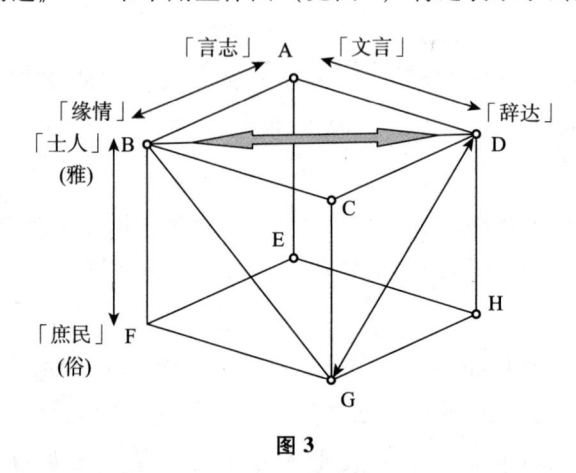

图3

接着言志、缘情、文言、辞达、士人、平民等的诗用下面的平面形式表现:

①"言志"诗的平面　A – E – H – D
②"缘情"诗的平面　B – F – G – C
③"文言"诗的平面　A – B – F – E
④"辞达"诗的平面　C – G – H – D
⑤"士人"诗的平面　A – B – C – D

---

① 张建的《清代诗学研究》关于清代诗学及其历史的论述中有类似的观点。这本书原是张建的学位论文,后出版,将近800页,是一部大部头著作。书中对清代诗学及其历史有非常详细的论述。但这本书的优点并不仅仅在于其论述之详细。对于清代诗学的论述并不是停留在表层,而是论及了其深层的"构造",这才是这本书的优点所在。张建围绕着清代诗学历史的真与伪、正与变、雅与俗等三个方面展开论述,其分析的确很透彻,所以评价很高。

② 初版于1930年,岩波书店。新版,岩波文库。

⑥ "平民"诗的平面　E-F-G-H

那么"三诗说"在这一图形上属于什么位置呢？"四诗说"又处在什么位置上呢？我们来看下面的一览表：

	诗说	「言志」性	「文言」性	「庶民」性	图之点
①	格调说	+	-	-	D
②	性灵说	-	-	+	G
③	声调说	-	+	-	B
④	神韵说	-	-	-	C

"C-B-D-G"所指的四面体代表着"四诗说"，"C-D-G"所指的三角形代表着"三诗说"。平面上的对角线是正面相互对立的观点。但是它们却拥有各种各样的共通性。比如"格调说（D）"和"声调说（B）"在图中是正面相互对立的观点。这是因为并未导入"诗是'士人'所作还是'平民'所作"这一坐标。如果导入第三对立轴，则两者就有了"诗为'士人'所作"的共通点。同样，"格调说（D）"和"性灵说（G）"是尖锐对立的，但却有"辞达主义＝非修辞性"的共通点。另一方面，"神韵说（C）"和其他诗说一定有两个方面的共通点。因此，其他的诗说就如伙伴一样相互间并不会有尖锐对立。当然，从这些"三诗说"中会感到一种超然，关于这一点笔者会在其他文章中论及。

美的范畴与 "书法"

河内利治 著*　朱幸纯 译**

一　序言

竹内敏雄编著的《美学事典（增补版）》（弘文堂，1971），使用以下语言对"书法"做了定义：

> 象形的意义、客观的对象、抽象的形态、主观感情的表达。
> 固定化的音乐（stereotyped music）、自由的变形。
> 艺术家自身人格之发现、空间艺术、意义表象。
> 空间表象、线性空间（运动空间）。

其中，"抽象的形态""主观感情的表达""艺术家自身人格之发现"也被笔者作为定义"书法"的重要用语，但之所以未使用"意义表象""空间表象""线性空间（运动空间）"等用语，在于这些都是援用西方美学用语的缘故。也就是说，借用西方"美学"概念来考究东方"美学"，特别是"书法"的"美学"，其困难的根源正潜藏在这种以西方视角来表述"美"的词汇之中。这也导致在现代日本社会中，以上述用语来定义

---

*　大东文化大学教授
**　四川大学博士后

"书法"难免有隔靴搔痒之感。因此，本文将在对西方与东方（中国、日本）美学进行比较考察的同时，特别从"美的范畴"来思考"书法"。在方法论上，将从成复旺主编、中国人民大学出版社出版的《中国美学范畴辞典》所收录的"范畴"一语来展开思考。首先我们来看《中国美学范畴辞典》是如何定义"范畴"的[①]：

> 概念与范畴都是人类理性思维的逻辑形式。按照一般理解，概念是对某类事物的性质和关系的反映，而范畴则是反映事物的本质属性和普遍联系的基本概念，故范畴高于概念，一个范畴往往包含着一个具有内在联系的概念系统。但类的大小是相对的，某类事物的性质和关系也主要是指这类事物的本质属性和普遍联系，所以一般概念与基本概念只是比较而言，概念与范畴之间并没有绝对的界限。本辞典重点在于阐释中国美学的基本概念，亦即范畴，但也不可避免地收录了许多一般概念，还有少量与某些范畴、概念关系密切的命题。这个"引论"也只能将范畴与概念统而论之，不作严格区分。
>
> 范畴是思想意识的结晶。对某种审美现象的认识，或某种审美意识的发展，都会逐渐凝聚为一定的理论范畴。一种特定的美学思想体系，也会逐渐形成一套特定的美学范畴；而这些范畴正是这种思想体系的特殊本质的集中体现。人们已经普遍感觉到，中国古代有一套精深而独到的美学思想，它的旨趣与西方美学显然不同。中国美学的这种特殊旨趣就集中体现在它的一系列范畴之中。

由此可以确认，《中国美学范畴辞典》所说的"范畴"，是将其作为高于"一般性"概念（＝"概念"）的"基本"概念，即作为中国美学的"基本性概念"来定义的。换言之，从一般性概念中抽出的基本性概念，

[①] 参照大东文化大学《汉学会志》第40号（2001）所收录《成复旺著·中国人民大学出版社〈中国美学范畴辞典〉引论·译注》（河内利治、门胁广文共译），第116~167页。此后还被收录于成复旺主编、中国人民大学出版社出版的《中国美学范畴辞典》（译注第一册）；《2002年度大东文化大学人文科学研究所研究报告书》（2003）的《引论》，第1~38页。（本文根据后者中的常用汉字进行了转载）对在转载《中国美学范畴辞典》译注第一册至第七册的译文时的改译之处，在此表示歉意。

就是"范畴"。

另一方面，西方也将"美的范畴"这一词汇用作美学术语。佐佐木健一所著《美学辞典》对"美的实质/美的范畴"有如下表述[①]：

> 各种美的实质之集合体构成了"美的事物 the aesthetic"的领域。就美的范畴与美的实质这两个术语而言，前者是继承了19世纪德国的美学理论并在本世纪初被赋予的名称，现在在德国和法国也被广泛应用。与之相比，美的实质（或者美的概念 aesthetic concepts）是本世纪，特别是后半期才在英美开始被使用的，这是二者的不同之处［讲美的范畴时所用的 category，在词源上是谓语的意思（希腊语的 katêgorein，有"告发""论述"之意），指特定种类的形容词］。从内容来看其显著不同之处在于，传统的美的范畴论是以美为中心，由崇高、优美、悲剧、喜剧、丑陋等极少数的种类构成，与其全体形成体系对应，美的实质没有数量限制，其领域是开放性的。

但是，如后所述（4-2 西方的"美的范畴"），在现代美学中，作为近代西方美学两大支柱的"美的体验"与"美的范畴"被"解释"和"美的概念"所取代，"美的范畴"丧失了其原有位置。

二　从《中国美学范畴辞典》中展开思考

首先试着从"美"与"丑"、"形"与"神"、"意象"与"意境"、"妙"、"沉着"等与"书法"直接相关的"范畴"词汇来考察。

2-1　"美"与"丑"

一同考察《中国美学范畴辞典》译注第二册所收录的"美"[②]与

[①] 佐佐木健一：《美学辞典》，东京大学出版会，1995，第156~167页。
[②] 成复旺主编：《中国美学范畴辞典》（译注第二册），中国人民大学出版社；《2003年度大东文化大学人文科学研究所研究报告书》，2004年，第165~171页"1-093 美"，李祥林著，何旭、河内利治译；第188~189页"1-099 丑"，李祥林著，何旭译。

"丑",简要地摘录拙文《"美"与"丑"》中的一节。

在中国古代美学的论著中,"美"的概念大致可分为以下六类:
1. 美食、美味。
2. 美事、美物。
3. 美质、美德。指事物内在的美。
4. 美观、美丽。指事物外在形式的美。
5. 赞美、美刺。指对事物的审美评价。
6. 饰美、美化。

"美"之一词在不同情况下有不同内涵,但这种区分是相对的,非绝对的。由于事物的内容美与形式美,客观事物的美与人的审美评价,美的创造与审美判断本来就相互关联、密不可分,所以在古代美学中,"美"的多种含义常常又是相通互用的。总之,"美"都用于指审美上肯定的事物、美的创造和对美的评价,它是与"丑"相对的概念。

在中国美学史上,最早从哲学意义上给美下定义的是春秋后期楚国的伍举。他认为"无害"就是美,实际上是说,善即美。这种以善为美,强调美善统一的观点在我国古代美学中很有代表性,先秦及后世儒家的美学观念便主要是沿此方向发展的。

美和真、善的关系,自古以来就是中国美学家们所极端重视并努力探讨的。强调美与善的统一,主张美学思想与伦理思想的紧密结合,这是中国古代美学的一个显著特点。追求美与真的统一,以去伪取真为美的思想,在中国美学史上也是其来有自、源远流长的。

最早将艺术的"真""善""美"并提者是荀子,他在《乐论》中说:"礼乐之统,管乎人心矣。穷本极变,乐之情也;著诚去伪,礼之经也。"这里所谓"礼"即"善","乐之情"即"美"的音乐激起的美感,"诚"即"真"。荀子认为,如果三者具备,音乐就可以"管乎人心",发挥"移风易俗",使"天下皆宁"的巨大社会功用。

以上是关于"美"的一部分译注。同样,关于"丑"也有如下记录:①

> 与"美"相对,标志与美具有相反内涵性质的事物的属性。"丑"通常用于指人或物外在形貌的丑陋、难看。在中国美学史上,有如"美"和"善"一样,"丑"与"恶"亦是相通互用的,"恶"可以指丑、不美,"丑"也可以指恶、不好。除此之外,还须看到,"丑"与"美"的对立在中国古代美学家们的眼中,<u>并非那么绝对,那么严重</u>。他们认为,无论自然物还是艺术品,最重要的不在"美"或"丑",<u>而在要有"生意",要表现宇宙"一气运化"的生命力</u>。

我想说明的是,"还须看到,'丑'与'美'的对立在中国古代美学家们的眼中,并非那么绝对,那么严重",这句话来自明末清初的傅山所说"宁拙毋巧,宁丑毋媚,宁支离毋轻滑,宁直率毋安排,足以回临池既倒之狂澜矣"(傅山《霜红龛集》卷四《作字示儿孙》)的启发。这是一种比起"媚"(="美")更愿评价"丑"的观点,值得注意的是,为何比起"媚"(="美")更愿评价"丑"呢?

因为"丑"在超越"媚"之处就是某种高层次的"美",而并非单纯指"恶、不好"。这种"美丑"的范畴与"巧拙"相关联,与比起"巧"更尊重"拙"的原因(例如老子的"大巧若拙")是一致的。②

2-2 "形"与"神"

曾经有人就今井凌雪主编的杂志《新书鉴》(1998)所收拙文中的"形神"一词向我提问,遂将"形似"与"神似"分开用"临书"与"创

---

① 2003 年度大东文化大学《人文科学研究所所报 NO.10》。
② 《中国美学范畴辞典》(译注第四册)第 311~319 页 "3-104 '巧'与'拙'",朱良志著,陈达明译;第 320~321 页 "3-105 '大巧若拙'",汪鹏生著,关久美子译;第 322~323 页 "3-106 '宁拙毋巧'",朱良志著,关久美子译,另请参照二玄社《书法学概论》所收录的河内君平执笔部分《巧与拙》,第 29~31 页。

作"的关系作了回答，而《中国美学范畴辞典》所收的"形与神"词条如下①：

> 中国古典美学中的一对基本范畴。概言之，形指外在的形貌、形态，神指内在的精神、心灵。在事物结构中，<u>形处于表层，神处于深层</u>。在审美活动中，由形入神是由表及里的深化过程。从审美主客体的关系看，"形"是客体之形，"神"的含义则比较复杂，包括几个不同的层次：一、<u>客体之神</u>（客体又有人和物的区分），二、<u>主体之神</u>，三、<u>客体之神与主体之神</u>的合一。神必借形才能外现，形必含神方有生意，文艺创作和鉴赏都离不开以形写神、应目会心。形神论遂成为古代文艺美学的一个重要组成部分。

下画线的三种"神"如下图所示：

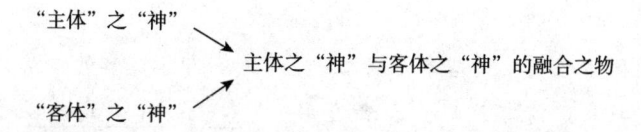

```
"主体"之"神" ↘
              → 主体之"神"与客体之"神"的融合之物
"客体"之"神" ↗
```

以《中国美学范畴辞典》的"引论"中示略图为基础，加上该"引论"的范畴词汇，制成修正版的"中国美学范畴体系图"②。

此图记载了"形"与"神"、主体与客体的关系。当然在图示化中有必要对相关的关联性、"范畴"词汇的是非等有关内容做出高度判断。首先，我想将目前中国美学的"范畴"一语作为体系化的一个模板来把握。

2-3 "意象"与"意境"

"意象"与"意境"这两个词，在中国美学范畴中是重要的"范畴"词汇，但很难用日语来表述。虽然大致可以将"意象"译为"心中的无形形态"，"意境"译为"心中的某种境地、境遇"，但依然难以理解。主要

---

① 《中国美学范畴辞典》（译注第一册）第 340~353 页"1-056 '形'与'神'"，蔡钟翔著，河内利治译。
② 上面注 i "引论"末尾处有公开发表的图，本文将其命名为《中国美学范畴体系图》，在此表示歉意。

（第一系列）

心/性/情/意/志/趣

兴趣/意兴/性灵

【主体】"心"

（第三系列）　（第四系列）　　　（第五系列）

【审美关系】　【美】　　　　　【形态】

"感"——"合"——"品"（品格·品级）

观/游/体　　神/气　　　　　和/自然/天籁

品（动词）　韵/味　　阳刚与阴柔/豪放与婉约

悟/兴/感　　意象/意境　　沉着痛快与优悠不迫

【客体】"物"

形/质/象/景/境/天/道

（第二系列）

修正版"中国美学范畴体系图"

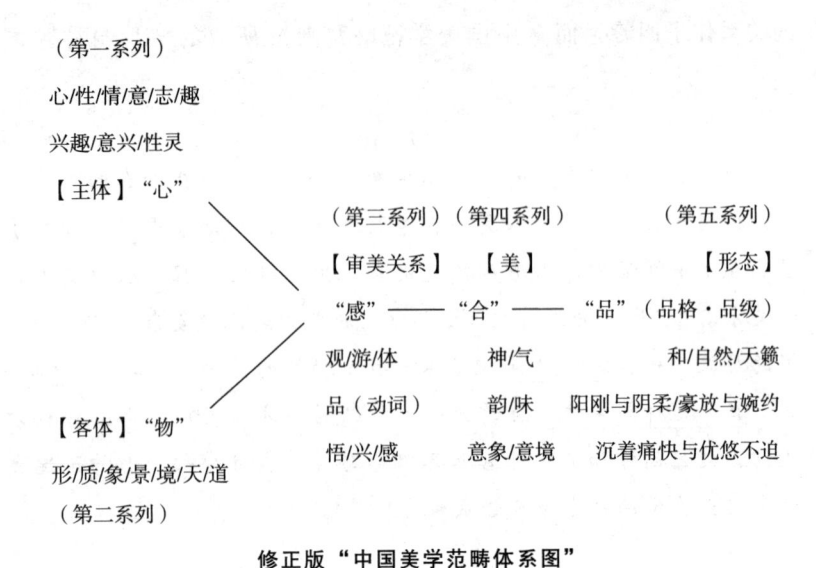

在于怎样把握"意"的含义。《中国美学范畴辞典》中有如下解释①：

> 中国古代美学的基本范畴之一。"意"即审美者的心意，"象"即形象、物象。前者无形，后者有形。<u>"意象"即心意与物象的统一，无形与有形的统一</u>；即意中之象，或含意之象。意象在中国古代美学中具有审美本体的意义，地位大致相当于现代美学中的"形象"，是文艺所要创造和描绘的基本审美对象。

> 意境，具有民族特色的美学范畴。<u>意境是以情景交融为基本内涵而具有思想与形象升华特色的、完整的、多层次的美学世界</u>。详言之，意境是在美的创造和再创造过程中，通过主体和客体的交融渗透，以饱和着美学理想与审美感受的主体情志为内在维系，把无直接逻辑联系、相对独立的片段式艺术形象，<u>建构成多层次、立体的、动态的整体性艺术象征</u>。

---

① 《中国美学范畴辞典》（译注第一册）第223~230页"1-031 意象"，胡雪冈、成复旺著，古城广惠、桥本贵朗译；第285~296页"1-041 意境"，潘世秀著，古城广惠、须山哲治、河内利治译。

以上述《中国美学范畴辞典》的解释为基础，大致整理如下：

"意" = 审美者的"心意（心智与情意）"

"象" = "形象（无形的形态）或物象（有形的形态）"

"意象" = "心意"与"物象"的统一构成的基本审美对象①

"意境" = "主体（情）"与"客体（景）"的交融渗透建构成的整体性艺术象征或"形象"

特别是"意象"，对照修正版"中国美学范畴体系图"来把握的话，可以认为是"主体之'意'"与"客体之'意'"相融合之物，即"神""形"合一之物。关于"意境"，也请参照后述中的"妙"以及"沉着"。

2-4 "妙"

"妙"作为书论，在著名的孙过庭《书谱》和张怀瓘《文字论》中也可见到②：

> 同自然之妙有，非力运之能成。（《书谱》）
>
> 深识书者，惟观神采，不见字形……欲知其妙，初观莫测，久视弥珍。（《文字论》）

"妙"与作为老子哲学及美学中心和最高范畴的"道"相关联。在"道"里面，具有"无"和"有"之双重性质，还有"自然"。"有"（有限、有秩序）= "微"、"无"（无限、无秩序）= "妙"，"妙"出于"自然"。

总而言之，"妙"这一美学范畴并不在于好看、华丽、奇特，它与"道""无""自然"等有更密切的联系，它是通向整个宇宙造化的本体和生命的。正因"妙"之内涵有如此特征，所以后来美学史上出现的许多美

---

① 2009年5月的《中国书法》（总第193期）刊登了谢建军的论文《近三十年来书法美学意象研究述评》。由于"科学完善的'书法美学意象'概念和理论体系并没有单独明确建立起来"，所以才进行立论。的确，不仅书法的美学，在中国美学全体中对"意象"的概念把握都是非常重要的。

② 《中国美学范畴辞典》（译注第二册）第177～181页"1-096 妙"，李祥林著，铃木拓也译。

学概念或美学命题，都与之有着直接或间接的血缘关系。

这样看来，也可以认为《书谱》《书议》使用了老子的"道""微""妙""自然"这些术语。叶朗著《中国美学史大纲》绪论中，有以下解释①：

  西方美学重"再现"，重模仿，所以发展了典型的理论；中国美学重"表现"，重抒情，所以发展了意境的理论。
  这种看法为很多人所接受，但是并不符合事实。
  首先，我们从中国古典美学发展的全过程来看，很多在中国美学史上占有重要地位的美学家，他们的美学思想、美学体系都不能归结为重"表现"的美学。
  ……
  现在我们再来分析一下主张这一看法的同志提出的几个具体论据。（中略）
  另一个论据是<u>中国古典美学发展了意境的理论</u>。由此证明中国古典美学的特点是重"表现"。提出这个论据的同志，似乎并没有搞清楚"意境"的内涵。意境说确是中国古典美学的独特的理论，但是它的独特性并不在于重"表现"。"<u>意境"的基本规定是"境生于象外</u>"。也就是说，在中国古典美学看来，审美客体不应该是孤立的、有限的"象"（谢赫所谓"拘以体物"），而应该突破孤立的、有限的"象"（谢赫所谓"取之象外"），由有限进到无限。而这就是取"境"。"境"是象外之象，是有与无、虚与实的统一（即庄子所谓"象罔"）。中国古典美学认为，艺术家只有取"境"，创造出来的艺术作品才能"妙"，才能通向作为宇宙本体和生命的"道"（"气"）。这就是意境说的实质。<u>所以中国古典美学不像西方美学那样重视"美"这个范畴，而是特别重视"道""气""妙"等范畴</u>。中国人称赞一幅画画得好，不是说"这幅画真美"，而是说"这幅画真妙"，或

---

① 叶朗：《中国美学史大纲》序论译注，收录于大东文化大学书法学研究生会编《书法学论集6》（2008年度）。

者说这幅画"气韵生动""元气淋漓"。"美"是就刻画一个有限的对象来说的,"妙""气韵生动"则是指表现整个宇宙的一派生机。中国美学和西方美学的这个区别,要比重"表现"、重"再现"这种表面的区别深刻得多。

即正由于"中国古典美学认为,艺术家只有取'境',创造出来的艺术作品才能'妙',才能通向作为宇宙本体和生命的'道'('气')。这就是意境说的实质"。"妙"与"道""气"一同成为最高的审美范畴,到达"意境"或进入"意境"的艺术作品称作"妙"。

2-5 "沉着"

"沉着冷静"这一成语乃褒扬他者之语。那么,"沉着"属何种范畴呢?[1]

> 沉著(或"沉着"),古代艺术审美风格的一种,指意境深沉而又痛快淋漓。沉指深沉,著即确着。沉著与沉郁有着相似之处,二者都属深沉雄壮之美,但沉郁从感情色彩上来说要更为讲究蓄积深厚,显得悲凉一些,而沉著的感情色彩的特点是奔放、明快、淋漓。

我曾在一次临帖黄庭坚的行书《松风阁诗卷》时想到:这不就是"无味之味"吗?不轻浮、深沉,让我感受到其中正包含着所谓的禅味。据说黄庭坚将"沉着痛快"一词作为书法理念,在《山谷题跋》中引用了五处(西林昭一《中国书道文化辞典》中"沉着痛快"的词条)。根据该辞典的解释,"沉着痛快"意为"庄重、干脆而愉悦。最早使用该词的,是羊欣在《古来能书人名录》中评价吴人皇象的草书为世人称之'沉著痛快'"。

此外,司空图在《二十四诗品》的第四品中有"沉着"一词,门胁广

---

[1] 《中国美学范畴辞典》(译注第四册),第243~244页"3-083 沉着",汪鹏生著,须山哲治译。

文在明德出版社《二十四诗品》中曾有如下解说：

"沉着"，指深沉稳健的诗风。浮薄、轻薄等，恰好是与之相反的境界。"沉着"是与评价杜甫诗所用的"沉郁"非常相似的诗风。但与"沉郁"不同的是，它没有"沉郁"这一诗风所持有的心情消沉、不明朗的一面。另外，"沉郁"的诗风中含有社会性，换言之，有以世俗生活为基础的一面。但是，"沉着"这一境界没有那种世俗性要素，进一步说是从中脱离的某种境界。

总之，"沉着"是用来说明"深沉而又痛快淋漓状况中的人物、状态与境界"，是笔者在临书时感到的"无味之味"、不浮躁、深沉、含有禅味，换言之，是从"深沉的境界/意境""脱俗、超俗的境界/意境"之中产生的。说实话，在此之前都不太感受到黄庭坚行书的魅力，但知道这些后，突然看到了其从悲壮到雄浑、干脆的崇高书法。如果简单说明这一点的话，比较一下明代与黄庭坚的行书甚为相似的文徵明的话，就很容易明白，因为感觉上文徵明的书法中看不到悲壮、雄浑的内在一面。

三　儒家的美学思想与书法

下面，从其他学者对收录于《中国美学范畴辞典》中的"范畴"词汇的解释来思考。

3-1　"中""和""中和"

《中庸》中有如下一段文字①：

惟天下至圣，为能聪明睿知，足以有临也；宽裕温柔，足以有容也；发强刚毅，足以有执也；齐庄中正，足以有敬也；文理密察，足以有别也。（《中庸》第三十一章）

---

① 岛田虔次：《大学·中庸》新订中国古典选（第4卷），1967，第336~338页。

（只有天下崇高的圣人，才能做到聪明智慧，能够居上位而临下民；宽宏大量，温和柔顺，能够包容天下；奋发勇健，刚强坚毅，能够决断天下大事；威严庄重，忠诚正直，能够博得人们的尊敬；条理清晰，详辨明察，能够辨别是非邪正。）

至圣＝聪明睿知、仁＝宽裕温柔、义＝发强刚毅、礼＝齐庄中正、智＝文理密察。后面四个（仁义礼智）再加上"信"，是儒教中尤为重视的五个伦理道德，即"五常"。

熊秉明在《中国书法理论体系》第四章"伦理派的书法理论"中引用上面《中庸》这段文字，指出"书法上的最高理想是'中和'"①，"另一个理想是'发强刚毅'"②。另外，一般都将《中庸》的"中"解释为"中和"。这样，以儒教的伦理道德为基础的"中和"和"发强刚毅"，被置于书法美学的范畴之中。这种认识书法之美的方式，为历代王朝的统治阶级所继承而延续到现代，可以说已经成为普遍性的判断标准。

再有，陈望衡（武汉大学哲学系教授）的论考《"中和"与中国美学》③对"中""和"及"中和"加以探讨。首先，"和"的含义可分为四个层次：

1. 杂多的统一："和"与"同"不同，"和"能生万物，"同"没有创生力。

2. 对立因素的统一：只有对立，才能产生矛盾，激化冲突，才能产生新事物。对立是创造的必须前提，是生命构成的二元基因。《左传·昭公二十年》中有"清浊、大小、短长、疾徐、哀乐、刚柔、迟速、高下、出入、周疏，以相济也"。

3. "和"的实现是"化合"而不是混合，化合，其产物已经不是原来的事物了，而是新的事物。因此，这种"和"是合二为一。晏子

---

① 熊秉明：《中国书法理论体系》，河内利治译，白帝社，2004，第171~178页。参照"六、书法上的最高理想——中和"。
② 同上，第179~186页。参照"七、另一个理想——'发强刚毅'"。
③ 中国人民大学书报资料中心发行，复刊报刊资料《美学》2009年第8期，第19~22页。

说:"和如羹也。"既然如羹,它就不是原物了。"化"连缀着很多重要的概念。讲"变",要"变"而"化",才是真正的变了;讲"文",要"文"而"化",才是真正的文明;讲"教",要"教"而"化",才是真有成效的教。境界的最高层次为"化境"。

4. 健康生命的形态、兴旺发达的形态、幸福美满的形态:天人之和为"天人合一"(与自然浑然一体),人神之和为"人神合一"(人与神心灵相通),都是人与自然的和谐(调和)。"天"乃中国哲学的基本精神、中国美学的基本精神,"神"乃心诚之物。人与人之和,乃人类社会的和谐、身心之和、身之内部与心之内部之和,乃一个人的生命的和谐。

由此可以整理出"和"的三个要点:
"和"是宇宙的本体性存在——"真"是道德的最高存在——"善"是审美的最高体现——"美",是"真""善""美"的统一。
"和"在不同的审美对象——自然、艺术、社会中有不同的体现。
"和"是"物我两忘",主客合一。庄子梦蝶(《庄子·齐物论》)的"物化"即是此例。
而"中"有七种(前四种被认为是主要含义)含义:

其一为"中心",《周易》讲的中位即为第二爻与第五爻。它们在卦中居中间的位置。这中间,既指空间的中,也指时间的中。《周易》每卦分上下两卦,二爻与五爻分处上下卦的中位。这两爻对事物的走向,对吉凶祸福,往往起着决定性的、关键性的作用,它们是卦主。因此,可以说这中为"中心"。

其二为"内在",《礼记·中庸》云:"喜怒哀乐未发谓之中"。这个"中"是心之中的意思。推而广之,凡"内在"皆为"中"。内在的,往往是事物性质所在,它之重要不言而喻。

其三为"大本",《中庸》又云:"中也者,天下之大本也。""大本"就是"道"。"道"既具本体义,又具规律义,就本体义言之,指事物之本性、本然。人的合乎本性之存在,合乎道,同样,物之合乎本性之存在，也合乎道。

其四为"环中"，指循环往复的变化，这种循环，不是首尾相接，而是首尾相错；这种往复不是重复，而是螺旋形的发展变化。这种变化，似是围绕着一个中轴。《周易》讲"无平不陂，无往不复"，就是这种"中"。

其五为"恰当"，朱熹说"不偏之谓中"（《四书集注》）。这里讲的"不偏"不是时空意义上的居中，而是指恰到好处。恰到好处，可以理解成是合乎事物本性的，即合乎规律的，合乎道的。

其六为"合礼"。合道，即是合理。理，在儒家，即礼，因此，合理即为合礼。

其七为"正"，《周易》讲爻位，有"得位"说，所谓得位就是阳爻在阳位，阴爻在阴位。得位为"正"。"正"，儒家亦训为礼，因此，立于礼，也就是立于"正"，也就是守于"中"。

如对上述解释进行整理的话，"中"的重要含义即是中心（空间的中间、时间的中间）、内在（心之中）、大本（道）、环中（首尾相错的循环、螺旋形的往复变化），不偏、礼、正也包含其中。其反义词应该是"外"，一般认为"外"只含有"中"的一部分含义。

最后，"中"与"和"的关系如下：

"和"是"中"之体，"中"是"和"之魂。"中"对于中华民族的审美传统有着巨大的影响，主要表现在重视下面六项：善的美、内在的美、含蓄的美、中节的美、有序的美、大地的美。

《中国美学范畴辞典》中有"和"与"中和"的词条，而没有"中"。但由于"和"的里面也讨论了"中"，对此我将另文考察。①

3-2 "真""善""美"

今道友信以西方美学的观点对"真""善""美"做了如下总结②：

---

① 《中国美学范畴辞典》（译注第四册）第3~18页"3-001 和"，袁济喜、李岚著，三枝秀子译；第19~20页"3-002 中和"，袁济喜、李岚著，荻野友范译。
② 参照今道友信著《关于美》（讲谈社现代新书）中"1 美的发现""2 美的理解"。

真、善、美，是使人成为真正的人（行为·喜悦）的价值理念。
⇒与动物本能所具有的自然的真、自然的善、自然的美不同。
真＝道理的探求　存在的意义。
善＝伦理的经营　存在的机能。
美＝人类的希望　存在的恩惠、爱。

另一方面，在中国美学中，如上述（2-1）那样，真、善、美的关系，"自古以来就是中国美学家们所极端重视并努力探讨"，"强调美与善的统一，主张美学思想与伦理思想的紧密结合，这是中国古代美学的一个显著特点。追求美与真的统一，以去伪存真为美的思想，在中国美学史上也是有其来自、源远流长的。"

蒋圣琥在其短文《儒家的美学思想》① 中说道：

孔子在老子区别理解"美"和"善"的基础上，倡导人们在艺术实践中把"美"和"善"统一起来。这就使得艺术审美有了极强的哲学辩证思想。《论语》中有两段记载说明了孔子的这个思想：

《阳货》："子曰：礼云礼云，玉帛云乎哉！乐云乐云，钟鼓云乎哉！"

《八佾》："子曰：人而不仁，如礼何？人而不仁，如乐何？"

前一段记载是说，"乐"作为一种审美的艺术，不只是悦耳的钟鼓之声，它还要符合"仁"的要求，要包含道德的内容。后一段记载是说，一个人如果不仁，"乐"对他就没有意义了。这两段记载都强调了同一思想：在"乐"（艺术）中，"美"和"善"必须统一起来。

笔者十分赞同北大教授、著名美学家叶朗对孔子关于"美"和"善"相统一的解释："美"与"善"的统一，在某种意义上就是形式与内容的统一。"美"是形式，"善"是内容。艺术的形式应该是"美"的，而内容应该是"善"的。

---

① 《书法报》2008年3月26日，第12期，第11页。

中国书画艺术的创作正体现了孔子的这种美学思想。

王羲之《兰亭序》的艺术成就为世人公认，这幅"天下第一行书"是"美"和"善"完美统一的代表。从艺术表现形式上去体味，书圣用笔有藏有露，侧笔取势，起承转合，笔意畅达且自然精妙，结体变化多姿，匠心独运，风格古朴，神韵典雅。从内容和主题上去欣赏，文人墨客少长咸集、群贤毕至，曲水流觞、饮酒赋诗，观天察地、畅叙幽情，兴谈人生之感慨，悲论生死之虚诞。这种雅集真是千年美事时过难求，这种感怀方为大彻大悟令人明心醒事。这是一幅形式和内容亦即"美"与"善"统一得尽善尽美的不朽之作。

宋人张择端的《清明上河图》从形式角度去欣赏，长卷幅面承载着一河两岸景色，简练的笔触、流畅的线条勾勒出千百人物情态，通幅构图主次分明、虚实相生，通过市井的繁华表现当时国泰民安的主题。丰富的内容只有长卷的幅面才能承载，众多的人物只有简练的笔触才能清晰再现，宽阔的幅面只有巧谋篇、妙布局才能使繁华得以再现，形式与内容（"美"和"善"）在这里得到了完美的统一。

其二是孟子关于"共同美感"的论述。他在《孟子·告子上》中说："口之于味也有同嗜焉；耳之于声也有同听焉；目之于色也有同美焉。"这段话说明一个人所共知的道理：人人都有相同的感觉器官，所以人人都有共同的美感。孟子的论述符合人的生理本能，符合人类对所品所见所闻等一切事物的审美共同感觉。当然，由于孟子所处时代的局限，他不了解人的美感不仅具有共同性，而且具有差异性（时代差异、民族差异和个体差异），但单从中国书画艺术的角度去理解，他的"共同美感"观是符合客观实际的。就书法创作而言，作品的观者尽管身份不同、受教育的程度不同、喜好和情趣不同，但他们对于书法美的感悟、评判都建立在一个"共同美感"的基础之上。假如我们把王羲之的《兰亭序》和刚入校门的六龄学童的初次写字作业放在一起作比较性试验，让接受过初级文化教育的人来评判二者的优劣，可以断言，没有人说王羲之的《兰亭序》不美，也没有人说六龄学童的初次作业不难看，这是人们对于艺术的"共同美感"使然。由此可见，评判和欣赏中国书画艺术是依据世人公认的"共同美感"的审美原则进行的。可以说，孟子是这个审美原则的第一起草人。

仅从上面谈到的孔、孟两大家的精辟论述，我们就可体会到中国古典美学中儒学的成分及其对后世书画艺术创作的重大影响。

以上讨论了若干"范畴"词汇，由此可以明白儒家思想的概念形成了"范畴"的核心，对书法也产生了影响。由于《中国美学范畴辞典》中也有"真"与"善"的词条，对它们的比较考察将另文探讨。①

四　西方的美论与"美的范畴"

4-1　"何谓美？"

NHK广播讲座"伦理"文本的"何谓美"中，有如下描写②：

> 古希腊哲学家柏拉图（公元前427~前347）认为，完美的美本身（美的理念）存在于所有美的事物的背后。一朵花之所以美，那是因为它分有了美本身。但存在于现实中事物，不管多美都没有完全实现"美本身"。在此意义上，完美的"美本身"常常是超越现实的存在。
>
> 然而到了近代，这种"美本身"客观存在的想法遭到了质疑。近代的哲学家康德（1724~1804）否定了柏拉图所说的"美本身"的存在，认为美是人的主观产物。人们感到某个对象"美"，是从对此对象本身的一切现实关心中获得自由，单纯地感到愉快。但是，康德认为，美虽然是主观的，但绝不是个人性的，而是具有普遍性的，因为所有人对美都具有"共同感觉力"。
>
> 到了现代，又开始兴起对这种近代的主观主义美学的批判。例如现代的哲学家海德格尔（1889~1976），以梵高所绘的《农夫的鞋》

---

① 《中国美学范畴辞典》（译注第二册）第190~193页"1-100善"，李祥林著，青木优子译；第196~201页"1-102真"，李祥林著，关久美子译。也请参照前注i。

② 《NHK广播高校讲座伦理》文本，2008年7月18日播放，《第29回　宗教·艺术与人类——艺术的力量》中"1 何谓美"，第72~73页。

为例，认为这幅画并非单纯鞋的写生，而是描绘了从鞋中呈现出的农妇生活全貌的真实姿态。海德格尔认为，美是在各种事物的无遮蔽光耀状态中显现出来的东西。

如上所述，关于美的看法，因时代和思想界的不同而各异。现代的我们每个人，也必须探究给予人类巨大恩惠的美这一不可思议之谜。

此文本的"用意"，在于"思考'美'是主观之物还是客观之物"。为了思考此问题而写下了上述内容。古代的柏拉图认为，"完美的美本身（美的理念）"常常是超越现实的存在。因为是超现实的存在，就没有主观、客观之说。近代的康德认为，美是人的主观产物，美是主观的，但绝不是个人性的，因基于"共同感觉力"而具有普遍性。因此是主观说。现代的海德格尔认为美是在各种事物的无遮蔽光耀状态中显现出来的东西，这是客观说。

西方对"美"的看法，大致可以如此概括。那么，"东洋"对美的看法又是怎样的呢？

儒家的"共同美感"是在《孟子·告子上》中提倡的。此后特别是中国的书画艺术的判定与鉴赏，都遵从这一"共同美感"的审美原则，孟子也被视作该审美原则的创始人。这难道不是与康德的观点很相似吗？

在西方，从康德的观点发展到前卫派。这既可以说是回溯到柏拉图的观念，也可以认为是对"共同感受力"的否定。不管怎样，东方的传统观念本来就并非不能相容的。而海德格尔的客观说，可以视为对这些观点敲响的警钟。

接下来，同一个《伦理》文本的"反思艺术"中，有如下描写[①]：

"艺术"这一词汇，会让人对何种事物产生想象呢？……在那里我们所追求的，是凡人不可及的天才所创造的自由的、个性的作品。但是，艺术只是由一部分天才创造出来的观点，只是在近代西方产生的艺术观。即使在西方，装饰中世纪教会的雕刻和彩色玻璃，也是无

[①] 《NHK广播高校讲座伦理》文本，2008年7月18日播放，《第29回 宗教·艺术与人类——艺术的力量》中"2反思艺术"，第73页。

名工匠们在共同作业时创造出来的。

日本传统的艺术观也与西方近代的观点有很大不同。例如，数人聚在一起按顺序造句的连歌和俳谐，没有创作者和鉴赏者的区别。而且比起个人的独创性，更追求与他人句子的协调。

另外在日本，艺术与日常生活关系密切，并非只是在美术馆或音乐厅等特别场所才能接触到的东西。在"茶道"的世界里，在壁龛上插上花，挂上画，一边欣赏它们一边用颇具情趣的陶器来品茶。这是在饮茶这一日常极为平凡之事的基础上形成的艺术。

不仅如此，<u>日本的艺术就像被称作艺道那样，是追求通过身心的锻炼来磨炼人格</u>。西方的天才，有不少是脱离常轨具有特异性格的人，<u>但在日本，很多时候都会要求艺术上的"名人"在人格上也是优秀的人</u>。

如上述所论，应该可以理解艺术的把握方法也是多样的吧。现代是一个叫嚣艺术危机的时代。我们难道不是有必要探寻将艺术再次唤回到日常生活之中，以此来丰富生活，洗练自身生存方式的道路吗？

在同样的"意图"中，可以举出"思考艺术是<u>怎样丰富我们的人生的</u>"和"试着比较天才创造的艺术和日常生活中的艺术"的例子。

接着来思考一下现代的书法。首先，在现代日本社会中，书法是否作为艺术而占有一席之地呢？思考此问题最关键的一点，应该是"书法家在人格上是否也是优秀的人"。此判断本来应该从"日常生活中"得出，但其标准不透明、隐晦、模糊。至于书法能让每个日本人的"人生变得丰富"，由于可以获得历史性证明，先提及一下始于其验证的必要性。

4-2 西方的"美的范畴"

德尼·于斯芒（Denis Huisman, 1929～，生于巴黎）对于"观照"，即面对艺术时的反应方法这一问题，将"艺术意识"的方法作为问题，分为三种场合：①

---

① 德尼·于斯芒：《美学》，吉冈健二郎、笹谷纯雄译，白水社文库 Que sais-je?, 1992, 第 96~101 页。

(1) 面对对象保持冷静的场合。

(2) 在作品面前,我们(不管事物的强与弱)确实感到喜悦的场合。

(3) 我们能够感到一种内在愉悦感的场合。这在艺术中是作为陶醉状态而被赋予的,并不是像崇高、优美、怪诞等能够充分、明确地做出区别的艺术性范畴。这些不过是抽象的区别。查理·拉罗的九种分类①与 E. 沃尔夫的六种形态②也同样如此。

查理·拉罗的九种美的分类范畴表

能 力	调 和		
	所有……	找回……	失去……
知 性	美 beau	崇高 sublime	机智 spirituel
活 动	雄大 grandiose	悲壮 tragique	滑稽 comique
感 性	优美 gracieux	戏剧性 dramatique	可笑 ridicule

E. 沃尔夫的六种基本的美的价值

肯定性价值	否定性价值
崇高 sublime	荒诞 grotesque
美 beau	丑 laid
优美 gracieux	滑稽 comique

这里应该注意的是,于斯芒在上述(3)的"观照"场合中说过,"美的范畴"或"美的价值"是无意义的。但是,我怀疑在(1)(2)的场合中是否具有相应的有效性。

艾提安·苏利欧在《各种美的范畴》中,在对查理·拉罗做如下批判的同时,承认其大致的有效性③:

对"美的范畴"这一用语,很难给予一个确定、体系化的轮廓。

---

① 德尼·于斯芒:《美学》第 99 页的《美学入门》(Ch. Laio, Notions d'ethétique, P. U. F., 3e ed., 1948);另参考了珍妮特《哲学手册》中收录的《美学原论》(Janet, Eléments d'ethétique, in Manuel de Philosolhie, Vuibert, 1925)。

② 德尼·于斯芒:《美学》第 100 页 (in R. M. M. d'octobre 1948)。

③ 参照艾提安·苏利欧《美学入门》,古田幸男、池部雅英译,法政大学出版社,1974,第 44~45 页。

查理·拉罗曾试图列举六种美的范畴，并在体系上将其正当化——同样，也是危险的工作。葆扑等其他人推广自己的范畴表，也只不过是制作列举主要美学形容词的术语集而已。当然应该用各国语言对这些表进行重新讨论。对于这些问题，如果参照《美学杂志》特别号的美的范畴特集的话，应该会收获颇丰。（Reuve d'Esthétique 19卷，第3、4分册，1966年7~8月号）。

当然，这种范畴表可以说是无边界的，仅与艺术作品数量相同的数目就能数得出来。这是因为每个艺术作品都在追求某种绝对的独创性价值或者趣味，并以之为模板制作而成。例如，我没有权利叙说某个晚会的乐趣让我想起《雨中庭园》，或者某种容颜的风情让我看到《黄昏的和谐》。可以说我们当中任何人的记忆里都没有这种标准。

将美学缩小到若干形容词的用法研究中的做法，是对其领域的不当限定，是对其人性化范围的不当压缩。尽管如此，也可以说这种用语研究为探索美的感受性的丰富程度树立了目标。这种研究甚至使对美的感受性的微妙程度进行实验性评价成为可能。我们将在下一章对实验美学另作讨论，虽说在这里提前讨论可能有所不当，但在谈到这个词时顺便记住关于实验美学的若干附带事项也是必要的。因而在这里，应该记住这种<u>形容词的使用，比如是否有利用形容词案例集的能力，使实验美学获得美的感受性的检查和评价（甚至是数量上的评价）的手段吧</u>。附带说一下，美学教育（极为重要的学问）也同样有效应用了这一实验方法。这个应用，是从艺术及自然的各种例子中，制作出可怜、悲剧的、优美等有关美的形容词的表格。甚至能以例文为基础，将形容词的表格进行分类。这些对所有<u>美的鉴赏的训练都有帮助</u>。但是再强调一遍，这种方法只不过是美学知识领域诸多项目中的一个罢了。应该放弃希望通过增加"美"的各种切面来找出足以定义美学的对象物这一想法。

上文认为，使用"美的范畴"是无法定义美学的。确实如此。但该文也指出，形容词对美的感受性的检查与评价、对美学教育的应用是有效的。苏利欧在《诸艺术的呼应》中说道①：

> 艺术，是人类活动中明白且有意图地创造事物的活动，所以一般来说，它是创造其存在就是目的性的特殊性存在的活动。

由苏利欧等人导入美学中的"美的范畴"这一概念，在20世纪30年代被大西克礼以"幽玄"这一"美的范畴"予以引进。佐佐木健一在《对美学的邀请》中，做了如下叙述：

> 大西克礼著有《美学》（上、下册）（1959~1960）这一名著。全书由美的体验论与美的范畴论构成。其目录结构沿袭了上个世纪德国美学家的标准性结构。我认为，这种明显的落伍思想产生于大西对美学普遍性的确信，是他的学问环境中的一种见解。其美的范畴论中虽然融入了幽玄、物哀、寂等日本的概念，但他无疑认为这些自然也具有普遍性，是不同文化的人们也能理解的。除开这一些，我认为，这部著作所谈及的东西，将近代美学所达到的一个标准形态很好地传递出来了。
>
> 上一节末尾所言"近代美学所达到的一个标准形态"，是指19世纪中叶的理论。但它毫无疑问完全是过去的东西。过去的东西，虽然并不意味着没有价值，但现在没有人会以那种框架来思考美学，可以说这意味着其效力正在丧失。下面将依据两个概念来介绍这种情况。每个都是20世纪后半期出现的强有力的替代方案，如实地展现着艺术的真实情况与思想环境的变化。<u>一个是对美的体验的解释，另一个是针对美的范畴的美的概念</u>。请回忆一下美的体验与美的范畴作为构成19世纪美学的两大主要支柱这一情况。但是，将取代这二者的观念的某种解释与美的概念组合起来，并不能构成现代美学的标准模式。

---

① 艾提安·苏利欧：《诸艺术的呼应》（E. SOURIAU, L'avenir de l'esthétique, P. U. F. - La correspondence des arts, Flammarion），德尼·于斯芒：《美学》，吉冈健二郎、笹谷纯雄译，第88页。

对此，美的概念在现代美学中并不那么受到重视。但是，在与传统的美的范畴对比时，其差异有显著之处。无论是美的范畴还是美的概念，在类似"美丽"的形容词数量这一点上是相同的。但是，与前者仅由美、优美、崇高、悲剧的、喜剧的、丑等极少数概念构成相比，后者虽然包含前者，但可以说是无数形容词的集合体。即存在着阴郁、严肃、感伤、悲哀、忧郁、激烈、热烈、温柔、严格、统一、零乱、调和、混沌、优雅、刺目、卑俗、可爱、神秘等等这些场合，而且这个名单还开放着。被看作是美的范畴的形容词，毫无疑问是美的概念，但其特征性的位置是没有的。①

近代西方美学的两大支柱：美的体验与美的范畴在现代美学中被美的概念所取代，"美的范畴"丧失了它的地位。最初谈论"美的范畴"之"美"与"崇高"的是康德。

康德将情感的流露视为感性的判断，即美的判断，认为这个美的判断是趣味判断。他还认为这个美的判断不只是将美作为问题，还有将崇高作为术语的判断，在此思考美与崇高这两个价值。（《判断力批判》）②

中国近代美学家王国维，论述了"优美与宏壮必与古雅合，得显其固有之价值"的观点。想来这不就是将西方美学的"美"置换为"优美"、将"崇高"置换为"宏壮"了吗？

而且"优美"和"宏壮"分别是代表着中国古典美学中"阴柔"与"阳刚"范畴的"美的范畴"，可以认为前者相当于王羲之的书卷气，后者相当于颜真卿的金石气。顺带说一下，如果将 2008 年 9 月我去法国旅行时参观近代建筑时的感受套用于"美的范畴"的话，可以用下表来表示：

---

① 佐佐木健一：《对美学的邀请》，中公新书，2004，第 16~17 页、第 20 页。
② 今道友信：《西洋哲学史》，讲谈社学术文库，1987，第 312 页。

东方　书法	中国近代（王国维）	西方近代（康德）	西方　建筑
王羲之/阴柔/书卷气	优美 ｜ 古雅	美	舍农索水上城堡 香博堡 尚蒂伊城堡
颜真卿/阳刚/金石气	宏壮	崇高	沙特尔大教堂

其中，关于"书卷气"，可参考神田喜一郎的散文《我所爱的书法》①。神田先生所爱之书法，是花园天皇、贯名海屋、内藤湖南的书法，以"书卷气"作为评价标准。

不可否认，不仅是花园天皇，当时天皇的书法中都印证着<u>由渊博的学问所形成的某种深厚之物。而且那里还散发着一种应该被称为香气的东西</u>。在汉语中，书卷气指的就是这种东西。这种书卷气是尊贵的。

为了养成"书卷气"，不仅要"读万卷书，行万里路"，"积累技术性修炼也是必要的"。话虽如此，现状却是仅以积累技术性修炼为目标，不要说万卷书，读百卷书的人都很少。反过来说，"书卷气"在现代有从评价标准中消失的倾向。

4-3 井岛勉的"美的范畴"

对于"美的类型"或"美的范畴"，井岛勉有如下说法（尖括号内容为笔者所加）②：

> 能被称为美的类型或者美的范畴的事物，硬要说的话可以认为相当于优美的一种类型，但在美的类型中，除此之外还能数出〈崇高〉、〈悲哀〉、〈滑稽〉、〈悲壮〉、〈洒脱〉、〈幽玄〉等诸多种类。……换言之，美的类型，常常是以美的对象的各个表象性现象的类别为基础来

---

① 小松茂美编《日本著名随笔64篇》，作品社，1988，第30~36页。
② 井岛勉：《美学》，创文社，1958，第128~136页。

说明的。例如，即使是同一根直线，如水平线呈现为平稳之美，垂直线为昂扬之美，斜线为摇曳之美那样，对象的性格似乎决定了美的类型。

接着对"优美"也做了如下易于理解的定义：

> 所谓"优美"，指所看到的（表象）事物，不为任何外在的抵抗或内在的纠葛所烦恼，换言之，犹如完全肯定的或者直接促进生的自觉的事物。因此，特别是从伴随着美而产生的愉快或满足的感情方面来说的话，优美常常能最纯粹且直接地将这种感情诱发出来。……一般来说，均衡、和谐或统一，没有剧烈对比性变化的有节奏的反复，水平方向上的统一，在外形、内在和速度上的微妙而缓慢的变化，具有端正轮廓的形态，舒缓色调的调和等，是支撑"优美"的造型上的原则。……被称为古典美的事物，大多属于这种类型。

他还对以"优美"为基本性格的相关词语，给出如下定义：

> 上述"优美"的基本性格，在某种外在的大处实现是"华丽"，在内在的大处实现的话是"壮丽"，在外在的小处是"典雅"，在内在的小处是"可怜"，与感官的魅力相结合而实现的话是"艳丽"，其他还能形成各种第二次的美的类型。

即在"优美"的类型、范畴中，加入了"华丽""壮丽""典雅""可怜""艳丽"。另外，对于被视为与"优美"相对立的"崇高"，则有这样的定义：

> 所谓"崇高"，是一种在犹如压倒注视着的人类的能力的巨大外在力量，或者内在力量与深度的庞大面前，人类尽管在感官上会因这种对象而产生对生的否定（如果这样终结的话就仅止于恐怖的对象而不能称为美的事物），但会激发出自己内心所潜藏的某种精神力量来

对抗并克服该对象,进而在更深广的次元里达到一种生的自觉的情况。简单来说,通过以纠葛和克服为媒介,在否定的、间接的方式中以生的自觉获得表象性,被称为"崇高"的美的类型诞生了。从感情契机上来看,在这里虽然不能忽视混杂着不愉快情感的倾向,但也不能简单地否定美的快感,反而必须考虑更加深厚,也就是所谓高层次的快感。

接着举出"崇高"的例子:

例如,能够举出浩瀚无边的海洋、以狂暴的威力逼近的怒涛,超越现实世界的相貌且大慈大悲的如来或耶稣像,极度压抑并超越感觉性而创作的水墨画等。而作为造型性要素,可以想到的是强调险峻的垂直或倾斜的方向,超过常识性规格的庞大与力量,强烈的对比和静态均衡的意识性破坏、线或面、明暗或色调的锐角式变动、埋没明晰轮廓的幽晦的模样等。在与大和绘相对应的中国水墨画、哥特式寺院或巴洛克绘画,与古典主义美术相对的浪漫主义美术等中,均可窥见"崇高"之美的显著特色。

顺便还提到了"崇高"类型:

"悲哀",犹如生命之物灭亡时的场景那样,是专门以否定性为基础的初始性类型,就像辛苦地忍受暴雨的树木、为大义走向毁灭的殉教情景那样,如果"悲哀"与"崇高"相结合,会成为特别是被称为"悲壮"的高层次的美的类型。不会清晰显露姿态的无限之物在成为否定作用的场所并同时透露出"优美"的话,就成为日本式的"幽玄"。而且,即使停留在同样的否定性契机中,虚张的威势突然暴露出其实际的贫困,或者紧绷的紧张背叛了期待突然弛缓下来的时候,就形成了"可笑"或"滑稽"的类型。意外事物的发现,虽然常常伴随着惊奇,即使是同样的惊奇,反价值的发现会成为"悲伤"的要素,无价值的发现会成为"可笑"的要素。"悲伤"与"可笑",虽然是完全相反的类型,但在构造上却有相似之处,因此它们有可能非常接近。就像缺乏技巧的"悲剧"使人发笑,别扭的"喜剧"让人哭泣一样,轨道有一点偏离,可能就会陷入意想不到的错乱之中。还有,就算潜藏着相同的"可笑"契机,它在敏锐的知性中出现就成为"机智",在精神的强大里就成为"洒脱"。

即在"崇高"的类型范畴中,加入了"悲哀""悲壮""幽玄""可笑""悲伤""悲剧""喜剧""滑稽""机智""洒脱"。上述"范畴"词汇的解说,应该是非常容易理解的。关于这些美的类型,有如下说法:

> 美的类型,以上并未全部概括。主要的类型上面大体已举出来了,但除此之外,还有可能设想多样的类型。而且这些类型就像上面所略知那样,并非常常是并列、对立的,也可能处于复合的高低关系的位置上。不管怎样,<u>值得注意的是,它们终究是异质性的类型,绝不会在美的价值的高低等级中予以排列</u>。

接下来,论述了美的类型(美的范畴)是原理性范畴:

> 美的类型,因为说起来是原理性范畴,所以现实的自然对象或艺术作品,很少纯粹地代表各个类型。多数情况下,同一个对象或作品中有多种类型相结合,并因此会相互之间强化效果。但在优秀的艺术作品中,常常是某种类型占据核心位置并实现统一,发挥着鲜明的个性。

最后,引用一下"书法艺术"的相关文字:

> 正因如此,在工艺或建筑中,不仅是单一的机能作用,机能的表象性或视觉的表象性的作用也很大。即使在被称为书法艺术的这个类型中,类似的情况也应引起注意。书法,不会像形象性的绘画那样来描写对象。这就意味着它明显是一种抽象性艺术。它也是以视觉性

作为原理来被制作和观照的。在此意义上讲，当然能够列举出视觉艺术（还有造型艺术或者美术）。但是，这往往容易招致书法与抽象绘画的混同，或者书法与文字书写技巧的混同这样的误解。仔细观察的话，能够察觉到书法中的视觉性在某种特别的场合下成立。可以说，<u>书法这种艺术，是以书写文字为场地而成立的视觉性艺术</u>。

井岛勉依据西方美学的观点，将"书法这种艺术"定义为"是以书写文字为场域而成立的视觉性艺术"。这种定义，从书法是艺术这一自明的定理出发应予以肯定。这种艺术性的内容，也就是在作为原理性的"美的范畴"中，即在"优美"类型范畴中加入了"华丽""壮丽""典雅""可怜""艳丽"，在"崇高"的类型范畴中导入了"悲哀""悲壮""幽玄""可笑""悲伤""悲剧""喜剧""滑稽""机智""洒脱"等，富有启发性。

五　结语

就像《中国美学范畴研究论集》第一集的序文从"中国美学研究班"写到"东亚美学研究班"那样，"东亚美学研究班"的目标，是再次认真重读作为这十年间"中国美学研究班"共同研究成果的报告书，即成复旺主编、中国人民大学出版社出版的《中国美学范畴辞典》译注（第一册至第七册），修订由误读、误记导致的各种缺陷，出版完整译本。本论文试图沿着这一主旨展开写作，但很难说做到了十全十美，还处在研究笔记的阶段。

"东亚美学研究班"的共同研究者门胁广文，在某篇文章的研究目的中这样论述道：

> 日本在明治维新之后，中国在辛亥革命之后，到目前为止，文学、书法、绘画等，作为不同的领域被研究。这是遵从了西方的学问领域的概念之故。但是，在近代以前的中国，在讨论诗文或书画时，几乎是用共通的用语来论述的。这正是它们被认为属于同一领域的缘

故。因此中国在三四十年前开始沿着这种观点,将文学、书法、绘画、音乐,还包括与此相关的哲学、思想作为一个领域来把握,命名为"美学"加以综合性探讨。但是,这也未必充分。本研究的目的,是以上述思考方式为基础,阐明在诗论、文论、书论、画论等里面所使用的表示"范畴"词汇的实质与历史性变迁,以及它们的体系构造。《中国美学范畴辞典》一共对518个范畴及其概念进行了解说,围绕着"味""声无哀乐""文""意象""境""形与神""气""韵""品""悟""兴趣""和""雅与俗""阳刚与阴柔""风骨""隐秀""巧与拙""虚与实""自然""性与情""理""童心""言与意""发愤""动与静""情与景""现量""义法""真与假""一画""通变""道与艺""养气""体""格""势""骨与肉""兴观群怨""讽喻""道"这40个基本范畴,阐明了其实质与历史性变迁,以及它们的体系构造。

因此,笔者被赋予的任务,是阐明用于书画论中表示"范畴"的词汇其实质与历史性变迁,以及它们的体系构造。今后也希望以本稿为基础进一步深化研究。

编后记

　　2013年是中国社会科学院文学研究所建所60周年，同时也是长期以来与文学所建立了学术交流协议的日本大东文化大学建校90周年。作为两学术机构深化交流工作的一环，我们借周年纪念的机会，筹划了学术互访和举办横跨人文学术各领域的国际研讨会的计划，并于同年6月3～6日在北京、11月5～9日在东京进行了集中的学术研讨活动。在北京的学术研讨会，我们申请了"中国社会科学论坛（2013·文学）"的课题项目，用以作为学术活动的经费预算。

　　从学术水准的角度来讲，在北京的双边学术交流，大东文化大学由该校校长太田政男亲自带队，集该校文学、历史、教育等领域的学术带头人10人组成代表团来到北京，代表了当今日本学术界十分活跃的一股力量。文学所方面则动员了全所古典、现当代、比较、理论等文学研究领域的优秀学者参与。6月3～6日的学术研讨会上，双方学术人员就中国古代文学、中日近现代文学、日中书法研究、东亚当代教育等议题，发表了高水平的论文。可以说，无论在深度和广度上研讨会都反映了双方研究机构的最高学术水准，提出了许多重要的新见解并在研究方法上有新的突破。同时，也在以往交流的基础上加深了双方的学术对话。

　　这次双边对话交流活动以学术为依托，就文学的发展、文学历史的研究方法、教育改革的可能性、中日文化交流的历史回顾与未来走向的前瞻等，提出了许多新的意见和见解，其中一些看法可以作为资政建言，供有关方面制定政策方针的参考。例如，中方学者对于中国美学在当代的建设问题的发言，对20世纪30年代丰子恺与日本画家竹久梦二等的借鉴关系的考察，对清末民初活跃于新疆的日本诗人的研究，对日本学者的中国古典文学研究的分析；日方学者对中西方文化交流时代日本与中国的美学重构问题的见解，对20世纪20年代前后京剧与日本演剧界的交流活动的梳理，包括对90年代中日两国教育改革的进程问题的综合考察，等等。他们从不同的角度出发，以历史为借鉴或者以当代热点问题为中心，对中日文化交流的方式方法、对全球化时代东亚的教育问题等分别提出了很好的建言。这是本次学术交流取得的重要成果之一。

同时，文学所为了办好这次学术交流活动，在宣传、组织和管理上倾注了大量的精力和行政力量，确保了活动的圆满成功。首先，实行由所长陆建德牵头的一元化组织领导的系统管理，由与日本关系密切的学者和科研处负责对外交流的人员负责具体落实。其次，按照国际学术会议的惯例，周密计划研讨会的规模和议题、有序地展开论文征集、安排代表发言、编辑印制资料手册等，使得研讨会能够有效地运作起来。我们还注意到研讨会的宣传和如何扩大影响的方面。在要求全所相关的科研人员积极参与的同时，把研讨会定位为开放的会议，以吸收研究生院博士生和外部的相关学者参与。研讨会当天，我们还请来院科研局、国际合作局和"社科论坛"的领导莅临指导，并邀请了《光明日报》、《中华读书报》、三联书店《读书》杂志、《文艺报》以及《中国社会科学报》的记者，以扩大宣传的力度。

总之，这次国际学术交流是一次非常成功的活动，取得了重要的成果。它作为文学所建所60周年的系列活动之一，不仅显示了文学所科研队伍的实力，带动起青年科研骨干的学术研究积极性，在对外交流方面也积累了经验，为中国社会科学院文学研究所创新工程的全面展开，打下了良好的学术基础。而这本论文集的编定出版，便是此次中日双方学术交流成果的集中展现。

最后，对社会科学文献出版社责编张倩郢女士的大力支持表示衷心感谢。

赵京华

2015年1月12日

图书在版编目(CIP)数据

东西方交汇中的中日文学与思想:共同纪念国际学术研讨会论文集/陆建德,赵京华编.—北京:社会科学文献出版社,2016.1
(中国社会科学院文学研究所学术专辑)
ISBN 978-7-5097-8363-4

Ⅰ.①东… Ⅱ.①陆… ②赵… Ⅲ.①中国文学-文学研究-文集 ②文学研究-日本-文集 Ⅳ.①I206-53 ②I313.06-53

中国版本图书馆 CIP 数据核字(2015)第 268861 号

·中国社会科学院文学研究所学术专辑·

东西方交汇中的中日文学与思想
—— 共同纪念国际学术研讨会论文集

编　　者 / 陆建德　赵京华

出 版 人 / 谢寿光
项目统筹 / 宋月华　张倩郢
责任编辑 / 张倩郢

出　　版 / 社会科学文献出版社·人文分社(010)59367215
　　　　　　地址:北京市北三环中路甲29号院华龙大厦　邮编:100029
　　　　　　网址:www.ssap.com.cn
发　　行 / 市场营销中心(010)59367081　59367090
　　　　　　读者服务中心(010)59367028
印　　装 / 三河市尚艺印装有限公司
规　　格 / 开　本:787mm×1092mm　1/16
　　　　　　印　张:23　字　数:366千字
版　　次 / 2016年1月第1版　2016年1月第1次印刷
书　　号 / ISBN 978-7-5097-8363-4
定　　价 / 98.00元

本书如有破损、缺页、装订错误,请与本社读者服务中心联系更换

▲ 版权所有 翻印必究